The Countess Conspiracy
by Courtney Milan

愛の秘密はすみれ色

コートニー・ミラン
岩崎 聖[訳]

JN161139

ライムブックス

THE COUNTESS CONSPIRACY
by Courtney Milan

Copyright ©2013 by Courtney Milan
Japanese translation published by arrangement with
Courtney Milan % Nelson Literary Agency, LLC
through The English Agency (JAPAN) Ltd

愛の秘密はすみれ色

ロザリンド・フランクリンに――わたしたちはあなたの名前を知っています。
アンナ・クラウセンに――わたしは本書の執筆中にあなたを発見しました。
その名前が知られることなく消えてしまった、すべての女性たちに――。
あなた方に本書を捧げます。

主要登場人物

ヴァイオレット・ウォーターフィールド……カンベリー伯爵未亡人
セバスチャン・マルヒュア……科学者
リリー……ヴァイオレットの姉。侯爵夫人
アマンダ……リリーの娘
ロザラム男爵未亡人……ヴァイオレットの母親
ロバート・ブレイズデル……クレアモント公爵。セバスチャンの従兄弟
ミニー……ロバートの妻
オリヴァー・マーシャル……セバスチャンの従兄弟。ロバートの異母弟
ジェーン……オリヴァーの婚約者
フレデリカ（フリー）・マーシャル……オリヴァーの妹
ベネディクト・マルヒュア……セバスチャンの兄
ハリー……ベネディクトの息子
サイモン・ボリンガル……大学教授
アリス・ボリンガル……サイモンの妻

1

一八六七年五月　ケンブリッジ

カンベリー伯爵夫人ヴァイオレット・ウォーターフィールドにとって、人込みの中にいるときがいちばん落ち着く時間だった。

同じ身分のほかの女性たちであれば、見知らぬ他人と隣り合わせになる可能性がある席を敬遠するだろう。ヴァイオレットの左には昔からの友人、右には年金暮らしとおぼしき年配の男性が座っていたが、たいていの女性は、人々と自分を分かつものが何もないそうした講演会場に座ること自体を毛嫌いしているかもしれない。彼女以外の女性であれば、混雑した会場に充満する人の匂いに、内心で愚痴をこぼしているだろう。

しかし、ヴァイオレットは人込みの中でなら完全に存在を消すことができた。パイプの煙の匂いや体臭は、誰もこちらを気にしていない証《あかし》だ。目を合わせてくる者も、どうでもいい事柄について意見を求めてくる者もいない。人込みの中にいれば、身分や世間体など上辺を取り繕っているものをすべて捨て去り、ミスター・セバスチャン・マルヒュアという禁断の情熱に思う存分ひたることができた。

もっと正確に言うと、彼の仕事にひたることができた。

セバスチャンはヴァイオレットのもっともつき合いの長い友人で、今は聴衆に語りかけている。彼が低い声といたずらっぽい微笑みを駆使すると、ありきたりの科学の話が面白おかしい話に変わってしまう。それどころか、お堅い話がなんだかいけない話にも聞こえるときすらある。魅惑的な黒髪や、いつも浮かべている茶目っ気たっぷりの笑みは、彼と親密になりたいと切望する社交界の女性たちの頬をたちまち赤く染める力があった。

ヴァイオレットは、セバスチャンのハンサムな顔や彼が振りまく愛敬に興味はない。けれども今、彼が見せている仕事ぶりといったら……。

「これまでの」セバスチャンが言った。「ぼくの研究は単純な特性、つまり花の色や葉の形状などに集中していました。遺伝の仕組みについては、今までにも詳しく述べてきたとおりです。そこで今日は、みなさんにさらなる説明をするのではなく、不可解な疑問を投げかけていきたいと思います」

ヴァイオレットにとっては、すでに何度か聞いた言葉だ。ふたりは今朝、言いまわしを完璧に仕上げようと練習を重ねたばかりだった。

練習は見事に成果をあげつつある。

セバスチャンが聴衆に視線を走らせた。その視線がとりわけ自分に向けられたわけではないと知りつつ、ヴァイオレットは頬がゆるむのを止められなかった。ここからが見せ場なのだ。

「不可解とはなんでしょう」セバスチャンが続けた。「不可解とは、未知の部分が残っているということです。そこで、まずはぼくたちの知らない話から始めましょう」

セバスチャンに向けた注意力がわずかに薄れた一瞬、ヴァイオレットは身を乗り出しているのが自分だけではないことに気がついた。これがセバスチャンの磁力だ。本人にそのつもりがなくとも、周囲の関心を引き寄せてしまう。

聴衆の中には保守的な人々もいる。自分たちの主張を受け継ぎ、自分たちが通った道をそのままたどってきた若い科学者たちしか認めない人々だ。これに対し、会場の隅に陣取り、太い眉の下で鋭い目を光らせているトーマス・ハクスリーのように、ダーウィンの進化論を支持する人々もいた。さらに、かなりの数の女性たちもいる。セバスチャンの魅力はいつだって女性を吸い寄せるのだ。

そしてもう一種類、ヴァイオレットのすぐうしろに座っているような――無視しようとしても気づかずにはいられない――妨害者たちもいる。こういう人々がいちばん質《たち》が悪い。

「ばかばかしい」ヴァイオレットの背後の男性がぼそぼそと言った。彼女の喜びに水を差す迷惑なつぶやきだ。「まったくばかげている」

聞く側が棒グラフに対して一方的な嫌悪感を抱いているのでもないかぎり、セバスチャンが指摘している数値にばかげたところなどない。これらの数値は細心の注意を払って根気強く集められたものだったが、女性であるヴァイオレットが今うしろの男性にそう言ったところで、思いあがりだと非難されるのが落ちだ。

彼女は眉をひそめ、さらに身を乗り出してセバスチャンの話に集中しようとした。「冒瀆《ぼうとく》よ」ヴァイオレットのうしろで女性が言った。「それ以外の何物でもないわ」ささやく程度の小声ではあったものの、その言葉はドリルのようにヴァイオレットの脳をえぐってかきまわした。「よくもあんな不信心な考えを誇示できるものね。なんて自堕落な道楽者なのかしら。公衆の面前で繁殖だの生殖だのについて語るなんて」

「まったくだ」連れの男性が応える。「耳をふさいでいなさい。聞いても問題ない話になったら教えるから」

繁殖行為について語らずに、特質の遺伝に関する説明などできるはずがない。それとも、お上品な礼儀のために生物学上の基本的な事実から目をそむけているべきだとでもいうのだろうか？　それに、うしろのふたりはセバスチャン・マルヒュアがけしからん話をすると知りながら、なぜこの場へわざわざ足を運んだのだろう？

「マルヒュアは四六時中、あんなふしだらなことを考えているに違いないわ！」女性の耳ざわりな声が言った。「汚らわしい。性根が腐りきっているのよ」

ヴァイオレットはどうにか微笑みに近い表情を保ったが、内心でははらわたが煮えくり返っていた。セバスチャンが親友だからというだけではない。自分が攻撃されたようにも感じられたからだ。うしろにいる男女が彼女自身の話をしている気がしてならなかった。

ある意味においては、まさにそのとおりなのだけれど。

「自然科学の学者を自称する連中が男ばかりなのには理由があるのさ」男性が言った。「女性は善良に生まれついているんだ。こんなよこしまな考えは女性の頭には浮かばない」

もうたくさん。ヴァイオレットはうしろを振り返り、ピンクの小枝模様のモスリンを着た女性を険しい視線で見つめた。女性の隣には、立派な口ひげをたくわえた男性が座っている。

「お静かに願いますわ」ヴァイオレットは注意し、驚いた表情を浮かべた女性にうなずきかけて前を向いた。

セバスチャンは最初の問題について話を始めていた。

ヴァイオレットの好きな話題のひとつだ。彼女はゆっくりと体の力を抜き、巧みに議論を展開するセバスチャンの話に集中しはじめた。うまく練られた講演は猫のあくびみたいなもので、なかなか見られない。しかしその分、見られたときの満足感といったら――。

「きっと」ヴァイオレットが求めたのは三〇秒間の沈黙ではなく敬意だったのだが、そんなことにはおかまいなしに、うしろの女性が耳ざわりな声で言った。「あの人は悪魔と契約を交わしているのよ。人をあざむくためでもなければ、あんな異様な存在感があるはずないもの」

またしても、ヴァイオレットの集中が途切れた。会場のクロークに預けてきた日傘のことが頭をよぎる――上品なリボンのついた紫の日傘だ。あれなら先もじゅうぶん尖《とが》っている。うしろの無礼な人たちをつついてやるのにちょうどいいかもしれない。見た目もしゃれているし、わたしの母だって、その行為を認めてくれるはずだ。

「あの人は」女性が続けた。「毎晩、女性の貞節を汚してまわっているそうよ。わたしも目をつけられたらどうしようかしら」

呆《あき》れて目をぐるりとまわし、ヴァイオレットは前方へ身を乗り出した。

そのときセバスチャンは、身ぶりでイーゼルを示し、助手の若い男性に猫の絵をかけさせたところだった。ヴァイオレットもこの絵についてはよく知っている。

描かれている猫については、さらに詳しく知っていた。

「この体の模様は」セバスチャンは描かれた猫の体に広がる黒と褐色の縞《しま》模様を指差して言った。「褐色の猫と黒猫が交配した場合に生まれてくることがあります」

「なんということだ。交配だと？ とんでもない言葉を口にするものだ」

ヴァイオレットは両手の指先を合わせて意識をセバスチャンに集中させた。ほかのことなどかまっていられない。

セバスチャンが足を動かして体の向きを変え、聴衆に視線を走らせた。「夜になれば、すべての猫が黒く見えるのは厳然たる事実でしょう」彼の顔はよく見えないが、ヴァイオレットはいたずらっぽく眉をあげた表情を容易に想像できた。「それでも昼のあいだ、ぼくたちは疑問を抱かざるをえません。なぜこの世の中には、雄の三毛猫がほとんどいないのでしょうか？」

彼女の背後で驚愕《きょうがく》まじりのあえぎ声があがった。「まさかあの人は――大変だわ。なんて破廉恥なことを！」

セバスチャンが身ぶりをまじえて続ける。「ぼくがここ数年にわたって提唱してきた遺伝科学によって、特質が二分の一、あるいは四分の一の確率で受け継がれることは証明できます。しかし、雄の三毛が生まれる可能性は計算できないほど低く、おそらく一〇〇〇分の一もないでしょう。ぼくの理論では、こうした小さな部分については説明できません」

背後の女性が、ヴァイオレットの想像を超えて甲高くなった声で言った。「公衆の面前で大きさの話を始めたわよ。ウィリアム、あなたは警官でしょう。なんとかしないと」

ヴァイオレットの頭の中で、うしろを振り返るもうひとりの自分の姿が浮かんだ。世間体など気にしないもうひとりの彼女が、聞いた話をまったく理解していないうしろの女性に立ち向かっていった。

〝黙らないと〟女性に向かって、自分がそう言うところを想像する。〝その舌を根っこから引き抜いてやるわよ〟

でも、レディは公の場でもめ事を起こしたりはしない。〝相手を褒める言葉が見つからないときは〟母の声がヴァイオレットの頭に響いた。〝口を閉じていなさい。不満はあとでわたしに話せばいいわ〟不快な出来事があると母と話をするようになってからずいぶんになるけれど、この忠告の価値が薄れることはなかった。沈黙は秘密を守ってくれるものなのだ。

だからヴァイオレットは口をつぐみ、聞きたくない話をすべて頭から締め出した。自分以外の世界のすべてを意識の布でぐるぐる巻きにしてしまえば、鋭利な何かに傷つけられる心配もない。

それでも、うしろのふたりの話はまだぼんやりと耳に届いていた。

「そうもいかないよ」男性が言った。「わたしはみずから法を守らなくてはいけない身だ。今は令状を持っていないし、手配するにしても、すぐに令状が出るかどうかわからない。ここは我慢だ」

いい忠告だ。ヴァイオレットは思った。

〝我慢よ〟彼女も自分に言い聞かせた。〝あと数分もすれば、うしろのやかましいふたりはいなくなるわ〟

ところが時間が経つにつれ、事態はさらに悪くなった。

講演が終わり、ヴァイオレットは人波を控えめに押しのけながら進んでいった。講演のたびに人込みは大きくなっている。セバスチャンが講演を始めて数カ月は、遺伝特質について論文を書き、ときにチャールズ・ダーウィンの擁護発言をするということで人々の好奇心を呼んだ。何人かの野次馬から多少の批判を受けたものの、それほど大きな反響はなかった。

その後、セバスチャンはダーウィンの進化論を実際に示す例として、工業が発展するにつれて暗い色の個体が増えた蛾《が》に関する論文を発表したのだった。

ヴァイオレットはため息をついた。セバスチャンは世界の半分から尊敬を集め、残りの半分からは徹底的に嫌われている。年を経るにつれ、彼の講演内容に対する醜い中傷も増えていった。そして今、彼女は自分がまるで無知の巣窟に入り込んでしまったような気分だった。

憎悪の声が彼女のまわりをぶんぶんと飛びまわっている感じがする。

どうにか会場の正面までやってくると、先ほどヴァイオレットの近くに座っていた、セバスチャンの従兄弟であるオリヴァー・マーシャルが先にたどり着いていた。セバスチャンは人に囲まれている。

大人になってからというもの、セバスチャンの周囲はいつも大勢の人々でにぎわっていた。セバスチャンを取り囲んでいる人たちのうち、半分は女性だ。科学の講演としては珍しいが、彼にとってはいつもどおりの状況だった。

ときおり、ヴァイオレットは自分もそうした女性のひとりだと――セバスチャンの気を引こうと何年もまとわりついている女性だと――思われていないか、気になることがあった。まるで彼の目にとまるのを待ち、自分だけを見てくれる日を待ち焦がれる女性のよう。姉にはよくそうからかわれていた。

もし今と違う状況だったら、あるいはヴァイオレットもそうなっていたかもしれない。しかし彼女はそういう質ではないし、今さら自分ではどうしようもないことについて嘆いても仕方ないと思っていた。その代わり、彼女はみずからセバスチャンの心の内側へと踏み込んでいったのだ。

会場の中央あたりだった座席からはセバスチャンの細かい表情まで見えなかったけれど、今はよく見える。ヴァイオレットはいやな予感を覚えた。

セバスチャンの様子がいつもと違っている。頬が赤くなり、普段は楽しげに輝いている黒い瞳からは感情が消えていた。表情豊かなはずの口も、ひどく深刻そうにしっかりと結ばれている。まるで熱でもあるかのような顔つきだ。

「きみは間違っている」大柄な男性が言った。彼は前のめりになり、セバスチャンに上からかぶさるようにして、肉厚なこぶしを体の両脇でしっかりと握っている。「きみは独善的で、口だけが達者な男だ。ニュートン以降に登場したすべての自然科学の研究者をばかにしている。侮辱しているんだ」

数年前なら、セバスチャンはこんな失礼な物言いでもにこやかに受け流していた。だが、今の彼は無表情に相手を見て、機械仕掛けの人形のごとく感情のない声で言った。

「ありがとう」その場を逃れるため、敵の注意をそらすためのおとりのように、ただせりふを遠くに投げているみたいにも見える。「貴重なご意見に感謝します」

「この傲慢な臆病者め！」大男が一歩足を踏み出した。

ヴァイオレットは大きく息をついてから男性の前に出て、セバスチャンの袖をつかんだ。

〝わたしを見て。わたしを見るのよ。そうすれば何もかもうまくいくわ〟

セバスチャンが彼女に顔を向ける。しかしその途中で、彼の表情に残っていた明るさが完全に消え失せてしまった。

長年友人としてつき合ってきたのだから、セバスチャンのことはなんでもわかっている。ヴァイオレットはそう思っていた。浴びせられる非難を陽気にかわし、侮辱や脅迫の言葉も気にしない。そういう人物だと思っていたから、彼をこの厄介事に引き込んだのだ。

けれども次の瞬間、ヴァイオレットは自分が間違っていたことに気づいた。

ごくりと息をのんで言う。「セバスチャン」声をかけたものの、あとの言葉が続かなかった。

「なんだ?」セバスチャンが語気荒く尋ねた。

「すばらしかったわ、セバスチャン」状況がよくなるように祈りながら、ヴァイオレットは彼の目を見て言った。「とてもよか――」

セバスチャンの瞳の奥で何かが光った――暗くて怒りに満ちた何かが。

言葉が口を出た瞬間、ヴァイオレットは言うべきではなかったと悟った。彼の耳にはどんなふうに聞こえただろう? とても不快で、ひとりよがりな言葉をかけてしまった気がした。

ふたりの周囲には大勢の人がいる。セバスチャンが体の脇でこぶしを白くなるまで握りしめ、顎をあげた。

「くたばれ、ヴァイオレット」危険な響きの低い声で、彼はつぶやくように言った。「とっとと失せろ」

この企《たくら》みをふたりで始めてから、もうずいぶん経つ。ときにヴァイオレット自身が現実を忘れてしまうくらいあたりまえになっていた計画だけれど、今はっきりと認識した。全身の細胞で真実を思い知ったと言ってもいい。

誰にも見えない透明人間になったような感覚は、もうなかった。ヴァイオレットはときどき、自分が森の真ん中で倒れている木であるかのように感じることがある。人目を引く美しい存在ではないものの、少なくとも風景の一部としては認められているといった程度の存在だ。じっとしているかぎり、気づく者はおそらくいない。

今この瞬間、セバスチャンは怒りに燃えてヴァイオレットをにらみつけていた。彼女という木に斧《おの》を叩きつけそうな勢いだ。そうなれば腐った心の中が世界に明かされ、醜い本性がさらされてしまう。本当の彼女は化け物が内側に巣くった、どす黒くて醜悪な生き物だ。彼があとひとことでも言葉を発すれば、すべての人々に正体を気づかれることになる。

セバスチャンが裏切るとは、ヴァイオレットも思っていなかった。けれど彼の瞳を通じてにらみつけてくるのは、まったくの他人のようだ。この人物の行動は予測がつかない。

ヴァイオレットの両手はすっかり冷たくなっていた。目の前に待ち受けている悪夢が脳裏に浮かぶ。セバスチャンはこの場の全員の前で真実を明かすことができるのだ。新聞に載るようなことがあれば彼女の名誉は地に落ち、明日の昼までには世間から完全に孤立してしまうだろう。

周囲の人々がただの影に変わっていき、呼吸が苦しくなっていった。人々が〝汚らわしい〟とささやく声が聞こえる気がする。〝堕落〟という言葉が頭をよぎり、気分が悪くなった。母や姉、甥《おい》や姪《めい》たちを道連れにして破滅する以外、道はないのだろうか？

鼻をふくらませたセバスチャンがすべての秘密を沈黙で包み込んだまま、別の男性に話しかけようとヴァイオレットに背を向けた。

彼女は抑えきれずに安堵《あんど》の息をもらした。これでひとまずは安全だ。誰にも知られないかぎり、このままの道を進んでいこう。

朝の太陽の強烈な日差しが、庭を眺めるセバスチャンの目に突き刺さった。バラを咲かせたあずまやを朝日が照らし、花壇の花にしたたる露がきらきらと輝いている。このうえなく美しい光景だ。ずっと続いている頭痛がなければ、どれだけ楽しいことだろう。

浴びるほど酒を飲めばこんな感じにもなる。しかし実際、セバスチャンはこの二日ばかり紅茶よりも強い飲み物は口に入れていなかった。この頭痛の原因は別の何かであることも、薬をのんだところでおさまらないことも承知していた。

現実を丸ごと癒してくれる薬など、この地上には存在しないのだ。

どこに行けばいいのか、セバスチャンには最初からわかっていた。ヴァイオレットなら温室にいる。さっき生け垣に沿って歩いていたとき、椅子に座ってブーツを椅子の脚に引っかけ、土を入れて並べた鉢をのぞき込んでいる彼女の姿が見えた。そのまま歩いていると、やがて彼女の楽しげな鼻歌が聞こえてきた。

セバスチャンは胃がむかついてくるのを感じた。

だからといって、正しい手順を飛ばしていいということにはならない。ヴァイオレットの温室の外扉を開けるとガラス張りの部屋になっている。セバスチャンはそこで上着を脱いで園芸用のゆったりとした上着に着替えると、自分の体と部屋全体を注意深く眺めまわして、蜂がいないのを確認した。

彼が二番目の扉から温室に入り、虫よけに幾重にも吊《つる》してある薄い布をくぐっても、ヴァイオレットは顔をあげもしなかった。近づいていっても相変わらずだ。片方の手に虫眼鏡を持ち、正面に並ぶ小さな鉢に意識を向けている。あまりにも集中しているので、セバスチャンが入ってきた音にも気づいていないのだ。

昨晩、彼があんなことを言って背を向けたにもかかわらず、温室に座っているヴァイオレットは上機嫌に見える。まったく、なんてことだ。今まさに、彼はすべてを壊そうとしているところだった。

彼が影武者の役まわりを引き受けたのは、もう何年も前のことだ。当時は何が待ち受けているかなど、まるで理解していなかった。論文に署名してヴァイオレットの説明を聞く。最初はそのふたつだけをこなしていればよかったのだ。

「ヴァイオレット」セバスチャンは小さな声で言った。

反応はない。

「ヴァイオレット」少し声を大きくして繰り返した。

集中しきっていたヴァイオレットの意識が戻ってくるのがわかる。彼女はまばたきを繰り返し、虫眼鏡を置いてからセバスチャンに顔を向けた。

「セバスチャン!」機嫌のよさそうな声からして、昨夜の彼のふるまいは水に流したらしい。けれども彼の表情を見ているうちに、ヴァイオレットの顔から笑みが少しずつ消えていった。

「セバスチャン、何があったの?」

「まずはきみに謝らないと」彼は言った。「本当にすまなかった。人が見ている前であんなことを言うなんて、どうかしていたよ」

ヴァイオレットは手を振って謝罪の言葉を受け流した。「わたしも悪かったわ。あなたの張りつめた気持ちを察するべきだった。それがわたしの本心よ、セバスチャン。わたしたちがこれまでお互いのためにしてきたことを考えれば、少しばかり厳しい言葉なんてなんでもないわ。それより、あなたに言わなくてはいけないことがあるの」眉間にしわを寄せ、唇を指で叩く。「何から始めたらいいかしら……」

「ヴァイオレット、話をそらさないで、ぼくの言うことを聞いてくれ」

彼女の顔がふたたびセバスチャンのほうを向いた。

誰もヴァイオレットを美人だとは言わない。セバスチャンにはそれが理解できなかった。たしかに鼻と口は少しばかり大きいし、一般的な美人の尺度に照らせば、両目のあいだもやや開きすぎかもしれない。彼にだって、そのくらいは見て取れた。にもかかわらず、なぜかそんな外見上の特徴はどうでもいいとしか思えない。セバスチャンにとって彼女は世界じゅうでいちばん近しい存在であり、だからこそ、今は考えたくもない意味で大切な人だった。そして彼はこれから、その親友の心を引き裂こうとしている。

「何かあったの？」ヴァイオレットが慎重な口ぶりで尋ねた。「いいえ、違うわね——」咳《せき》払《ばら》いをはさんで続ける。「何かあったのはわかるわ。どうしたら解決できる？」

セバスチャンは両手をあげ、降参の意を示した。「ヴァイオレット、ぼくにはもう無理だ。

このまま嘘をつきつづけて生きていくのは耐えられない」

彼女の顔から一瞬にして表情が失せた。腕を伸ばして虫眼鏡を拾いあげ、そのまま胸に押し当てる。

どんよりとした気分のまま、セバスチャンは言った。「ヴァイオレット」

彼にとってこれほど理解している相手はほかにいないし、これほど大事に思っている相手もいなかった。ヴァイオレットは顔面を蒼白《そうはく》にし、座ったまま無表情にセバスチャンを見つめている。こんな彼女を前にも一度見たことがあった。まさか自分が彼女にふたたびこんな顔をさせるとは、セバスチャンは夢にも思っていなかった。

「ヴァイオレット、ぼくはきみのためならなんだってする。それはわかっているね」

彼女の喉から息が詰まったような、泣いているかのような不思議な音がした。

「それだけはだめよ。セバスチャン、ふたりで考えればきっと何か方法が――」

「ぼくも必死にがんばってきたんだよ」小さな声で言った。「すまない、ヴァイオレット。でも、もう限界だ」

彼女を傷つけているのはわかっている。しかし、セバスチャンは前から自分の演技の限界も感じていた。悲しげな笑みを浮かべて温室に視線を走らせ、ラベルを貼った小さな鉢がたくさんの棚にびっしり並んでいるのを眺めていく。植物の状態はさまざまで、ちろちろと葉を生やしているだけのものもあれば、立派に育って鮮やかな緑色を主張しているものもあった。温室の隅にある本棚には、革の表紙をつけた観察ノートがきっかり二〇冊並んでいる。

ノートには、彼が心の奥底であらゆる人々に知ってほしいと願いつづけてきた秘密の証拠が残らず記されていた。彼はノートに視線を走らせ、最後にヴァイオレットを見つめた。生まれてこのかたずっと知っている、そして、その半分の期間にわたって愛してきた女性を。

「ぼくはきみの友だちだ。親友だよ。必要とあらばいつでも喜んで手を貸すし、なんだってする。でも、できないことがひとつだけあるんだ」セバスチャンは深く息を吸い込んだ。「きみの研究内容を自分のものとして発表することは、もう二度とできない」

虫眼鏡がヴァイオレットの手から離れて椅子の下の敷石に落ちた。だが虫眼鏡は彼女みたいに強く、落ちた衝撃でも壊れなかった。

セバスチャンは腕を伸ばし、虫眼鏡を拾った。「ほら」それをヴァイオレットに差し出して言葉を続ける。「きみに必要なものだ」

2

三時間後、ヴァイオレットは自分がセバスチャンの家のすぐ外を歩いていることに気づいた。

ふたりは協力してやってきたこの数年で、刺激的な噂になるのを避けて会う方法を何通りも見つけていた。ケンブリッジにいるときであれば、さほど難しくはない。ふたりの家は一キロ半ほど離れているだけで、木々のあいだの小道を歩いて二〇分くらいで着いてしまう。分厚い木々が醜聞を阻んでくれるというわけだ。ヴァイオレットの温室は高い生け垣で隠されていて、詮索好きな使用人たちものぞけないうえに、セバスチャンの書斎へと続く小道は人の背丈ほどの高さがあるツゲの木にはさまれているため、彼の家のドアをノックせずに往来ができた。

今、ヴァイオレットは小道に立ち、呼吸が整って気持ちが落ち着くのを待っていた。どうにかして事態を正しい方向へ戻し、現状を維持する方法を探し出さなくてはならない。けれど、セバスチャンの決意に満ちた悲しげな顔を思い出すにつけ、彼を翻意させる自信が持てなくなっていた。

石のベンチに腰をおろし、いらだちまじりに白い小石を蹴ってみる。すべてをきちんと順序立てて考えさえすれば、解決する方法は見つかるはずだ。適切で論理的な解決法はきっとある。

小石を踏む音がして、ヴァイオレットははっと顔をあげた。

セバスチャンだ。上着なしのシャツ姿だが、ひどく真剣な顔をしているので、かしこまって見える。彼は片方の手をベストのポケットに入れ、感情の読めない表情でヴァイオレットを見つめていた。

ヴァイオレットは立ちあがるかどうかで迷い――その時機はとうに過ぎてしまったのだと気がついた。セバスチャンがやってきてから何十秒も経った今になって急に立ったところで、間抜けに見えるだけだろう。

座ったまま、彼に顔を向けた。「セバスチャン」

「ヴァイオレット」彼がその場に立ったままで応える。「四五分前に来ると思っていたよ。ぼくと話をしに来るのにこんなに時間がかかるなんて驚きだな」

彼女の指がぴくりと動いた。反論しようかとも思ったけれど、事実ここへ来たのはセバスチャンと話をするためだった。「どう話せばあなたを説得できるか考えていたのよ。言うべきことのリストも作ったわ」

セバスチャンが眉をあげる。「リストかい？　ぜひ見たいね。ちゃんと紙に書いてきたんだろう？」

否定したいところだ。でも、むきになって否定するには、こちらのことを知られすぎている。ヴァイオレットがスカートのポケットからたたんだ紙を出して手渡すと、セバスチャンはそれを開いて、てのひらでしわを伸ばした。

「金」紙に書かれた文字を読みあげていく。「土地、きみの母上の影響力」彼は顔をあげた。「これは説得とは言わないよ、ヴァイオレット。買収だ。もっとも、母上についてはそうとも言えないか。そこは脅迫だね」

「まあ、そうね」不安を悟られてはいけない。ヴァイオレットはセバスチャンの目を見て言った。「五〇〇〇ポンドではどうかしら。協力してくれたら――」

「五〇〇〇ポンドなんていらない」彼がさえぎった。「代償を求めているわけじゃない。いいかい、ぼくの望みを説明するよ。もうこれ以上、大切に思っている人たちに嘘をつきたくないんだ」紙を掲げて言う。「ここには書かれていないけどね」

ヴァイオレットは紙をひったくるようにして取り返した。「まだ考えている途中だったのよ」紙を持つ指に力が入る。思いきり握りしめて丸めると、紙の尖った部分がてのひらに食い込んだ。「何か方法があるはずだわ」

頭上で鳥がさえずった。きちんと刈られた生け垣の上方で、青い空がまぶしく輝いている。あきらめるにはふさわしくない日だし、ヴァイオレットはそもそもあきらめるつもりもなかった。でもセバスチャンの表情からして、彼も簡単には折れそうにない。

「兄が」セバスチャンが言った。「死にかけているんだ。この前、残される子どもの話をした。兄は――」彼はヴァイオレットから目をそらした。「ハリーを母方の祖母のところにやるつもりでいる。ぼくは忙しいだろうから、と。自分の仕事じゃないとは言えなかった。ばかみたいにその場に立ち尽くして、秘密を明かさずにどう反応したらいいかを考えていたよ」

ヴァイオレットは紙を握った手にさらに力をこめた。

「友人たちもぼくを心配している」セバスチャンが続けた。「完全に逆さ。ぼくがみんなの面倒を見なくてはならないのに。ぼくは三二歳にもなって、自分の存在が消えかかっているこの状況を誰にも説明できない。やってもいない仕事で喝采を浴びていることも、自分のものではない思想のせいで罵られていることも、何ひとつ説明できないんだ」

喉がむずがゆく感じられる。ヴァイオレットはなんと言えばいいのかわからなかったし、どうすれば状況を打破できるのか見当もつかなかった。

「そこへきて、ゆうべのあれだ」セバスチャンが言った。「よりによって、きみがぼくを褒めるとはね。講演原稿を書いたのがきみであることは、ふたりとも知っているのに」

彼女はうつむいた。「わたしが悪かったわ。わかっているの。あれはただ――」

「ふたりして嘘をついているのを忘れてしまうようなら、潮時だよ。小さな嘘をあまりに積み重ねてしまったので、今さら真実を話すわけにもいかない。いらつくったらないね。だからぼくは本気だよ。きみのために嘘をつくことはもうできない。このまま続けていたら、自分が嫌いになる」

セバスチャンに去られたら、ヴァイオレットの人生にはぽっかりと大きな穴が開いてしまうだろう。けれど、彼が不満を爆発させた今となっては、そんなことを言っても無意味な気がした。ヴァイオレットは小さく丸めた紙をポケットに入れた。

セバスチャンが一歩進み出て、彼女の正面に立った。「きみに対して、いらついてしまうんだ」穏やかな声で言う。「それだけはいやなのに。ぼくはきみを嫌いになりたくない。きみはぼくのすべてを理解してくれる、たったひとりの友だちだよ。きみを失いたくない」

セバスチャンを見るだけで心が痛んだ。彼の瞳に、そして近づいてくる様子にも、強い引力を感じる。永遠に彼を中心にまわりつづけるよう宿命づけられた月にでもなった気分だ。

「ぼくたちは友だちだ」セバスチャンが言う。「ただの仕事仲間を超えた友だちだよ。そうだろう?」

またしても彼が一歩前に出た。危険な一歩だ。近すぎる。今や手を伸ばせば触れられる距離にいた。

これだけ近くにいたら、セバスチャンが触れてくるかもしれない。そう考えると、ヴァイオレットの隠された願望が——引き寄せられ、抱きしめられたいという願いが——ゆっくりと頭をもたげた。

でも、触れられるわけにはいかない。彼女は冷たく、揺るぎない存在でなくてはならなかった。

高鳴りそうな鼓動を抑え込み、セバスチャンの瞳の輝きに影響されることなく、強い意志をこめて彼を見つめ返す。大丈夫、動揺を表に出したりはしない。たしかにセバスチャンは石からでも反応を引き出せそうな強い力を持っている――だが、ヴァイオレットは石よりもずっと冷たい存在だった。

そうでなくてはならない。

セバスチャンがもう一歩近づいて、ヴァイオレットのほうに身をかがめた。全力で抑え込んでいるにもかかわらず、彼女の胸がどきどきしはじめた。

その気になれば、彼は両手でヴァイオレットの肩をつかみ、ベンチに押し倒すこともできる。

彼女は必死で息を吸い込んで立ちあがり、セバスチャンから距離を取った。

「わかったわ」無意識に発した言葉が自分の耳に響いた。「世界じゅうの女性たちの中で、わたしだけがあなたに膝を屈しないのが気に入らないのね」

ため息をついたセバスチャンが、かがめていた身を起こした。

「好きなだけ友情について語ればいいわ。わたしがあなたをその気にさせるたったひとつの条件を、あのリストに載せなかったのが不満なだけのくせに」彼女は顎をあげた。「あなたが代償に求めているのは体の関係なんでしょう?」

考えただけで両手が震えてきた。全身が冷たいままなのに、鼓動だけが速まっていく。ヴァイオレットは、わざとその言葉をリストに書かなかったのだ――手放す意思のないものを取引の材料にはできないから。

セバスチャンは彼女を見つめている。視線が唇でしばらくとどまり、それから下へと向かっていった。散歩用のドレスの裾を縁取るレースまでおりていった視線が、ウエストに巻いたリボンへと、ふたたびあがっていく。さらに視線が骨張った肘から曇った両目へと移っていくにつれ、ヴァイオレットはセバスチャンが彼女のすべてを拒んでいるように思えてきた。

広大な農地をいらないという男性が、彼女のような貧相な生き物を欲するはずもない。

「なるほど」セバスチャンがゆっくりと言った。「きみはぼくという人間をまるでわかっていなかったわけだ」彼の口もとがゆがむ。「この五年間、ぼくはきみのために講演を繰り返してきた。それこそ、きみの考えがほかの誰よりもよくわかるようになるまでね。そのあいだ、ぼくはきみに見返りを求めたことはない」

「セバスチャン」もう見ていられないという思いとは裏腹に、ヴァイオレットの目は彼に釘づけになっていた。彼の瞳はすっかり陰り、顔には険しい表情が浮かんでいる。

「きみのことはわかっている」セバスチャンがさらに一歩前に出た。「ぼくが近づきすぎると、きみが逃げ出そうとするのもわかっている。指が触れそうになると――」彼の手が動いた。

ヴァイオレットはあとずさりした。

「こうなる」彼が苦々しげに言う。「ヴァイオレット、きみとぼくは互いに嘘を言っている。世間をあざむいているのと同じようにね」

それは本当だ。彼女は動揺のあまり胃が暴れだすのを感じた。この一年ほど――自分ではどうしようもないほど――感情を制御できなくなっていた。急に鼓動が激しくなったり、ふとしたときに弱気になったりするのだ。とはいえ、セバスチャンは自分が何を言っているかわかっていない。彼にとってはヴァイオレットの本心を引き出そうとしただけなのだろう。でも、ヴァイオレットにとっては違う。もし真実が白日の下にさらされれば、彼女は何もかも失ってしまうかもしれない。

「あなたがなんの話をしているのか、まるでわからないわ」少なくとも声は震えていなかった。当然だ。石は堅固で、決して揺るがない。「あなたはわたしのことなら、すべて知っているはずよ」

「最近はきみの仕事について以外、さっぱりだよ」

石は相手の目に痛みが浮かんでも気にしない。石はただ存在しつづけるだけの存在だ。ヴァイオレットはふんと鼻を鳴らした。「それでいいのよ。仕事がわたしのすべてですもの」

セバスチャンが彼女を見て、ゆっくりとかぶりを振った。「なんてことを言うんだ、ヴァイオレット」

石は痛みを感じたりしない。心などないのだから。

「もし、わたしがあなたの周囲の女性たちと――」考えるより先に口から言葉が出ていた。「あなたの魅力に屈する女性たちと同じだったら、事情は変わっていたんでしょうね。そうだったらきっと――」

突然、セバスチャンが背を向けて離れた。その急な動きに彼女は息をのんだ。

「ばかなことを言うな、ヴァイオレット」セバスチャンは低く鋭い声で言った。「きみに女たらしだと思われてもかまわないが、ぼくにだって相手を選ぶ基準ってものがある」背を向けたまま、首だけをまわして彼女を見る。黒い瞳は張りつめた緊張をたたえていた。「きみのことはまっぴらごめんだね」

ヴァイオレットは胃に穴が開いた気がした。セバスチャンの言葉にはたくさんの真実が含まれていて、なぜ彼を遠ざけなくてはならないのかを否応《いやおう》なく思い出させた。

「それならそれでけっこうよ」親友に対して自分が放つ言葉が、他人のもののように聞こえる。「もう一緒に仕事をしなくてすむと思うとすっきりするわ。きっとあなたがいなくても気づきもしないでしょうね」このまま立ち去ってしまいたいけれど、ベンチに置きっぱなしの手袋を拾わなくてはならない。

「そうだろうとも」セバスチャンが言い返した。「そばにいなくてすんでせいせいする」

ヴァイオレットは手袋をつかみ、彼に顔を向けた。腕を組んだセバスチャンの目が、痛みのにじんだ輝きを放っている。彼はめったに怒らないし、不機嫌でもそれを表に出さない。その彼がこんな姿を見せるということは――それも一日に二回も――きっとこちらの理解が及ばないほど取り乱しているのだろう。

セバスチャンは正しい。それを認めるのはつらいけれど。ふたりがずっとこのままやっていくのは不可能だ。彼は人生にあまりにもたくさんの希望を抱いていて、彼女はほとんどなんの希望も抱いていないのだから。

今にもヴァイオレットが謝るのを予想しているかのような顔で、セバスチャンが彼女を見ていた。〝わかったわ、セバスチャン。あなたを追い払ったりしない。わたしはロンドンいちの放蕩者《ほうとうもの》との恋に身をまかせましょう〟

ほんの一瞬、彼の両手をつかんですべてを告白したいという衝動に駆られた。でもいざ口を開いてみると、言うべき言葉が見つからない。これはあながち嘘ではなかった。仕事以外で話すことなどあるはずがないのだ。いえ、まったくないわけではないけれど……すぐに忘れ去られてしまいそうなどうでもいい内容だ。

結局、何も言わないまま、ヴァイオレットは手袋をはめてその場を立ち去った。

3

セバスチャンが育った屋敷はロンドンの西、一五キロほどの場所にある。建物がところせましと並ぶ地区を出て、田舎の風景と小さな村々の中を通り抜け一時間ほど行った場所だ。

ヴァイオレットの影武者を務めることに大人の男性としての生活の大部分を捧げていたため、結果としてセバスチャンの人生には大きな穴がぽっかりと開いてしまっていた。大切に思う人々とのあいだの距離もすっかり開いてしまっている。その穴を埋め、距離を縮められる場所があるとすれば、それはこの場所だった。ここは兄の領地であり、セバスチャンが子どもだった頃の思い出、今ではぼんやりとしている幼い時代の記憶がたくさん残る土地だ。目の前を流れる小川には六歳のとき、ヴァイオレットの真似をして丸太を渡ろうとし、落ちてしまったことがある。セバスチャンがまだ文字を習っていた頃の話だ。

ここにいた当時から、彼の人生の中にはヴァイオレットが存在していた。それぞれの家が一キロも離れていないところにあったということもあり、セバスチャンは物心ついたときから、ふたつ年上の彼女のあとを追いかけまわしていた。当時はヴァイオレットが自分よりも賢くてなんでもできる、なんだかとても美しい生き物だと思っていたものだ。そんなセバスチャンの人生において、彼女を拒んだのはここ数日が初めてだった。

そしてこの場所には、ヴァイオレットが登場しない思い出もある。それこそ、セバスチャンがここにやってきた理由だった。

馬を廐舎《きゅうしゃ》に連れていくと、中から馬番が出てきて世話を申し出た。セバスチャンは手を振り、その男性をさがらせた。

わりと楽な道行きだったので、セバスチャンの黒い牝馬《ひんば》はそれほどの世話を必要としていなかった。毛並みを整えてやり、餌をバケツ一杯やればじゅうぶんだろう。しかし、セバスチャンは時間をかけてじっくりと愛馬の手入れをした。巻き毛にブラシをかけて胴をかいてやるたび筋肉をびくりとさせるさまを見つめる。馬を満足させる方法なら、ずっと昔から知っていた。この世界には理解できないこともたくさんあるが、少なくとも自分の馬についてはよくわかっている。

廐舎の扉が開いて日光が降り注ぎ、荒い息をした別の馬が入口に立った。

セバスチャンが顔をあげたのと同時に、馬に乗っていた背の高い男性が廐舎の地面におり立った。男性はつらそうな息遣いで馬に寄りかかり、しばらくそのまま動かなかった。馬から離れたら、すぐに膝からくずおれてしまいそうだ。セバスチャンは自分の馬のかたわらに置いた小さな椅子に座ったまま、身動きが取れなかった。立ちあがろうと思いはしたものの、男性の邪魔をするのが怖かったのだ。

徐々に呼吸が落ち着いてきた男性が姿勢を正した。

使用人を呼ぶ気はないらしい。

男性が馬のかたわらに膝をついて馬具をはずしはじめ、セバスチャンは信じられない思いで目をしばたたいた。彼が手助けを申し出るより先に、男性は重い革製の馬具をはずし終えた。馬具の重さに耐えかねたのか、男性の体がふらついた。壁に手をついてどうにか転倒を防ぎ、浅い呼吸を繰り返している。暗い廏舎の中で、ぜいぜいという呼吸音が不自然なまでに大きく響いた。

セバスチャンは立ちあがった。「ベネディクト、何をしているんだ？」

兄のベネディクト・マルヒュアが、その場でぴたりと動きを止めた。ふたりの立場が入れ替わり、セバスチャンが兄でベネディクトがいたずらを見つかった弟であるかのような空気が流れたが、もちろんそんな空気はすぐに消え失せた。

「セバスチャン」ベネディクトが大きく息をつき、鞍《くら》をあるべき場所に置いた。「来ていたのか」

「来たよ。兄さんがウォリアーを汗まみれにするまで走らせて、鞍を持ちあげるのを見物しにね。いったい何を考えて――」

「ただの乗馬だ」ベネディクトが馬に向き直った。「自分が死んだらやめるさ」

セバスチャンは兄の顔を思いきりにらみつけた。彼にできるのは、せいぜいそれくらいだ。その気になれば、組み伏せて耳のあたりを殴りつけてやることもできるのかもしれない。だが、むろんそんなことをするわけにはいかなかった。

「笑えないね」セバスチャンは言った。

「当然だ。冗談を言ったつもりはない」

いいや、冗談だ。すべて冗談に決まっている。セバスチャンの世界は、いつのまにかひどくややこしい冗談みたいな状況に陥っていた。人生を取り戻そうと決意して行動を起こしたはずなのに、今やヴァイオレットとベネディクトを失おうとしているのだ。

落ち着き払ったベネディクトが身をかがめて手桶《ておけ》を拾いあげ、弟には見向きもせずに扉へと向かった。セバスチャンはあわててあとを追った。

「やめるんだ」兄が握っている手桶の金属製の柄をつかむ。「水ならぼくが汲《く》んでくる」

彼が手桶を受け取ろうと引っぱっても、兄は手放そうとしなかった。

「紳士は自分の馬の世話くらい、自分できちんとするものだ」ベネディクトが言った。

「知ってるよ」セバスチャンが乗馬を習いはじめたとき、まず兄から教わったことだ。「でも、事情が事情だ」

「紳士は〝どんなときでも〟自分の馬の世話くらい、自分できちんとするものだ」ベネディクトが改めて言った。「まったく、セバスチャン。おまえがこんなにしつこいとわかっていれば、体のことも言わなかったのに」

たとえ言われていなくとも、兄が呼吸するときの様子を見れば、何かがおかしいのは誰だってわかる。しかし、セバスチャンはあえて反論しなかった。今日は水汲みについて議論するためにやってきたわけではない。

セバスチャンは腕を組み、ポンプのハンドルを操る兄の姿を見守った。ポンプの動きはぎこちなく、やはり呼吸もつらそうだ。不規則な水流が手桶を半分ほど満たしたとき、ベネディクトが手を止めて顔を横に向け、咳をして唾を吐き出した。その唾にピンク色がまじっているのを見て、セバスチャンはこぶしを握りしめた。

「手伝うよ」彼は言った。「ぼくが代わりに――」

「いいんだ」ベネディクトがこちらを見もせずに応える。「わたしを病人扱いするな」

セバスチャンは目をぐるりとまわしたくなるのをこらえ、皮肉めかして言った。「してないよ。子どもの頃に戻って、ごっこ遊びをしていると思えばいいのさ。兄さんが騎士《ナイト》で、ぼくがお付きの見習いだ。見習いが肉体労働にいそしむのは当然だろう？」改めて、兄から手桶を受け取ろうとする。

ベネディクトは手桶を放そうとしなかった。「わたしはナイトじゃない」つらそうに歯を食いしばり、さらに言葉を続ける。「そもそも、わたしたちはもうごっこ遊びをする年齢ではないぞ」彼は柄を握った手を引き、セバスチャンから遠ざけた。「これまでどおり、何も変えずに生活したいだけだ。紳士は何より尊厳を重んじるべきだからな」

「尊厳ね」思いとは裏腹に、セバスチャンは軽い口調で言った。「何を置いても尊厳か。たしかにそうだ」

兄のベネディクトはセバスチャンより一〇歳年上だ。父親はセバスチャンが歩けるようになる前に亡くなってしまったので、自然とベネディクトが兄と父、両方の役割を果たすようになった。とがめるような険しい表情を送ってくることもあり、正直なところ、それはセバスチャンにとってすっかりおなじみのものになっている。その表情を見て育ったようなものだから無理もない。ときにその表情は〝犬なんか家に連れてくるんじゃない〟と訴えていることもあったし、〝どうして花瓶を割ったのか母さんに白状しろ。でないとぼくが言いつける〟と迫っていることもあった。

そんな兄の表情にセバスチャンが簡単に屈したためしはなく、毎回鼻をふくらませたり口を尖らせたりして対抗していた。だが、いつだって最後に折れるのは自分のほうで、結局は花瓶や子犬のときと同じく心のこもっていない謝罪をするはめになるのだった。賭け金が少ないうちは賭けも楽しいように、謝ればすむやんちゃは、セバスチャンにとって楽しいだけだった。

ベネディクトがバケツを持って、壁沿いに小さなかまどがある裏庭に出た。火をおこして水を注いだやかんをかけ、水が沸くのを待つ。セバスチャンは兄をにらみつけてしまわないように注意しながら、あとをついていった。

ようやくベネディクトが会話を再開した。「たかが馬の鞍やバケツの重さに耐えられずに心臓が止まってしまうなら、わたしは喜んで寿命が尽きたのだと認めるよ」

「それも笑えないよ」セバスチャンはぼそりと言った。

「これも冗談ではない」

そのとおり。ベネディクトは冗談など言わない、いつでも生真面目で率直な人なのだ。正直に言うと、そのために気が短いところもある。兄としては完璧で、常に努力を怠らず、学校では成績優秀で知られていたし、決して自分を見失わない人柄もその評判をいっそう高めていた。ベネディクトを知る人は――セバスチャンを含めて――みな、彼を尊敬している。あまりにも善良すぎて非の打ちどころがないくらいだ。だからこそ、運命は彼にこんな冷酷ないたずらを仕掛けたのかもしれない。

「わたしは死ぬ」ベネディクトは淡々と告げた。「来月か来年かはわからないが」肩をすくめて続ける。「だがそれはおまえも、ほかのみんなも同じだよ」

セバスチャンは反論しようと口を開いたが、思い直して閉じた。して当然の用心をするよう説得するのは、また次の機会にすべきだろう。医者を同席させ、冷静で理性的な反論をしてもらったほうが効果もあるはずだ。今日のところは、もっと差し迫った問題について話し合わなくてはならない。

ベネディクトがやかんを軽く指で叩き、水の温度を確かめた。

兄の隣に膝をついて、セバスチャンは言った。「いいかい、ベネディクト。ハリーの将来について話したいんだ」

「その話なら、もうすんだはずだ。おまえは何も心配しなくていい。忙しい身であることはじゅうぶん承知しているよ。ハリーはノーザンバーランドの祖母のところに行く。もう先方の同意も取りつけた」

最初にベネディクトに呼び出されて話を聞かされたとき、セバスチャンは衝撃のあまり話の内容をよく理解できなかった。何もかもがいきなりすぎたのだ。病の告白に始まった兄の話は理路整然としていて、セバスチャンはひとことも口をはさめなかった。もちろん反対意見など唱えようもない。

兄とのあいだにある溝の存在を痛感したセバスチャンには、〝大丈夫だよ、ベネディクト。どうせ仕事は全部ヴァイオレットがやっているんだ〟などと言えるはずもなかった。

「ハリーは七歳だ」セバスチャンは声を抑えて言った。「ミセス・ホワイトランドがあの子を訪ねてきたのは一度きりだし、そのときもずっと不機嫌だったじゃないか。ハリーだってあの人を知らないし、向こうもあの子を愛してなどいない」

ベネディクトが顔をそむけた。「たしかにそれは事実かもしれない。だが、彼女なら義務は果たしてくれる」

「ぼくが育てるべきだ」セバスチャンは言った。

「おまえは忙しいだろう」

嘘をつくので忙しいだけだ。もう何年も続けてきたように。

セバスチャンは片方の手をあげて、兄の肩に触れた。「いいや、忙しくないよ。このあいだ兄さんの話を聞いて、もう今の仕事はやめることにしたんだ。いくつかやり残したことがあるが……」そのまま手を宙に持っていき、ひらひらと振ってみせる。「それがすんだらもう終わりにする。兄さんとハリーのためだ、忙しいなんて言っていられないさ」

相変わらず視線を合わせないまま、ベネディクトは長くて深いため息をついた。今聞いたばかりの言葉などなかったかのようにやかんを手に取って湯を少しだけ手桶に入れ、手で水とまぜて温度を確かめる。セバスチャンから見た兄の表情は剝製《はくせい》のようで、まるで弟がひどい過ちを犯したときの顔だ。

「ハリーの世話は頼りになる人物に頼みたい」ようやくベネディクトが手桶の水を見ながら言った。「尊敬できる人物に」唇を曲げて笑みの形を作った兄は、それでもセバスチャンと目を合わせようとしなかった。「おまえはいい名づけ親だよ、セバスチャン。おじとしても、これ以上は望めない人物だ。ハリーに最初の馬を買ってくれたのも、初めてあの子を紳士クラブに連れていってくれたのもおまえだ。だが、名づけ親は親とは違う。おまえは……」

ふたりのあいだに広がる溝の長さを測るように、ベネディクトは両腕を広げた。

「何が言いたい？」セバスチャンは促した。「ぼくは、なんだって？」

兄の表情に痛みがにじんだ。「わたしにこれ以上言わせるな、セバスチャン」

「いいかい、ベネディクト。ぼくはそんなに悪い人間じゃない。無駄遣いで借金をしたことはないし、酒を飲みすぎたことだってないよ――いや、一度だけあるが、あのときはまだ一五歳だったし、それも兄さんの結婚式での話だ。あれ以来そんなことはないし、よそで子どもを産ませたりもしていない」

「女の尻を追いかけるほうはお盛んなようだが」ベネディクトが小さな声で言う。子どもができる危険性を避ける方法ならある。しかし、今はそれを兄に教えるときではない。

「アヘンを吸ったこともない」セバスチャンは続けた。「使用人をひどい目に遭わせたこともないし、人を殺したこともないどころか、深刻なけがを負わせたことすらないぞ。そしてぼくはハリーを愛している。兄さんだって知っているだろう？　ぼくはあの子の面倒を見たいんだ」

ベネディクトが首を横に振った。「この話をしなければ、わたしたちはそこそこうまくやっていけるんだ、セバスチャン。挑発はよせ」手桶を持って立ちあがり、重い足取りで厩舎の中に入っていく。

セバスチャンも飛びあがるようにして立ち、兄のあとを追った。

「たしかにぼくにも欠点はある。それは自覚しているよ。でも――」

兄が足を止めて背筋を伸ばし、こちらに向き直った。「おまえが立派だってことは今の演説でよくわかった。ああ、おまえは正しいよ。本物の悪党に比べたら、おまえはわりと善良だ。だが、気づいているか？　今おまえが言ったのは、おまえがしていないことばかりだ。飲みすぎたことはない。借金もない。それなら、おまえはこれまでにいったい何を成し遂げた？　ひとつでもあげてみるがいい」

「なんだって？」そう尋ねたものの、その瞬間に思い出してしまった。自分が成し遂げたもっとも大きな成功は、そもそも嘘であることを。

しかし、ベネディクトはその嘘を知らない。「ああ、そうだった。おまえはあの妙な説を擁護し、広めているんだったな。だが、まともなイングランド人のほとんどが、そのためにおまえを憎んでいるんだぞ」

「半分だ」笑みを浮かべて応える。「ぼくを憎んでいるのはせいぜい半分だよ。ぼくが見た新聞によると、四八パーセントだそうだ。本気でぼくに危害を加えたいと思っているのはそのうちのごく一部で、残りはぼくを黙らせるか、刑務所に放り込んでしまいたいと願っているだけさ」

最後のほうは冗談だとわからなかったのか、ベネディクトが眉をひそめた。

「そんな細かい割合の話などしても意味はない。ハリーの祖母をいささかでも気に入らないと思っているイングランド人がどのくらいいる？」

「ほとんどの人は名前すら知らないだろうね」

「おまえは悪名が知れ渡っている」兄は鋭く言い放った。「そういう人間を信用するのは難しいんだ。わたしは何年も前に面倒な事態になると言ったはずだぞ、それをおまえは無視した」

セバスチャンは兄の言葉をすんなりと受け入れられなかった。自分自身がまったく気にしてもいない人々からどう思われようと、かまわないではないか？　それよりも兄が自分を嫌う人々の側に立っていたなど、まったく気がつかなかった。たしかにベネディクトからは何度かぞんざいな言葉をかけられた。でも有能な兄ならば、弟にいやみを言う機会をむざむざ逃すはずがない。それだけのことではなかったか？　しかもベネディクトは、今のセバスチャンが本当はどんな人間になったのかを知らないのだ。弟が他人のために演じていた役割にだまされてしまう兄がいても不思議ではない。

「たしかに兄さんの言うとおりかもしれない」セバスチャンはうなずいた。「でも、ぼくはハリーを愛している」

「わたしもだ」ベネディクトが言う。「だが、おまえの現実を見てみるといい。祖父は公爵で、父親は裕福な実業家だった。父さんが亡くなって受け取った遺産はかなりのものだ。そして今のおまえは実業家でも役人でもなく、かといって軍人でもない。せっかく恵まれた境遇に生まれたのに、おまえがこれまで何をしてきたというんだ？　イングランドいちの大悪党に身をやつしただけじゃないか」

思わず体の横でこぶしを握ったセバスチャンだったが、怒りを表には出さず、気だるそうな笑みを顔に張りつけた。「まあ、少なくとも、その分野では優秀になれたわけだ。それはそれでたいしたものだと思わないか？」

ベネディクトが顔をしかめ、小さな声で言った。「まったくだよ、セバスチャン。とんだところで優秀になってくれたものだ」

自分のしてきたことの代償がどれだけ高くついたのかをセバスチャンが実感したのは、まさにその瞬間だった。ベネディクトは父親のあとを忠実になぞってきた。工場や機械を受け継ぎ、セバスチャンがいっさい顧みなかった事業を続けてきたのだ。兄は物静かで責任感が強く、優秀な男性だ。ふたりは普通の兄弟では考えられないほど、遠くかけ離れた存在として生きてきたのだった。ずっと兄を落胆させてきたのはわかっている——でも、それは兄弟のやさしさと慈愛に満ちた落胆だとセバスチャンは思っていた。兄が弟の肩を叩き、まったく手に負えないやつだと言うのも、そうした感情の表れだと信じてきた。

しかし、今日のこれは痛烈な非難と悪意ある叱責を含んだ拒絶の表れだった。セバスチャンから兄と甥を奪ってしまいかねない一撃だ。

「兄さんは間違っている」セバスチャンは穏やかに言った。「ぼくは兄さんが思っているほど程度の低い人間じゃないよ」

「そうかな」

「もっとも――」兄からさらなる不平をぶつけられないうちに、セバスチャンは続けた。「兄さんがそう思うのも理解できる。この何年か、ぼくも兄さんに自分をわかってもらう努力を怠ってきたからね」

「おまえのことならわかっている」ベネディクトが反論する。「よくわかっているよ」

「ぼくは兄さんとは違う。でも兄さんが思っているより、似ている部分があると思うんだ」

「ほう?」兄は不信感もあらわに眉をあげた。

「ぼくの選択のせいで、兄さんがそれを理解する機会がなかった」セバスチャンは言った。「だから、ぼくが溝を埋める努力をすべきなんだ。兄さんは自分が理解できることをぼくにしてほしいんだろう? わかっているさ。商売だ」

ベネディクトは鼻で笑った。「セバスチャン、商売というのは思いつきでするものじゃない。長い時間をかけてするものなんだ」

「なるほど」セバスチャンは人生を商売に捧げるつもりはなかったが、考えはあった。先日、新聞を読んでいたときにひらめいたものだ。その考え自体はささいなものかもしれない。それでも兄弟の共通の話題にはなってくれるはずだ。嘘やベネディクトの拒絶以外の何かを話し合うことができるようになればそれでいい。

「勘弁してくれ」ベネディクトが言った。「おまえがそういう顔をするのは、何かろくでもないことを思いついたときだ。セバスチャンらしい計画をな。どんなものかはだいたい想像がつくよ。おまえはいきなりふらっと訪ねてきて商売をすると言うが、そんなものは利益を得るどころか、悪ふざけにしかならないとふたりともわかっているじゃないか」

「悪ふざけじゃないよ」すでに頭の中ではこれからの行動を組み立てていた。「ぺてんでもない」

ベネディクトが鼻で笑う。「わたしたちはふたりとも金に困っているわけではないんだぞ、セバスチャン。投機になど手を出すなよ。それでなくとも心配事なら山ほどあるんだ。このうえ弟が借金をしたなんていう問題を抱えたくはない」

「心配はいらないよ」セバスチャンは兄に微笑みかけた。「損失を出したとしても四、五〇〇〇ポンドに抑える。それならぼくでも余裕で返せるからね。でも、言ったことは守るよ。科学の仕事はもう終わりにする。とにかく……」いったんうつむき、顔をあげてふたたびベネディクトと視線を合わせる。「兄さんはぼくにとって大切な存在なんだ。兄さんの言うとおりだよ。これは金の問題じゃない。ぼくたちが共通の話題を持てるかどうかの問題なんだ」

ベネディクトが一歩さがってから言った。「まったく、セバスチャン。危うくおまえが真剣だと思ってしまうところだったぞ。いつになったら、ふざけてまわるのをやめるつもりなんだ？」

「兄さんのことに関しては真剣だよ。ぼくに残された家族は兄さんだけだからね。ハリーは、その……ぼくにとっても息子みたいなものなんだ」

「どうにも信じられないな。おまえはいつもふざけてばかりで、真剣になったためしがない」兄はいったん口を閉じ、言葉を探すように考え込んだ。そして大げさな言い方を嫌う彼らしく——完璧なベネディクトにふさわしく——簡潔につけ加えた。「ヴァイオレットのこと以外は」

その名前を聞いたとたん、セバスチャンは手足をもがれたような感覚にとらわれた。もしヴァイオレットとの最後の会話を誰かが見ていたとしたら、その者は彼女の目——まっすぐ見返してくる落ち着いた目——を見て、彼女がすべてを冷静に受け止めていたと判断するかもしれない。けれどもセバスチャンは、彼女の両手の動きに注目していた。いつもそこに感情が表れるからだ。ヴァイオレットは表情に出せない苦しみを握りつぶそうとしているかのように、こぶしをきつく握っていた。そんな彼女に向けて自分が放った言葉を思い出すだけで、セバスチャンは気分が悪くなった。

〝ぼくにだって相手を選ぶ基準ってものがある。きみのことはまっぴらごめんだね〟真実を突いた言葉だと思う。しかし、その真実には意図的に棘《とげ》が仕込まれていた。ヴァイオレットが感情を持っていないふりをしているからといって、セバスチャンが好き放題に挑発していいわけではない。

「今回の件は彼女のことよりも真剣だよ」セバスチャンは言った。「ヴァイオレットが植物学に深い関心を持っていることは知ってるだろう？　ぼくの講演も欠かさず見に来てくれた。彼女がぼくを尊敬してくれる唯一の点が植物学なんだ」残念ながら、これもまた真実だった。「ぼくは植物学とはもう縁を切る。でも、兄さんのことは絶対にあきらめないよ」

ベネディクトがこちらを見て口にした。「そう言ってくれるとうれしいよ、セバスチャン」これが第一歩だ。この五年間、セバスチャンは兄弟のあいだの溝が広がっていくのを放置してきた。でも、ようやく事態を改善するきっかけがつかめたのだ。兄が笑顔を向けてくれている。あまりに久しぶりのことで、かえって気まずいくらいだった。

気まずさで居心地が悪くなる前に、廏舎の扉が勢いよく開いた。

「セバスチャンおじさん！」子どもが勢いよく廏舎に駆け込んできた。「セバスチャンおじさん！　今日は何を持ってきてくれたの？」

「なんだって？」セバスチャンは兄から顔をそらして言った。「ハリー、なぜぼくが何かを持ってきたと思うんだい？」

「ひどいよ、セバスチャンおじさん。どうしてそんな意地悪――」

影の中にいるベネディクトに気づいて、ハリーが急に言葉を切った。「ええと、お父さん」打って変わっておとなしい口調だ。「そこにいたんだ。気がつかなかった」

ベネディクトが眉をあげる。「わたしの息子をずいぶんと甘やかしてくれているようだな、セバスチャン。さっきは何も言わなかったようだが？」

「ぼくがハリーを甘やかしているって？」あまりむきになって否定しないのが重要だ。でないとベネディクトに嘘がばれてしまう。セバスチャンが自分の声音に満足しかけたとき、兄が手を突き出した。

「いいから飴《あめ》を出せ。それで誰も傷つかずにすむ」

セバスチャンは顔をしかめ、上着のポケットから飴の袋を出して兄に手渡した。

「さっきの話だが」ベネディクトが言う。「おまえの望みの話だ。少しは規律を大事にしろ。この子は人間の子どもであって、子犬じゃないんだ。わたしはこの子を甘やかされた人間にしたくない」

「ねえ、お父さん」ハリーが大人ふたりを交互に見て言った。「セバスチャンおじさんの望みって何？　ぼくのこと？　ひょっとして、このあいだ来たときに言っていた釣りに連れていってくれるの？」

「この飴は夕食のあとでひとつ食べてもいい」セバスチャンから受け取った袋を軽く宙に投げながら、ベネディクトが厳しく告げた。「いい子にしていたらな」

「はい、お父さん」ハリーが唇を嚙んで応えた。「さっきはなんの話をしていたの？」

「いい子にしていなさいというのは、何もきくなという意味でもある」ベネディクトが言った。

兄のルールはひどく退屈なものに思えたが、セバスチャンは何も言わなかった。もっとも、ハリーの絶え間ない質問攻めに一日じゅうつき合わされたとしたら、自分だって考えが変わるかもしれない。

セバスチャンはちらりとハリーを見た。「この子はもう……」父親が死病に冒されているのを知っているのだろうか？

「いいや」ベネディクトがこともなげに言う。「自分で危険に対処できないうちは、馬に乗らせるつもりはない」

「セバスチャンおじさんにフクロウの巣を見せてもいい？」ハリーがせがんだ。

「いいとも」ベネディクトがセバスチャンに向かってうなずいた。「わたしと話したことをくれぐれも忘れないようにな、セバスチャン。あとで家の中で会おう」

甥のあとに続き、セバスチャンは廏舎の扉へと向かった。これであとはベネディクトと同じ舞台に立つだけだ。兄が思っているよりもまともな人間だということを示せばいい。そして、それが実現したあかつきには……。

セバスチャンはハリーに視線を向けた。

実現すれば、そのあとに何が待ち受けているのかも見えてくるだろう。

「その巣に住んでいるのは獰猛《どうもう》なフクロウなのか？」廏舎の外の草地を歩きながら、セバスチャンは甥に尋ねた。「ドラゴンと同じくらい大きくて、鋭い爪とくちばしを持ったやつか？

女王陛下のご命令で裁判にかけるために、つかまえに行くんだな？」

「うん！」ハリーが喜んで同意した。「そいつはね――」続くはずの言葉をのみ込み、少し間を置いてから言う。「だめだよ。しちゃいけないんだ。これって……ごっこ遊びっていうんでしょう？　お父さんに、もうそんな子どもの遊びをする年じゃないって言われたよ」

またしても退屈きわまりないルールだ。実はセバスチャンの上着のポケットには、まだ棒状の飴が入っている。フクロウの魔物の巣を征服した勇者には、飴でできた魔法の杖が贈られるのだとハリーに言ってやってもよかった。

でも、きっとベネディクトは気に入らないだろう。

「そうだね」すっきりしない気分のまま、甥に向かって言う。「ごっこ遊びだよ。きみがもうそんな年じゃないと思うなら……」

セバスチャンはハリーの頭を見おろし、ぴんとはねた濃い茶色のくせ毛を見つめた。頑固にはねているこのくせ毛のせいで、どうにもこの子の髪はまとまらない。セバスチャンは甥の髪が後光のように広がるまで、頭をくしゃくしゃにした。

「さあ、フクロウを見に行こう」


ヴァイオレットが最後にセバスチャンと会ってから二週間が経っていた――彼の言葉が刺さった痛みが軽くなるよう願いつづけた二週間だ。何も起きていないようにふるまい、人生にぽっかりと開いた大きな穴に気づかないふりをして日課をこなすことはできた。けれどそんなことをしても傷が癒えるどころか、ただ失ったものを思い知らされるだけだった。

平気なふりをしてごまかすのをやめ、心休まるメイフェアの家にやってきたのは、ヴァイオレットの心が乱れている証拠だった。白く塗られた壁に、黒の装飾部、正面の窓の下に取りつけられた花の鉢を入れた箱。外から見るとなんの変哲もない普通の屋敷だ。邸内に入っていくと普通の大理石の玄関があって、壁際には普通の棚があった。でも普通とは違って二階へと続く幅広の階段には、戦闘準備中に将軍たちから見捨てられたブリキの兵隊がたくさん並んでいた。

家庭によっては、一緒に生活している家族以外には子どもたちの姿を見せず、声も聞かせないというところもある。けれどもヴァイオレットの姉には子どもが多すぎて、そうしたしきたりを守る代わりに憔悴《しょうすい》の表情を浮かべるくらいしかできないのだった。姉のリリーの家の玄関には、遊んでいる子どもたちの叫び声が響いていた。

たくさんの子どもたちの声。

ヴァイオレットは従僕に手荷物を渡した。家の中が子どもたちにどれだけ荒らされていても、リリーはいつも自分に会う時間を作ってくれる。

自分が姉に愛されているのか、ヴァイオレットにはよくわからなかった——姉妹が育った家は、そうしたことを話し合う家ではなかったからだ。けれどもヴァイオレットは姉を愛していて、リリーは妹を必要としている。結局のところ、ヴァイオレットのような人間にとっては、愛情も必要性も似たようなものだ。だから彼女は困ったことがあるたび、姉のもとを訪れていた。

セバスチャンの言葉を忘れようとして二週間を過ごしたあと――いつもかたわらにいた彼と一緒に育てていた植物の観察に費やした二週間だった――ヴァイオレットの心には、誰かを慰め、必要とされているのを実感したいという思いが募っていた。

セバスチャンのことを考えると、胸に熱湯をかけられたような感覚に襲われる。二週間も経ったのに、彼の言葉を思い出すと、まだ心が激しく痛んだ。〝ぼくにだって相手を選ぶ基準ってものがある。きみのことはまっぴらごめんだね〟

ヴァイオレットはふんと鼻を鳴らして遠くを見つめ、痛みが引くのを待った。けれども痛みはなくなりそうもない。そこで彼女は従僕に声をかけた。

「侯爵夫人にわたしが来たと伝えていただけるかしら」ヴァイオレットは言った。

「かしこまりました」従僕はお辞儀をした。「では、どうぞこちらでお待ち――」

「待って！」階段の上で声がした。

ヴァイオレットが見あげると、いちばん年上の姪が手を振っているところだった。アマンダはブリキの兵隊たちをよけて階段を駆けおりてきた。落ち着きがなく活発な様子が、彼女をいっそうかわいらしく見せている。一七歳のうら若き女性は、どんな表情も美しい。いやな出来事など何ひとつないすばらしい将来を疑おうともせず、アマンダは元気いっぱいの無《む》垢《く》な笑みを浮かべていた。

ヴァイオレットは姪が正しいことを願わずにはいられなかった。

「おばさま」アマンダがヴァイオレットの腕にすがりつき、息を切らせて言う。「本当によく来てくださったわ。お話があるの」

視線を下に向け、ドレスの袖に重なった姪の指を見る。ヴァイオレットには、自分が近寄りがたい人間だという自覚があった。たいていの人は彼女を怖がり、触れたり抱擁したりしようとしない。もちろん、こんなに心を許した様子で腕にすがりついてくるはずもなかった。

そういう相手がひとりでもいて本当によかった、とヴァイオレットは心から思った。

鼻を鳴らし、アマンダの手を指でそっと撫でる。「どうかしたの？」

「おばさまにお話があるの」アマンダが繰り返した。階段の上を見て唇を噛み、ヴァイオレットを出迎えた従僕に視線を移す。「ビリングス」アマンダは言った。「ヴァイオレットおばさまがいらしたとお母さまにお伝えして。でも、できるだけゆっくり歩いてくれると助かるわ。ゆっくりとね」

ビリングスが向きを変え、階段に向かってしずしずと歩きはじめた。

「もっとゆっくりお願い」アマンダがそう言うと、従僕は一歩にものすごく時間をかけはじめた。

「こちらへ来て」アマンダが言った。ヴァイオレットの腕を取り、正面の応接室へと向かう。

室内はいつもどおり、あたたかくてやさしい空気が満ちていた。厚手のカーテンは開かれ、窓には透き通った薄手の布がかけられているだけだ。その布越しに太陽がもたらす光や熱、それに大きな家々に囲まれた広場の気配が入ってくる。家具は春になりたての頃の太陽と同じクリーム色と金色で塗られ、壁には新たな成長という言葉がぴったりの花や淡い黄緑色の葉、そして足首の高さまで草が伸びた平原を描いた絵画が飾られていた。

だがすでに六月になろうかという今、壁の絵が何を訴えていようと、いささか暑いのは否定しようもない。アマンダはヴァイオレットにソファを勧め、自分はその向かいのクッション付きの椅子に座った。けれども話を始めようとはせず、ただ両手の親指をくるくるまわしている。

姪が何を考えているのかはよくわからないけれど、会話を始めるのはこちらでなくてはならないらしい。「社交シーズンはどう?」ヴァイオレットはようやく尋ねた。

それにしても、アマンダが社交界に参加しているなんて信じられない。つまり自分も結婚できる年頃の姪がいる年齢になったということだ。ヴァイオレットよりひとつ年上なだけのリリーは一七歳で結婚し、一年も経たないうちに子どもを産んでいた。

アマンダの年齢の頃、ヴァイオレットもにぎやかな社交界の集まりや舞踏会に参加していた。

自分にとってはいい思い出などひとつもない経験だったが、姪にとってはそうではないようだ。たとえばアマンダはヴァイオレットの若い頃とは違い、変わり者ではない。姪の将来の夫は、たったひとつだけではなく多くのことを彼女に望むだろう。

姉の家の応接間にある刺繍《ししゅう》をあしらったソファに座り、ヴァイオレットは両手を組み合わせた。ソファのクッションはやわらかすぎて、猫背にならずにまっすぐ座りつづけるだけでなかなか骨が折れた。

　向かいに座った姪は、ドレスの袖口にある刺繍をいじっている。

「さあ、アマンダ」ヴァイオレットは促した。「話してちょうだい」

　アマンダが顔をあげた。いつもどおり無垢で大きな目が輝く顔に、やさしげな笑みが浮かんでいる。「社交シーズンは」小さな鐘を思わせる涼やかな声音で、彼女は言った。「とても順調よ」

　本当に信じてほしいのなら、もっと嘘が上手になる必要がある。ヴァイオレットは顔をしかめてみせた。「そう」

「ええ。お母さまは、とある伯爵さまがわたしに求婚すると思っているみたい。考えられる？　わたしが伯爵夫人なんて」

　ほかの人間であれば、アマンダのことを愚かな少女だと――初めての社交シーズンに舞いあがり、イングランドでも選《え》りすぐりの高貴な血統からの求婚を夢見ている浅はかな娘だと思ったかもしれない。

　けれどもヴァイオレットは、アマンダが自分のような伯爵夫人になるところを想像して身を震わせた。石みたいに冷たく、なんの将来性もない女になるところを。

「わたしよりも二、三歳年上なの」アマンダが言った。「とてもハンサムで、それに……」言葉を切って視線を遠くに移す。「それに……」

　要するに容貌以外の長所が思い浮かばないらしい。しばらく待っても、姪の口からはなんの言葉も出てこなかった。

「あなたのおばあさまから教わっていないの？」ヴァイオレットはきいた。「結婚を喜んでいると他人に思わせたいのなら、相手をもっと賞賛しないとだめよ。〝そんなに年を取っていない〟とか〝わりといい男〟では足りないの。〝やさしい〟とか〝情熱的〟がお勧めね」

アマンダはわずかに唇を震わせたが、無垢な瞳を輝かせた見せかけの表情は崩さなかった。

「そうね、言い直すわ。わたしと同じ年頃でハンサム、しかもやさしくてものすごく情熱的よ。伯爵夫人になったらどんな得があるかは、おばさまもご存じよね？」

口の中でかすかに苦い味が広がる。「ええ、わかるわ」

「伯爵さまと結婚したら、彼を愛するようになるわよね。そうでしょう？」

姪がどんな答えを期待しているのか、ヴァイオレットには手に取るようにわかった。〝ええ、もちろんそうなるわ〟あるいはもっと慎重な答えでも受け入れられるかもしれない。〝たぶんね〟

「わたしはそうだったわ」ヴァイオレットは答えた。「夫もわたしを愛していた。あなたはやさしい女性よ、アマンダ。結婚して最初の数カ月は親密な時間が続くわ。結婚したてのときには距離があっても、そのあいだにうんと近づくことになるの」

アマンダがゆっくりとうなずく。ヴァイオレットの言葉について考えているらしい。

本当に重要なのは、その数カ月が終わったあとにやってくる生活だ。

「愛していない相手と結婚して、あとから愛し合うようになった人を知っているわ」ヴァイオレットは言った。「愛し合って結婚して一年もしないうちに憎み合うようになった人も知っている。それに愛していないのに結婚して、最初の何カ月かのあいだ、ずっと愛していたと思い込もうとしていた友人もいるわ。その人は……」

「その人は？」アマンダが先を促す。

「自分が間違っていたと気づいたの」口調を厳しくして続けた。「もしあなたの中に自立心が少しでもあるのなら、夫というのはそれを損なおうとするわ。妻に決まりを押しつけて、当然守るものだと思い込ませるのよ。その気になれば妻の友人や趣味を支配できるし、怠ける時間を与えないようにするのも可能なの。中には、妻が粘土ではなく大理石でできていたとしても、そんなことはおかまいなしに別の人間に作り変えてしまおうとする夫だっている。そういう夫は妻の心が折れるまで、ひたすら追い込んでいくの。自分は世界でいちばん低俗でわがままな人間だという気分にさせるのよ」

アマンダが手をあげて口を押さえた。「それはおばさまのお話なの？」

「まさか」そっけなく言う。「言ったでしょう、友人の話よ」

アマンダは唾をのみ込んで言った。「でも、おばさまは折れなかったわ。今のおばさまを見ればわかるもの」

ヴァイオレットは天井を仰いだ。「わたしの話をしているわけじゃないわ」

「ええ、そうだったわね。おばさまのお友だちの心は折れなかった。そうよね？」

座ったまま姿勢を正し、姪の目をまっすぐに見つめる。「その人は、折れるようなやわな材質でできていなかったの。でも、たとえまっぷたつに折られることはなくても、じゅうぶんな力をかけていけば、どんな人間でも先端から削られていってしまうものなのよ。スコーンからこぼれるくずみたいにね。女というのは、もろい生き物なの」

しばらく黙ったまま、アマンダはヴァイオレットの言葉を噛みしめているようだった。

「わたしは特にもろい材質でできているわ」やがてアマンダは言った。「すぐに折れてしまうと思う。いいえ、すでに折れかけているんだわ。お母さまが先方の男性について何か不満があるか尋ねてきたら、きっと折れてしまう。その質問に対する答えが何もなかったら――いい方だけど結婚したくはないと答えたら、そのときは――」

ドアが開き、ヴァイオレットの姉が入ってきた。

若い頃、ヴァイオレットとリリーはよく似ていると言われたものだ。双子みたいだと言う人も多かった。そうしたことを言う人は愚かだとヴァイオレットは思っていた。リリーのほうがどう見ても美人だからだ。髪はつややかな栗色の巻き毛、頬はふっくらとしてえくぼがあり、いつも笑顔で明るかった。そのリリーが今、ヴァイオレットを見て顔を輝かせた。部屋を横切って近づいてくると、ヴァイオレットが何か言う間も与えずに手首をつかみ、椅子から立ちあがらせた。

「ヴァイオレット」リリーが言った。「会えてうれしいわ」

ヴァイオレットを抱きしめる人間など、ほとんど存在しない。その数少ない人間のうちのひとりがリリーだった。今日もふらつきそうになるほど強く抱きしめてくる。なかなかいい気分だ。ヴァイオレットは姉の背中を叩こうと手をあげかけ、そんな自分がばかみたいに感じられて、ゆっくりと手をおろした。

リリーが身を引いた。「ヴァイオレット、本当に会いたかったの。今の状況をわかってくれるのはあなただけ――本当の意味であなただけだわ。あなたの忠告と手助けが必要なのよ」

「わかったわ」リリーはいつもヴァイオレットを必要としている。だから自分も姉をいとおしいと思う。普通の女性が望むもの――愛してくれる夫、欲しいものが手に入る人生、そしてたくさんの子どもたち――をリリーはすべて持っている。そのうえでヴァイオレットも必要だというのだ。それがヴァイオレットを、自分も愛されるに値する人間なのだという気にさせてくれるのだった。

「やっぱり」リリーがいたずらっぽく人差し指を立てて振った。「あなたにはわかるのね。いつだってそうだった。生まれたときからずっと、わたしが何を必要としているのかをわかってくれているのよ。間違いないわ」

ヴァイオレットはあえて反応せず、次の言葉を待った。

「あのね、実は――」リリーはいったん言葉を切り、体の向きを変えた。「アマンダ・ルイーズ・エリスフォード、あなたがどうしてここにいるの？」

アマンダが両目を大きく見開いた。とてもかわいらしく、無垢に見える仕草だ。

「お母さまがいらっしゃるまで、ヴァイオレットおばさまのお相手をしなくてはと思ったの。社交的にしなくてはいけないと思っただけよ」

彼女の母親はヴァイオレットと同じように、娘のさりげない口調にだまされなかった。片方の手を腰に当て、リリーは言った。「おばさまに同情してもらって、やさしい言葉をかけてもらおうとでも思ったの？」

「おばさまにやさしい言葉を？　もちろん違うわ。でも――」

「本当に困った子」リリーが言った。「でも、ヴァイオレットが必ずあなたを正しく導いてくれるわ。彼女はいつも正しいもの。だから今はふさぎ込むのをやめて、自分が成し遂げたことをもっと誇りなさい。あなたは伯爵夫人になるのよ」

「はい、お母さま」

「それから、わたしにその口調はおやめなさい」リリーが指を立てて言う。「目をまわしてみせるのもやめるのよ。あなたの目が健康なのはわかっているわ」

「はい、お母さま」アマンダはさっきよりも意気消沈した様子で応えた。

「いいでしょう。わたしはヴァイオレットと話があるから、弟と妹たちが邪魔しないようにしてちょうだい。わたしの話がすんだら、今度はあなたがおばさまと公園で話してきていいわ。わたしは一緒には行きません。それでいいわね？」

アマンダの顔がぱっと明るくなった。「はい、お母さま」それまでとは打って変わって心のこもった返事だ。彼女は軽く膝を折ってお辞儀をし、部屋を出ていった。

リリーは笑みを浮かべ、部屋を出る娘を見送った。「まったく」頭を振る。「あの子はわたしを殺してしまうつもりなのかしら」そう言いつつも、彼女の笑みには誇りがにじんでいた。

瞳も満足げな輝きをたたえている。「いつかそうなる気がするのよね」しばらく間を置いてから、姉はヴァイオレットに顔を向けた。「ヴァイオレット、あなたに助けてほしいの。これまでにないくらい、あなたの助けが必要なのよ」

リリーはいつもこの調子だ。彼女にかかると、すべてが重大事になってしまう。リリーのほうが年上なのに、ヴァイオレットはいつもうしろに控えて物事を整理する役割を果たしているような気がしていた。それが彼女たち姉妹のあり方だった。人々はリリーを好きになり、みなが彼女をもてはやしているあいだに、ヴァイオレットが必要な用事をすませていく。

その役割を不満に感じたことはない。やるべき用事があるというのは悪くなかったし、姉と一緒にいないときでも、周囲からの扱われようはさして変わらなかった。それでなくとも無視されていたのが、いっそうかまわれなくなっただけだ。

ヴァイオレットは〝なんでも相談にのるわ〟という表情を作ろうと試みた。けれどもリリーが大きなため息をついたところを見ると、その試みはどうやら失敗に終わったらしい。「話だけでも聞いてちょうだい。今度ばかりは本当に真剣なの」

「聞いているわ」ヴァイオレットは言った。

「よく聞いてね」リリーが顔をあげた。「お母さまのことなの。あの人はアマンダにわたしたちにしたのと同じことをするつもりよ」

話が見えず、ヴァイオレットは目をしばたたいた。

「あなたにはわかるでしょう」リリーが腕を伸ばし、ヴァイオレットの袖に触れた。「わたしがトーマスを信じられるようになるまで、結婚してから何年もかかったわ。妻として信頼を寄せられるようになるまでね。わたしはお母さまのルールと裏のルール――自分が言っていいことといけないこと――に縛られていたのよ。もしトーマスが辛抱強く愛を捧げてくれなかったらと思うと……」姉はヴァイオレットから目をそらして絨毯《じゅうたん》を見つめ、そこに暗い未来が映っているような顔をした。「だめよ」小さな声で続ける。「アマンダにそんなことをさせるわけにはいかないわ。お母さまはもうじゅうぶんにわたしたちふたりを傷つけた。わたしたちが乗り越えられたのだって、神さまが導いてくださったからよ」

〝それはお姉さまの意見だわ〟ヴァイオレットは言いたい言葉をのみ込んだ。彼女自身は母親のルールに傷つけられたとは思っていない。それどころか、そのルールを切実に必要としていた。だがそれと同時に、ヴァイオレットは自分自身を世間から隠す方法を学ぶ必要もあった。リリーはありのままの自分でいれば誰からも慕われた。何かのふりをする必要などなかったのだ。

ヴァイオレットは目を見開いている姉を見つめた。リリーの栗色の髪は完璧に整えられている。顔つきはヴァイオレットのそれをやわらかくしたようで、彼女と比べると鼻は少しだけ小さく、唇はやや厚めだった。目の輝きはヴァイオレットをうわまわっていて、眉間のしわはずいぶんと少ない。要するにリリーには、ヴァイオレットには決して手に入れることができないかわいらしさがあった。そのせいか人柄も穏やかで、やはりヴァイオレットにはない人当たりのよさも身につけていた。ヴァイオレットは姉に比べたらはるかにとげとげしく、不愛想で容赦のない性格だった。

「ねえ、いいこと」ヴァイオレットは慎重に言った。「お母さまだって、なんの理由もなしにそうしたわけではないのよ」

リリーが腕を伸ばし、ヴァイオレットの手を握った。「悪質な噂話なら、もうずいぶん昔におさまったわ。わたしの子どもたちがあんな嘘で傷つくことはもうないのよ」

ヴァイオレットは目をそらした。あれは悪質な噂話ではなく、まぎれもない醜聞だった。家族全員を破滅させかねなかった醜聞だ。

「嘘って？」ヴァイオレットは静かに尋ねた。「どんな嘘？」

リリーがじれたように手を振った。「ええ、わかっているわ。傷つけられる可能性のあることは無視するにかぎるのよね」

今、この瞬間、ヴァイオレットは母のルールに従ったつもりはなかった。けれどもリリーは怒りの声をあげた。「わたしたちは家族よ。あなたがわたしと同じように感じているのは手に取るようにわかるの。お母さまがわたしたちにしたことは――あの人がわたしたちをどんな人間にしたのかを含めて、絶対に許されないことよ。お母さまはなんの理由もなく、わたしたちを人間不信の堅物にしたんだわ」

リリーが本気でそう言っていることに、ヴァイオレットは愕然とした。姉は事態がどれだけ切迫していたか本当に知らないのだろうか？　検死報告書に書かれた醜い真実――〝事故と思われる〟という疑いを呼ぶ言葉――が明るみに出たとき、噂話が始まった。ヴァイオレットは父親の棺《ひつぎ》のすぐそばでその噂を初めて耳にしたのだった。一四歳だった彼女はただ、揺れ動く思いを抱え、ぶざまに鼻を押さえて立ち尽くしていた。泣かないようにするための方法をほかに知らなかったからだ。黒い手袋をした母の手を握り、強く握り返してくる母の力を感じていたのを、ありありと覚えている。

その翌日、母はリリーとヴァイオレットと朝食をとった。

「わたしは本を書いているの」母はふたりに告げた。「正しい行儀作法の本よ。あなたたちふたりには、本の教えを実践する見本になってもらうわ」

悲しみの中、リリーとヴァイオレットはぼんやりした混乱を覚えながら母を見つめた。

「ルールをたくさん決めるのよ」母が言う。「表のルールは本に載せるわ。それから、もっと大切で私的なルールもしっかり守ってもらいますからね」

その当時のヴァイオレットは理解していなかった。ただとまどいながら、母の教えを受けはじめただけだ。

〝レディは侮辱を気にしてはいけません〟これは『レディのための行儀作法』にも載せられた表のルールのひとつだ。でも、リリーとヴァイオレットが母親に教え込まれた私的なルール――ふたりは裏のルールと呼んでいた――では、もっと細かく説明されていた。

〝レディは侮辱を気にしてはいけません。しかし、受けた侮辱を忘れてはなりません。どれだけ時間がかかろうとも、必ず復讐《ふくしゅう》を果たすのです〟

表のルールは高らかにこううたっている。〝レディは嘘をついてはいけません。よき言葉は何よりも貴重な財産です〟

対して裏のルールはまったく逆のしたたかな教えを説いている。〝レディは嘘を見破られてはいけません。そしてレディは六つのことで必ず嘘をつかねばなりません〟〝レディは幸運を分け合わなくてはなりません〟本はそう教えている。しかし裏のルールでは〝レディは自分のものを守らなくてはならず、他人にいくらも与えてはなりません〟と説明している。

父親の喪に服していた一年間、母親はふたりの娘にすべてのルールを叩き込んだ。ふたりがついた嘘は誰にも知られることはなかった。絶対に見破られなかったからだ。

ふたりが社会に戻ったとき、出版されたばかりの母親の本が世間の話題を独占していて、父親の死の原因が自殺だったかどうかという質問をされることはなかった。母は賢明な女性だったので、娘たちが世間の好奇の目にさらされることを巧みに避け、娘たちには誰にも見られたくないものを隠す方法を身につけさせた。

ふたりは完璧だった。笑顔と最上級の立ち居ふるまいで相手をたばかる、完璧な嘘つきだった。

リリーはひどいことをされたと思っているかもしれない。でもヴァイオレットは母の行為を、その当時の状況に対応するための、必要に迫られた訓練だと考えていた。リリーが母を許さなかった一方で、ヴァイオレットは母に畏敬の念を抱きつづけた。

子どもだったヴァイオレットは母自身の悲しみについては考えていなかったし、最悪の状況を笑顔でくぐり抜けねばならなかった母の心痛に思いをはせたこともなかった。けれど、今では理解できる。母は夫の〝事故と思われる〟死と、彼女自身の悲しみが娘たちの将来を傷つけるのを拒絶し、顔をあげて敢然と立ち向かったのだ。

「そんな必要はないのに」リリーが言った。「アマンダが訪れるたび、お母さまはルールを教え込もうとするの。すべてのルールをね。わたしの娘に、すべての女性が嘘をつかなくてはならない事柄があると教えているのよ」両手を宙に突き出して続ける。「嘘をつくなんてとんでもないわ！　お母さまは、いつ醜聞が起きるかわからないから準備しておくのがいちばんだと言っていたのよ。そんな理不尽な理屈があるかしら？　いったいどんな醜聞が起きるっていうの？」

ヴァイオレットはうまく無表情を装おうとした。ただ当惑しているように見えることを期待して頭を振る。しかし、心はすでに姉から離れていた。遺伝に関する文章なら――それに伴う性的交渉の描写も含めて――かなり率直な表現でたくさん書いてきた。彼女は蛾の生殖行動と、産業革命開始後に多くの蛾に起きた色の変化の相対的な頻度、そしてそれらとダーウィンの進化論との関係について説明した論文のことを考えた。セバスチャンの講演を訪れ、プラカードを掲げて口汚い叫び声をあげていた人々のことを思い出し、そうした人たちが彼ではなく自分を追ってきていたら、と想像した。

〝汚らわしい〟背後の席でささやいていた女性の声が頭によみがえる。〝自堕落な道楽者〟理論的に考えれば、娘が遺伝の研究をしていて、影武者まで存在していることを母が知っているはずはない。しかし母親が知らない可能性に賭けるほど、ヴァイオレットは愚かではなかった。とにかく、母と会って話し合わなくてはいけないのは明らかだ。

ヴァイオレットの考えも知らず、リリーが首を横に振った。「それがわたしの考えよ。醜聞なんて何もないの。やましいところを隠していなければね」

〝レディは六つのことで必ず嘘をつかねばなりません〟

姉の顔を見て、ヴァイオレットはできるだけあたたかく微笑んだ。「やれやれね」やけにはっきりした自分の声が聞こえてくる。「まったく、お姉さまに隠し事はできそうもないわ」

「もっとも」リリーが皮肉っぽく言う。「ミスター・マルヒュアの問題はあるわね」

下手なことは言えない。ヴァイオレットはただ目をしばたたいた。

「彼の評判よ」リリーが肘でヴァイオレットをつつく。「特に女性関係の。あなたも気づいているんでしょう？　まさか彼に屈していないわよね？」

「あら」ヴァイオレットは深く息を吸った。「そのことなの。リリー、彼は子どもの頃からの友人、それだけよ」

今ではもう友人とも言えないけれど。

リリーは笑みを浮かべ、ヴァイオレットの手首に手を置いた。「からかってみただけよ。もちろん、あなたと彼がそんな関係になるわけがないのはよくわかっているわ」ヴァイオレットに向かってウインクをし、さらに言葉を続ける。「あの人は最低よ。あのひどい講演も含めてね。もしあなたがあんな男の浅はかな策略に引っかかるようなら、わたしが自分で引導を渡すところだわ」彼女は笑った。

ヴァイオレットは姉の顔を見た。陽気とは言えないどこか醜い響きの笑い声から、リリーが冗談を言っているわけではないことがうかがえた。これはからかっているのではなく警告しているのだ。ヴァイオレットはごくりと唾をのみ込んだ。

これこそ、リリーが母親を理解できない理由だ。母は醜聞を胸に秘めるとはどういうことか、真実が人を社会から永遠に抹殺するという現実を突きつけられるのがどういうことかを承知していた。リリーはそれらを決して理解しようとしなかった。

「そういうわけで、お母さまと話をしてほしいの」リリーが言った。「アマンダの頭に理屈に合わない暴論を吹き込むのをやめるよう説得してちょうだい。お母さまはわたしの話は聞かないけれど、あなたなら……」

「それはわたしがお母さまの話を理解しているからなのよ」ヴァイオレットは言った。

「ええ」リリーが即座に応えた。「あなたはお母さまと同じで難しい性格だからよ。短気で理解しづらいの」まるで誰もが賛同する単純な事実であるかのように告げる。「それから、アマンダとも話をしてくれる？　何かばかげたことを企んでいるみたいなの。あの子もあなたの話なら聞くわ」

「わたしが話をしたら、あの子はもっと手に負えなくなるかもしれないわよ」ヴァイオレットは小声で言った。

リリーが彼女の肩を叩く。「お願いよ、ヴァイオレット。あなただけが頼りなの」

「そうかしら」

だが、リリーは妹の性格をよく知っていた。こんなささいなことでも必要とされるのは気分がいいものだ。

「ふたりと話をするわ」ヴァイオレットは言った。

これでセバスチャンの言った言葉、最悪のときに頭の中を駆けめぐるあの言葉――〝ぼくにだって相手を選ぶ基準ってものがある。きみのことはまっぴらごめんだね〟――が頭から消えなかったら、もはや何をもってしても消すことはできないだろう。

4

「さあ、あなたが結婚したくないと思っている相手について聞かせて」ヴァイオレットは言った。

姉と別れてから三〇分ほどが経っていた。公園は暑く、つばの広い帽子がどうにか強い日差しから顔を守ってくれている状態だ。それでも邪魔が入らずにふたりきりの会話ができそうな場所といったら、ほかには考えられなかった。アマンダには七人の弟と三人の妹がいるので、家では静かな空間など望めない。

アマンダが頬を赤らめた。「結婚したくないなんて——」

「困った子ね」ヴァイオレットは続けた。「結婚について話すのを避けていたら、なんの結論にもたどり着けないわよ。おばあさまの忠告は無視しなさい。さあ、こっちに顔を寄せて小声で話して」

アマンダは身を乗り出したが、眉間にしわを寄せて難しい顔をしている。ヴァイオレットのほうをちらりとうかがい、姿勢を正して顔をそむけてしまった。

「いいかげんになさい」ヴァイオレットは言った。「いいわ、わたしが手伝ってあげる。最初の切り出し方はこうよ。〝わたしは彼を愛していない〟」

「それより悪い状況なの」

「厩舎の馬番と恋に落ちでもしたの？」

「まさか、馬番はまだ一二歳よ」

「なら、そんなにひどい状況でもないわ。使用人の男の子に恋しているわけではないのね。じゃあ、いったいどうしたの？」

姪が顔をゆがめた。「友だちのサラの家に行ったの。彼女は二カ月前に結婚したのよ。結婚した女性がどうなるか話してくれたわ」

「そう」ヴァイオレットの気分が沈んだ。リリーのために姪と話し合うのはかまわない。でも、よりによってハイドパークで〝肉体関係は大切よ。実際、たくさんの女性が男性との行為を好きになるわ〟などという話をするのは絶対にいやだった。

「わたしが理解したかぎりでは」アマンダが言った。「食事の献立を考えて、使用人の監督をして、お出かけをするだけなのよ」頰をふくらませて続ける。「結婚したら、それが人生のすべてになってしまうの」

ヴァイオレットは内心で神に感謝した。どうやら性行為についての話ではないようだ。

「そんなの退屈そうだわ」アマンダは苦しげに言い、ヴァイオレットのほうを見た。「おばさまやお母さまの人生が退屈だと言っているわけではないのよ。ただ――」

ヴァイオレットは両手の指先を合わせて言った。「社会奉仕をする団体があるわ。そのお手伝いだってできるわよ」

アマンダが大きく息をつく。「社会奉仕は大切だし、いいことだと思うわ。でも上流階級の女性の団体は、現実的に見て社会の役に立っていない気がするの。だって女性たちが一日に四時間も集まって、貧しい人々のために靴下を編むだけなんて意味がないでしょう。その団体にお茶代で三シリングも払わされるなら、なおさらよ」彼女は口を尖らせた。「そんなお金があるなら、女性たちを雇って出来高で賃金を払えばいいのよ。貧しい人たちに仕事をあげられるし、わたしたちが適当に編んだ靴下より、よほどいいものができあがるわ」

ヴァイオレットは姪を見て淡々と言った。「あなたのお母さまがわたしを駆り出した理由がわかったわ。あなたが理屈を語りはじめたせいね」

そしておそらくリリーは、妹が結婚という制度を無条件に支持しているという幻想を抱いているのだ。姉のような人々にとっては悪くない制度だと思う。でも、ヴァイオレットがあのような結婚生活を送っていた責任の一端はリリーにもあった。もしリリーがあれほど次々に子どもを産まなければ、もともと地味で面白味のないヴァイオレットに注目が集まることもなかっただろう。結果的に、年齢を重ねて焦る夫の心の中で、ヴァイオレットの子どもを産む能力がすべてになっていったのだ。

「時間の無駄よ」アマンダが言う。「結婚自体、時間の無駄に思えるわ。どうして女性たちはこんな制度に賛成しているのかしら？」

「自分が何をすべきか考えたとき、結婚する以上の道を思いつかないからよ」ヴァイオレットはあっさりと答えた。「だからみんな結婚するの」

「そんなひどい理由ってないわ」

「社会の構造がひどいのよ。あなたも慣れなさい」

アマンダは鼻を鳴らし、顔をそむけた。「わかったわ。今のわたしに必要なのは、お母さまの気をそらすことね。自分がやりたいことが見つかるまで、代わりにできることを探さないと」

ヴァイオレットの頭の中で警告の鐘が鳴り響いた。この会話はおそらく、リリーが望んでいるのとは大きく違う方向へ進んでいる。

「わたしと一緒にアメリカへ行ってくれる？」アマンダが甘えた声で尋ねた。

「無理よ」

「フランスなら？」

「ひょっとしたら。でも、あなたの結婚が話題にならなくなるほど長いあいだは無理ね」

「おばさまだけが頼りなの」

アマンダがリリーと同じことを言った。ヴァイオレットはため息をつき、池に視線を向けた。

「考えてみるわ」そう応えて、さっそく考えをめぐらせる。

リリーがヴァイオレットに望んでいるのは、アマンダを説得して結婚させることだ。反対にアマンダは、結婚を避けるために遠くへ連れていってくれとせがんでいる。さらにつけ加えるなら、ヴァイオレットの母親もまた、怖くて考えたくもない思惑を抱えて動いているに違いない。

姪に嘘をつくのは論外だ。そんなことをしたら、アマンダは絶対に許してくれないだろう。その一方で真実を告げる気にもなれない。〝もし結婚するなら、条件は申し分ないものにしないと。おばあさまに交渉をまかせて、いい話をまとめてもらうのよ。それからは夫が亡くなるのを待って、そのあとで自分がやりたいことを都合よくやらせてくれる誰かを改めて探せばいいわ〟そんな言葉をかけたくはない。

そんな醜い真実を告げて、どうなるというのだろう？

道の中央に男性がひとり立っていた。考えにふけっていたヴァイオレットは、ほとんど相手を認識していない状態のままアマンダの腕を取って脇にそれた。

いきなり男性の声が響き、ヴァイオレットの思考をかき乱した。「おふたりとも、ごきげんよう」どこかで聞いた――いえ、よく知っている声だ。

ヴァイオレットは顔をあげ、彼女を見ている黒い瞳に視線を移した。

少し前であれば、セバスチャンとこうして偶然会えば笑みを浮かべていただろう。でも、今は彼を見るだけで心が痛んだ。二週間前に告げられた言葉が脳裏によみがえる。ヴァイオレットは頭を振り、顔をそむけた。

いつまで経っても心を切り刻むナイフのような記憶だ。

彼女を見るセバスチャンの顔には、かすかな微笑みが浮かんでいた。セバスチャンはほとんどいつも笑っているので、彼を知らない人間ならとまどうかもしれない。けれどもヴァイオレットは、彼の笑顔の意味を完璧に理解していた。今浮かべているのは、ほかの男性であればしかめっ面をするとき――たとえば妙な匂いに気づいたが、それを指摘して誰かに恥をかかせるのを望んでいないとき――にセバスチャンが見せる笑みだ。

「ごめんなさい」ヴァイオレットは自分のスカートを撫でながら言った。「何か問題でもあった？」

「挨拶もなしにぼくを素通りするつもりだったのかい？」セバスチャンが尋ねた。

ヴァイオレットはごくりと唾をのみ込んだ。「あなただと気づかなかったのよ」

笑みを浮かべたまま、セバスチャンが目をきらりと光らせた。「気づかなかった、だって？ ゲームか何かのつもりでそんなことを？」

「いいえ、事実よ。本当に気がつかなかったの」ヴァイオレットは両目をもんで答えた。ひどいことを言ったのはセバスチャンのほうなのに、どうしてこんな罪の意識に駆られなくてはいけないのだろう？ ヴァイオレットなどまっぴらだと言い放ったのは彼なのに。「ちょっと考え事をしていて、あなたに気づかなかったのよ。たぶん女王陛下がシマウマとワルツを踊っていたって気がつかなかったわ」

楽しんでいるのか、いらだっているのか、セバスチャンの口の端がぴくぴくと動いた。

「それに」可能なかぎり平静を保ちながら言う。「姪と一緒にいるのよ。今は初めての社交シーズン中で、この子には守らなくてはならない評判もある。あなたを紹介するわけにはいかないわ」

アマンダはヴァイオレットの隣に立ったまま、不安と好奇心が入りまじった目でセバスチャンを見つめている。

「なるほど」彼が言った。「待っていても紹介してもらえそうにないか。きみはレディ・アマンダだね」

膝を折ってお辞儀をしようとしたアマンダの腕を取り、ヴァイオレットはかぶりを振って制した。

「きみに引き合わされたことはないな」セバスチャンが言った。「ぼくのことも知らないはずだ。ついでだから言っておくよ、ぼくはミスター・セバスチャン・マルヒュアだ」

昼のあいだからかすかに息をのむ音をもらして、アマンダがあとずさりした。

「ヴァイオレットおばさま、この方とお知り合いなの？」

リリーの秘密主義になかば呆れ、ヴァイオレットは天を仰いだ。「知っているわ。あなたのお母さまも知っているわよ。ふたりとも、彼とは旧知の間柄なの。あなたのおばあさまがわたしたち姉妹を育てた家の近所に、彼は住んでいたのよ」

「心配いらないよ」セバスチャンがアマンダに向かって言った。「今きみを誘惑する気はないからね」

ヴァイオレットの頭がちくちくと痛みだした。「セバスチャン、結婚前のわたしの姪に誘惑の話なんてしないでちょうだい」

普通の男性であれば顔を赤くして謝罪するところだ。だが、セバスチャンはにやりとしながらウインクをしただけだった。

「誘惑するとは言っていない」彼が言った。「誘惑しないと言ったんだ。つまり、きみもすでにわかってくれていると思うが、誘惑とは正反対にあたる」

「もっともらしいことを言って、ごまかそうとしてもだめよ」ヴァイオレットは言い返した。「象について話さないでと頼んだら、象ではない動物の話を延々と続けながら、象について示唆していく。あなたはそういう人だわ。有袋類だの、イヌ科だの、象じゃない動物についてーー」

「つまり象以外のすべてという分類があるとして、そこに象でない動物は含まれないとでも言うつもりかい？」セバスチャンが無邪気に爪をいじりながら応じる。「それはまた無茶な主張だね」

「話題の選び方の話よ」ヴァイオレットは強調した。「象と無関係な話題には、象の形をした穴の話は含まれないわ」

アマンダはいぶかしげな顔でふたりを見ていた。「すごいわ」驚いた声で言い、セバスチャンに向き直る。「あなたは優秀ね。指一本動かさずに、ヴァイオレットおばさまをくだらない議論に引きずり込むなんて」

自分たちがハイドパークの道の真ん中に立っていることを思い出し、ヴァイオレットは鼻を鳴らした。

「それは褒めすぎだ」セバスチャンが言った。「たまたま象の話題になっただけさ。象の話で始まって象の話が続き、象の話で終わっただけだよ」

「大きな象の話でね」ヴァイオレットは同意した。

彼が深刻ぶった表情でうなずく。「たしかに、ぼくの知っている象はすべて大きい」

「セバスチャン」ヴァイオレットは苦しげに言った。もっとも、たしかに今度は誘惑に直接言及しているわけではない。「まったくもう――」そのあとになんと言えばいいのか思いつかなかった。〝冗談でごまかしたって、わたしを傷つけたことは帳消しにならないわよ〟そう言いたかったけれど、代わりにこう告げた。「こちらの頭が爆発しそうだわ。粉々になって塵《ちり》の山にでもなりそうよ」

「それはやめてほしいな」セバスチャンが心配そうな表情を装う。「こんなにいい天気なのに、せっかくの一日が台なしになってしまう」

ヴァイオレットは彼をにらみつけた。そうしなければ笑ってしまいそうだったからだ。手で口を押さえて言った。「象の話はもうおしまいよ」

「きみがそう言うなら」セバスチャンが目をそらして遠くを見た。「象とはまったく無関係な話をしよう。実はほかに話したいことがあったんだ。貿易の話なんだが――」

これほど人を困惑させる話題の転換もないだろう。少なくともヴァイオレットには予想外だった。「貿易?」

「そうだ。貿易だよ。船で貨物を運ぶんだ。ぼくは最小二乗法を使って――」

「最小、なんですって？」不本意ながらも状況を楽しんでいたヴァイオレットだったが、そんな気分が一気に消し飛んだ。「なんの話をしているのか、まるでわからないわ」セバスチャンを蹴り飛ばしてやりたい衝動がこみあげた。カンベリー伯爵夫人が数学の定理など知っているはずがないでしょう。女性に数学が理解できるわけがないというのが世間の常識なのだから。それに、ふたりでいるときに科学の話をするのをいやがっているセバスチャンが、公の場でそんな話題を振ってくるのも筋が通らない。

「気にしないでくれ」セバスチャンがため息をついた。「ただの数字の話だよ。きみにはわからないかな」

「そのとおりよ。数学の話なら、あとでお友だちと好きなだけすればいいでしょう、ミスター・マルヒュア。わたしは忙しいの」

セバスチャンが顔をしかめて口を開きかけ、何も言わずにふたたび閉じた。

アマンダが眉間にしわを寄せた。「おふたりがけんかをしているのか、それともこれがいつもの調子なのか、わたしにはさっぱりだわ」

「いつもどおりよ」ヴァイオレットが答えた。

「けんか中なんだ」同時にセバスチャンが言う。

気まずい沈黙が流れ、彼がヴァイオレットを見つめた。

「けんかなんてしていないわ」ヴァイオレットは強く否定した。「わたしたちはただ、ちょっとした議論をしていただけよ。その……学術用語について」

帽子を取ったセバスチャンが頭に手をやり、髪をかきむしった。腹立たしくもすてきな仕草だ。ヴァイオレットは彼をすてきだと思う気持ちを抑え込んだ。

「いいかい、ヴァイオレット」セバスチャンが言った。「ぼくたちが今、こんな気まずい状態なのには理由がある。それはわかっているが、ここはお互いに気持ちを静める必要があると思うんだ。オリヴァーの結婚式は数日後だし、どうせそのときにも顔を合わせないといけないしね。ここは休戦といこうじゃないか。どうだい？」

たしかにオリヴァーの結婚式ではかなりの時間、顔を合わせなくてはならない。そのときセバスチャンはうまくヴァイオレットを言いくるめて、もとの気安い友人関係に戻ろうとするだろう。先ほど交わした象の会話で明らかなように、彼の手管はなかなかのものだ。ヴァイオレットは顔をそむけ、感情を殺した口調で答えた。「結婚式なら問題ないわ」

セバスチャンは彼女の人となりを誰よりも知っている。ヴァイオレットの言葉を聞いた彼は息をのみ、一歩前に踏み出した。「まさか欠席するつもりじゃないだろうね？」危険なほど魅力的な低い声で言う。

「いけないかしら？　オリヴァーはわたしの幼なじみではないわ」話しているそばから、喉に何か大きくていやなものがつかえている感覚に襲われた。「彼はあなたの幼なじみよ。あなたが参列すれば、それでいいじゃない」

「忘れているといけないから言っておくが、ジェーンはきみの友だちじゃないか。それにオリヴァーだって――」

「ミス・ジェーン・フェアフィールドね」ヴァイオレットは冷たく言った。「彼女は悪趣味で有名ですもの。どうせわたしと友人になるのは、そういう人だけだと思っているんでしょう？」

言葉が口から出たとたん、自分がいかにひどいことを言ったかわかった。ヴァイオレットは息をのんであわてて口を閉じ、両手でその口にふたをして息を吐き出す。

まったく、なんていやな女なのだろう。不愉快きわまりない、最低でわがままな女だ。ジェーンのことは好きなのに……いらだちに身をまかせてしまった。ほかの人だったら、こういうときにどんな態度を取ったかしら？　すでに言葉は口から出てしまい、ヴァイオレットはそれが自分のものではないふりをすることくらいしかできなかった。

「くそっ、ヴァイオレット、なんてことを」セバスチャンが怒りもあらわに言った。

「子どもの前で悪態をつくのはやめて」

「くそっ」彼は繰り返した。「きみが欠席したら、みんな残念がるだろうな。ぼくも残念だよ」

その言葉を聞いて、ヴァイオレットは顔をあげた。心臓が口から飛び出しそうだ。その瞬間、セバスチャンの両目の下が黒くなっていることに気づいた。顔も真っ青で、こんな彼は今まで見たこともない。自分の痛みにばかりかまけていて、彼の痛みが見えていなかったのだ。

「やっぱりけんかしているのね」ヴァイオレットの隣にいるアマンダが言った。

セバスチャンが自分に会いたがっているなど、ヴァイオレットは考えてみたこともなかった。胸の高鳴りが徐々に増していく。これは五年にわたる共謀者に対する反応ではない。まるで恋人を相手にしているみたいだ。ふたりは肘がぶつかる程度の偶然を除けば互いに触れ合ったこともないし、そんな偶然すらも彼女は避けようとしてきた。それにもかかわらず、自分たちだけの方法で、恋人よりも親密で友人よりも近い関係を築いてきたのだ。その関係から遠ざかろうとしていたのは彼女も同じだったけれど、実は寂しかったのだ。セバスチャンが恋しくて仕方なかった。

自分の言葉に窒息するような思いをして、大切に思う自分の気持ちにそむいてみてようやく、ヴァイオレットはその事実を受け入れられたのだった。

「わかったわ」小声で言う。「結婚式には行くわよ」

いくらそっけなく言ったところで、その場にいるふたりはごまかされなかったようだ。セバスチャンが安堵の笑みを浮かべ、アマンダも大きく息を吐き出した。

「よかった」アマンダが言う。「じゃあ、キスをして仲直りね」

ヴァイオレットは思わずあとずさりした。姪の言葉の意味はわかっている。恋人同士のキスではなく、友人同士のキスの話だ。それでもセバスチャンの唇や笑顔を想像せずにはいられなかった。空気に漂う彼の匂いも、ほかの誰とも違ってすばらしく感じられる。安心をもたらしてくれる匂い。隣に座って彼の匂いを吸っていられるだけでいいとさえ思えてくる。

絶対に越えてはならない一線はたしかに存在する。親友とのキスを想像するのは、その一線を越える行為に思えた。

セバスチャンが肩をすくめ、鼻筋にしわを寄せた。

「お断りするわ」ヴァイオレットは言った。

同時にセバスチャンも言った。「ただ仲直りするだけじゃだめかな?」

ふたたび言葉を交わすようになり、互いの考えが手に取るようにわかるようになったせいだろう。気がつけば、ヴァイオレットの顔には笑みが浮かんでいた。

ここしばらくは、われながら本当にひどい状態だった。セバスチャンには、彼女の不機嫌な感情を一方的にぶつけられるいわれなどなかったのだ。ふたりの友情が迎えている新しい局面をどう乗りきっていけばいいのかはわからない。でもここで足を踏み出さなければ、一生後悔するに違いなかった。ヴァイオレットは深く息をついた。

「わたしたちはもう行かないと」セバスチャンにちらりと目をやって告げる。「これ以上、あなたと話している暇はないの」

「ヴァイオレットおばさま!」彼女に手首をつかまれて歩きはじめたアマンダが抗議した。「失礼じゃない! あんな言葉をほかの人に聞かれたら大変よ。いくらあの人が放蕩者だとしても、あの態度はないわ」

アマンダにどう思われてもかまわない。別れ際のセバスチャンの笑顔を引き出したのは、間違いなくヴァイオレット自身の言葉だったからだ。つまり、彼女の本心はちゃんと彼に伝わっている。

要するに、誰もが意味を理解できてしまっては、暗号とは言えないということだ。

ヴァイオレットは、黒を基調にした広い応接間にいた。できればどこかほかの場所にいたいと思いながら、長椅子の端に座っていた。

セバスチャンと別れたあと、ヴァイオレットは姪を姉のもとに送り届け、その足でここへやってきた。思えば、母はずっと何かの醜聞を恐れていた。もし過去五年にわたってヴァイオレットがしてきた行為を知っていて、発覚を恐れているのだとしたら、この会話は難しいものになるだろう。母がセバスチャンとの件を知らなかったとしたら、何か別の心配事を胸に秘めているということだ。いずれにしても、リリーと約束をした以上、いたずらに訪問を先延ばしにしても意味はない。

母がヴァイオレットの向かいの椅子に座っている。指のあいだを流れていくスカイブルーの毛糸を油断なく見つめながら、カチカチと音を立てる針をすさまじい速さで動かしていた。

「お母さま」ヴァイオレットは言った。呼びかけるのはこれで三回目だ。「そろそろわたしの話を――」

「少しお待ちなさい」ロザラム男爵未亡人は、使用人や娘たちに有無を言わせず命令に従わせる低いかすれ声の持ち主だ。「数え間違えたら、列ごとやり直さなくてはいけなくなるのよ」

「大事な話なの、お母さま」

まるで意に介した様子もなく、母は編み物を続けた。

ヴァイオレットはため息をついた。母にとっては、編み物を一列終わらせるほうが娘よりも重要なのだ。それもわかっていたことだった。

しばらく母は顔をあげようとしなかった。その代わり、針が立てる音がいっそう大きくなっていく。長い沈黙のあとで、母がようやく口を開いた。「『レディのための行儀作法』に、レディがしてはいけないことが書いてあったわね。ため息をつく、目をぐるりとまわす、音を立ててドアを閉める……ほかにもたくさんあったわよ。わたしが顔を赤くして怒るのを期待して、わざと行儀作法のルールを破ってみたの？　それとも単にあなたが粗野な人間になりさがっただけ？」

そう言うあいだも、母は編み物を続けて顔をあげなかった。

口の端が引きつるのを感じながら、ヴァイオレットは答えた。「あの本を書いたのはお母さまよ」

最後のひと針を終えた男爵未亡人が片方の眉をあげ、編みかけのスカーフをかたわらに置いた。

「ずいぶん昔に出版された本だから、わざわざ中身を修正する必要がないのか？　その逆よ。苦労して細部まで考え抜いたルールですもの。どこも変える必要がないから、わざわざ改訂版を出さないだけ」

リリーがこの場にいたら、腰に手を当てて地団太を踏んでいるところだろう。母にひととおりの文句を並べ立て、そのあとヴァイオレットとふたりきりになってから、娘を礼儀正しい言葉で迎えようともしない母の冷たさに愚痴をこぼすのだ。

だが、ヴァイオレットは姉よりも母を理解していた。母にとっては、これがあたたかい歓迎を示す態度なのだ。母は大切に思う人を抱きしめるような女性ではない。誰かに会ってうれしいときには、うるさく講釈を垂れようとする。それが母の性格だった。

「今日ここへ来たのには理由があるの？」母がきいた。

「娘が母親のもとを訪れるのに理由が必要なの？」ヴァイオレットはさらりと言った。

「なるほどね」母がかぶりを振る。「あなたにはスピーチの才能があるわ、ヴァイオレット。今すぐにその才能を発揮してほしいものね」

ヴァイオレットはうつむいてスカートのしわを伸ばした。どう話を切り出せばいいのかわからない。母がたった今言った言葉がどうあれ、ただすべてを告白しても、母を不快な気分にさせるだけだろう。

〝リリーと話していて、お母さまが醜聞を気にしているのではないかと思ったの。もしかして、わたしがイングランドでいちばん嫌われている科学者だということを知っているの？〟

そんなふうにあっさり言えるはずがなかった。

ふたりは袋小路にいた。レディが嘘をつかねばならないことは六つある。そのうちのひとつがみずからの過ちだ。つまりヴァイオレットは、自分の行為を認めるわけにはいかなかった。また、レディは他人の過ちについても嘘をつかなくてはならない——ということは母もまた、ヴァイオレットの行為を知っていても、それを認めるわけにはいかないのだ。

母のルールはどれも完全に理にかなったものばかり。でも、ときにひどく不便だと思えるものもある。

「お母さま」ヴァイオレットは言った。「お母さまがアマンダにルールを教えていると聞いたわ。裏のほうも教えているそうね」

母がさっと顔をあげ、周囲を見まわした。裏のルールについては人前で話さないことになっているからだ。ほかに聞いている者はいない。「あなたの姉は気に入らないみたいだけれど、ええ、教えているわ。アマンダもじきに一人前の女性になるのよ。それなりの生き方を知る権利があるでしょう」

「お母さまはかたくなすぎるとリリーは思っているのよ。わたしは……」ヴァイオレットは緊張で乾いた唇を湿らせ、母親の顔を見つめた。「わたしは、お母さまがわたしたち家族に降りかかる醜聞を予感していると思ってるの」

「醜聞ですって?」母はスカーフを手に取って裏返し、編み目を確かめはじめた。「話がまるで見えないわね。あなたはどんな醜聞を予感しているの、ヴァイオレット?」

ほかの女性が口にしたのであれば、問いかけに聞こえる言葉なのだろう。けれども計算された声音のせいで、淡々と事実を述べているようにしか聞こえなかった。

母がゲームを挑んでくるつもりなら、受けて立つだけの話だ。「別に何もないわ」

「だったら、この会話に意味はないわね。人が何もないと言うときは、その人に進んで話したいことが何もないという意味なのよ。でも、わたしはあなたの母親よ、ヴァイオレット。あなたが話したがっているかどうかは関係ない。何か知っていることがあるのなら話しなさい。今すぐに」

ヴァイオレットは笑いをこらえた。誰が相手でも遠慮なく威嚇するのが母なのだ。最近では――正直に言えばこの一〇年ほど――ヴァイオレット自身も同じことをするようになっていた。年を重ねるたびに母と似てくる気がする。だとしたら、母のとげとげしい無関心さが身につくまで、あとどのくらいかかるのだろう？ そして今の自分は母の冷静で独断的な外面をうわべだけ真似ているけれど、これもいつか本物になる日が来るのだろうか？ 今からそのときが待ちきれない気分だ。

「何がおかしいの？」母が眉をひそめて尋ねた。「もしかして、わたしを笑っているの？ あなたはどんな話を聞いてきたの、ヴァイオレット？」

「何も聞いていないわ」ヴァイオレットは答えた。

長い沈黙のあと母が立ちあがり、忍び足でドアに近づいた。少しのあいだドアのそばで立ち止まり、続けてすばやくドアを開け放つ。

部屋の外には誰もいなかった。母は頭を出して廊下の左右を確かめ、静かにドアを閉めた。

「あなたの慎重さには感謝するわ、ヴァイオレット」母がささやいた。「堂々と話せないことだというのも承知しているわよ。でも、わたしが扱いたくない事柄をふたりで扱おうというのなら、わたしたちは理解し合わないといけない。リリーがいなくてよかったわね。あの子がいたら、かんしゃくどころではすまないでしょうから」ヴァイオレットをじっと見つめて続ける。「さあ、すべきことはわかっているでしょう」

ヴァイオレットは、ほかのすべてのルールの上位に位置する、いちばん最初のルールを口にした。「レディはみずからの身を守らなくてはなりません」

母がうなずく。「どれだけ愚かで忘れっぽいレディでも……まあ、いいわ。ルールに変わりはないもの。さあ、ヴァイオレット、そばに来て小声で話してちょうだい。人が聞いているとは思わないけれど、何かあったときに自分が間違っていたと思い知るのはいやですからね」母はため息をついた。「この手の恐怖に身をさらすには、わたしは年を取りすぎたわ。それで、あなたの考えている醜聞というのは最近の出来事なの？　それとも昔？」

「昔の話よ」

母が鼻筋にしわを寄せる。「何年の出来事？」

「待って」ヴァイオレットは年数を数えた。「そうね……一八六二年よ」

「それなら……」母は唇を引き結び、頭を振った。「あの話ね。なるほど」

しばしの沈黙のあと、それが母から得られた反応のすべてなのだとヴァイオレットは気づいた。

もしかすると、もっと大きな反応を期待していたのかもしれない。以前ヴァイオレットはこの件について、母にほのめかしたことがあった。母ならば事実を知ったとしても理解してくれると思っていたからだ。結局のところ、ふたりは母娘《おやこ》なわけだし、たとえリリーが母を冷たくて非情な人間と思っているとしても、ヴァイオレットは姉よりも深く母を理解していた。あるいは理解したつもりになっていた。

母は自分の額を撫でている。部屋の雰囲気にまるでふさわしくない、不安そうではかなげな仕草だ。ヴァイオレットは思わず腕を伸ばしかけ、途中で止めた。母は触れられるのを望まない。特にヴァイオレットが悩みの種になっているときは昔からそうだった。

「そうね」母が言った。「わたしは願っていたのよ。あなたが……まあ、いいわ、結局のところ、願うだけではなんの解決にもつながらないということね」ため息をついて顔をあげる。「それで、あとは誰に話したの？　リリーには話した？　もし話したのなら、あの子は夫に言うわよ。彼女の夫は騒ぎたてるのが自分の義務だと考えるでしょうね。あの人ときたら自分の義務に対してはどうしようもない信念を抱いているようだから、家族の秘密を守ろうなんて毛ほども思わないはずよ。そうなったら、わたしたちは家族そろっておしまいだわ」

ヴァイオレットは顔をしかめた。母はわざと大げさにまくしたてることで、不安を抑え込んでいるのだろう。「わたしだってばかじゃない。リリーには何も話していないわ」

「それで正解よ。ほかに誰かに話した？」

「もちろんセバスチャン・マルヒュアには話したわ」

母が鼻で笑った。「わたしはあの子が歩ける年頃になったときから、ずっと警戒していたわ。いずれ厄介事のもとになると思ってね。でも、少なくとも彼は慎重よ。今の段階でまだ誰にも話していないとしたら、たぶんこの先も大丈夫でしょう」ため息をついて続ける。

「ただ、どれだけ信用できると思っている相手であっても、知っている人が多いほど危険は増していくものよ。この秘密は大ごとよ。家族を台なしにするなんていう甘い結末では、すまされないでしょうね」

胃をつかまれたような感覚に襲われながら、ヴァイオレットは必死にたじろぐまいとした。それでも内心では、母の冷静な態度に対して賞賛の言葉のひとつも口にしたいと願う自分がたしかにいる。かすかに笑みを浮かべたいとさえ思ってしまうくらいだ。でも彼女を見つめる母の目は暗いままで、非難がにじんでいた。

「今でもこの秘密についての悪夢を見るわ」母が続けた。「どうしても本当の出来事だと思えない日があるほどよ。まったく、気分が悪くなる話だわ」編み物をテーブルに置き、震える自分の指を撫でる。

そのとき、ヴァイオレットはこれまで自分自身に嘘をついていたのだと気がついた。母親が娘を誇りに思う？　とんでもない。胸が悪くなるほど最低の人間、それがヴァイオレットの正体だった。

ヴァイオレットは自分が人から愛されない人間だと自覚していたので、人から受け入れられることは期待していないというふりをしながら生きてきた。若い頃にはその生き方が苦痛だった時期もあったけれど、どうにか背筋を伸ばして人生を乗りきってきたのだ。彼女にとって愛されない女性であるよりも悪いのはただひとつ、愛されないのを嘆く女性であることだけ。誰かと心を許せる関係になりたいという希望を捨て去り、世間から理解されない自分の秘密を隠すことを常としてきたのだった。

もし自分が正しい決断をしてきたことを証明したいのであれば、これがその機会だ。血を分けた母でさえ、ヴァイオレット自身と彼女の行為を受け入れられないに違いないのだから。

ヴァイオレットはごくりと唾をのみ込んだ。

すべてが悪いほうに転ぶとはかぎらない。ヴァイオレットはずっとうまく自分の感情を制御できるようになっていた。それほど大きな失望を感じることもなくなっているし、歯ぎしりするほどのみじめさに苦しむことはないだろう。母には愛想を尽かされるかもしれない。でも、たとえそうなったとしても、何事もなかったふりをして冷静な笑みを浮かべていられる自信はあった。今まさに、人生になんの期待もせずに生きるすべを学んでいるところなのだ。母の年齢になるまでには、すべての希望から解き放たれているかもしれない。

「わかったわ、お母さま」なんとか声を震わせずに言った。「わたしが何も言わなかった理由はなんだと思っていたの？」

「いい子ね」母が言う。「これからだって、わたしたちふたりの秘密にしておかなくてはいけないわよ。実際のところ、わたしも噂を耳にしただけ——誰かが作った、ちょっとした噂話をね。レディ・ハフィントンだって、わたしに少しいやな思いをさせる以外の思惑はなかったはずよ。自分の悪口にどれだけの真実が含まれていたか、自分でもわかっていなかったのね」力のない笑みを浮かべ、母は続けた。「でも、これがもっと大きな危険になることに気づいたら、あなたはわたしに話してくれる。そうよね？」

「もちろんよ、お母さま」ヴァイオレットは両手を重ねたまま座っていた。どう言ったらいいものか、よくわからない。「気休めになるかどうかわからないけれど――」やっとの思いで切り出した。「わたしを非難してくれてかまわないわ。少しだけなら」

母が当惑した表情を浮かべた。「そうするなら、わざわざあなたの許可なんて求めないわ。わたしに非難してほしいの？」

ヴァイオレットは目をそむけた。「醜聞が表沙汰になったら、報いは両手を広げて受け入れるわ。この事実を葬り去ったら……自分が何者なのかわからなくなってしまうから。わたしにとって、すべてだったのよ。そして今は罪の意識を感じる。わたしはとても、とてもわがままな人間ね」

「ヴァイオレット・メアリー・ウォーターフィールド、罪の意識なんて感じてはいけないわ」母の声は少しかすれていた。「わたしの前では禁じます。特にそのことについては絶対にだめよ」

「でも――」一瞬、自分の中で消し去ったはずの希望がよみがえった。母は娘の秘密を誇りに思ってくれていた。この選択は間違っていなかったのだ。もっとも大切な意見を言ってくれる女性から――わずかでも――認められていた。

「いいわね。この件について、ほんの少しでも罪の意識なんて感じてはだめ。わたしが認めないわ」

息を吸い込んだヴァイオレットの肺が、焼けるように熱くなっていった。希望など持ってはいけない。彼女はそう自分に言い聞かせた。

母が片方の手をあげた。「言ってはだめよ。金輪際、言ってはだめ。誰かに——ひとりの使用人にでも聞かれたら、わたしたちはおしまいよ。それから罪悪感で悩むのもおやめなさい、ヴァイオレット。罪の意識はどこにも導いてはくれないわ。この先何をするにも、何を言うときも、絶対に誰にも知られないよう用心なさい」

だめだ。やはり希望なんて、なんの役にも立たない。そんなものにすがってはいけない。すがりさえしなければ、この重圧に押しつぶされずにすむ。

「心配しないで、お母さま。危険は承知しているわ」ヴァイオレットは顎をあげた。「絶対に何も起こらないようにするから。結局のところ、レディは自分で自分の身を守らないといけないんですもの」

母の瞳がかすかに潤んでいるように見えたのは空想のなせるわざだろうか？　ほんの一瞬、たしかにそう見えた気がした。けれども母が顔をあげたとき、瞳の輝きはすっかりいつもと同じに戻っていた。やはりヴァイオレットの空想の産物だったのだ。

5

セバスチャンがたくさんの書類が詰まった鞄《かばん》を手に自宅へ戻ったのは、四時になる九分前だった。今日はすでに一度、ハイドパークでヴァイオレットに会っている。そして彼の胸の中は、じきに訪れる再会のときに向けて不安と期待がひしめき合っていた。だがその前に、ヴァイオレット――あるいは彼女の中のライオン――と対峙《たいじ》する心の準備を整えておかねばならない。先にどちらと会っても平気なようにしておかなくては。

今の状況なら、おそらくライオンのほうが話は通じるし、危険も少ないはずだ。セバスチャンは少しばかり悲しい気持ちで考えた。

しかし、誇り高いライオンとただのヴァイオレットのどちらと対面するにせよ、とにかくいつもどおりの手順を踏む必要がある。セバスチャンは執事に今日はもう休んでいいと申し渡したあと、料理人と夕食の打ち合わせをし、彼に邪魔をしないようきつく命じてから裏庭へと向かった。

セバスチャンの家の敷地内にこれほど広い裏庭があるのには大きな理由がある。空間――使用人たちに知られずに身を隠して女性と話せる空間――が必要だったのだ。そして今、彼は陽気に口笛を吹きながら、屋外のテラスを囲む生け垣のかたわらを歩いていた。ずいぶん昔に物置小屋を改築した事務室と、かつてそこへやってきた客たちを言葉巧みにあざむいた温室を通り過ぎる。そのまま裏手にある壁のすぐそばに生えている二本の低木の奥に身を滑り込ませ、そこに隠れている門をくぐっていった。

その門は暗い小道へと通じていた。ただし実際の状態からすると、小道と呼ぶのはいささか大げさかもしれない。そこは両側を壁にはさまれた隙間と言ってもいい空間で、五〇年ほど前からあるものだった。ある家主がれんが造りの壁のある庭を作り、それに対して隣の家主が石造りの壁を作ったことによってできたものだ。セバスチャンとヴァイオレットがそろってロンドンにいることがなかなかなかったので、一メートルもない隙間の地面には朽ちた葉が積もっていて、三カ月分のクモの巣が張っていた。この不快な隙間を二〇メートルほど進むと、セバスチャンが入ってきたのと反対側の壁に——石ではなくれんがの壁に——ツタが生い茂ったもうひとつの門があった。

彼は鉄製の門に近づいて絡みついたツタをちぎると、門を開けてライオンの住処《すみか》へと足を踏み入れた。そこがヴァイオレットの家の裏庭だ。

もうずいぶん前に、ふたりは簡単な暗号を作った。

〝さようなら〟は〝今日は用事がある〟という意味を表す暗号。

〝また今度〟は〝三時までに庭へ行く〟という意味で、そのほかにも全部で五二の暗号があった。ヴァイオレットが言った〝あなたと話している暇はない〟というのもそのひとつで、

〝夜に会いたい〟という意味だ。

いったい何が起きようとしているのか、セバスチャンには想像もつかなかった。

ヴァイオレットの家は立派なライムの木々が邪魔して見えない。ここロンドンの温室は、ケンブリッジのものほど大きくなく、せいぜい二、三〇平方メートルといったところだ。扉には〝生死にかかわる問題、この世の終わり、もしくは母親。以上の三つを除き、伯爵夫人の邪魔をしないこと〟と書かれた板がぶらさがっていた。

仰々しい警告を無視して、セバスチャンは温室の中に入っていった。外扉の幅は一メートル半ほどだ。そこを通った先の入口部分は、作業着に着替えて手袋をはめ、自分に虫がついていないかを確認するのにじゅうぶんな広さがあった。彼はいつもの手順を終え、内扉を通り抜けていった。

入ってすぐの左右の壁に車輪のついた棚が置かれている。それぞれの棚には、親指ほどの大きさの小さな鉢が数百個並べられていた。鉢のひとつひとつにラベルが貼られていて、セバスチャンのそばにある鉢のラベルには〝CD101〟〝CD102〟と書かれていた。

さらに腰の高さの木製の台があり、その上に土を入れた浅い木箱がのせられていた。その木箱はとても大きく、彼の立っているところから、温室の奥のほうにまで続いている。

ヴァイオレットは温室の奥、木箱の前に立っていた。彼女は白い園芸用の作業着を身につけ、黒い手袋を両手にはめ、白い帽子をかぶって髪を隠していた。

セバスチャンが入っていっても、彼女は顔をあげもしなかった。特に音を立てないよう気を遣ったわけではない。だが、彼女が気づいているかどうかは判断がつかなかった。ふたりはこうしたことを数えきれないほど繰り返してきた。温室で顔を合わせ、ヴァイオレットが植物を植えたりオレンジ材の棒にラベルを貼ったりしながら、自分が今何をしているのか、なぜそれをする必要があるのかをセバスチャンに説明する作業だ。ヴァイオレットの代わりに科学者を演じるには、彼女がそれまでにやってきたことをすべて理解する必要があったから。

今日のヴァイオレットは一冊のノートを開いている。手には、ふだん彼女のバッグにしまってある、編み物に使う針とよく似た金属製の長くて細い針を持ち、花から花へと花粉を移している。彼女の動きには優雅さが——心から楽しめる仕事をしている女性ならではの優雅さが——感じられた。

セバスチャンの喉が締めつけられた。

今日公園で会ってから、彼はずっとこの光景を待ち望んでいたはずだった。ケンブリッジでけんか別れをしてから、もう数週間が経っている。ヴァイオレットが恋しい気持ちは日々募っていて、いっそすべてを謝ってしまいたいと思うほどだった。気まずい感情をもとあったところに押し戻し、あと半年ばかり忘れて何もなかったことにしたい心境だ。だが、そうしたところでどうにもならない。どうせまた戻ってくるに決まっているのだから。

感情という点においては、セバスチャンはヴァイオレットよりも扱い慣れている自信があった。実際のところ、今の彼は感情に身をまかせていた。そのほうが心も安らぐと思えるときさえある。けれどもヴァイオレットがすべての感情を押し殺している以上、どうすればいいのかまるでわからなかった。

セバスチャンは彼女が恋しかった。そして彼がヴァイオレットのもとを去ったことに、彼女が気づいているのかどうかもわからずにいた。実際、彼女はセバスチャンがこうしてここにやってきたことにも気づいていないのだ。

彼はヴァイオレットの背後に近づいていった。作業中の彼女の邪魔をしてはいけないのはじゅうぶんに承知している。だから、ただうしろに立ち、作業を見守った。

ヴァイオレットを謎めいた女性だと感じるのは奇妙なことだ。彼女についてなら、ほかの誰よりもよく知っている。彼女が笑うのはセバスチャンの冗談が想像力を刺激したとき、唇を噛むのは心に何かを秘めているときだ。それでも、ヴァイオレットについてまだ理解が及ばない点が――たくさん――あった。

彼女が腕を伸ばし、羊皮紙で作られた小さな袋を手に取って上から花にかぶせた。細い絹糸で袋の口を縛り、ペンをつかんでノートに記録をつけていく。

〝AX212、BD114とTR718を交配〟

何年もかけ、ヴァイオレットは一万以上のこうした記録をつけていた。花の交配を続け、みずからの手で花粉を移し、すべての種子を確実に集められるよう、受粉させた花に羊皮紙の袋をかぶせていく。その作業の繰り返しだ。

腕を組んだヴァイオレットが遠くを見つめた。何を見ているのか、なぜ眉間にしわを寄せているのか見当もつかない。セバスチャンの存在に気づいているのかどうかも、まだわからなかった。過去にはときに、こうした状況でまったく気づかれないこともあった。

ようやくヴァイオレットが口を開いた。「姉はわたしが気難しいと思っているわ」

セバスチャンは足を踏み出して彼女に並んだ。両手の指で木箱の土をなぞっていく。土はやわらかく、繊細な感触だった。黒土と腐らせた木くずの配合比率も完璧だ。指に残ったかすかな湿り気から、大地と腐植土の匂いがした。

「きみのお姉さんは正しいよ」しばらく間を置いてから、セバスチャンは応えた。

「わたしは気難しくなんかないわ」ヴァイオレットが言う。「単純よ。いい本と、知性ある会話と、ひとりの時間が好きなだけ」彼女は使っていた針をかごに戻した――ほかにも何本もの針が入っているかごだ。そこから新しい針を出し、巻いてある薄い布をはずしてから、次の花に視線を向けた。「それがどうして気難しいことになるのかしら？　わたしは理屈の通じる人間よ。たしかに自分の感情については話さないけれど、それはわたしの心が望まないからなの」肩をすくめてつけ加える。「理にかなったことだわ」

セバスチャンは本心とは裏腹に微笑んだ。自分でも苦々しく感じる笑みだ。

「感情だって？」温室の天井を見あげて言う。「よしてくれ。感情なんて面倒なものを、きみが持ち合わせているはずがない」

ヴァイオレットが肩の位置を変えずに顔だけを花に近づけた。「わたしにだって感情はあるわ」厳しい口調で言う。「話さないだけよ。話してなんの意味があるの？　話したところで何も変わらないのに」

セバスチャンにとっておなじみの遠まわしな言い方だった。

〝わたしの望みをきこうとしないで〟それが彼女の本心だ。

「取り消すよ」彼は言った。「きみは気難しくない」

ヴァイオレットがむっとした顔をした。

「鉄の輪を複雑な形にして組み合わせた知恵の輪という遊びがある。何度でも挑戦するのは自由だが、秘密を知らないと絶対に解けないんだ。人だって同じだよ。秘密を知るまでは気難しく感じられる人もいるものさ。知ってしまえば、もう気難しいとは思わない」

彼女は鼻筋にしわを寄せ、次の花の花弁を丁寧に分けはじめた。花弁を大きく開き、針を滑り込ませて、ゆっくりと花を受粉させる。それが男性の性的欲求を刺激する仕草であることをヴァイオレットが承知しているのか、セバスチャンはいぶかった。鳥と蜂の両方を入れないようにしたこの簡素な建物で、ヴァイオレットは生活の半分を過ごしている。そして彼女が前かがみになると同時に、ゆったりした作業着に腰の線が浮かびあがった。

その気になりさえすれば、セバスチャンは手でヴァイオレットを押さえつけることができるはずだった。片方の手を腰のあの位置に置けば……。

しかし結局、彼は動かなかった。

「なるほどね」彼女が作業をやめて姿勢を正した。針をかごの中に入れ、いらだちのまじった声で言う。「あなたはわたしの秘密を知っている。そう言いたいの？」

「違うよ」セバスチャンは言った。「きみに秘密があるとは思わない。きみは悪夢の知恵の輪みたいなものだ。絶対に解けない知恵の輪。どうあがいても無理なんだ。ぼくにできるのは、きみが繰り出すかみそりの刃をよける方法を懸命に学ぶくらいだよ」

ヴァイオレットはゆっくりと息をついてペンを握り、穏やかに言った。

「そうよ。それがわたしなの。人を傷つける以外にはなんの役にも立たない人間、正気を失った鍛冶屋が作った知恵の輪よ」

彼女が話しているあいだ、セバスチャンは羊皮紙の袋を手にして花にかぶせた。ときどき、ヴァイオレットの考えが手に取るようにわかるときがある。褒め言葉は彼女を凍りつかせるだけだ。それに体が触れ合えば――どれだけ軽い接触であっても、あるいは触れるそぶりがあっただけでも――彼女はあとずさりしてしまう。そして彼が少しでも心に触れるようなことを言ったときには、石のように押し黙ってしまうのだ。ライオンを相手にしているみたいなもので、ヴァイオレットを相手に安全な道など存在しない。

「ありがとう、セバスチャン」彼女が言った。「わたしのハンカチには全部刺繍で警告を入れておいたほうがよさそうね。〝かみそり所持中、口に気をつけること〟って」

「別に悪い意味で言ったつもりはないよ」

ヴァイオレットが顔をあげる。「違うの？　それなら、もっと自分の言葉に耳を傾けたほうがいいわ。〝ああ、ヴァイオレットか。絶対に感情を表に出さない女だよ！　本当の自分を誰にも見せずに隠しているんだ〟あなたは要するにそう言っているのよ。でもね、どうしてわたしがそうなったと思っているの？」彼女は、セバスチャンが置きたいと思っていたまさにその場所に自分の手を置いた。「ほかの誰でもない、あなただけはその理由を理解しているべきなのよ。わたしが自分のすべてを隠しつづけているのはね、本当のわたしには人から好かれるところなんて何もないからなの。わたしは気難しいわけじゃないわ、セバスチャン。わたしほど一緒にいて楽な人間はほかにいない。わたしはどこにも属していないくせに、全力で属しているふりをしているのよ。たまにそれが不安になって、そんな自分にひたすら腹を立ててしまうの」

ため息をついたヴァイオレットはペンを置くと、ふたたび花に視線を戻した。布を巻いた針をもう一本手に取り、頭を振ってからセバスチャンに向き直る。

「わたしが腹を立てたときにそばにいる人には同情するわ」彼女の顎がこわばった。「わたしは腹を立てるとひどいことを言うから。でも、こんなふうに生まれついてしまったのは、わたしにとっても不公平なことなのよ。わたしと一緒にいるのがつらいですって？　頭のどうかした鍛冶屋が作った知恵の輪になった身になって、考えてみてほしいわ。存在していることの基本的な目的を果たすことすらできないのよ。誰も楽しませられない。誰かに気にかけられたときだって、何ひとつ期待しないことを学ばなくてはならないの。初めにどれだけ好かれていたとしても、結末はいつも同じ——結局は憎まれて捨てられるってわけ」

憎む？　ヴァイオレットは彼もそうなると思っているのだろうか？　セバスチャンは穏やかに言った。「ヴァイオレット、ぼくはきみを憎んだりしない。それだけは絶対にないよ」

彼女はまっすぐ前を見つめた。「どう表現しようと結末は一緒なの」その声は、見るからにこわばっている両腕と同じように緊張していた。「あなたが気に病む必要はないわ、セバスチャン。どうせいずれはみな、わたしに愛想を尽かすんだから。あなたはわたしを捨てて、黙って立ち去ればいいのよ」

セバスチャンはいらだちまじりのため息をついた。「おかしなことを言わないでくれ。きみは自分が仕事以外では価値のない人間のように――そしてぼくが仕事から手を引いたら、もうきみのことを気にかけるのをやめるかのようにふるまっている。そんなことにはならないよ」

彼の言葉――〝気にかける〟という言葉――を聞いてうろたえたのか、ヴァイオレットの唇がぴくぴくと動いた。セバスチャンはふたたびため息をつき、額に指を当てた。

「きみは仕事だけの人間なんかじゃない」

彼女が顔をそむけた。「わたしが最初の論文を提出したときのことを覚えている?」

ヴァイオレットの夫が亡くなる前の話だ。論文を書き終えた彼女が、セバスチャンに助言を求めてきたのだった。もっとも、それまで科学論文など読んだ経験のなかった彼に助言などできるはずもなく、結局ふたりで数字の確認をし、ふたりそろって納得するまでヴァイオレットが原稿を修正しつづけたのだった。

最初に論文を雑誌に送ったとき、女性向けの園芸誌なら努力に報いて掲載してもらえるかもしれないという忠告の手紙とともに、原稿に送り返されてきた。次に送った雑誌からは拒絶の理由の説明すらなく、次もその次も同様だった。

〝この連中〟最後に送った雑誌から論文が戻ってきたとき、セバスチャンは言った。〝読んでもいないじゃないか〟

そのときヴァイオレットは体調を崩していたものの、何がそれほどまでに彼女を苦しめているかについては、セバスチャンにはまったく相談がなかった。彼にわかっていたのは、ヴァイオレットの体が徐々に弱っていくことだけだった。そのときの彼女は血の気が失われたように全身が真っ白で、生気もすっかり奪われていた。

そしてヴァイオレットは体調について話すのも拒んだ。

立つこともできずに椅子に座り、彼女はセバスチャンからひたすら顔をそむけていた。〝論文の出来が悪かったのかも。ほかに優秀なものがたくさん送られてきていて、わたしの論文はその水準に達していなかっただけかもしれないわ〟

〝もしぼくが――大学教育を受けた男性が提出していたら、繰り返し読んでいたはずだよ〟憤懣《ふんまん》やるかたないセバスチャンは言った。〝間違いなく三回は読んでいたはずだ〟

そのやりとりのあと、ヴァイオレットはセバスチャンの名前で論文を提出することになったのだった。〝やってみればいいわ〟当時の彼女はセバスチャンに言った。

その翌日、彼は単身でケンブリッジに乗り込み、以前世話になった教授に論文を手渡した。教授は驚きのあまり声も出せない様子で読み進め、それからセバスチャンの顔を見た。〝マルヒュア〟教授は苦しげな声で言った。〝これはすばらしいよ〟

数カ月後、論文は雑誌に掲載され、セバスチャンが行う最初の講演の予定が組まれた。その最初の講演で、ヴァイオレットは九カ月ぶりに心からの笑みを浮かべた。あのときの──そのときだけは顔色ももとに戻っていた──彼女の笑顔こそ、セバスチャンが影武者を続ける決断をした理由だった。

しかし、今のヴァイオレットの顔に笑みは浮かんでいない。彼女はただ、目の前の土をにらみつけている。セバスチャンはこの状況をどうにか正したいと願わずにはいられなかった。

「ヴァイオレット・ウォーターフィールドが科学論文の出版をできなかったのは幸運だったのよ」ヴァイオレットが言った。「わたしはのけ者なの。空っぽの存在よ。論文なんて世に出していたら、姉だってわたしを嫌いになっていたかもしれない」彼女は針をもう一本手にしたが、使おうとはせず、剣のように振りまわした。「母がもともとわたしを嫌っているようにね。それに論文を出したところで、わたしの仕事なんか誰も、これっぽっちも気にしなかったはずだわ。だから幸運だったのよ。このやり方なら誰にも本当のわたしを知られることなく、何者かでいられた」

「ひどい話だと思わないのか？」セバスチャンは言った。

ヴァイオレットが唇を結んで彼を見た。「わたしの心は傷ついていないわ」針を土に刺して続ける。「注目されたいと思ったことはないのよ。注目されたいなんて絶対に思わない。その……どれだけひどい状態に追い込まれようと、これがわたしのすべき仕事なの。寝ても覚めても考えているのよ。それだけのことをしているのに、全部無駄になって消えてしまうなんて耐えられないわ。何かをしたんだって誰かに知っていてほしい」言葉を切って唾をのみ込んだ彼女は、植物の葉をこれ以上ないくらいにやさしく撫でた。「わたしにとっては、これが子どもを持つことにいちばん近い行為なの」

ヴァイオレットが子どもの話をするのはこれが初めてだ。セバスチャンが知っているのは、彼女の一一年にわたる結婚生活で子どもはできなかったという事実と、彼女の夫が強く、とても強く子を望んでいたということだけだった。ヴァイオレットの夫は子どもを熱望するあまり、セバスチャンにもっと妻といる時間を増やすようほのめかしさえした。つまり、他人が産ませた子であっても、いないよりはましと思うほど追いつめられていたのだ。

そんな状況で何かがおかしいと感じるのに、さほどの知性は必要ない。何が起きているにせよ、それが損ねているのはヴァイオレットの結婚生活だけではないということにセバスチャンは気づいていた。

ヴァイオレットはあのときのことを覚えているのだろうか？　当時起こった出来事を、彼女の感情はどうとらえていたのだろう？　だが、そもそも彼女は自分に感情があることを認めようとしない。

「きみの人生はもっと豊かにできるはずだ」セバスチャンは言った。

ヴァイオレットが顔をあげて彼を見た。「あなたはわたしの人生がどれだけちっぽけなものか知らないから、そんなふうに言えるのよ」

コップが空のときに人が言うように、彼女はあっさりと自分は空っぽの存在だと言った。

まるでそんなことはたいした問題ではないと言わんばかりに。

それに気づいた瞬間、セバスチャンは過ちを犯してしまった。思わず腕を伸ばし、ヴァイオレットに触れようとしてしまった。

何か意味があってそうしたわけではない。大切に思う人が悲しい言葉を口にすれば、無意識にそうするというだけの話だ。まして、その人がヴァイオレットとあっては……。セバスチャンには彼女の言葉を無視してなんの反応も示さないという選択肢はなかったし、なんとか力になりたいと思うのさえ拒否するような真似もできなかった。

しかし、ヴァイオレットはその場に凍りついた。みるみるうちに顔から血の気が引いていく。セバスチャンが謝るよりも先に、彼女はまるでセバスチャンに火をつけられたかのように手を引いて胸に押し当てた。

女性の反応については、それなりに精通しているという自負がセバスチャンにはあった。呼吸が速まるのはたいていの場合、期待で鼓動が激しくなっているせいだ。だが、あまりにも呼吸が乱れる場合はそうともかぎらない。ヴァイオレットのあえぐような息遣いは、まさに狼狽《ろうばい》しているようにしか見えなかった。

彼女に触れてはいけないのは承知していたのに。たとえ友情のためであっても、それはやってはいけないことなのだ。

セバスチャンは勝手に動いてしまった手をポケットに入れ、内心で悪態をつきながら、どうにか冷静な口調を保とうとした。

「ヴァイオレット、ぼくたちは友だちだよ」

何か言おうと口を開きかけた彼女を、セバスチャンは手をあげて制した。

「ぼくが何を言っているのか、意味がわからないときみは言うだろうね。でも、ぼくにはわかっているんだ。ぼくがきみの仕事とかかわらなくなるからといって、きみのことを……」

〝気にかけなくなるわけじゃない〟そう言いたかったのだが、ヴァイオレットがその言葉を聞きたがっていないのもわかっていた。

「……きみの幸せを願っていないわけではないよ。きみにとっても悪くない話だと思う。きみが最初の論文を書いた頃から状況は変わっている。きみが望むなら、ぼくが紹介したっていい。今度はきっとみんなに聞く耳を持ってもらえる。きみの学説を真剣に検討してくれるよ。もしぼくがそうしろと言えばね」

一瞬、ヴァイオレットの表情が変化した。彼女は目を見開いてこぶしを握り、唇を開いた。いきなりセバスチャンのほうを向いた顔から、振り向いた速さと同じくらい急速に希望が失われていく。表情からは明るさが消え、両目もただの濃い茶色の球体に変わっていた。

「いいえ」ヴァイオレットが言った。「今でさえ、ほとんど誰にも好かれていないのよ。完全にみんなから嫌われるのは抵抗があるわ」

「そうなると……」いったん言葉を切ってから続ける。「これからどうするか、ぼくたちふたりの新たな関係をどう築いていけばいいのか、ぼくにはわからない。でもきみと何週間か前に話してから、ぼくも考えたんだ。ぼくが思っていたみたいに単純な方法ではないが、ひとつ考えがある」

彼女は問いかける表情でセバスチャンを見つめた。

「ほかの人に話をさせてくれ。どうすればいいか、少し意見を求めてみたいんだ」まばたきをして考え込んでから、ヴァイオレットが言った。「秘密を話しても厄介事が増えるだけよ」セバスチャンとは目を合わせようとしないまま尋ねる。「誰に話そうと思っているの？」

「サイモン・ボリンガル教授。ここ数年のぼくの師だ。ほかの誰よりも信用している。きみの名前は伏せておくよ。ぼくたちの周辺の状況を少しだけ話してみる。ぼくたちふたりが幸せになるいい方法を思いついてくれるかもしれない」

ヴァイオレットはじっと土を見ている。「助けになってくれると思う？」

「たぶんね」

しばらくのあいだ彼女は押し黙り、ようやく口を開いた。「彼の奥さんは好きよ。アリス・ボリンガルよね。あなたの講演で会ったことがあるわ。趣味で写真を撮っているそうよ。郊外の写真を撮っているんですって」彼女は針を置いた。「一枚写真を撮らせてくれと言われたの。たぶん現像まですべて自分でやっているんだと思う。とても賢い女性だし……夫からも尊敬されているわ」

「彼に話をしてもいいかな？」

「わたしが母に殺されるわ」ヴァイオレットが唇を引き結んだ。「もっとも……母がこんなことを知りたがるはずもないわね。考えただけでも恐ろしい。それになんだか、自分がひどい人間で自己中心的な女になった気がするわ。危険を承知でこんなことを望むなんて」

「つまり、いいんだね」

彼女が顔をあげて見つめてくる。何も失うもののないセバスチャンはウインクを返してみせた。

「やれやれね」ヴァイオレットは呆れた様子で手を振ったものの、唇の端にはかすかな笑みの気配が浮かんでいた。

彼女を笑顔にできるのなら、まだセバスチャンにも勝ち目はあるはずだった。

「あなたらしいわ」彼女が頭を振って言う。「わかったわよ。いいわ」


ヴァイオレットと話した翌日、セバスチャンは列車でケンブリッジに向かった。胸に渦巻く不安は、慣れ親しんだ旅路が静めてくれた。これはいつもと同じ旅であって、使命について考える必要などない。駅を出て川沿いを歩き、市場を抜ける砂利道を進んでいくあいだ、そう自分に言い聞かせていた。そこから友人の事務所に向かい、あたたかい歓迎を受けた。

五年前、セバスチャンは今座っているのと同じ椅子に同じ姿勢で座り、サイモン・ボリンガルがセバスチャンのものではない論文を読んでいるのを見ていた。影武者をすることになった最初の数年間、教授は彼に忠告を与え、新たな道を切り開くのを助けてくれた。

それからというもの、セバスチャンにとってボリンガルは大事な友人となった。最近では彼のほうがセバスチャンの話を細部にいたるまで夢中になって聞いている。そして今、セバスチャンはボリンガルが始めるのを手伝ってくれたキャリアを終わらせるため、彼の力を必要としていた。

ボリンガルは自分の椅子に座り、笑みを浮かべてセバスチャンの様子に集中していた。この笑顔のもとになっている期待はすべて幻想だ。

セバスチャンは部屋の中を見まわした。「あなたのご家族の写真ですか？」指差したテーブルの上の写真立てには五人の人物――男性と女性、そしてにきびの目立つ気まずそうな顔をした、大人になる直前の三人の子どもたち――の写真が入っていた。写真を撮るという機会も、子どもたちの緊張感を高めはしなかったようだ。三人とも無表情に、ただぼんやりと前を見つめている。

「そうだ」ボリンガルが答えた。「アリスが撮ったんだ。彼女は写真が趣味でね。なかなか優秀だよ。そこにあるのも彼女の写真さ――冬にトリニティー・カレッジを裏手から写したんだ」

うなずいたセバスチャンは、律儀にもう一枚の写真に目を向けた。

「さて、マルヒュア」ボリンガルが言う。「今日はなんの用件かな？」

セバスチャンは椅子の背に寄りかかった。「もう終わりにしようと思って来ました」

教授の笑顔がとまどいの表情に変わり、彼も椅子の背に寄りかかった。「何を終わりにするのかね？」

「科学の探求を」

驚く代わりに、ボリンガルは声をあげて笑った。「なんだ、きみもその心境に到達したわけか。科学者なら誰でも通る道だよ。仕事がうまくいかないときには、みなそう思う。せっぱつまった気分で追いつめられてしまうんだ」身を乗り出して言う。「根を詰めすぎなんだよ——それがきみの問題だ。最後に休みを取ったのはいつかね？　海に行って、海水浴でも楽しむことだ。一、二週間ほど骨休みをしてくるといい。生まれ変わった気分になれるぞ」

セバスチャンは唇を嚙んだ。「いい考えですが、ぼくの問題は働きすぎではありません。仕事をしていないのが問題なんです」

ボリンガルが熱心にうなずいた。「それもみなが思うことだ。いつだってやるべきことに追われ、新たに研究したいテーマも出てくるから、仕事から離れられなくなる。常に頭の中に仕事があって、ほんの少しでも離れるたびに罪悪感に駆られてしまうんだ。わたしから言えるのは、さっきと同じことだよ。少し休みを取れば、ずっと気分も晴れる」

会話がこういう流れになるのをセバスチャンは恐れていた。ボリンガルを信用しているものの、さすがにいささかばつが悪い。これまでボリンガルがセバスチャンのために自分の評判を危険にさらして味方になってくれたのは、一度や二度ではなかった。その恩人に対して正体を明かさなくてはならないのだ。

「ぼくが言っているのは、そういうことでもないんです」セバスチャンは深くため息をついた。「仕事上の不満なんて、ぼくにはないんですよ。たとえばこれまでのぼくの仕事が、すべて自分の手によるものではないと言ったら、教授はどうされますか？」

デスクをはさんだ向かいの椅子に座ったまま、ボリンガルはまばたきひとつせずに答えた。「自分ですべての仕事をしている科学者など少数派だよ。わたしだって計測には使用人の手を借りる。実際の仕事——単なる体を使った作業を誰がしているかなど問題ではない。大事なのは頭を使う作業のほうだ」

またしてもセバスチャンはため息をついた。「ぼくの論文の頭を使った部分が、ぼくによるものではなかったとしたらどうです？　他人が考えた内容だったとしたら？」

ボリンガルが眉をひそめる。

「たとえば」セバスチャンはさらに言った。「女性が考えたとしたらどうでしょう？」

教授の体がこわばった。彼はほんの一瞬だけ驚いた表情を見せ、ため息をついてドアに顔を向けた。ドアはしっかりと閉じられている。話の前にセバスチャン自身が閉めたので間違いない。それでも、本の背表紙までもが自分を責めているように感じられた。数百冊の本は、まがい物ではない本物たちによって書かれたものだ。鼓動が速くなっていき、セバスチャンは相手の失望に備えて身構えた。

ところがボリンガルは唇を湿らせ、身を乗り出して小声で言った。「いいかね、そういうこともあるんだ」

セバスチャンの口の中があっというまに乾いた。

「実際の話」教授が声をひそめて続ける。「きみが思っているよりも多いかもしれない。多いからこそ、口にしてはいけないことになっているとも言える」

唇をゆがめて、セバスチャンは言った。「あなたが何を言っているのかよくわかりません。説明してもらえますか？」

「その女性は助手なんだろう？」ボリンガルが肩をすくめた。「わたしは論文をすべて奥方に口述筆記させている男を知っている。文字どおり、すべてをね」

「ぼくはただの口述筆記の話をしているのではありません」

「ああ、そうだろう」ボリンガルがゆっくりと言う。「だが、人が知る必要があるのはその程度だよ。きみが何かに没頭すれば、もっとも親密な関係にある女性が巻き込まれるのは避けられない。その人の関心はきみの関心の一部だし、貢献はきみの貢献の一部だ。そして、もしその女性と結婚していれば、結局のところ、仕事をしているのは本質的にきみだということになる。夫婦というのは法的にも精神的にもひとつの主体として認められているのだから、科学の世界でも同じであっていいだろう？　そう思わないかね？」

セバスチャンは顔をあげた。自分が聞いている話の内容が信じられない。

「ぼくは結婚していませんよ」

「きわめて少ない例だが――」ボリンガルは続けた。「わたしたちの中で、そうしたやり方をしている者がごくわずかながらもいる。その問題については科学者仲間から問われることもないし、むろん紳士たちから疑問があがることもない。きみは安全だ」ゆっくりと頭を振ってセバスチャンを見つめる。「いや、ほぼ安全と言ったほうがいいかな。本当にふたりでひとつという状態を作りたいなら、きみにはやるべきことがある」

混沌《こんとん》とした暗い切望がセバスチャンの思考を支配していった。まるで頭の中に綿がいっぱい詰まって絡まっているかのようだ。「ぼくは結婚していません」彼は繰り返した。

ボリンガルが天井に視線を向ける。「そう、それだよ。その状況を変えれば、きみは何も心配する必要はない」

ヴァイオレットと結婚？　これほど現実離れした考えもないだろう。彼女は友人同士として触れようとしただけで手を引いてしまう。気にかけていると言っただけで心が砕けてしまう状態なのだ。セバスチャン自身の感情は関係ない。ヴァイオレットは一瞬たりとも彼に関心を抱く気配がないのだから、生涯寄り添って生きる決意をするなど、とても考えられなかった。

まして、そんな理由で結婚するのも問題だ。たしかにセバスチャンの心の一部は、理由なんかどうでもいいと叫んでいた。長いあいだ、彼はその機会――たとえそれがどんな機会であれ――を待ち望んでいたのだ。

セバスチャンにとって、影武者の仕事を再開するのがヴァイオレットとベッドをともにする唯一の方法かもしれなかった。一瞬、従順になった彼女とキスをする光景が頭に浮かんだ。仕事を始めれば彼女の恐怖をやわらげ、可能性が芽生えてくるところまで誘惑できるかもしれない。そしてある日、ふたりは……。

ヴァイオレットとの情熱的なひとときを――彼女の乱れた髪が枕に広がる光景を――セバ

スチャンは頭から追い払った。

あるいは彼自身が冷静さを保ち、根気強く接していけば、いずれヴァイオレットをたじろがせることなく手を握れる日がやってくるかもしれない。まるで木からもいだ禁断のリンゴを差し出されているような気分だ。強い誘惑に屈して、今にもかぶりついてしまいそうだった。

額を撫でながら、セバスチャンは言った。「ご忠告、感謝します」

「きみが自由を楽しんでいるのは知っているよ」ボリンガルが言った。「きみはまだ若いからな。だが、考えてみるのもいいだろう。何しろ、きみはとてつもなく重要な仕事をしているのだから」

セバスチャンは首を横に振った。

「理にかなった話だよ」ボリンガルが続ける。「重要な仕事をしているのはきみだ。それを忘れるな。それ以外のことは絶対に他人に言ってはいけない。きみが重要な仕事をしているんだよ、マルヒュア。あとはそれを確実なものにすればいい」

セバスチャンの頭の中で、教授の言葉が別の言葉に変換された。

〝彼女をきみのものにすればいい〟

いや、絶対にだめだ。そんなひどい考えを抱いてはいけない。

魅惑的で心を揺さぶられる考えではある。セバスチャンには完全に否定することもできなかった。そのあとに続いたボリンガルの話が終わっても、頭にはその考えがこびりついて離れず、ロンドンへ戻る道中でもずっと心に響きつづけていた。仕事も信用もどうでもいい。セバスチャンにとって大事なのはヴァイオレットだけだった。

〝彼女をきみのものにすればいい〟

実のところ、セバスチャンと周囲の人々とのあいだにある障害はただひとつ、ヴァイオレットと一緒にやっていた仕事だけだった。

彼の生活はふたつの嘘で成り立っている。ヴァイオレットと共有している秘密と、彼女に隠している秘密。

秘密にしておかなくてはいけない理由なら、数えきれないほどある。まずヴァイオレットには夫がいたし、夫が亡くなったあとは、セバスチャンがどうにもできないほどもろくなってしまった。だから彼は待った。ひたすら待って、待ちつづけた。ヴァイオレットが自分自身を見失ってしまったと感じたセバスチャンは、彼女が顔をあげ、新しい世界に囲まれていることに気づくまでの時間を与えなくてはならないと考えてきた。あと少し待っていれば、彼女は……。

〝ぼくにだって相手を選ぶ基準ってものがある〟セバスチャンの頭に、前に自分が吐いたせりふがよみがえった。〝きみのことはまっぴらごめんだね〟

よい終わり方を迎えるには、セバスチャンがこらえて待ちつづける以外に方法はない。けれども誘惑はどこまでも彼を追いかけてきて、待つ必要などない、とささやきかけてくる。

〝彼女をきみのものにすればいい〟

6

その夜、時刻が夜の七時になってもヴァイオレットはまだ温室にいた。今日はずっとセバスチャンの旅に気を取られそうになるのを我慢し、彼の会話を想像するまいとみずからに言い聞かせていた。それでも心の片隅には不安がひそみつづけ、不吉なまでの重圧も肩に重々しく感じられた。

セバスチャンが何か間違いを犯したら、正体をみなに知られてしまう恐れもある。そもそも、彼の意見に賛成などすべきではなかった。母が正しかったのだ。セバスチャンがその教授をどれだけ信用していたとしても、秘密を明かす許しなど与えてはいけなかった。

外扉が開く音がして、その数分後に内扉が開く音が聞こえてきた。セバスチャンの足が敷石を踏む音がする。

「ヴァイオレット」

怖くて顔があげられない。それでもヴァイオレットは視線をあげ、無関心を装うのが恐怖を静めることにつながるかのように、セバスチャンの顔を見た。

「それで？」

彼は疲れた顔をしていた。ため息をついて木製の椅子をつかみ、立っているヴァイオレットの横に置いて腰をおろす。それから腕を組んでうなだれた。

「いい知らせは」セバスチャンは言った。「教授が誰にも話さないということかな」

ヴァイオレットは隣の椅子の上からたくさんの芽が出ている平鉢をどかし、土を床に払い落として彼の隣に座った。

「悪い知らせは……」セバスチャンが目を閉じた。「教授によると、ぼくたちのような例はよくあるらしい。最善の解決策は、今までどおりに続けることだそうだ。ただし……」言葉を切り、不安げな目でヴァイオレットを見る。

「ただし、何?」

セバスチャンが口を閉ざしてしまうのは珍しい。顎をこわばらせて押し黙った彼がふたたび口を開くまで、しばらく時間がかかった。「この考えがぼくのものではないということは知っておいてくれ。ぼくはこの提案を退けた」

「どんな考えなの?」ヴァイオレットは尋ねた。そんなにひどい忠告だったの?」

「ぼくときみは結婚したほうがいいらしい。そして仕事は今までどおりに続けるべきだそうだよ」

一瞬ヴァイオレットの体がこわばり、気づけば椅子の中に縮こまっていた。だめよ、それだけはだめ。だがセバスチャンは前向きではなく、気乗りしない様子に見える。彼女の鼓動は激しくなる一方だったが、セバスチャンは今すぐ求婚しそうにも、植物の手入れを始めそうにも見えた。ヴァイオレットはゆっくりと息を吐き出し、唇を曲げて笑顔のような表情を装った。「まったく、愉快なご意見ね」不満をにじませた声で言う。

「ぼくは教授が言ったとおりに伝えただけだ」

「役に立たない忠告ばかりだったみたいだけれど」ヴァイオレットは両腕を自分の体に巻きつけた。「結婚すべきですって?」笑い声が必要以上に大きく響く。「どうやら相手がわたしだというのは言わなかったらしいわね。教授も知っていれば、そんな懲罰みたいな提案はしなかったでしょうに」しゃべりすぎなのはわかっていた。でも話をしてさえいれば、危険な考えに心を傷つけられることもない。

セバスチャンがぐったりと椅子に身を沈めてささやいた。「ヴァイオレット」

「賢明な人でないと教授の職は務まらないはずよ。なのに、それが最善の策ですって?」

「そうさ。ぼくがきみにふさわしくないという話なら、もうじゅうぶんしたはずだ。今は少しそこから離れて、考えてみないか――」

「どうして? 教授の言ったとおりにすればいいじゃない。結婚しましょうよ」言葉にして発することができるなら、まだ危険はない。明らかな冗談、ただの嘲笑の対象、物笑いの種にすぎないのだから。それによって破滅に追い込まれたりはしない。

しぶしぶといった感じで、セバスチャンが唇の端をあげた。「よく言うよ」

「きっと最高よ。あなたがますます忙しくなったふりをして、わたしが代わりに講演をするの。〝ミスター・マルヒュアの言葉によると〟そう言って、みなに語りかけるのよ。あなたは安心して隠者にでもなれるわね」

彼は鼻で笑った。

「新聞に広告も載せましょう。〝科学に関する批判的なご意見は、すべてヴァイオレット・マルヒュアまで〟という文句で。人から憎まれるのが、わたしにとって唯一得意なことですもの。どのみち誰もわたしを好いているわけではないのだから、この方法なら、みんな遠慮なくわたしを憎めるわ」

「ヴァイオレット」セバスチャンは彼女にもおなじみのかすかな笑みを浮かべた。何かを辛抱しているとき、人がどうしようもない過ちを犯したときの笑みだ。こういうとき、彼は相手に恥をかかせないよう、言葉を抑え込んでいる。彼の両方のこぶしはしっかりと握られていた。

「何よ?」ヴァイオレットは詰問した。「わたしが何を言ったというの? ただの冗談よ」

セバスチャンは笑みを崩しはしなかったものの、彼女から顔をそむけた。

「ぼくはただ……その……」

ヴァイオレットは全身に震えが走るのを感じた。高ぶった感情が肩を揺さぶり、やがて胃のあたりを刺激した。「気まずい雰囲気を変えようとしただけでしょう。何か悪いことをしたかしら? わざと気難しくふるまったわけじゃないわ」

彼はごくりと唾をのみ込み、黒い――そして不公平なほどに長い――まつげを動かして、まぶたを閉じた。

しばらくして目を開け、穏やかに言った。「ヴァイオレット、頼むから、ぼくとの結婚を冗談にしないでくれ」

怒りに息をのむことさえ許されないとは、こんな不公平があるだろうか。ヴァイオレットも本気でセバスチャンとの結婚を望んでいるわけではない。断じて違う。むしろその反対だ。ただし、それは問題ではなかった。「あなたの好きにすればいいわ」背筋を伸ばしてそっぽを向く。「わたしはもう知らないから」

セバスチャンの態度を、ヴァイオレットはどうしても無視できなかった。もちろん彼女はセバスチャンのうわべの魅力にやられてしまうような女性ではない。彼自身もそう言っていた。でも、ふたりは長いあいだ友人同士だったのだ。せめて彼のほうで、笑うふりくらいしてくれてもいい気がする。それともヴァイオレットとの結婚は冗談にするのも気持ちが悪いと思うほど、彼を不快にさせているのだろうか?

「わたしに対する評価があがったわけでもあるまいし」彼女は言った。「わたしだって、今の状況はちゃんとわかっているわ。あなたはわたしのことなんて、まっぴらごめんなんでしょう」

セバスチャンが深いため息をついた。「あんなことを言うべきじゃなかったよ」握ったこぶしに力をこめる。「怒るなんて愚かだった」

「どうして？　あれは嘘だったとでも言いたいの？」

彼は少しのあいだ唇をきつく結んで黙り込み、それから口を開いた。「ぼくは……もっと違う言い方をするべきだった。だが……」まるで彼女の暴走を止めてくれと祈るかのように天を仰ぐ。

ヴァイオレットの胃がきりきりと痛みだした。でも、そんなことはどうでもいい。セバスチャンを求めるなんて愚かしい真似はしたくない。自分が求めないと決めた男性が求めてこないからといって傷つくなんて無駄だ。

「好きなように言えばいいのよ」ぴしゃりと言った。「どうせ考えていることは一緒なんだから」

セバスチャンが立ちあがり、ヴァイオレットと目を合わせた。彼女は視線を交わしたくなかったが、かといって顔をそむけることもできなかった。彼の表情には、どこか野性的なものが浮かんでいる——暗くて凶暴な何かが。それはヴァイオレットには決して理解できない何かだった。

「きみのことをなぜまっぴらごめんだと思うか知りたいかい？」セバスチャンが言った。

屈辱的な気分で、彼女は首を横に振った。

「今さら言い訳をしても遅いだろうが」セバスチャンは続けた。「ぼくのいちばん大切なルールを教えるよ。ふたりのうち、ひとりだけが相手に対する愛情を抱いているときは関係を持たないこと。いい結末にはならないからね」

ヴァイオレットは息をのんだ。視界に映る景色がすべて灰色になった気分だ。

「なんて傲慢な人なの！　わたしはあなたに愛情なんか抱いてないわ」

「知っているよ」セバスチャンが彼女を見つめたまま言った。「ぼくもそう言ったつもりだ。ぼくたちのうち愛情を抱いているのはひとりだけで、それはきみじゃない」

ヴァイオレットは彼を見つめた。耳はちゃんと聞こえているし、脳も機能している。試しに二足す三を計算してみたところ、五になる結論にたどり着けた。

計算は合っている。では、三足す二は？　同じく五。数字を入れ替えて足し算をする能力もちゃんと機能している。それにもかかわらず、世界が完全にひっくり返ってしまったような感覚に襲われた。セバスチャンはたった今……。

彼の今の言葉は……。

だめ。何かを誤解したに違いない。セバスチャンは裕福で、ハンサムで、とても魅力的だ。これまでには女性とのつき合いも多かった。望めばどんな女性でも――行儀作法にうるさすぎない女性を――手に入れられるはずだ。そしてヴァイオレットは……ヴァイオレットだった。どう考えても筋が通らない。

その一方、悪い意味で――ヴァイオレットが絶対に認めたくない部分で――納得がいく面もある。鼓動が激しくなっていき、心のどこかである言葉を繰り返す声が鳴り響いた。だめ、だめ、だめ、だめ――。ありえない。セバスチャンが今言ったことなど、現実にありうるはずがない。

ヴァイオレットは乾いた唇を湿らせた。「ばかなことを言わないで」

さして重要な話などしていないと言わんばかりに、セバスチャンは小さく微笑んでいる。

「ばかなことを言わないで」自分の言葉が彼の言葉を打ち消せると思っているかのように、同じ言葉を繰り返した。「そんな……そんな……」言葉を切って深呼吸をしても、なんの助けにもならない。急に立ちあがったときみたいに頭がくらくらした。「そんな気配なんて、これまで少しも見せなかったのに……」

セバスチャンが唇をきゅっと引きしめた。「ヴァイオレット、この五年間、ぼくはきみのために他人を演じてきたんだよ。ロンドンではきみの近くにいるために家を買ったし、仕事の話を内密に進めるために、自分の手でわざわざ門まで作ったんだ。きみを愛しているそぶりも見せなかったとは言えないと思うね」

喉が締めつけられ、彼女は言葉に詰まった。

「五年のあいだ」セバスチャンが言った。「ぼくはきみの親友で、なんでも話せる腹心だった。きみのすべてを知る立場にいたんだ」彼はまっすぐヴァイオレットを見ている。「そうだよ。ぼくはきみを愛している」

突然の告白にめまいがおさまらなかった。「でも、あなたは今まで何も言わなかったわ」

「口にしたほうがよかったかもしれないな」セバスチャンは淡々と言った。「だが……きみは結婚していた。どうやって話を切り出せばよかったんだ？　きみの夫が亡くなったあとも、きみは……」いったん言葉を切ってから続ける。「喪に服していた」実際にはそんな単純な事情でなかったことは、ふたりとも承知している。「それにそのあとは……きみも知ってのとおりだよ。ぼくがきみに何を言ったとしても、きみは応えなかったはずだ。誰にどう言い寄られても、きみはなんの反応も示さなかったからね。だからぼくは口を閉ざしていた。でも今言わないと、きみはこの先ずっとぼくの言動をすべて誤解したままになってしまう」

「あなたは誰にでも言い寄っているじゃない」ヴァイオレットは目を閉じ、指を強く額に押し当てた。「そんなことは……わたしにとってなんの意味も……」なんの意味もない、とは言えなかった。意味はあったのだ。たとえ口には出せなくとも意味はあった。「セバスチャン、あなたは女性に恋をして黙っていられる人じゃないわ」

しばらくのあいだ、彼は何も言わずにヴァイオレットを見つめていた。生まれて初めて、彼女はセバスチャンが何を考えているのか理解できなかった。

彼が椅子の背に寄りかかった。「味のいいカレーを食べたことはあるかい？」

「それが今の話とどうつながるのよ？」

「ひと口目を食べる前に準備しておかないと」セバスチャンが言った。「香辛料で口がやられてしまうんだ。味が強烈だからね。舌どころか喉まで焼けてしまう。ひと口食べて、もう二度と食べないと思う人だっているんじゃないかな」

「なんだかとんでもない話の展開になっていきそうね」

「人が苦しむ原因はいくつもあると言いたかっただけだ。影武者の話をぼくに持ちかけてきたときのことを覚えているかい？　最初の論文が世に出て、大きな反響があったときのことは？」

五年間をともに過ごしてきた今、愛の告白がふたりの友情を完璧に壊してしまうようなことはない。ヴァイオレットは唇に笑みが浮かぶのを感じた。「忘れられるはずないわ」

「ぼくは無理だと言ったんだ。ぼくにそんなことはできるはずがないと。きみの仕事を自分のものとして偽るためには、裏にあるものも含めてすべてを理解する必要があった。自然哲学の難解な理論を知らなくてはならなかったし、そんなことが自分にできるとも思っていなかった」

「何をばかなことを」ヴァイオレットは鼻を鳴らした。

「昔もきみはそう言った」セバスチャンが彼女に向かって微笑む。「きみは〝ばかなことを〟と言って、信じられないとばかりに鼻を鳴らした——今みたいに。ぼくが世界でいちばん愚かしいことを言ったかのようにふるまっていた」

「ここまでのあなたを見てごらんなさい。わたしは正しかったわ」

「そうだね。でもヴァイオレット、そんなことを言ってくれたのは、きみが初めてだったんだ。きみは片方の眉をあげてぼくを見据え、〝あなたなら、まだ未開拓の分野のもっとも先進的な専門家になれる〟と言った。あのときまで、ぼくを信用してくれる人なんて、ただのひとりもいなかった」セバスチャンは笑顔のままで続けた。「ベネディクトからはなんの疑いもなく、ぼくが自力では何も成し遂げていないと言われたよ」

ヴァイオレットは頭を振った。

「ロバートやオリヴァーでさえ、ぼくを冗談だけが取り柄の人間だと思っている。小さい頃から知っている間柄で、きみ以外で唯一ぼくの親友と言えるあのふたりもね。きみと仕事を始めるまで、ぼくの取り柄は本当にそれだけだったんだ。いたずらとしゃれと戯れしかない男だった。あながち的はずれでもない評価だと思うよ。ぼくは道化だから。ぼくがしてきたことを信じられる人は、きみ以外にはいない。ぼくを見て、〝天才の役まわりを演じて誰にも疑問を抱かせない男〟だと思ったのは、この世界できみひとりだ」

ヴァイオレットの喉がつかえた。何を言ったらいいのかわからない。「明らかなことよ」こわばった声でどうにか言う。

「それもぼくがきみを愛している理由のひとつだよ、ヴァイオレット。きみは驚くべきことをたくさん見つけては、当然のように受け止める。しかも、きみの指摘は正しい」

ほんの一メートルほど離れたところで、セバスチャンの黒い瞳がきらきらと輝いていた。この目――この魅力を拒絶できるのは、石でできた女性くらいのものだ。

石でできている女性といえば、ヴァイオレットもそうだった。彼女は自分が火花を散らす火打ち石だと想像した。「ごめんなさい。本当にごめんなさい。わたし、わたしには――」

無理だ。セバスチャンの気持ちには応えられない。心のどこかでそれを切望している自分がいたとしても、それだけはできない。

「ああ、わかっているよ。ぼくもそれが言いたかったんだ。たとえきみがぼくの心を焼いてしまうことができたとしても、ぼくは苦しんだりしない。ぼくに恋していなくても、きみがぼくを愛していることは知っている」

肺に吸い込んだ空気がやけに濃密に感じられる。ヴァイオレットは考えることも、セバスチャンの目を見ることもできなかった。彼の言葉は正しい。それはたしかだ。絶対に認めまいとしてきたけれど……彼は正しかった。

もう二度とごめんだ。セバスチャンとだけはこんなやりとりをしたくない。

「いいかげんにして」懇願するように言った。「あなたの言うとおり、わたしたちは愛し合っているわ――肉体的な意味ではなくて。そういう欲望はない。精神的なものよ」

ヴァイオレットは彼から目をそらした。

「純粋に精神的なもの」繰り返してはみたものの、言葉が質問に変わっていくのを止められなかった。「そうよね？」

「違う」セバスチャンが答えた。「違うに決まっているじゃないか」熱のこもった視線でヴァイオレットを見つめる。一瞬、彼女のおなかのあたりを愛撫する舌の熱さが感じられたような気がした。「ぼくは精神的な意味だけできみを愛しているわけじゃない。きみが欲しいんだ。もしきみが望むなら、ぼくはきみをベッドまで連れていくよ。今すぐにでも」彼が肩をすくめると、波のようにヴァイオレットの体を伝っていた熱が引いていった。セバスチャンが微笑んだ。「でも、きみは望まない」

彼女はあえぐように息をもらした。結局のところ、セバスチャンはずっと勘違いをしてきたわけだ。

「セバスチャン……」ヴァイオレットは言いかけた。

だが彼がいきなり身を乗り出して距離を縮め、指をヴァイオレットの唇に当てた。

「しいっ。きみがぼくと同じように感じていなくても謝る必要はない。気持ちはわかるよ」

セバスチャンの仕草は決して下品に感じられなかった。本物の親友を慰め、支えるために触れる範囲を超えてはいない。ヴァイオレットが何を考えているかわかっていると伝えるために触れているだけだ。

本来ならたじろいでもおかしくない場面だったが、ヴァイオレットは踏みとどまった。まだセバスチャンに本心は知られていないし、自分も言いたくないからだ。

「無理よ」反射的に言った。「無理なの。わたしはそういう女性にはなれないわ、セバスチャン。わたしには無理よ」そう言いつつも、毒のように体の中心をむしばむ、なじみ深い、望まれざる感覚が残っている。油断したら――少し防御を甘くしたら――その感覚がよみがえってきて、すべてを失ってしまうに違いない。

「ヴァイオレット」セバスチャンが言った。「ぼくはきみが望まないことはしないやり方で、きみを愛するよ。どう言ったらわかってもらえるかな。きみがきみらしさを失うようなことはしたくない」彼女の肩に手を置く。「きみは知っているべきだと思ったんだ。それがぼくの考えだよ。きみを愛している」

自分が何を言っているのか、セバスチャンはわかっていない。ヴァイオレットが望みを抑え込むのがどれだけつらいか、彼はわかっていないのだ。彼女は肩をこわばらせ、セバスチャンの攻撃に備えつづけた。自分は時計のように鉄の部品でできていて、涙で溶けてしまったりしないと言い聞かせる。願望や欲望などなく、ベッドに連れていってもらう必要もない。

「いいんだよ」彼がささやいた。

ほんの一瞬、ヴァイオレットは自分にたったひとつだけ願望を――抱いてほしいという願望を――持つことを許した。その衝動は、身動きひとつできないほどすさまじいものだった。セバスチャンの指のあたたかさは彼女の感覚と想像力を刺激し、全身に熱さと冷たさを同時にもたらした。あとはヴァイオレットがひとことささやきさえすれば、本当の接触、肌と肌との触れ合いだって可能だろう。素直に欲望に身をまかせられるのだ。愛も、あたたかさも、そして親密さも、すべてを手に入れることができる。

ただし、けいれんや苦しみ、痛みに見舞われるかもしれず、今度こそ生き残れない可能性すらある。

愛していると言ってくれるのはセバスチャンだけだ。でも、彼はこちらの事情をすべて承知でそう言っているわけではない。

ヴァイオレットは目を閉じて、彼の指がもたらす心地よさを味わった。これ以上はなくてもかまわない。

「いいんだ。あるがままでいい。きみが望まないかぎり、何も変えなくていいんだ。何ひとつ」

「それでこの先どうするの？」彼女はささやいた。

「単純な話だよ」セバスチャンが答えた。「一日ずつ過ごしていくだけさ。オリヴァーの結婚式に行って、互いに冗談を言い合う。昔からの親友同士に戻るんだ」

「そして、いずれあなたの心も変わるのね」かすかな希望を感じながら言う。そういうことだ――彼にしてみれば、移り変わっていく恋心の新たな局面でしかない。「最後に恋人ができたのはいつなの？　あなたはわたしと一緒にいすぎるのよ。自分をだましているんだわ」

長い沈黙が流れた。

「そういうことよ。でしょう？」ヴァイオレットは言った。

「まさか」セバスチャンが微笑んだ。「そんなはずないじゃないか。でも、何も変える必要はないよ」

すべてが変わった。

ヴァイオレットは何も起きていないふりを続けようとしたけれど、まるでだめだった。いくら何気ないふうを装っても、芝居の役柄を演じているようなものだ。セバスチャンとはふたりで話した数日後に、駅でメイドと一緒にいたときに会った。だが彼は笑顔で挨拶をしてきただけで、その笑顔も数分後に現れた彼の従兄弟のクレアモント公爵ロバート・ブレイズデルと、その妻のミニーに対して見せたのと同じものだった。セバスチャンの親愛の情がこもったあけっぴろげな笑い方は、新しい冗談の落ち以外には隠し事など何もないと言わんばかりだった。

でも、ヴァイオレットはそうでないことを知っていた。

そのあとみなで列車に乗っているあいだ、ヴァイオレットはセバスチャンが気になって仕方がなかった。小さな村から村へと渡り、数キロごとに列車が停車する長くてゆっくりとした旅のあいだずっと。窓側の座席から広大な畑を見ながら、彼女は畑に植えられた穀物の種類を数えようと試みた。

セバスチャンを見て彼の言葉を思い出すよりも、そちらのほうがよほど簡単だ。

彼がヴァイオレットのほうに目を向けた。ふたりの視線が交わり、セバスチャンが気だるげなウインクをしてみせる。

ヴァイオレットの呼吸が止まった。人から見れば不自然かもしれないほど勢いよく――本人にすればゆっくりすぎる速度で――顔をそむけたものの、すでに手遅れだった。自分の感情を無視するのは簡単だ。これまでも、そうするのが自分の人格の一部に思えるほど、同じことをやってきている。

でもセバスチャンの感情を無視するとなると、そうはいかない。彼は有名な放蕩者で、しかも彼の望みは……望みは……。

だめだ。ヴァイオレットは前を向き、今回の旅について公爵夫人とふたりきりで話し合った。ミニーは人見知りする性格でおとなしく、彼女のそういうところを軽く見る人もいる。けれども聡明《そうめい》でもあり、いったん話に引き込んでしまえば、とてもよくしゃべる女性だ。この状況では、セバスチャンとの会話を避ける言い訳にもなってくれる。

列車が目的地に到着すると、ヴァイオレットはこれからの数日間を乗りきるのが不可能なことに気がついた。

小さな村には、宿がひとつしかなかった。しかもその宿には食堂がひとつきりで、客の全員が共有するしかない。

オリヴァーの生まれ故郷であり、結婚式が行われる場所でもあるニューシャリングという小さな村には、宿がひとつしかなかった。しかもその宿には食堂がひとつきりで、客の全員が共有するしかない。

この状況ではどれだけあがいたところで、セバスチャンを避けられそうもなかった。だからヴァイオレットはいつもどおりに行動した。母のルールに従ったのだ。

〝道のりが困難だからといって、あきらめる理由にはなりません〟

セバスチャンはほかの人を見るのと同じように彼女を見ていて、何ひとつ変わった様子はない。彼に見られるたびに全身が熱くなる以外は、ヴァイオレットのほうも変化はなかった。でも、いったんざわめきはじめた感情はすぐに消えそうもない。もしこの不幸な願望を心から完全に追い出せるものなら、とうの昔に切り捨てられていただろう。

だから、ロバートが宿の主人を相手に食べる肉の量について冗談を飛ばし、セバスチャンが議会の投票について尋ねてミニーを散歩に連れ出すあいだ、ヴァイオレットは階段をのぼって自分の部屋に閉じこもった。

たとえ状況を変えられなくとも、避けることはできるはずだ。

7

セバスチャン以外の人々は、ヴァイオレットが昼食に顔を出さなかったことに気づいていないようだ。彼女がいないからと、郊外での散歩に異議を唱える者もいなかった。ここへ来てからのヴァイオレットは明らかに様子がおかしい。ミニーとの会話もうわの空で、常にどこか遠くを見ているような状態だった。何か心配事があるとき、女性はこういう表情を浮かべる。

何が彼女を苦しめているのか、セバスチャンにはよくわかっていた。彼はヴァイオレットの不安の半分を感じ、重荷を分かち合っていた。〝きみを失いたくない〟

だからミニーとロバートがオリヴァーとジェーンと一緒に散歩してくると言ったとき、セバスチャンは疲れているからと辞退した。友人たちが出ていったあと、彼は厨房から食事をのせたトレーを持ってこさせ、みずから運んで階段をのぼっていった。

ヴァイオレットの部屋をノックしたが返事はない。廊下を見まわして誰もいないのを確認し、トレーを持ったままドアを開けた。

心地よくて清潔な部屋に、簡素な作りの家具が置かれている。窓からは夏の牧歌的な光景がのぞいていたが、ヴァイオレットは外を見ていなかった。机のうしろに座って何枚かの紙をのぞき込み、ものすごい勢いで何かを書いている。セバスチャンがわざと音を立ててドアを閉じても、彼女は一心不乱に手を動かしつづけていた。部屋に人がいても気づかない、いつもどおりのヴァイオレットだ。セバスチャンは思わず微笑んだ。

ヴァイオレットの隣まで歩いていき、トレーを置いて椅子を引き寄せる。

もし絵の才能があったなら、記憶だけを頼りにこの光景を描いたのに、とセバスチャンは思った。題名は〝夢中で書き物をするヴァイオレット〟だ。彼女は唇を開き、蝶《ちょう》を目で追う猫さながらに目の前の紙に集中している。セバスチャンはこういう姿を何度も――確実に一〇〇〇回以上――目の当たりにしてきた。彼女は何かに没頭すると、自分がどこにいるか、何をしているのかわからなくなってしまうのだ。以前、ヴァイオレットは家が全焼した火災に遭遇したことがあった。そのときも火事が発生してから数時間後に顔をあげて目をしばたたき、なぜ自分が崩れた壁と灰に囲まれているのかをいぶかっていたものだ。

仕事自体が興味深かったこともあり、最初の頃はセバスチャンも影武者稼業を楽しんでいた。だが、いつしかそれが仕事以上の意味を持つようになっていった。ヴァイオレットの仕事の影武者をしていると、彼女の集中力を向けられる対象になることがあった。講演の練習を繰り返し、彼女のすさまじい集中力を一身に浴びつづけていれば、単なる仕事と思うのも難しくなる。そういうときのヴァイオレットは、自分たち以外の世界が動きを止めてしまったかのように彼を見つめていたからだ。

セバスチャンはゆっくりと息をついた。彼がヴァイオレットの注目を得られたのは、彼女自身についてではない話をしているときにかぎられていた。それ以上のことをわずかでも示唆すれば、ヴァイオレットは理解するのを拒み、彼を自分とは無関係な存在と見なした。考え事をしているあいだに焼け落ちてしまった、あの建物のような存在だ。

彼女に声をかけてもよかった。喉に毛玉を詰まらせた猫のように鳴いてもよかったのだ。ヴァイオレットはまだ書き物を続けている。ただ勢いにまかせているわけではない。長くヴァイオレットを見てきたセバスチャンには、彼女が集中している対象に腹を立てているのがわかった。三メートルほど離れた位置からでも、彼女が歯を食いしばっているのが見て取れる。書かれた文字の列が波打っているのも明らかだ。目はひたすら紙を凝視していた。もしかすると、庭園の害虫を駆除するのに鉄製の罠を設置することの残酷さについて書いているのかもしれないし――ヴァイオレットがときおり心を奪われる主題だ――あるいはどこかの科学者へ反論の手紙を書いているのかもしれない。

ヴァイオレットはそういう女性だ。何に関心を抱いているのか、それがささいなことなのか、とてつもなく重要なことなのかもわからない。セバスチャンにわかるのは、すべてが終わるまで、彼女が周囲の状況に気づきもしないという事実だけだった。

数分待つつもりが数十分に延びた。部屋に差し込む日光が徐々に方向を変え、セバスチャンが座っている椅子の影も少しずつ長くなっていった。

やがてセバスチャンの眼前でヴァイオレットの怒りがおさまっていき、彼にも判断がつかない何か別の感情へと変わっていった。あきらめだろうか？　さらにしばらく時間が経ち、セバスチャンの目にも彼女の集中力が限界に近づいているのが明らかになってきた。そして、ようやくヴァイオレットがペンを置いて紙をかたわらに押しやった。

少しずつ周囲の状況を把握していく彼女の様子を見ていると、セバスチャンはいつも至福に近い感覚に包まれる。洞窟から出たばかりで明るさに目を慣らす必要があるかのように、ヴァイオレットはまばたきを繰り返した。体を動かして背中と両腕を順番に伸ばし、こぶしを握ったり開いたりする。続けて大きく息を吸い込んだ彼女が顔をあげた。

視線がセバスチャンの姿を認めた。ほんの少しのあいだ、ヴァイオレットは彼をじっと見つめた。「あら」困惑した声だ。「誰かが入ってきた音がしたような気はしていたわ。声をかけられなかった時点で、あなただと気づくべきだったわね」

「きみが邪魔されるのを嫌うのは知っているからね」

彼女はセバスチャンを不安げに見つめ、かすかな笑みを浮かべた。「あなたはわたしが仕事をしているときにそばにいられる数少ない人間のひとりですもの。近くにいても、誰もいないように感じられるわ」

「ありがとう」ひとりでに浮かんでくる笑みを押しとどめながら、真剣な声を出してみせる。今のようなことを褒め言葉として口に出すのは彼女くらいのものだ。

ヴァイオレットがふたたびまばたきをした。「ちょっと待って。わたしはあなたを避けようとしていたんだったわ」ぶっきらぼうに言う。「そうよ。あなたに怒りの手紙を書いていたところだったの」

「そうなのか？」セバスチャンはきいた。「ぼく宛に手紙を書いていたのかい？」読もうと思って顔を近づけたものの、ヴァイオレットに紙を裏返されてしまった。

「だめよ」彼女が答える。「内容が失礼すぎて、とても読ませられないわ」

いつものヴァイオレットなら、それは手紙を出さない理由にはならない。セバスチャンは腕を組んで続きを待った。

彼女は鼻をふんと鳴らした。「それにとても自分本位だわ。あなたの悪口をいろいろと書いていたの」

「つまり、ぼくはきみが頭の中でぼくの悪口を叫ぶ姿を一時間も見ていたのか？」奇妙にも、全身をくすぐられたような感覚を抱いた。ヴァイオレットの頭は猫や鉄製の罠など魅力的な思考をいくらでも生み出せる。にもかかわらず、彼女はセバスチャンのことを考えていたのだ。「ぼくならかまわないよ、ヴァイオレット。でも、現実のぼくを怒鳴りつけてもいいところで、ぼくは今回何をしたのかな？」

彼女はため息をついて顔をそむけた。「そこが問題なのよ。あなたは何もしていないの。それなのに、わたしは座ってあなたを非難する文章を書いていたのよ。そのあいだ、自分がいかにひどい人間か思い知ったわ。わたしが腹を立てていた理由の半分は、自分がひどく理不尽な態度を取っていたからだったのね」

ヴァイオレットは机の上にあるペンをもてあそび、指の下でぎこちなく回転させた。

「これは、このあいだぼくがきみに対して言ったことについての話なのかな？」セバスチャンは尋ねた。

彼女は唇を引き結び、はっきりとうなずいた。

「きみのご不満を当ててみせようか。〝わたしはあなたの親友よ。女性として意識するなんて！〟というところかな？」

ヴァイオレットがもう一度うなずく。頬を赤く染めているところが、さっきとは違っていた。

「ぼくは大胆な男なのさ」明るさを装って言う。「勇猛果敢な探検家だ。これまでもいろいろなことを発見してきた」

「そうね」彼女も似たような明るい口調で返した。「ヴァイオレット・ウォーターフィールドという危険な場所――サメがうようよいる海岸のようなところ――へ勇敢にも足を踏み入れ、生還したんだから」

話しているヴァイオレットの瞳が強い輝きを放っている。

〝きみは荒野なんかじゃない〟セバスチャンは心からそう伝えたかった。自分が愛する人々のためならなんでもするのが、ヴァイオレットという女性だ。その見返りに、自分が愛する人々から賞賛を受けることは望まない。

だからセバスチャンは肩をすくめて言った。「荒野にまこうと思って紅茶を持ってきた」

「どうしてそんなことを？　従僕になる練習でもしているの？」

「違うよ。きみの神経を逆撫でする害虫になる練習をしているのさ」

「それなら練習はいらないじゃない。あなたの得意分野のはずよ」

目をそらしたヴァイオレットの顔が赤く染まっている。それを見たセバスチャンの顔もまた、こみあげる喜びで紅潮した。からかってくるということは、前のように彼との関係を居心地よく感じはじめているのだろう。「完璧でありつづけるには不断の努力が必要だからね」彼は言った。「ところで、朝も昼も食べてないだろう？　おなかが空いているはずだ」

「そう？」ヴァイオレットが眉をひそめる。「わたしは空腹なのかしら？」

セバスチャンは続きを待った。

「いやだ」少しして、彼女は驚いたように言った。「本当だわ」

彼は部屋の中を歩いてトレーにのせた食事を取りに行った。ヴァイオレットとのつき合いは長い。彼が用意させたのは、少しばかり時間が経っても食べられるものばかりだった。トレーの上にはチーズ、リンゴ、さまざまな夏野菜、そして数種類のパンがのっている。ビスケットが数枚と、ぬるくなった紅茶のポットもあった。

「ぼくとはうまくやっていったほうがいい」セバスチャンは言った。「きみは食事を抜く癖があるからね。きみに食事をとらせるのが得意なぼくのことは大事にすべきだ」

「ばかばかしい」ヴァイオレットがリンゴに手を伸ばす。

セバスチャンはその手を握った。ヴァイオレットは動きを止め、見開いた目で彼を見つめた。手を握る以上のことを望んでいるかのように。

「心配いらないよ、ヴァイオレット」意図したよりも皮肉めいた口調になった。「きみを誘惑するのは明日まで我慢する。今はただ、大事なことをはっきりさせておきたかっただけだ」彼女の手首を取って持ちあげる。「ほら」手首とドレスの袖口のあいだに指を三本差し入れた。「このドレスのサイズはぴったりだったはずだ」手を動かして本人にきちんと見せながら続ける。「それがこんなに隙間ができている。ちゃんと食べていない証拠だよ」

「そんなことないわ」ヴァイオレットは顔をしかめて言った。「きちんと食べているもの。朝晩はね」少し間が空き、表情がさらにゆがんだ。「毎日ではないかもしれないけど」

「食べてないよ」セバスチャンは言った。「そのうえ、きみは自分が食べていないことも忘れている。メイドを呼ぼうか？」

「無駄よ。ルイーザは控えめすぎるから、ここにはあがってこないわ。それが彼女を雇っている理由なの」ヴァイオレットは彼のほうを見ようともせずに言った。「いいかげんにして、セバスチャン。どうしていつもあなたは……」

セバスチャンは彼女に向かって眉をあげてみせた。

「あなたはわたしにとって、そんなに必要な人なのかしら」ヴァイオレットが言う。

「ヴァイオレット」彼はにやりとした。「なかなか礼儀にかなったお言葉だね」

彼女は小声で言った。「何週間か前、あなたがいなくても気づかないと言ったわね。本当は、あなたがいなくてずっと寂しかった。いつも空虚な気持ちを抱えていた。そのせいで自己嫌悪に陥ったわ。だから、自分の気持ちから目をそむけたの。実を言うと、あなたはわたしの……」

セバスチャンは身を乗り出した。

「親友よ。だから、わたしはあなたが大嫌いなの」

ふたりは何年もかけて暗号を作りあげてきた。ふたりが話す言葉には隠された意味がある。〝嫌い〟という言葉は、ふたりの暗号には含まれていない。それでも、その言葉は暗号のように――本心を語れないときにヴァイオレットが使う暗号のように――感じられた。セバスチャンを必要としているとき、または会いに来てほしいと感じているとき、彼女は世間一般では失礼と見なされる言い方をする。彼はこれまで、そのヴァイオレットの本心を聞き逃したことはなかった。

「うれしい言葉だ」がっかりした声音を装う。「ぼくもきみが嫌いだよ、ヴァイオレット」

ふたりにしかわからない言葉を理解した彼女は首をすくめ、セバスチャンから目をそらした。

「さあ、食べて」

ヴァイオレットが食事をとりはじめた。

「ぼくに機械仕掛けを作る才能があればと思うよ」セバスチャンは言った。「トレーを持ってきみのあとを追っていく機械を作りたいんだ。きみが何かに集中しているときはうしろに控えていて、それが終わると〝レディ・カンベリー、何か食べないといけませんよ〟と説教してくれる」

彼女はかじったリンゴをのみ込んだ。「ものすごくうっとうしいわね」

「それは欠点とは見なせないよ」

「わたしは高性能な機械の無駄使いだと見なすわ。わたしが改造してあげるわよ」チーズに手を伸ばして言う。「改造した機械に上物のシルクのドレスを着せて、朝の訪問に出すの。あれは嫌いだから代わりにやってもらうのよ。どうせたいして話す必要もないし、〝はい、あいにくのお天気ですね〟くらい話せればじゅうぶんだわ。実際、わたしだってそれくらいしか言ってないもの。相手の言葉に対して〝はい、そのとおりです〟と応えられれば、それでわたしの機械の礼儀は完璧よ」

「そうだな」セバスチャンは言った。「そのとおりだ」

「人好きのする性格だと評判になるわね」ヴァイオレットが言う。「わたしには縁のなかった評判よ」

「そうだな、そのとおりだ」

彼女はセバスチャンを見て眉をあげたが、彼が機械の真似をするのを責めはしなかった。

「そして、わたしは空いた時間を使って好きなことを考えるわ。今度こそ、あなたがどうしても講演したくなる研究テーマに行き当たるかもしれない」

「いいや」念を押すようにゆっくりと言った。「それはないと思うよ。仕事で重要なのは内容じゃないんだ、ヴァイオレット。それを行う人物が大事なのさ」

彼女は改めてセバスチャンを見あげた。「本当に？　じゃあ、わたしに選択の余地はないの？　どんな内容でもだめなのかしら？」

〝きみだよ〟彼は内心で言った。〝きみだ。すべてはきみのためだった〟「前にも言ったはずだよ。ぼくは貿易をしようと思っている」

ヴァイオレットはいかにも不快そうな表情を浮かべた。「貿易ですって？　なんて面倒そうなの。貿易なんて、大勢の人間が暗黙のルールにのっとって行うものでありながら、そのルールを破る不届き者がいても、法律では罰せられないのだから」

「そうだな」茶化すように応える。「そのとおりだ」

ヴァイオレットが呆れた様子で言った。「その反応はやっぱりいらいらするわね。認めたくはないけれど、あなたの言いたいことはわかったわ。わたしにはもっと気の利いた返事ができる賢い機械が必要みたい。わたしの機械では、訪問した家から放り出されてしまいそう」

「必要ないよ。訪れた家がきみの機械を放り出してくれるほうが好都合じゃないか。長所を考えてごらん」ウインクをして身を乗り出し、指で招く仕草をした。

彼女が顔を寄せてくる。

「一度放り出されてしまえば、その家には二度と行かなくてすむ」セバスチャンはささやいた。

ヴァイオレットの顔に笑みが咲いた。「セバスチャン、お願いだから笑わせないで」

「なぜだい？」

「だって、あなたはわたしに現実を忘れさせてしまうもの。安心な気分になってしまうから」

彼は微笑んだ。「それが大事なんだよ。きみが望むかぎり、ぼくはきみを助ける。どれだけぼくに腹を立ててもかまわないさ。せいぜい不快な思いをしてくれればいい。その代わり、一日の終わりにはぼくがリンゴを届けて笑わせてあげよう」

ヴァイオレットは疑わしげに鼻を鳴らした。「どうして？」

「それは」声を落として言う。「きみを笑わせるのが好きだからだ」

彼女はセバスチャンを見つめ、考え込むように眉間にしわを寄せた。やがて目をそらし、トレーからビスケットをつまんだ。「ばかな真似はやめて」

ほかの人間なら、こんなヴァイオレットを無礼と思ったかもしれない。彼女には感情がないのではと疑う人もいるだろう。彼女は鋭い棘のような女性で、やわらかな美しい花弁ではないと決めつける人も。しかし、セバスチャンは違った。

「きみこそ、ばかなことを言わないでほしいな、ヴァイオレット」彼は言った。「ぼくは頭脳派だからね。ばかな真似などしないよ」

8

ガラス玉の袋が四つ、トランプが三組、ブランデーのボトルが一本、ブルゴーニュ産ワインのボトルが二本、たくさんのオレンジ――セバスチャンはリストに書かれた品の最後のひとつが届いているのを確かめて顔をあげ、私室のダイニングルームを見まわした。

青い布が壁を飾り、食べ物がたっぷりのせられたトレーがテーブルを埋めている。ブドウにチーズ、小ぶりなサンドイッチ、大きく切った肉、ケーキ、パイ、ビスケット、菓子……祝い事にふさわしいごちそうだ。

彼のささやかなパーティーに欠けているのはただひとつ、客だけだった。時刻からして、そろそろ来てもいい頃――。

ドアが開いた。

「すごいな!」セバスチャンの従兄弟のオリヴァーが、開いたドアの前に立っていた。片方の手で赤褐色の髪をかきあげ、感嘆した様子で眼鏡の位置を直す。

そう、なかなかのパーティー会場だ。セバスチャンは自賛しながらも、あまり得意げに見えないように腕を組んだ。

「これをぼくたちが全部食べるのか？」オリヴァーが焦った口調できいた。

「ぼくたちじゃない」セバスチャンはうれしそうに答えた。「きみが食べるんだ」

「豚一匹を？　明日の朝、自分の脚で立っていられないと困る」オリヴァーが頭を振る。

「それに大事な結婚式で吐きたくない。ジェーンに愛想を尽かされてしまうじゃないか」

「ロバートとぼくで支えてやるから安心しろ。そういえば、ロバートはバケツを持ってくることになってるんだ。ちゃんと持ってこられるかどうか、こいつは見もの……ああ、来たか、ロバート。来てくれてよかった」

「バケツはないようだな」オリヴァーがつぶやく。

「バケツ？」ロバートが首を横に振った。「いったいなんの話だ」

「まあ、いいさ」セバスチャンは笑った。「入れよ。ぼくの準備の成果をとくと見てくれ」

少し脇にどいて、友人たちが部屋に入れるように道を空ける。オリヴァーが周囲に目を走らせ、改めて感嘆の声をあげた。

テーブルの上に掲げてある幕もセバスチャンとロバートの手作りだ。一文字ずつ色を変え、〝おめでとう、オリヴァー！〟とさまざまな明るい色で書いてある。〝おめでとう〟と書かれた横には注釈を示す小さなしるしが打ってあり、幕の下のほうに小さな黒い字で文章が書いてあった。

オリヴァーが幕へと近づいていき、黒い字をのぞき込む。「知性あるすばらしき女性をまどわせて結婚まで持ち込んだことに。きみのここまでの人生で、もっとも大きな成果だ」彼は微笑みながら注釈を読んだ。「まったくこのとおりだ、きみたちの言うとおりだよ。ぼくは今でも自分の幸運が信じられない」

「ふたりが初めて出会ったときを、きみにも見せたかったよ」セバスチャンはロバートに言った。「なかなかの一大事だった」

「初めて出会ったときはきみもいなかったぞ」オリヴァーが眉をひそめる。「違ったか？」

「二度目に出会ったときだ」セバスチャンは肩をすくめて言い直した。「ジェーンと話をしてからというもの、この男はずっと彼女を目で追いつづけていたんだ。そのくせ、彼女の話はしようともしない。あのときはもうすっかり心を奪われていたな。本人以外の誰が見たってわかる状態だった。それなのに彼は、自分の気持ちに気づくまでに何カ月もかかったんだ」

ロバートがくすくす笑う。「オリヴァーが彼女のことでふさぎ込んでいたのを見せたかったよ。この世の終わりみたいな状態だったんだ。わたしは何かひどいことが起きたとは思っていたが、詳しくは知らなかった。何しろオリヴァーときたら、彼女の名前すら出そうとしなかったからね」

「おい、ぼくはここにいるんだぞ」オリヴァーが言った。「きみたちの目の前に立っている」

通りすがりにちらりと見ただけでは、ロバートとオリヴァーが血縁だと気づく人はまずいないだろう。ロバートの髪はブロンドで、オリヴァーはオレンジ色に近い赤褐色だし、ロバートが真っ白な顔をしているのに対して、オリヴァーは鼻のあたりのそばかすが目立つ。だが似ていない特徴があったとしても、やはりふたりはよく似ていた。澄んだ青い瞳と鋭い鼻筋は瓜ふたつだし、言動の特徴も共通している。互いにどうにも離れがたいところがあるらしく、数年前に異母兄弟だと発覚してからは、しょっちゅう一緒にいた。

「おっと」ロバートが驚いたふりをしてみせた。「本人がそこにいたのか。どうやら悪口は、きみが忙しくなる明日の夜まで取っておいたほうがよさそうだな。今夜のところは、独身最後の夜をわれわれ〝ろくでなし三兄弟〟にしかできないやり方で盛大に祝おうじゃないか！」

「そうとも」セバスチャンは言った。「ここには左利きのための料理しか用意していない。右手を使って食べた者は、ぼくの特製パンチを飲み干してもらうぞ」

彼ら三人はそろって左利きで、しかも常に一緒に行動していたため、イートン校時代にろくでなし三兄弟と呼ばれていた——右利きのヴァイオレットが加わることも多かった。

オリヴァーが眉間にしわを寄せた。「勘弁してくれ。あれはだめだ。まさかワインのパンチじゃないだろうな」

「アザミのスピリッツも一本、そのために用意した」

オリヴァーが頭を振り、ロバートがいやそうな顔をしたのを見て、セバスチャンはにんまりした。アザミのスピリッツはセバスチャンの領地の小作人のひとりに譲ってもらったもので、ひどくまずい代物だ。植物っぽいものが表面に浮いた緑色の液体はとんでもなく苦く、ひと口飲んだだけで思わずのけぞりそうになる。セバスチャンは一九歳のときに数週間かけて練習を重ね、表情を変えずにこのまずい液体を飲むすべを身につけていた。大学以降も、この酒は彼のお気に入りのいたずらになっている。

〝飲めるものなら飲んでみろ〟彼は内心でほくそえんだ。

「よし」ロバートが言った。「左手しか使ってはいけないんだな。彼の話を聞いているわれわれにはお安いご用だ。両手を一緒に使うのもだめだぞ、不届きにも両手を使ったら――」彼の話を聞いている

オリヴァーが顔をしかめた。「正しい食べ方を思い出すための罰を受けてもらう。さあ、祝宴を始めよう！」

「待った」セバスチャンは手をあげてロバートを制した。「まだ始められないよ。ヴァイオレットが来ていない」

ロバートがセバスチャンに顔を向け、ゆっくりと息を吐いた。「ええと」彼は言った。「その……」

「ロバート」セバスチャンは一歩進み出た。「ヴァイオレットはどこだ？」

「それが……」

「彼女が来ないと言ったのか？　ぼくたちはたしかに……その……このところ少しうまくいっていない。だが、きみたちだっているんだ。彼女がぼくとの同席を避けるはずがない」

ロバートが唇を嚙む。「それなんだが……」

「誘ったんだろうな。まさか誘っていないのか？」

セバスチャンから目をそらし、ロバートが言った。「わたしはてっきり……彼女は、その、名誉会員みたいなものかと」

「名誉会員だって？」セバスチャンはもう一歩前に進んだ。「ヴァイオレットを誘いもしなかった。そう言っているのか？」

「ヴァイオレットは三兄弟じゃないだろう」オリヴァーが言い訳をするように言う。「まず男じゃないし、イートン校にも行っていないし、左利きですらない。正直なところ、ぼくもずっと彼女に名誉会員の称号を贈ったつもりだったんだけどな。ヴァイオレットはろくでなし三兄弟の資格をひとつとして満たしていないんだぞ。彼女の場合は――」

「ヴァイオレットもぼくたちと一緒に育ったんだぞ」セバスチャンは歯を食いしばった。「ぼくたちがいちばんつらいときだって、自分の人生には文句ひとつ言わずにそばにいてくれた。先月も、ジェーンのおじ上の一件で彼女を助けたのはヴァイオレットじゃないか――あのときのことをきみは思い出すべきだ、オリヴァー」

オリヴァーが決まり悪そうな表情を浮かべた。

「それなのに、きみたちふたりは彼女が左利きじゃないからというだけで、彼女をのけ者にするのか？」

オリヴァーが口を尖らせて言う。「きみの言うことはもっともだ。だが、ひとつ正確を期するために言っておくと、ぼくが彼女と初めて会ったのは一五歳のときだ。一緒に育ったというわけじゃない」

セバスチャンはこぶしをてのひらに叩きつけた。「そんなの関係ない。ロバート、ぼくはきみにろくでなし三兄弟を集めてくれと頼んだはずだぞ。幕作りを手伝ったのを除けば、きみの仕事はそれだけじゃないか。豚も、菓子も、ケーキも、用意したのは全部ぼくだ」怒りのあまり早口になっていく。「それなのに、きみはヴァイオレットと話すこともしなかったのか？　そんなもの三秒もあればすむだろうに」

「忘れていたんだ！」ロバートが言う。「散歩のときに話そうと思っていたらヴァイオレットが来なくて、そのまま忘れてしまったんだよ。第一、きみと彼女が一緒にいるときは、結局きみがすべてを仕切るじゃないか。きみが伝えればよかったんだ」

「ぼくは何も好きで誰とでも仲のいい人気者をやっているわけじゃない」セバスチャンは言い返した。「それに今は事情がある。ぼくたちは今……互いに気まずい状況なんだ。だいたい、ぼくがどうして自分で伝えずにきみに頼んだと思ってるんだ？」

オリヴァーがセバスチャンを見た。「まだけんかしていたのか？　たしか、きみたちは五月からやり合っていたんじゃなかったのかい？」

セバスチャンは肩をすくめた。「ある意味ではね。ちょっと複雑なんだよ」

「ヴァイオレットとけんかしているのか？」ロバートが言った。「おいおい、セバスチャン。きみとヴァイオレットがやり合う理由なんて何もないだろうに」

ときにセバスチャンは、従兄弟たちが自分をまったく見ていないのではないかという疑念に駆られてしまう。初めての講演を行ってから何年も経っているのに、どちらも彼を科学者として扱おうとしないのだ。もっとも、しょせんはまがい物の科学者なのだから、そのほうがありがたいと感じる場合がほとんどなのだが、それでもやはり自分という人間が真剣に受け止められていない気がするときもあった。

とはいえ、それはセバスチャン自身が選んだ結果でもある。彼が真剣な姿を見せるのは、きわめてまれなのだから。

だからこのときも、セバスチャンはさりげなく肩をすくめた。「いろいろとあるんだよ。今はぼくがヴァイオレットをずっと愛していたことでもめている。彼女はぼくがそういう人間だと思っていなかったから、ぼくが告白などしなければよかったのにと考えているんだ」

オリヴァーが呆れたように目をぐるりとまわしてみせた。「よく言うよ」

セバスチャンはそっぽを向いた。「なんの根拠もないきみの貴重なご意見は、丁重に無視させてもらうよ」

ロバートがため息をつく。「よせよ、セバスチャン。いいかげん真剣に話してくれ」

またこれだ。ふたりは当然のように彼の言葉を信じていない。「いいだろう。少し待ってくれ」セバスチャンはその場で一回転して両手で顔を覆った。そのまま芝居がかった様子で動きを止め、大げさに両腕を勢いよく開いてみせる。「よかろう！　ぼくは今から真剣だ。真剣なことしか言わないから、よく聞いてくれ」順にふたりをにらみつけ、セバスチャンは言った。「真剣な質問だ。ヴァイオレットのことを忘れていたというのに、なぜもっと自分を恥じない？」

「勘弁してくれよ」ロバートが言う。「そんな大仰な芝居で真剣ぶられても困る」

セバスチャンはロバートを指差した。「せっかく真剣に話しているのに話題をすり替えるとは何事だ。さあ、その口を閉じてヴァイオレットを迎えに行け、今すぐに」

「おい、もう少しあとでもいいじゃないか。今、シャンパンを注いだばかりなんだぞ。とにかくまずは乾杯して――」

セバスチャン自身はロバートに軽視されても平気だった。雰囲気を盛りあげるのは自分の役割だと思っているし、生真面目な従兄弟たちを相手にする場合は特に必要な役割だ。しかし、ヴァイオレットは軽視されていい人間ではない。そもそも、セバスチャンとロバートの絆を結んだ立役者は誰あろう、彼女なのだ。

セバスチャンは一歩前に出て言った。「そんなに本気のぼくが見たいのか？」身長は彼よりもロバートのほうが数センチ高い。しかし、セバスチャンがにらみつけながらさらに一歩踏み出すと、ロバートが目をしばたたいてあとずさりした。「いいか、ぼくは本気だ。ヴァイオレットは今、ひとりきりで部屋にいる。ここにはぼくたちとジェーン以外、彼女の知り合いはいないんだ。しかも今夜、ジェーンは肉親の相手で忙しい」セバスチャンはロバートの胸を指で突いた。「きみは四歳のときからヴァイオレットを知っているじゃないか。きみは忘れてしまったのかもしれないが、ぼくは覚えているぞ。幼い頃、彼女はぼくたちのためにいくつものゲームを編み出してくれた。イートン校でカード遊びをしていたときだって、半分の生徒がそうとは知らずに彼女のルールで遊んでいたんだ」

気乗りしない様子で、ロバートが眉をひそめた。「たぶん、それはそのとおり――」

「たぶんはいいから、しっかり頭を使って考えろ。ヴァイオレットは未亡人で子どもはいない。母親は……あたたかい人ではない。姉はといえば、妹を満ち足りない気分にさせるだけのヘビみたいな女性だ」

「姉って、リリーのことを言っているのか？　わたしが覚えているのとずいぶん違うぞ」ロバートが目を細めた。「たしかにいささか退屈だった気はするが、かわいらしい女性だったはずだ」

「きみに人を見る目がないだけだ」声を落として言う。「ぼくたちはヴァイオレットの友だちだ。彼女がきみにしてくれたことを思い出せ。きみとミニーが結婚して最初の数年、ミニーの支えになったのはヴァイオレットだぞ。ジェーンだってそうだ。オリヴァーが彼女に恋したとき、すぐにジェーンと友だちになってくれたのはヴァイオレットだったじゃないか。それなのに、きみはヴァイオレットの存在を忘れていたというのか？」

「わたしは……」ロバートが目を伏せた。「いや、きみの言うとおりだな。わたしが悪い。乾杯をしたらすぐ――」

「それじゃ遅い。すぐにヴァイオレットを呼びに行くんだ」セバスチャンはぴしゃりと告げた。「行かないのなら、ぼくはここを出ていく」

「もちろん行くとも。でも、まずは――」

話はそこまでだった。何が自分をそうさせたのか、セバスチャンにもわからない。けれども彼は指を一本立て、従兄弟の言葉をさえぎった。「わかった、もういい」

「冗談はよせよ、セバスチャン」

冗談、悪ふざけ、不真面目、それがセバスチャンの評判だ。結局のところ、従兄弟たちは彼を真剣に受け止めたことなどなかったし、ヴァイオレットに感謝の念を抱いたこともなかったのだ。

ロバートとオリヴァーは一二歳のときに出会い、互いを兄弟と呼んできた。それに対して、セバスチャンはいつも一歩離れたところからふたりの友情を見守ってきた。喜劇役者の仮面をかぶり、常にふたりを笑わせてきたのが彼だった。

セバスチャンはふたりを責めるつもりなど――ほとんど――ない。ロバートは恐ろしく孤独な人生を送ってきたし、オリヴァーは裕福とはいえ、彼に上流階級の社会で生き抜くすべを何ひとつ教えようとしなかった家族に育てられた。セバスチャンにはれっきとした自分の兄がいたし、ふたりが互いを必要としていたほど、彼らを必要としていなかったのだ。

セバスチャン自身を軽く見られるのはかまわない――それは慣れている。そんなものだと思っていたし、みずからそれを求めていた節もあった。だが、ヴァイオレットはどうだ？　誰ひとりとして、彼女をちゃんと見ようとしていないではないか。ヴァイオレットが愛している人々の今があるのは彼女のおかげなのに、その人たちでさえ彼女を無視している。セバスチャンはたしかに周囲から軽く見られてきた。しかし、ヴァイオレットは彼とは比べ物にならないほど軽視され、無視されつづけてきたのだ。

セバスチャンの怒りは限界を超えていた。〝怒りでわれを忘れる〟という言葉はばかげていると今までは思ってきたが、現に視界が狭まり、頭上の幕が色を失っていった。まさに自分が自分でなくなっていく感じだ。「そうか」どこか遠くで自分の声がした。「よくわかったよ」

彼はふたりに背を向けた。

「おい」背後でオリヴァーの声がした。

そのままふたりから遠ざかり、セバスチャンはドアを思いきり叩きつけた。

ヴァイオレットの部屋に静かなノックの音が響いた。

まばたきをして顔をあげると両目が痛かった――どうして目が痛いのだろう？　あたりが暗くなったのに、ランプもつけずに本を読んでいたからだろうか？　実際、少しずつ日が暮れていくことにヴァイオレットは気づいていなかった。あまりにもゆっくりと日が落ちていったせいで、目にも徐々に負担がかかっていったのかもしれない。

ふたたびノックが響いた。ヴァイオレットは頭を振り、読書と光量の関係について考えるのをやめた。それでなくともいろいろと考えていたのだ。もうお気に入りのファッション誌『ラ・モード・イリュストレ』を閉じてもいいだろう。

お気に入りといっても、流行に興味があるわけではない。定期的に発行されるこの雑誌は、持ち歩くのに完璧な大きさだった。科学雑誌の記事を切り抜いて中にはさんでおけば、読んでいても周囲が放っておいてくれる。

てっきりセバスチャンだと思い込み、ヴァイオレットは身構えた。顔から表情を消して感情を読まれないようにしてから口を開く。「どうぞ」

ドアが開いて姿を見せたのはセバスチャンではなかった。ロバートだ。うしろにオリヴァーもいる。

「どうかしたのか?」ロバートが言った。「こんな暗い部屋にひとりでいるなんて」

「雑誌を読んでいたのよ」

「ランプもつけずに?」

「少し……夢中になっていたの」ヴァイオレットはそう答え、両手を体の前で重ねて顎をあげた。少しばかり変わった行動をしたとしても、開き直って堂々としていれば、ほとんどの人はあまり質問しようとしないものだ。

ロバートが机の上のファッション誌に目をやり、当惑した様子で頭を振った。

「なるほど……その……わたしとオリヴァーはきみを誘いに来たんだ。今夜、ろくでなし三兄弟で集まるんだが、きみにもぜひ参加してもらいたいと思ってね」

ヴァイオレットは彼に向かって顔をしかめた。「わたしはただの名誉会員よ」

ふたりの男性が意味ありげに視線を交わし、それからロバートが精一杯気安く見える笑みを浮かべて彼女を見た。「その名誉会員の話は、今はしたくないな。その……わたしは……わたしたちは……」いったん言葉を切り、大きく息をつく。「きみをそう呼ぶこと自体、きみに対する侮辱だと気づいたんだ。わたしはきみをほかの誰よりも長く知っている。困っていたときは助けてもらったし、とにかく……その……わたしはばかだったよ。すまなかった」ロバートは左手を差し出した。

ゆっくりと手を伸ばし、ヴァイオレットはロバートと握手をした。とはいえ、彼が何を謝っているのかさっぱりわからなかった。

「わたしはばかだった」ロバートがもう一度言う。「謝るよ。わたしだって、のけ者にされるのは嫌いだ。それなのに自分がきみにしてきたことを考えると……」苦しげな表情で頭を振る。「まったく、なんという男だ。本当にすまなかった、ヴァイオレット」

「そんなに気にしなくていいのよ」当惑しながら応えた。「わたしはそういうことに疎いから」

「わたしたちと一緒に来てくれるかい？」

彼女は立ちあがり、スカートのしわを伸ばした。「もちろん参加させていただくわ。メンバーのひとりが結婚する前夜に、ろくでなし三兄弟は何をするつもりなの？　おとなしく集まってお話をするだけ？」

「まさか」オリヴァーが楽しそうに答える。「今夜は賭けをするんだ。でかいやつをね」

ヴァイオレットは眉をあげて尋ねた。「賭けですって？　ジェーンは知っているの？　まさか彼女のお金を賭けるんじゃないでしょうね」

「まあまあ」オリヴァーはにんまりとしてみせた。「ジェーンは気にしないよ」

困惑したヴァイオレットは頭を振り、ふたりのあとに続いて歩きだした。

オリヴァーとカードをするのは初めてだが、ロバートとはやったことがある。ヴァイオレットはとにかくロバートが下手だったのをよく覚えていた。上達する素質はじゅうぶんにあるものの――カードを注意深く見きわめ、戦略を立てる能力はむしろすぐれていた――次に何が起こるかを予測するのではなく、期待してしまう癖があったのだ。自分の手を実際以上によいものだととらえてしまい、たいした手でなくても負けられないと力んでしまう。要するに、自分が勝つほうが物語として座りがいいと無意識のうちに思っているのだろう。実に向こう見ずで奔放な遊び方をする。本人にとっては幸運にも、ロバートは金を賭けてカードをした経験はなかった。

一方のオリヴァーはどうだろう……ヴァイオレットは彼をちらりと見た。ロバートとは正反対のような気がする。おそらくオリヴァーは慎重だ。いい手を隠して勝機を逸してしまう、慎重すぎるくらいの慎重派ではないだろうか。

「よかったわ」ヴァイオレットは両手をこすり合わせた。「どうせお金なんて必要ないけれど、あっても損はないわよね。違う?」

オリヴァーとロバートがうれしそうに視線を交わす。

「勝つ自信があるわけだ。ちょっと予測が甘くないか?」オリヴァーがにやりとした。

「予測じゃないわ」彼女は応じた。「長年積み重ねてきた証拠と経験にもとづく確信よ」

ロバートがふんと鼻を鳴らす。「最後に遊んでから、わたしもずいぶん上達したんだぞ」

その言葉自体、彼がさして上達していないことを示している。本当に上達しているなら、その情報を隠してゲームに生かせばいいだけだ。

ふたりの男性は、ヴァイオレットを階下にある私室のダイニングルームに連れていった。オリヴァーが彼女のためにドアを開け、椅子も引いてくれた。ロバートも飲み物は何にするかをきいてくれた。ふたりとも、妙に扱いが丁寧すぎる。彼女の心に少しばかりの疑念が芽生えた。

ヴァイオレットは険しい表情でふたりをにらみつけた。「ろくでなし三兄弟の集まりだと聞いていたけれど？」

「そのとおり！」ロバートがいささか陽気すぎる口調で答える。

「それならセバスチャンはどこなの？」

オリヴァーとロバートが顔を見合わせて言った。「ここには……いないんだ」オリヴァーがようやく認めた。「たぶん、じきに戻ってくると思う」

ヴァイオレットは腕を組んだ。「またやったのね、そうでしょう？」

「またやったって、何を？」

「いつもそうじゃない。あなたたちふたりが親しいのはいいことだと思うわ。でも、ときにそれがいきすぎて周囲が見えなくなるのよ。あなたたちはセバスチャンを無視して――」

「セバスチャンを無視？　そんなの、そもそも無理じゃないか。あいつがどういう男か、きみだって知らないわけじゃないだろう？」

「――彼を完全に置き去りにしてから、何も知らないふうを装うの」ヴァイオレットは鼻を鳴らして続けた。「あなたたちの悪いところだと思うわ。わたしも今は少し……彼とは気まずいけれど、だからといって彼抜きで始めるのは間違いだと思う」

しばらくのあいだ、オリヴァーとロバートは意味ありげに顔を見合わせた。

「きいてもいいかな」オリヴァーが口を開く。「きみたちはいったい何をもめているんだい？」

「それで気を遣っているつもりなの？」ヴァイオレットは答えた。「ひどいものの尋ね方よ。わたしの友人の中に、三二歳にもなってそんな配慮もできない人がいるなんて、それこそ傷つくわ。それでどうやって政治の世界でやっていくつもり？」

顔を赤らめたオリヴァーが言う。「知らない人間が相手なら、もっとうまくいくんだよ」

これでいい。オリヴァーの気をそらすのは成功した。ヴァイオレットは信じられないという顔つきで鼻を鳴らし、室内を見まわした。

「セバスチャンなら戻ってくるよ」ロバートが言った。「さっきまでここにいたんだ」

「ええ」彼女は過剰に盛られた料理の皿を眺めた。「この部屋を見ればわかるわ」

「どうしてわかるんだ？」ロバートが尋ねる。

「ここの準備をしたのがセバスチャンだからよ。豚が一匹にローストチキンが二羽、それに加えてブルーベリーのケーキまである。あなたたちが、わたしの好きなものを覚えているとは思えないもの」

今度はロバートが顔を赤くした。

「いいのよ。別にあなたたちを責めようと思って言ったわけじゃないわ。覚えているとしたらセバスチャンくらいだと思ったの」

「なるほど」オリヴァーが言う。

「さて、大きな賭けをすると言っていたわね」ヴァイオレットは話題を変えた。「何を賭けるの？」

ロバートがテーブルの上で何かを探した。「たしか——ああ、あった。これだ。こいつを使うんだ」いくつかの小さな袋を手に取る。袋の中には、それぞれ違う色のガラス玉が入っていた。オリヴァーが緑色の玉が入った袋を選び、ロバートが赤を、そしてヴァイオレットは一瞬ためらったあとで青を手にした。

ロバートが眉をひそめる。「きみはてっきり紫を選ぶと思っていたよ」

「どうして？　名前がヴァイオレットだから、わたしは紫を選ばないといけないの？」

「ああ、たしかにそう思った。それにきみはよく紫色のものを身につけている。好きな色じゃないのかい？」

「好きよ」彼女は答えた。「でも、青を選んだらセバスチャンのところに紫色が行くことに気づいたの。わたしの趣味より、彼の望みを妨害するほうが大事だわ。それにわたしは青も好きだし」

オリヴァーが声をあげて笑った。

「それより、まだわたしの質問に答えていないわよ。このガラス玉を使って何をするの？」

「このガラス玉は、この世の何よりも重要な意味を持っている」ロバートが宣言か何かのように言った。「栄光と勝利、そして名誉だ」

「くだらない」ヴァイオレットは応えた。「あなたの名誉なんて誰も欲しがらないわよ、ロバート。それより貸しにするっていうのはどう？」

「貸し？」

「貸しよ」きっぱりと言う。「ガラス玉をひとつ奪うたびに、ひとつ貸しを作ったことにするの。絶対に返さないといけない貸しをね。あなたがこの場で二〇回飛び跳ねろと言うなら、わたしはそうするし、あなたのお母さまと長話をしろと言うならそうするわ」もしロバートが勝てばの話だ。もちろんそうはならない。

ロバートが落ち着かない様子でオリヴァーを見た。「だが……限度は必要だな。そう思うだろう？　要求が議会での投票とかになったら、しゃれにならない」

ヴァイオレットは手をひらひらと振った。「だから面白いんじゃない。限度は友情が許すかぎりということでどう？」

「しかし……」

「それともわたしを信用できないの？」

「きみを悪く言うつもりは毛頭ないよ、ヴァイオレット。でも、きみのその顔を見てしまうと無理だ。信用できない」

ドアが開き、セバスチャンが部屋に入ってきた。ヴァイオレットの姿を見るなり、彼の足がぴたりと止まる。

　そしてセバスチャンは微笑んだ。安心と幸福が一気にあふれたかのような、すばらしい微笑みだ。ヴァイオレットは一瞬、その笑顔に溶かされてしまうのではないかと思った。抑えるより先に笑みがこぼれてしまい——彼女の壁を完全に打ち壊した。すると今度は心を食べ尽くされてしまいそうな気がして、いきなり恐怖がこみあげてきた。

　そうなる前にそっぽを向き、唇をしっかりと結んで顔から表情を消した。

　セバスチャンの微笑みも少しずつ消えていき、彼は残念そうに首を横に振った。

「ぼくのことは気にせずに話を続けてくれ」

　ロバートとオリヴァーが顔を伏せ、その場でそわそわしはじめた。自分が来る前に何があったのか、ヴァイオレットはいぶかった。

　だが、セバスチャンが咳払いをして気まずい空気を打ち破った。「せっかく戻ってきたんだ。パーティーを始めるぞ！」

9

ヴァイオレットがふらつく足取りで部屋に戻ったのは午前四時のことだった。どうにかして、彼女は壁にもたれつづけた。もう壁が垂直に立っているかどうかもよくわからない。

「かわいそうなロバート」ヴァイオレットは言った。

「頭に気をつけて」セバスチャンが彼女の体を支え、まっすぐに立たせた。

「結婚祝いに彼のガラス玉をオリヴァーにあげたときの顔を見た？　あんなに顔面蒼白になった彼を見たのは初めてよ」誰かがくすくす笑う声がする。自分ではない。ヴァイオレットはくすくす笑ったりしない。

でも――ようやく脳が聴覚に追いついた――笑い声はヴァイオレットのものだった。彼女は笑っていて、そしてひどく酔っていた。

「お酒のせいよ。あのアラミの……」違う、そうじゃない。「アザイの……」まだ違う。「アザミのスピリッツ」どうにか正解を口にした。「不公平だわ。みんなと同じ、三回も罰を受けるなんて。わたしだけ右利きなのに不公平じゃない」

「それでもカードは勝ちつづけるんだから、やっぱりきみはすごいよ」セバスチャンが笑顔で言う。「さあ、きみの部屋だ。メイドもすぐに来るから」

ヴァイオレットは顔をしかめた。「勝つに決まっているわよ」むしろばかにされている気がして言う。「わたしはお酒を飲むほど頭がさえてくるの。逆はありえないわ」

「それはきみだけだよ」セバスチャンは苦笑しながらドアを開け、彼女が椅子に座るのに手を貸した。

ヴァイオレットは深々と椅子に座り込んだ。「オリヴァーから勝ち取ったガラス玉はジェーンにあげるわ。きっといい使い方をしてくれるわよ。ひとつだけ心配なのは……」

だめ、それを口にしてはいけない。でも、これだけ酔っているのだ。すでに口にしていたかもしれなかった。

「こいつかい？」セバスチャンがポケットからガラス玉を取り出した。暗くて色はわからないけれど、何色かは見るまでもなく知っている。暗闇の中、ヴァイオレットはガラス玉を凝視した――今夜、ただひとつだけ失った彼女の玉だ。セバスチャンが勝ったあとすぐに権利を行使しなかったせいで、その青い玉はひと晩じゅう彼のかたわらで輝きつづけていた。

あれは可能性の輝きだ。ひょっとしたらセバスチャンは玉を使って……。

ドアに鍵をかけられてしまったかもしれない。まさか、警告を発してくれる理性を丸ごと失ってしまうほど酔っているのだろうか？　熱とアルコールのせいか次の瞬間、ある光景がヴァイオレットの頭に浮かんだ――セバスチャンと体を密着させて情熱的なキスを交わす、肌が触れ合う歓びに夢中になっている自分の姿が。

そんなのは別の人間に起きる出来事に決まっている。それなら、セバスチャンを部屋に入れるだろう。あとで結果に苦しむのも別の人間だ。自分の身に起きるのでないかぎり……。でも、それはたしかに彼女自身の空想だった。そうじゃないと思い込むほどには酔っていない。ヴァイオレットは震える喉で息を吸い込んだ。

友情が許すかぎり？　それでこんな可能性を残してしまうなんて、なんと愚かなことだろう。でも、そのルールを決めたときにセバスチャンは部屋にいなかったし、どういうわけかヴァイオレット自身、彼女を欲する――精神的なものとは逆の意味で欲する――男性が無制限に要求できる状況でどんな行動を取るか、まったく頭に浮かばなかったのだ。

「ヴァイオレット」セバスチャンが穏やかな声で言った。

彼の手が肘に触れ、ヴァイオレットはびくりと身を引いた。

「体が震えているよ」

「寒いのよ。それだけだわ」

セバスチャンが彼女の手を握った。「これを」てのひらに、彼の体温であたたまったガラス玉が置かれる。「貸しを返してほしい」

まるで体に力が入らない。頭のてっぺんから爪先まで、震えが駆け抜けていった。

ガラス玉を握った彼女の指を、セバスチャンの手が包み込んだ。「頼みがあるんだ、ヴァイオレット」彼は語りかけ、足を一歩踏み出した。

セバスチャンの匂いがする。彼から漂ってくると、アザミのスピリッツのしぶい匂いさえ、さわやかで魅惑的な芳香に変わったような気がした。「頼みって何？」

「ぼくを怖がらないでくれ」セバスチャンが言った。「きみはぼくをよく知っているはずだ。ぼくはきみが望まないことを頼んだりしない。そんなことのためにガラス玉の力を使ったりしないし、ほかのどんな方法を使って頼んだりもしないよ」

ヴァイオレットは安心して椅子に身を沈めた。心にあるのは安堵感と、それから……。いささかの後悔だろうか？　きっと酒に酔っているせいだ。

暗闇の中、彼女はセバスチャンの手を探り当てた。握った指はとてもあたたかかった。どうしてこんなにもあたたかいのだろう？　とても人間のものとは思えないくらいだ。あるいは——もっと悪いことに——これこそが人間のぬくもりなのかもしれない。

「わからないわ」彼女は目を閉じた。「わたしには全然わからない。どうしてあなたはわたしに腹を立てていないの？　もしわたしが……」声が徐々に小さくなっていき、やがて途切れた。これ以上は頭にあることを言葉にできそうもない。

けれども闇の中で、ヴァイオレットは考えつづけていた。セバスチャンが欲しい。彼とベッドをともにして、手足を絡ませ、引きしまった体でのしかかられたい。彼の両腕に抱きすくめられて……。

いいえ。そんなことは望んでいない。望んではいけない。

「きみの夫はきみに腹を立てたのか？」セバスチャンが静かに尋ねた。

喉がきつく締めつけられた。ヴァイオレットは何も答えず、ただ彼の手をぎゅっと握りしめた。

「たまにね」セバスチャンが言う。「たまにぼくも腹を立ててしまうんだよ。きみが欲しくてたまらなくなり、いらいらする。でも、そのたびにぼくたちは友人だということを思い出すんだ。そしてきみの友人であるぼくの一部が、欲望を抱いているぼくを殴り倒す。きみとぼくの望みが違うからといって、ぼくには腹を立てる権利などないんだから」

「でも……あなたは思っているはずよ、その……」

「ああ、毎日思っているよ」セバスチャンの両手は、まだ彼女に握られている。「一日も欠かさずにね、ヴァイオレット。だが、ぼくはきみの結婚生活を見てきて――きみはもう、きみに腹を立てるようなくだらない男とかかわるべきじゃないと思っているんだ」

大きく息を吐き出すと、ヴァイオレットは冷静さを取り戻した。今、話している相手は恐ろしい悪魔ではなく、セバスチャンなのだ。彼のことは信頼していい。

「返すわ」ガラス玉をセバスチャンの手に握らせた。「そんなことでは借りを返したことにはならないもの」

ヴァイオレットの頭は空想で混乱していた――ふたりが互いの手を握り、唇を重ね合う光景だ。手をしっかりとつないだふたりは体を引き寄せて抱きしめ合い、そして……。

いいえ。そうした行為はほかの人にまかせておけばいい。酔っていようと、いまいと、自分の身には起こらない。この先もずっと。

彼女は自分を紙束だと思い込もうとした。一枚一枚にセバスチャンの名が記された、乾ききった紙の束だ。

そして彼女はガラス玉ごとセバスチャンの手を強く握りしめた。

「あなたを信じるわ、セバスチャン」ヴァイオレットは言った。「今までもずっと信じてきたのよ」

彼がガラス玉を持っているかぎり、わずかな可能性――いつか今以上の何かが生まれる可能性――は残る。セバスチャンからキスを受ける――そんな空想を自分に許す日が来るかもしれない。頭の中でとどめているかぎり、傷つくこともないだろう。

けれども目の前のセバスチャンは、今のままのヴァイオレット――短気で気難しい、手に負えないヴァイオレット――でいいのだと言いたげに微笑んでいる。

「じゃあ、友だちということでいいかな？」彼の声はとても低く、ヴァイオレットの胸を震わせた。

彼女はセバスチャンの手を放して答えた。「ええ、友だちね」


結婚式のせいだろうか？　ニューシャリングの人々がこれまで見たこともないような美しい宝石を身につけたジェーンは、小さな教会の中でひときわ輝いて見えた。そこにいる全員、とりわけオリヴァーは彼女から目を離すことができなかったほどだ。それとも結婚式のあとロンドンに戻る道中、ロバートとミニーがずっと隣り合って座り、手をつないでいたのを見ていたからだろうか？

あるいは夏の空気のせいかもしれない。なぜなら夏になってからというもの、ヴァイオレットが目を向けるところ、どこもかしこもカップルだらけだからだ。公園では女性がしとやかにうつむき、男性がその女性をあたたかな視線で見つめている。ピクニックに行ってもカップルがたくさんいた。馬車に乗っている男女は、急な曲がり角で互いの体が触れ合うのを待ち望んでいるようだった。幸せなカップルはあらゆるところにいた。

姉の家への訪問も、その印象をかえって強めただけだった。応接間のドアが開いて姉の夫が現れたとき、ヴァイオレットは姉から前夜の出来事やアマンダの社交シーズンの様子を長々と聞かされていたところだった。タルトリー侯爵はヴァイオレットに丁寧な挨拶をすると妻の背後に歩み寄り、何事か耳にささやいた。

ヴァイオレットは思わず視線をそらした。それでも首の筋を痛めずに礼儀正しく目をそらすには限度があり、侯爵の指が姉の肩をなぞるのがいやでも視界に入ってきた。

リリーが楽しげに夫の手を叩いた。「だめよ、向こうに行って」尊大な笑顔で言う。「それから、そんな目でわたしを見るのはやめてちょうだい。七カ月も窮屈な思いをして、ようやく解放されたところなのよ」

ヴァイオレットは笑みを浮かべていたものの、口の端はこわばっていた。ちょっと風が吹けば笑顔が吹き飛んでしまいそうな心境だ。

立ちあがったリリーが夫の腕を取り、ドアへといざなう。彼が身をかがめ、妻の耳に何かささやいていることに、ヴァイオレットは気づかないふりをしようとした。体の向きを変えて、ほんのり赤らんだ姉の肌を見ないようにする。あの赤みは恥ずかしさのせいではない。もっとずっと親密な何かのせいだ。

姉が夫の手を握る姿など見たくなかった。ささやきで交わされる夫婦の約束など、想像したくもない。

「早く行って」夫と指を絡ませながら、リリーがようやく言った。「読んでおかなくてはいけない法案はないの？　演説の草稿だって書かないといけないのではなくて？」

「わたしの場合、即興のほうがうまくいくんだ」侯爵は身をかがめ、妻にキスをした。

ヴァイオレットは思わずこぶしを握りしめた。

リリーが夫に道を空けた。「さあ、行ってちょうだい。わたしたちは女性同士の話があるの」彼女は夫を追い出してドアを閉めると、片方の手でノブを握ったまま、わずかに体を揺らしながらしばらくその場にとどまった。

その姉の姿を見ていたとき、ヴァイオレットの心に幸せなカップルに対する憎しみがこみあげた。強い感情が重くのしかかり、厄介で屈辱的な悪意に引きずられそうになる。リリーをねたましく思ったことはない。それでも、ときに不公平を感じずにはいられなかった。姉はとてもたくさんのものを持っているというのに、妹は……。

リリーが夢見心地な表情で微笑んだ。「あなたが何を考えているかはわかるわ。お母さまのルールを思い出していたんでしょう？　〝レディは夫に逆らってはいけません。娘は父親に逆らってはいけません〟」

ヴァイオレットはゆっくりと息を吐いた。妹が何を考えているのか、リリーはまるでわかっていない。だからこそ、ヴァイオレットは姉を深く愛していた。ヴァイオレットの心で生まれる恐ろしい考えを、リリーがどうにか人間らしいものに変換してくれるのだ。

「妻は夫の言いつけを守らなくてはいけません」リリーが続けた。「夫をおとしめるのは、社会の中での自分の地位をおとしめるのと同じです」

「それはルールの核心ではないわ」ヴァイオレットは言った。「夫に従うことが重要なわけではなく、従わないと世間の評判が……」言葉が尻すぼみになってしまった。

姉が目をぐるりとまわしてみせる。「世間の評判と実際のわたしに違いはないわ。まったく、ひどい気分よ。しょっちゅう注意しないといけないの。あの人がわたしに向かってくしゃみをするだけで、子どもを授かってしまうんですもの」

ヴァイオレットの爪が手袋越しにてのひらに食い込んだ。この痛みに耐えて黙っているほうが、子どもを産まなかった後悔を口にしてしまうよりずっとましだ。

リリーが目を見開いてヴァイオレットのほうを見た。「わたしったら、何を言っているのかしら」妹に腕を伸ばして続ける。「ごめんなさい。悪かったわ。そんなつもりじゃなかったのよ。無神経なことを言って――」

ヴァイオレットは慎重に言葉を選んだ。心の中の激しい怒りをわずかでも相手に悟らせないように。

「謝る必要はないわ。子どもの話題を避けたりしたら、話すこともなくなってしまうもの」

深呼吸をして、姉の目をまっすぐに見つめる。「それにわたしがお姉さまの子宝に恵まれる体質について気づいていなかったら、それこそ妹失格よ。五人目が生まれた頃には、他人が見たって明らかだったはず。まして一一人目を産んだばかりなのだから……」ヴァイオレットは肩をすくめた。

「そうね」そう言いつつも、リリーの表情はこわばったままだった。「それでも、わざわざあなたの前で言うことではなかったわ。ごめんなさい。本当に申し訳ないわ。黙っていればよかった」

悪いことをした自覚のある姉を、なぜヴァイオレットのほうが慰めなくてはいけないのだろう？　それはリリーがそういう人間だからだ。

「気にしないで」ヴァイオレットは言った。「わたしがお姉さまの体質に嫉妬しているのだと思っているなら、それは間違いよ。誓ってもいいわ」

「だけど――」

「誓うわ」ヴァイオレットは言った。「お父さまのお墓にかけて誓うわよ。わたしが嘘を言ったことがあった？」

姉の表情がさっと晴れた。「ないわ」

ヴァイオレットは無表情を保ちつづけた。実際、リリーにはっきりと嘘をついたことはない。会話を操り、真相とは異なる印象に導いただけだ。率直で人を信じやすいリリーは、妹がすべてを隠しているなんて考えてもいない。そして不幸な真実を何年にもわたって隠しつづけてきた今となっては、それを正す方法などあるはずもなかった。

「わたしは自分の不運を嘆いたりしない」ヴァイオレットは家族らしい親しみを言葉にこめようと試みた。「お姉さまの子どもたちを愛しているもの。あの子たちがいればそれでいいわ」

リリーが悲しげに微笑む。「あなたは泣いたりしないのね、ヴァイオレット」

「あら、どうして泣くの？　悲しくなる理由なんてひとつもないのに」

姉は心の広い太陽みたいな女性だ。あたたかくて、いつも笑顔を絶やさない。ヴァイオレットもリリーのようになれたかもしれない――もしああだったら、こうだったら、という仮定条件があまりに多すぎるけれど。リリーはヴァイオレット自身を穏やかにした姿なのだ。嫉妬を抱くなんてばかげている。嫉妬は心を傷つけ、自分を許せなくしてしまう。嫉妬心を愛せる人などいるはずがないし、何よりヴァイオレットは姉を愛していた。リリーの人生を見て、子ども、ぬくもり、信頼、愛にあふれた普通の人生を疑似体験してきたのだった。

そう、姉に嫉妬などするはずがない。

けれどもリリーと一緒にいると、何もかもを憎んでいる自分に気づかされてしまうのも事実だ。

「それで」ヴァイオレットは言った。「アマンダの話よ。お姉さまはわたしにあの子と話をさせたいんでしょう？　でも、わたしがお姉さまの気に入ることばかり話すとはかぎらないわよ」

まるでさっきまでの悩みはすべて解決したとばかりに、リリーが笑った。

「いやだわ、ヴァイオレット。わたしが気に入らないのは承知のうえよ。あなたなら、あの子に厳しく、論理的に話してくれるでしょう？　すべての選択肢を示してやれる。道理をわきまえた話をしてくれる。それに娘と話さなくてはいけない内容がわたしの気に入るものなら、自分で話せばいいだけですもの。あなたに頼む必要もなくなってしまうじゃない」


それから少しあとになって、リリーとの話を終えたヴァイオレットは姪とふたりで会った。アマンダを屋敷の中の一室に誘い、一緒にいた三人の弟たちは邪魔をしないと約束させたうえで廊下に出し、ドアを閉めた。

「あなたに贈り物があるの」ヴァイオレットは言った。

「まあ、何かしら？」

ヴァイオレットはバッグの中から丸めた青いスカーフを取り出した。

「とてもすてきだわ」アマンダが礼儀正しく言う。「おばさまが……」贈り物を受け取った彼女は動きを止めた。スカーフに四角いものが包まれているのに気づいたからだ。アマンダの目が驚きで大きく見開かれた。「ご自分で作ったの？」

「もちろんよ」ヴァイオレットは答えた。

アマンダはスカーフをほどいていき、革表紙の本を取り出した。

「『高慢と偏見』ね」がっかりした様子で言う。「これならもう読んだわ。おばさまもご存じでしょうに」

まばたきひとつせずに、ヴァイオレットは言った。「これは特製なの。この版は読んでいないはずよ」

「そうなの？」アマンダが表紙を開いた。

「わたしが作ったものなの」

事実、ヴァイオレットが自分の手で作ったものだ。適切とは見なされない読み物を適切な読み物に紛れ込ませるのは得意とするところ。『高慢と偏見』のページを切り取り、代わりに別の作品を忍ばせた。どのみち、この版の『高慢と偏見』は好きではなかったので、愛着はない――ひどく不出来な初版本であり、作者は『分別と多感』の著者と記されているだけだったのだ。作者を明確にしていないところがどうしても気に入らなくて、ヴァイオレットはジェーン・オースティンの名前が堂々と記されているその後の版のほうがずっと好きだった。

「これは何？」アマンダがささやいた。

ヴァイオレットも声を小さくして答えた。「あなたのお母さまに絶対に知られてはいけないものよ」

姪は顔をあげ、ヴァイオレットを見た。

「あなたのお母さまは、結婚についてあなたみたいな考え方をしている人はほかにいないと言っているんでしょう？　心の中にある思いを人に話したら笑われるって」

アマンダがうなずく。

「あなたのお母さまは間違っているの。あなたはひとりじゃないのよ。もう自分でいろいろなことを判断できる年齢だわ」

大きく息をついて、アマンダが言った。「ああ、ヴァイオレットおばさま」

こんな贈り物をするのは愚かなことだ。長い時間をかけ、真っ当な本に苦労して手を加えるなんてばかげている。何時間もかけてページをいちいち切り取り、新しいものを貼りつけていくのだから、こんな間抜けな話もないだろう。

それに先ほどはああ言っていたけれど、リリーだってこんなことは絶対に認めないはずだ。姉が期待しているのは、ヴァイオレットがアマンダの理想をくじき、ほかに道はないと思わせることだろう。これが発覚したら激怒するに決まっている。それでもアマンダの目を見ると、ヴァイオレットは、悩みなどひとつも抱えていない自分自身の姿が見える気がしてならなかった。だから姪の不安を黙って放置することができなかったのだ。

〝伯爵との結婚なんておやめなさい、アマンダ。自分が壊れてしまう危険を冒してはだめよ。わたしのようになってはだめなのよ。誰がなんと言おうと、結婚にそこまでの価値はないわ〟ヴァイオレットは心の中で言った。

「誰にも話してはだめよ」彼女は繰り返した。「見つかったら、わたしはリリーに殺されるわ」

10

セバスチャンは口笛を吹きながら、兄の家に向かっていた。太陽は明るく輝き、鳥たちが陽気にさえずっている。ヴァイオレットともまた話ができるようになったし、彼自身のちょっとした考えもとりあえずは実を結んだ。

厩舎に馬を入れたあとも笑みを絶やさず、セバスチャンは廊下ですれ違った執事とメイドに上機嫌でうなずきかけた。

「やあ、ベネディクト！」節をつけて歌いながら、兄の書斎へ入っていく。

兄が顔をあげて言った。「セバスチャン、会えてうれしいよ」ただし、その顔に笑みはない。

この数週間、セバスチャンは何度か兄のもとを訪れていた。一度は入手した貿易の記録についてわからないところを質問するため、さらにさまざまな工業製品について尋ねるためにもやってきていた。どちらも話し合いは順調だった——将来について話す必要もなく、話の行き先を不安がる理由もない。ベネディクトとふたり、大人同士の会話をしただけだ。

「まだ何かききたいことがあるのか？」ベネディクトが尋ねた。

「今日はないよ」真面目な口調を保つのに苦労しつつ答える。「今日はない。ぼくに何ができるか、兄さんに見てほしいと言っただろう？　少し見てもらいたいものがあるんだ」

セバスチャンが机に歩み寄って持っていた書類を置くと、兄は不安げに目をしばたたいた。

「これを見てくれ」セバスチャンは言った。

ベネディクトが書類を引き寄せ、その上に押された印を見た。

「〈ワリスフォード・アンド・ワリスフォード〉のものだな」ベネディクトは困惑した表情を見せた。「わが一族の顧問弁護士事務所からの書類をわたしに見せるからには、何か理由があるんだろうな？」

「先に話をしてもよかったんだが、こうしたほうが仕事らしいと思ってね」

「仕事？　わたしと仕事の話をするつもりなのか？」

「さて」わきあがる興奮を抑えて言う。「どうかな」

肩をすくめたベネディクトが最初のページを開き、続けて表れた印を見た。「〝ここにこの書類が正規の複製であることを認めます。さらに……〟」ぶつぶつと声に出して書類を読み進め、さらにページをめくる。次のページは帳簿からの複製だ。

セバスチャンは誇らしげに見えないよう懸命に自分を制した。しかし唇を噛んでも、ひとりでに顔がほころんでしまう。

机の向こうに座る兄が息をのんだ。

次はベネディクトが、どうやったのかを質問してくる番だ。そしてふたりで数時間話し込み、それが終わる頃には、ベネディクトも弟が考えていたような愚か者ではなかったことに気づく。

ベネディクトは眉間にしわを寄せたまま、次々とページをめくっていった。

「セバスチャン」ようやく口を開いた。「この複製が本物だとは思えない」

「本物だよ」

「だが、これによると、おまえはたった一七日で二万二〇〇〇ポンドを稼いだとある」

「そうとも」高らかに言う。「まさにそう書いてある」

「そんなばかな話があるものか。これほどの大金を短期間で手にできるはずがない。最初の投資金額が――」ベネディクトが書類を見た。「三二〇〇ポンドだと？」怒気をはらんだ声で言う。

「でも、事実だ」セバスチャンは腕を伸ばし、書類のページをめくった。「言っただろう、ぼくも貿易に関心があると。たしかにたいしたことはしていないよ。兄さんが成し遂げてきたことに比べたら、ささいなものだ。だが、パズルみたいでなかなか面白かった。貿易というのは――」

「おまえが貿易に関心を持っていたのは知っている」ベネディクトがさえぎった。「しかし、貿易で利益を出すには数カ月はかかるんだ。場合によっては数年かかる！」

「ぼくのやり方は少し違う」セバスチャンはあっさりと言った。「やってみたら面白いんじゃないかと思ったんだよ。もしうまくいけば……」そこまで言って口をつぐんだ。

兄は喜んでいるように見えない。関心を持っているようにも見えなかった。それどころか頭を振り、暗い表情で眉間のしわを深くした。「いったい何をしたんだ、セバスチャン？」

「説明するよ」ベネディクトがやり方を理解しさえすれば、すべてうまくいくはずだ。セバスチャンは椅子に腰をおろした。「こう考えたんだ。船が航海をするにあたって、株を買って出資すればその航海に参加できる。たとえば貨物のインディゴ染料が到着したときに価格が上昇していれば大きな利益になるし、下落していれば出資金が目減りするかもしれない。船が貨物ごと海に沈めば……」いったん言葉を切り、頭を振って続ける。「すべてを失ってしまう」

「投機か」何かくさい匂いをかいだかのように、兄は顔をしかめた。「投機に手を出したんだな」

「見きわめの問題なんだよ。船の到着が遅れると、株主が不安になって株を売りに走る時機があるんだ。誰も無価値な株など持っていたくはないからね。少しでも金に換えようとする」

「もっと悪い」ベネディクトが眉をごしごしとこすった。「ただの思惑買いじゃないか」

「船の到着が遅れるのには、いろいろな理由があるんだよ。悪天候や無能な艦長、奇妙で説明不能な事象もある。次のページを」身ぶりで促した。

兄はページをめくり、そこに記されたおびただしい数字を見て眉をひそめた。

「科学の研究でも数式が利用されていることは知っているだろう？　ぼくは海軍の事務所に

行って情報を集めたんだ。三〇〇ページくらいかな。特定の艦長がどのくらいの頻度で遅れるのか、船の寄港地はどこか、そういう要素が定時の到着にどのくらい影響しているのかを調べた。数字に強い連中を何人か雇って計算したら、船の遅れと密接に関連する要素をいくつか特定できたんだ。その要素をどう把握すればいいかは、四ページ目でぼくなりに推測した。それが特定できた時点で、過小評価されている航海の株を見つけるのがずっと容易になった。つまり、海で遭難したからではなく、航海中に発生した特定の要素のために遅れるべくして遅れている船を見つけられるようになったんだ」

ベネディクトが無表情にセバスチャンを見つめた。「おまえが何を言っているのか、さっぱりわからないよ」

「いいさ。兄さんさえよければ、あとでもっと詳しく計算方法も説明する」いったん言葉を切り、咳払いをした。「有望な株をあと数百ほど持っているんだ。到着が遅れている船の株さ。あくまでも統計の問題だから、中には本当に到着しない船もあるだろうし、遅れて到着する船もあるだろう。いずれにしても、ぼくはぼくなりのやり方で貿易にかかわっていくから、兄さんにもぼくに何ができるのかを知っておいてもらいたい」

「しかし……」ベネディクトが頭を振る。

「実は七万ポンド稼げていたかもしれなかったんだ」セバスチャンは続けた。「大手保険会社の〈ブロッツ・アンド・スノッフリング〉がどこかでぼくのやり方を聞きつけて、五万ポンド出すから教えてくれと言ってきた。でも、ぼくは——」

「なんだって？」ベネディクトが大声を出した。「五万ポンドだと？　そんなのばかげている！」

「ぼくもそう言ったよ。二週間ちょっとでその半分を稼いだのに、たったの五万ポンドとはね。よほどぼくが間抜けに見えたらしい」

兄は片方の手で髪をかきあげた。「わたしが言ったのはそういう意味じゃない」

「とにかく」セバスチャンは言った。「このやり方で利益が出せるのは今だけなんだ。ぼくとほかの投資家のあいだの情報の差を活用しているだけだからね。じきにぼくのしていることに気がつく者も出てくるだろうし、そうなったらもう利益は出せない。だからこの先は、もう少し目立たないようにしないと」

ベネディクトが目を閉じ、こぶしを握って自分の額を――とても慎重に――打った。

「まったく」そうつぶやいてもう一度額を打ち、少し間を置いてさらに打つ。

セバスチャンの顔から笑みが消え、冷たくて無機質な表情が取って代わった。彼は唇を湿らせてきいた。「どうかしたのかい？」

「まぐれだ」兄が答える。「危険きわまりない手を使って、まぐれを引き当てただけだ」

「違うよ！　ちゃんと数字にもとづいたやり方だ。船から船へ適当に金をばらまいたわけじゃない。安全なやり方なんだ。ぼくがこれまでしてきた中で、いちばん安全だと言ってもいい！　誰も理解していない方法で、誰も集めてこなかった情報を活用しただけだ――だから成功した。ぼくの発見を公開したら、ロンドンにある銀行という銀行がこぞって数字の専門家を探しはじめるよ」

「まぐれにせよ何にせよ……」ベネディクトが頭を振って言う。「まったく……おまえらしいよ、セバスチャン。おまえは金なんか必要としていない。わたしはおまえがやっと落ち着くと考えたから、貿易に携わるおまえを見てみたいと思ったんだ。貿易を通じて慎重さを身につけられると思っていたからな。それが、奇をてらった数字いじりを根拠に危ない橋を渡るとは。近代的に数字を駆使したつもりだろうが、おまえのやり方は完全に間違っているかもしれないんだぞ」

「数式に間違いはありえない！」セバスチャンは兄の言葉に仰天した。「使い方を間違うだけだ」

ベネディクトは聞く耳を持たなかった。「わたしはおまえに責任感を学んでほしかった。組織を理解し、その仕組みを理解してほしかったんだ。仕事というものを、最小限の時間で最大限の点数を稼ぎ出すゲームみたいに扱ってほしくなかったよ。これではわたしが期待していた結果の正反対だ」

兄はセバスチャンを、いけないことをして叱られる子どものように扱っている。けれどもセバスチャンは大人であり、自分が何を間違ったのか、まったく見当もつかなかった。最初はいい考えだと思ったのだ。兄弟で共通の話題を作り、少しばかり貿易を楽しむ。それが間違いだったのだろうか？

「なるほど」セバスチャンは熱意の失せた声で言った。「わかったよ」

彼は結果を出してベネディクトに示せると確信していた。兄の注意をいくらか引き、少しばかり自分を誇れるようになると信じていたのだ。年月がふたりのあいだに作ってしまった溝を、兄弟の絆が埋めてくれる。そう思っていた。

「わたしはおまえに腹を立てているわけではないんだ、セバスチャン」ベネディクトが言った。「だが、おまえとはまったく違う国の住人で、まるで通じない別の言葉を話しているような気分になるときがある。犬を飼っているみたいなものだよ。ウサギを追うなと命じても、犬は追えと命じられたと思っている。次に気づいたときには、うれしそうによだれを垂らした愚かな獣が、足元にウサギの死骸を放り出してくるんだ」

セバスチャンは顔をそむけた。

「もちろんおまえは犬じゃない」兄がすぐに続けた。「愚かでもなければ、よだれを垂らしたりもしない。ただ……おまえの忠誠心は方向が違っているんだよ。おまえには熱意もあるが、どういうわけか、それがいつも間違ったほうに向いてしまう。投機は賭け事と一緒だ。カードやさいころと同じ、有害な賭け事なんだ」

「それなら」セバスチャンは兄の言葉に嚙みついた。「賭け事を仕事と見なせばいい」

「賭け事は仕事になりえない」

「ぼくちにとってはそうかもしれない」セバスチャンは指摘した。「だが、賭場にとってはこれ以上ない仕事だ。賭場は勝ちもすれば負けもする。でも、負けるより勝つほうが多いんだ。賭けを続ける手法さえ確立しておけば、利益を出しつづけられる。ぼくのやり方はそれと同じだよ。たしかに賭け事のように見える。だがばくち打ちじゃなくて、賭場の立場なんだ。しかも運営にかかる費用はずっと少ない。利益の運用についても、いい考えがあるんだ」

ベネディクトが顔をあげてセバスチャンを見つめ、首を横に振った。「おまえだけだよ、セバスチャン。自分のやり方が賭場と同じだという主張が弁明として通用すると思っているのはおまえだけだ。それは通用しない」

セバスチャンの顔が赤くなった。思えば昔から、兄が見ているところではいつだって間違ったことばかりをしてきたものだ。

ふたりの関係はいつもそうだった。セバスチャンは若い頃、兄に褒められようと必死だった。注意を引こうとして五メートルほどの高さから池に飛び込んだこともある。結果はさんざんで、ベネディクトに叱られたあげく、水泳まで禁じられた。体力のあるところを示そうと吹雪の中を裸で走ったときも、説教が待ち受けていた。さらには、学校で首席になったときでさえ怒鳴られたものだ。そのときは、卒業間近になってラテン語の活用形を暗記するのに徹夜をしようとしたのが原因だった。たしかにろうそくを倒したのはセバスチャンだったが、絨毯を燃やしただけで、床の焦げ跡はよく見なければ気づかない程度のものだった。

簡単に物事をあきらめる性格ではなかったので、セバスチャンは来る年も来る年も挑戦を続けた。それなのに今、兄の存在は彼にとってかつてないほど遠いものになっている。結局、ふたりは違う言語を話していたのかもしれない。しかし困難にぶつかったからといって簡単にあきらめることは、セバスチャンにはできなかった。

「わたしを見ろ」ベネディクトが言った。「そしてわたしのしてきたことを考えてみろ。わたしはさいころが富をもたらしてくれると期待して賭け事に繰り出したりしない。それでもじゅうぶん敬意を払われているぞ。努力して勝ち取ったからだ」

ベネディクトが立ちあがった。つかのま、窓から入ってくる光が彼を背後から照らし、古代ローマの硬貨に彫られた貴人を思わせる輪郭を浮かびあがらせた。

「わたしは由緒正しい貿易協会の支部長だ」弟に告げた。「二〇〇年も続いている国でもっとも名誉ある協会であり、貿易商人は敬意をもって扱われるべきだという信念のために尽くしている組織だ。父さんもわたしの前に会員だった。わたしがそこらじゅうに金をばらまいたおかげで、今の地位を手に入れたと思うか？」ベネディクトは改めてセバスチャンのほうを向いた。「もちろん違う。わたしには責任感があり、人に頼られ、人から信用される人間だったからだ。何年も努力して、今のわたしがある」

そして今、ベネディクトは確実に死に近づいている。セバスチャンは何かを見落としてしまうのが怖くて、兄から目をそらせなかった。

「わたしは同僚たちの尊敬を勝ち取った」ベネディクトが続けた。「そのおかげで、地区でも有力な紳士のひとりに数えられている。わたしは現実に何かを成し遂げたんだ」

セバスチャンも立ちあがり、静かな口調で言った。「ぼくだって尊敬されているし、成し遂げてきたこともそれなりにある」

兄はため息をついて顔をそむけ、セバスチャンのしてきたことを完全に否定した。

「ぼくはあきらめないよ、ベネディクト」前のめりになって言った。「言ったはずだ、ぼくは——」

「わたしも言ったはずだぞ」ベネディクトがさえぎった。「ばかげた投機にすべてを賭けてほしくないとな。それでなくとも人生の終盤で心配事が多いんだ。わたしに何かを証明しようとするのはもうやめろ、セバスチャン。おまえが成功する確率は高くないし、危険に見合った成功だとも思えない」

セバスチャンはみぞおちを殴られたような気がした。

厳しい言葉をいとも簡単に帳消しにできると思っているかのように、兄がセバスチャンの肩を叩いた——兄弟の情を感じさせる仕草だ。「さあ」ベネディクトは言った。「ハリーを呼んで、散歩にでも出よう」


「ばかげているわ」ヴァイオレットは言った。「そんなばかな話があるものですか。もっとも、ベネディクトみたいにクロッケー（木製の球を木槌で打つゲーム）の下手くそな男性に期待するのは、そもそも間違いのような気もするけど」

「たしかにいささかばかげた話ではあるね」セバスチャンが言った。「どうやらぼくは状況を見誤っていたようだ」

どういうわけか、ヴァイオレットにとって彼と友人に戻る——ロンドンの温室で使用人たちに邪魔されずに会い、互いの一日の出来事を報告する間柄に戻る――のは簡単なことだった。

今セバスチャンは隣に立ち、作業をするヴァイオレットに道具を手渡しながら、彼女を笑わせるための話をしているところだ。まるで何も起きていないかのように――これまでどおり一緒に仕事をしていて、彼もヴァイオレットへの思いを打ち明けていないかのように――時間が流れていく。

彼女は頭を振り、それ以上考えるのを拒絶した。頑固さというのは、無知や幸福と通じるものがあるのかもしれない。

「とにかく」セバスチャンが言う。「ぼくは全力で説明しようとしたんだよ。でも、何しろぼくのことだからね」彼の笑みが少しばかり小さくなった。「賭場を運営しているようなものだとしか言えなかった。まったく、兄の顔をきみにも見せたかったよ」

セバスチャンは笑っている。兄が死に近づいているのになお、ひどい頑固者であるなんて面白い話だろう、と言っているかのように。

ヴァイオレットは腕を組んだ。「言ったとおりよ。ばかげた話だわ」

「わかっているよ」セバスチャンは微笑んだ。「ぼくも自分が何を言ってしまったのかに気づいて、それで――」

「あなたじゃないわ」鼻を鳴らして腕を伸ばし、マメ科の植物の黄色くなりかかった葉を摘み取る。「あなたのお兄さまの話をしているの」

彼の表情は変わらない。温室の支柱の一本に寄りかかり、腕を組んで唇をぴくぴくさせている。

「ベネディクトが?」セバスチャンが不思議そうな顔をして尋ねた。「兄はばかげたことなんて言わないよ。そんなの誰だって知っている」

ヴァイオレットは大きなはさみを置き、彼に向き直った。「この件に関しては、わたしの意見にさほど重きを置いていないみたいね。でも、信じてくれていいわ。あなたのお兄さまはばかげたことを言っている。彼以外で、あなたが何も成し遂げていないなんて思っている人はひとりもいないわよ。誰ひとりとしてね」

セバスチャンが前かがみになり、声を落として言った。「そうでもないだろう、ヴァイオレット。きみはぼくの正体を知っているじゃないか。たしかにぼくたちは誰だってあざむくことができるが、ここではぼくが本当は何者か、ふたりとも知っている」

「そうね」彼女は言った。「たしかにあなたは、わたしが聞いたこともない、なんとか協会の支部長ではないわ。でも、あなたは現に世界でもっとも先進的な遺伝学者のひとりなのよ」

彼の顔から笑みが消えた。「よしてくれ、ヴァイオレット。それはきみであってぼくじゃない」

ふたりの関係は何ひとつ変わっていない。

しかし、実際にはすべてが変わっていた。セバスチャンからこんなふうに——こちらの目を見て、声を落として——話しかけられたとき、以前のヴァイオレットであれば、喉のざわつきを見当違いの反応と見なして無視できた。でも、今の彼女は自分がひとりよがりではないのを知っている。セバスチャンもまた彼女を欲しているのだと、心の底から確信していた——どんなにぞんざいな口を利いても、彼は内心でヴァイオレットを渇望しているのだ。彼女の中で、めまいや頬のほてりにも新しい意味が生まれていた。

ヴァイオレットが一方的に惹かれているだけなら、冷静でいられる。だが、ふたりは惹かれ合っているのだ。セバスチャンは何も感じないのだろうか？　どうして彼にはわからないのだろう？

「きみもぼくも知っている」セバスチャンが言った。「きみがいなければ、ぼくは何者でもないという事実をね。きみは専門家で、ぼくは……」肩をすくめる。「ぼくはもはや、きみの代弁者ですらなくなってしまった。たしかにきみと仕事をするにあたって、かなりのことを学んだよ。ほとんどの場合は楽しかったし、その程度の頭脳が自分にあったのは認める。でも、ぼくはいいかげんな男なのさ。ベネディクトもそれをよくわかっている。本格的に貿易に取り組んで身を立てようともしなかったしね。ただ、ちょっとした仕掛けを試してみたかっただけなんだ」

「まったく、何を言っているのよ」ヴァイオレットは思わず大きな声を出した。「そんな出まかせをあなたに信じさせたベネディクトも、ろくでなしだわ。ええ、あなたは冗談ばかり言っている。でも、それとあなたがこれまでに成し遂げてきたこととはなんの関係もないの。

それに、わたしはあなたが世界一の先進的な遺伝学者だとは言わなかったわよ。そのうちのひとりだと言っただけ」

「だが――」

「あなたはオウムとは違うの」ヴァイオレットは言った。「人から質問されることだってあるし、会話をしなくてはいけない場合もある。知識の出所はごまかせても、知識自体はごまかしなんて利かないわ。わたしを除けば、この世界にあなたのしていることを理解できる人間はひとりとしていないのよ」

「しかし、それは全部きみの――」

「だから、そこが違うのよ。全部あなたが勉強して、質問して、考えて試してきた結果じゃないの」容赦ない口調で告げる。「あなたは何年もわたしと一緒に仕事をしてきたわ。研究を進めるために数学を学ばなくてはいけなくなったときも、一緒に苦労した。わたしたちがどちらも男だったら、仕事に対する評価はふたりのものだったはずよ。どちらの名前を先に出すかでもめたかもしれないけれど、間違いなくあなたの名前はわたしの隣に並んでいたでしょう。あなたは昼も夜もわたしと一緒にいた。愚か者や信念のない者、信頼に値しない者には、あなたがしてきたことはとてもできないでしょうね。だから、何も成し遂げていないと言ってお兄さまがあなたを責めるのは、ばかげたことなのよ。成し遂げるという言葉に対する侮辱だわ」

「しかし――」

「だめよ！」ヴァイオレットは声を荒らげた。「ベネディクトのための言い訳なんか聞く耳を持たないわ。絶対に。あなたはわたしたちの仕事をしっかり理解していたから、わたしたちが使っていた数学の原理を貿易に応用して、二万二〇〇〇ポンドを稼ぎ出せたのよ。お兄さまがなんと言おうと、あなたは愚かな道楽者なんかじゃないわ、セバスチャン。あなたはちょっと困ったユーモア感覚を持って生まれた賢明な人間よ」

しばらくのあいだ、彼は何も言わずヴァイオレットを見つめていた。

けれど、見つめるという言葉ではこの視線を言い表せていない。フルコースのディナーを軽食と呼ぶみたいなものだ。ふたりのあいだの空間には電気が走っているかのようで、ヴァイオレットは全身が総毛立つのを感じられる気がした。

それにセバスチャンの目。見ているだけで、彼に近づいて手を握りたいという思いがこみあげてくる。その代わり、彼女は両手を背後にまわして重ね合わせた。

「ヴァイオレット」セバスチャンが少しかすれた声で言った。

彼女は深呼吸をした。「本当よ」深呼吸を繰り返す。「わたし、愚かなことを言うベネディクトが嫌いだわ」ヴァイオレットが恋心を抑えきれなくなりそうなのも、セバスチャンがこんなせっぱつまった目で彼女を見つめるのも、ベネディクトのせいだ。「とても腹が立つの。ベネディクトにね」

セバスチャンがため息をついて顔をそむけ、指で唇をなぞった。ヴァイオレットは彼とのキスを想像するまいとした。絶対に想像してはいけない。

「きみだって認めざるをえないだろう」セバスチャンが静かに言う。「ベネディクトも間違ってはいないよ。ぼくは人に尊敬される生き方をしてこなかった」

ヴァイオレットがセバスチャン本人から聞いた自分への告白を全面的に信じられないのは、彼の世間的な評判がよくないせいもあった。セバスチャンは彼女を愛していると言う。でも彼は放蕩者で知られていて、愛情を真剣に考えていない男だとされていた。

セバスチャンはみずからの女性関係について語ったことはない。ヴァイオレットにも、ほかの誰にも。彼はきわめて口が堅く、それも女性に好かれる理由のひとつだとヴァイオレットは考えていた。彼女が知っているのは、おそらく今夜こうしているあいだにも、セバスチャンを待っている恋人がいるということだけだった。もしかすると待っているのはひとりではなく、三人かもしれない。そんな状況で彼がヴァイオレットを愛しているなど、考えられない話だった。彼女を恋人候補として考えているというなら、まだ納得できる。セバスチャンは愛という言葉を肉体的な関係という意味で使っていた。これまでに関心を持ったほかの女性たちと同様、肉体的な欲望の対象として見られているだけなのかもしれない。

ヴァイオレットは顔をそむけて言った。「ベネディクトはあなたの世間的な評判がどんなものか、わからないのよ。わたしだって知らないわ」

セバスチャンの目が彼女をちらりと見た。「そんなものが知りたいのかい？」

ほかの女性の話を聞きたいかと問われれば、聞きたくないに決まっている。そんな話を聞いたら、その女性の身に自分を置き換えて想像をふくらませてしまうかもしれない。そんな屈辱を経験するのはいやだ。

「とにかく」沈黙が気まずい空気を生む前に、セバスチャンが言った。「きみは正しいと思う。でも、やっぱり少し大げさだよ。ぼくも自分なりに科学の研究をしてみたが、進展がないのが恥ずかしくて、きみには言えなかったんだ。いつか失敗の証として公表してもいいかもしれないな」肩をすくめる。「少なくとも、ぼく自身の足跡にはなる」

「それもばかげた話ね」

「そうでもないさ。きみに見せてもいい」

「いいえ、ばかげているわよ。研究が失敗したからといって、経歴に傷がつくわけじゃない。研究なんてしょっちゅう失敗しているし、その理由だってさまざまよ。あなたも承知しているはずでしょう」

またしてもセバスチャンが口を閉ざした。例のせっぱつまった、黒く燃える瞳で見つめてくる。もう隠そうともしていないようだ。

「ぼくが……」彼が口を開いた。「自分は頭で考えているよりも劣った人間なんじゃないかと思うたび、きみはいつも……」

セバスチャンはそこで黙り込んだが、ヴァイオレットにはあとに続く言葉がわかっていた。唾をのみ込み、彼から目をそらす。セバスチャンへの気持ちがなんなのかは考えたくはない。考えないつもりだ。知らないでいることが最善ではないとしても、そのおかげで傷つかずにすむのだから。

「ベネディクトよ」彼女はつぶやくように言った。「何もかも彼のせいだわ。あの頑固者があなたを正当に評価しようとしないから――」

「ぼくは評価なんかいらない」セバスチャンが言った。「兄を取り戻したいだけだ。しかし……」目を閉じて言葉を切り、天井を仰ぐ。「ベネディクトは自分が大事にしているものしか見ようとしない」ゆっくりと言葉を絞り出すように続けた。「きみが正しいのかもしれないな。兄はいったんこうと決めたら頑固にそれを貫き通す。たしかにいささか古風すぎる面もあるからね。数式を使ったやり方をすんなりと受け入れられないのも無理はない。でも、兄は公平な男だ。理解しさえすれば、考えを改めてくれる」

「セバスチャン」ヴァイオレットは言った。「いったい何をするつもりなの？」

「うん」彼は肩をすくめた。「ぼくはさほど金を必要としていない。だが、ぼくのやり方に五万ポンド出してもいいという人もいるんだ。兄はぼくのやり方が無価値だと決めつけている。そいつを正してやったらどうだろう？」

ヴァイオレットはセバスチャンを見つめた。

彼がにやりとして言う。「そうだ、そうだよ。ベネディクトが大事にしている協会に、ぼくのやり方を提案してみたらどうなる？」

11

ロンドンの空気は澄んではいないが冷たかった。セバスチャンは、どうにか恥をかかずに夜を乗りきったところだった。何度も危ない場面に直面しながらも、なんとかしのいでヴァイオレットのもとを離れ、庭の壁のあいだにある暗い隙間を歩いていく。半分ほど進んだところで足を止め、れんがに寄りかかって身を切られるような苦しみと闘った。

満月の光がせまい通路に差し込んでくる。セバスチャンの顔を照らした月明かりは、目が痛くなるほどにまぶしかった。

ヴァイオレットが集中しているときの様子は、これまで何度も目にしてきた。集中したときの彼女は色彩豊かに輝いている。セバスチャンが講演で話す内容や、ふたりで書こうとしていた論文、未知のものを解明するための実験に気分を高揚させている彼女の姿も見てきた。だが、ヴァイオレットが科学やそのほかのことについてではなく、セバスチャン個人について自分の考えを述べたのは、これが初めてだった。

〝あなたは愚かな道楽者なんかじゃないわ、セバスチャン。あなたはちょっと困ったユーモア感覚を持って生まれた賢明な人間よ〞

ふたりは今後についての大まかな計画を練った。それが終わるとヴァイオレットはうなずき、彼に向かって言った。〝これはただベネディクトに何かを証明しようというだけの計画じゃないのよ。彼がばかげた考えに支配されているかどうかを試す機会でもあるの。計画がうまくいっても、まだあなたを受け入れられないというなら、責任はあなたではなくベネディクトにあるとはっきりするわ〟

なぜかはわからない。けれどもヴァイオレットの言葉で、セバスチャンは落ち着きを取り戻した。彼はただ人を笑わせるだけが取り柄の道化ではない。それ以上の存在なのだ。

自分自身、道化以上の存在になりたいと思った。ヴァイオレットにとっても、今以上の存在になりたい。彼女にキスをしたいし、きつく抱きしめたい。両腕で彼女を抱いて温室の柱に押しつけ、息ができなくなって立っていられなくなるまでキスをしたかった。ヴァイオレットを家のベッドに連れていき、自分のものにしたい。愛し合ったあとは彼女をヴァイオレットと議論して笑わせたいし、彼女の仕事を見守り、貿易の記録に埋もれる長い一日を終えたあとで彼女のもとへ帰りたい。ヴァイオレットが欲しい。彼女のすべてが。

もし彼女がセバスチャンをどうでもいい存在と思っているのなら、傷つきはするだろうが、すっぱりあきらめられたかもしれない。ヴァイオレットが彼を気にかけている――じゅうぶんとも、不じゅうぶんとも言える微妙な程度で――からこそ、どっちつかずの苦しい状況が続いているのだ。

セバスチャンはれんがの壁に身を預けた。れんがは均等に積まれておらず、突き出ている角が背中に食い込んだ。足元からは土を覆う落ち葉の匂いが立ちのぼってくる。

怒るヴァイオレットの姿を、まだ鮮明に思い出すことができた。彼女はベネディクトがセバスチャンを公平に扱わないことに、身を震わせるほど怒っていた。

もしふたりの状況が今と違っていたら……。

頭に残る光景と体の中心でふくらんでいく肉体的な欲望に困惑し、セバスチャンは苦悩した。冷たく孤独な家には帰りたくない。帰ったところで料理人に出迎えられ、執事から就寝の挨拶を受けるだけだ。それよりもヴァイオレットのもとに戻りたい。戻って、そして……。そして……。

ヴァイオレットをわがものにする。温室の北側に置かれたテーブルの鉢をすべて払い落とし、彼女をそこに横たわらせてひとつになるところを想像した。セバスチャンの頭の中で、ヴァイオレットが両脚を彼の体に巻きつけ、喉の奥でうめき声をあげた。

そのとき、落ち葉を踏む音が聞こえてきた。

彼は音がしたほうに向き直ったが、その前から誰の足音かはわかっていた。もともと、この道を使う人間はふたりしかいない。

案の定、ヴァイオレットがそこにいた。三メートルほど離れたところで、何も言わずに立っている。

謝るつもりはなかったし、恥じてもいない。セバスチャンはただ……言葉にはできない何かを求めていた。全身がその何かを渇望しているのだが、それが決して手に入らないことも承知していた。

「知りたいの」彼女が小さな声で言った。「ほかの女性について」

れんがの壁に身を預け、セバスチャンは月夜を見あげた。「女性について何が知りたいんだい?」

ヴァイオレットはしばらく押し黙り、それから言った。「今、恋人はいるの?」

「いいや、この数カ月はいない」

その答えを聞いて彼女はしばし考え、ふたたび口を開いた。「これまでは何人いたの?」

「人数かい?」正しい数字を教えてもいい――三七人だ。しかし、彼は数字で答えなかった。「それなりに多いけど、多すぎはしない程度だよ」

ヴァイオレットの顔は陰になっていて見えない。気分を害しているのか、好奇心が満たされて満足しているのか、セバスチャンには判断がつかなかった。

彼女がため息をついた。「何人くらいになったらじゅうぶんになるのかしら?」

セバスチャンは悲しげに微笑んだ。「あとひとりだよ、ヴァイオレット」強烈なまでの欲望から気をそらすように、彼女の組んだ両腕やうつむいた頭を見つめる。「あとひとりでじゅうぶんだ」

ヴァイオレットが顔をあげると、月明かりが当たって影を作った。彼女は頭を振り、両腕で自分の体を抱きしめた。

「ごめんなさい」ヴァイオレットがささやく。「本当に悪いと思っているわ」

彼女に触れるわけにはいかない。もちろん抱きしめるわけにもいかなかった。特に今は。

「謝る必要はないよ。きみはこれまでどおりの友情があれば幸せなんだから」

セバスチャンはてっきりヴァイオレットが同意すると思っていた。望んだものはすべて手にしている、友情があればじゅうぶんで、それ以上は望まないという言葉を予想していた。

だが、彼女はふたたび顔をそむけた。「いいえ」

〝いいえ〟ヴァイオレットはたしかにそう言った。

ふたりのあいだには三メートルほどの距離がある。それ以上近づけば彼女は逃げてしまうと、セバスチャンは本能的に察していた。

ヴァイオレットに説明を求めることもできる。すぐそばまで行き、本当に友人以上の関係を望んでいるのかどうか彼女に尋ねることもできる。

でも、ヴァイオレットにはこの距離が必要だ。説明したいなら、自分からそうするだろう。壁の隙間に立ち、どこかみじめな様子で両手を重ねている彼女の姿は、ありえないほど遠くに感じられた。

長い沈黙のあと、セバスチャンは頭を振った。「それなら、ぼくのほうこそすまなかった」かすれた声で言う。「謝るよ」

暗黙の了解によって、次にふたりが会ったときにセバスチャンの感情についての話はしなかった。ふたりは貿易やベネディクトも参加している貿易協会、姪や甥、そして共通の友人について話し合った。あらゆることを語り合ったものの、自分たちのことだけは話題にしなかった。

セバスチャンはヴァイオレットになぜ幸せではないのかと尋ねなかったし、彼女も自分からその話を切り出そうとはしなかった。なんの変化もないかのように日々の生活が続いていき、セバスチャンがロンドンの貿易協会の会員たちと話をして好感触を得たほか、オリヴァーとジェーンが旅行から戻って夕食会を開いた。そうして真実が語られないまま、毎日が過ぎていった。

そしておそらくヴァイオレットもまた、ふたりの会話が足りないと感じていた。ある夜、いつもと変わらぬ日常を送って疲れ果てていたとき、彼女が不安そうな表情でセバスチャンを見つめた。

「わたしが書いた最初の論文を覚えている?」ヴァイオレットはきいた。

六月の午後、夜のとばりがおりていく中、コオロギの鳴き声がしていた。ふたりはセバスチャンの敷地にある、かつて庭師用の小屋だった事務室で腰を落ち着けていた。数年前、使用人たちの目を避けてふたりきりで話ができるよう改築したのだ。部屋はソファひとつと、机と椅子を置くのが精一杯という広さだが、ふたりまでなら快適に過ごすことができる。

ヴァイオレットは飾りの刺繡を施したソファで丸くなり、セバスチャンは机の椅子に座って、彼女の前で酒を飲むのを我慢していた。このまま飲まずにすませられそうだ。

「キンギョソウの論文だね。あれを忘れるはずがない」

彼女が身を起こし、ソファの肘掛けに肘をのせた。「どうしてわたしがキンギョソウについて書くことになったか、話したかしら？」

単にヴァイオレットがキンギョソウを好きだからだと、セバスチャンは思っていた。彼女は科学論文を書きはじめる前から庭師も顔負けの園芸の腕を持っていて、素人にはない並々ならぬ決意を胸に花壇へ入っていた。そして今は窓の外に目をやってセバスチャンの裏庭に落ちた影を眺め、沈みつつある太陽が影を長くしていく様子を見つめている。

「いいや」セバスチャンは答えた。

「わたしの父が熱心な庭師だったのよ。娘たちにも花の名前をつけたくらい。昔はよくわたしを庭に連れていってくれたわ」

考えをまとめているのか、ヴァイオレットはしばらく黙り込んだ。

「父はわたしによく言ってくれたの」彼女が続けた。「わたしが幸運のお守りだってね。わたしがいると、なんでも思ったとおりの結果が出せたんですって。そして父には何よりもかなえたい、ひとつの願いがあった。ピンク色のキンギョソウを作ろうとしていたのよ。わたしが生まれる前から、ずっと試みていたらしいわ」

ヴァイオレットは頭を振った。

「わたしの最初の記憶は、植物を植える父の姿なの。わたしにいてもらわないと困るって父が言っていたのを覚えてるわ。わたしさえいれば、ピンク色のキンギョソウができると信じていたみたい。わたしも春には父の花壇に行って、全部の葉に息を吹きかけた。自分が父の願いをかなえられると信じていたの。父に幸運をもたらしてあげたかった。それはもう必死で願ったわ。その頃からリリーは愛らしくていい子だったから、わたしはせめて花壇を美しく彩りたいと思ったのよ」またしても頭を振る。「ある年、ピンク色のキンギョソウが父の実験用の花壇一面に咲いたの。わたしたちはお祝いをしたわ。父はわたしのおかげだと言ってくれたし、わたしもすごくはしゃいだ」

この話は初耳だ。しかし、セバスチャンは結末がどうなるかを知っていた。キンギョソウに関するヴァイオレットの研究を何度も講演してきて、この実験がうまくいかないのは承知していたからだ。当然の帰結であるヴァイオレットの失望に心をかきむしられながらも、セバスチャンはただ彼女を見つめていた。

「父は種を全部丁寧に集めながら、わたしにその種がどれだけ重要なものなのかを力説したわ。かつて誰も成功させたことのない実験をどうやって成功させたのかもね。その小さな種は次の年、今度は偶然ではなく、ピンク色の花を咲かせるはずだった」ヴァイオレットはまた頭を振った。「最初のつぼみが出てきたとき、家じゅうが興奮で浮き足立ったわ。わたしも幸運をもたらせるよう、できることはなんでもやった。起きている時間の大半を外に出て、キンギョソウを励ましつづけたのよ。わたしたちは最初の花が咲くのを息を詰めて待ったわ。でも、咲いた花の色はピンクじゃなかった。ピンクに白、そして赤がまじっていたの」彼女は腕を組んだ。

不幸の記憶がそのまま表れたかのようなヴァイオレットの暗い表情を、セバスチャンは見つめた。

彼女が続ける。「種がさらなる改良を必要としていたのは明らかだった。父はピンク色の花同士を交配させて、次の春にもう一度植え直したの。わたしは前の年に自分が何か失敗したのではないかと思って、その年はいっそう努力したわ。毎晩のお祈りでも花のことをお願いしたし、朝起きたときも真っ先に花のことを考えた。それまでに願った何よりも強く、すべての花がピンク色になるように願ったのよ」

ヴァイオレットは黙り込んだ。

「またほかの色がまじっていたんだね」セバスチャンは言った。

彼女が体の向きを変えて応えた。「ええ。それから父はわたしを幸運のお守りと呼ぶのをやめた。次の年の実験も失敗に終わると、父はわたしに花壇にはもう来るなと申し渡したのよ」重荷を落とそうとするかのように肩をすくめる。「そしてその年、わたしは母に編み物を教わりはじめたの」

ヴァイオレットの言葉と瞳、そして悲しげな微笑みには、あまりにも多くの意味がこめられていた。セバスチャンは、幼い彼女が父親の幸運のお守りになろうとする姿を見たような気がした。娘に針の使い方以上の何かを教えようとする母親の姿も。ひと目ひと目根気強く編んでいくことで、感情を抑えるすべを身につけさせたかったのだろう。

「普通の女性がするようなことが自分にはできないんだと悟ったとき、わたしはキンギョソウの栽培を始めたの。たぶん、すべてが失敗に終わったのはわたしのせいじゃなかった、父の大切なものを完全に壊してしまったのはわたしではなかったと証明したかったんでしょうね。ピンク色のキンギョソウなんて、そもそも存在しないという真実に気づいたのがいつだったのか、わたしも覚えていないわ。ピンク色のキンギョソウというのは、あくまでも半分が白で半分が赤のものであって、誰が何をしようと赤を差し引くことはできない。だから、交配でピンク色の純粋種を作るのはどうやったって無理なのよ。わたしたちは目で見たものを真実だと思い込もうとする。でも、長期にわたる実験だけが真実を導き出せるの」

ヴァイオレットがセバスチャンを見た。

告白のあいだの彼女の口調は、動かしがたい自然の摂理のために娘を責めた父親の話をしているというよりも、講義を引用しているかのように淡々としていた。セバスチャンは彼女の体に腕をまわし、息ができなくなるほど強く抱きしめたいと思わずにはいられなかった。

「あなたがわたしを見るとき」ヴァイオレットが言う。「あなたの目にピンク色のキンギョソウが見えていたとする。それは嘘なの。そこにあるのはピンク色のキンギョソウなんかじゃないのよ。それと同じ。わたしの中には人に与えるやさしさなどないの。あなたに対してだけではなく、ほかの誰に対してもね。あなたが何をしようと、わたしの中にあたたかい気持ちを見つけることはできないわ。そんなものは最初からないんだから。ときにはわたしの考えていることが、あなたを喜ばせる場合もあるでしょう。でも、ありもしないものを求めて、勝手に傷つくのはやめてほしいわ」

セバスチャンは痛いほどの欲望を感じていた。まるで一時休暇で故郷に戻ってきた軍人みたいに苦しい。限られた時間を愛する人と片時も離れずに過ごしながら、自分が戦地にいるあいだも彼女に触れられるソファのクッションにすら嫉妬を覚えるのだ。

彼はヴァイオレットを抱き寄せ、苦い真実の味が消え失せるまでキスをするところを思い描いた。けれども実際のところ、これまでも似たようなことを考えては、何度も彼女には時間が必要だと思い直してきたのだ。待っていれば、いつかうまくいくと考えてきた。

結局、すべての兵士が夢見るのは休暇ではなく休戦なのだ。

しかしヴァイオレットはセバスチャンに彼女を抱くことを許す気はなく、すなわち平和が訪れることはない。彼にとって、それは耐えがたいほどにつらいことだった。どれだけ彼女を渇望していようと、そんなものはなんの関係ない。

「何年か前に気づいたんだ」セバスチャンは言った。「きみと友だちでいるのは二等賞なんかじゃないし、いらだちの理由になることでもない。名誉なことなんだと」

ヴァイオレットが不安げな表情で彼を見つめた。

「ぼくの心が壊れかけているのは、きみを恋人にできないからではないんだよ」

「そんな嘘を言わないで。あなたが今、わたしに向けている目を見ればわかるわ。この場では、互いにもっともらしい理屈でごまかすのはやめましょう。だから、わたしがあなたを傷つけていないなんて言わないでちょうだい」

「ぼくが傷ついているのは、きみを恋人にできないからじゃない」セバスチャンは繰り返した。「きみが自分自身を冷たいと思っているから、ぼくがきみの中に見いだしていることを幻想だと思っているからだよ。そんなはずはないのに」

ヴァイオレットが両目を見開き、足に力をこめて姿勢を正した。今にも逃げ出そうとしているみたいだ。

それでもセバスチャンは彼女に近づこうとしなかった。

ヴァイオレットが腕を組む。「わたしは男性が恋に落ちるような女性ではないわ」感情のこもっていない声で言った。「やさしくて穏やかな女性じゃない。わたしは冷酷で非情な人間なの」目を輝かせて続ける。「体の関係にも興味はないわ。中には正気を失って、わたしに恋愛に近い感情を抱く男性がいるかもしれないけれど、そんなものはただの現実逃避にすぎないのよ。どれだけ思いやりがあって誠実な男性でも、いずれわたしの本当の姿に気づくでしょう。わたしは女ですらないのよ、セバスチャン。女性に必要な要素を書き出してみなさい。わたしはひとつも持ち合わせていないわ」

彼は驚いてヴァイオレットを見た。大事にしている故郷へ戻ったら、かけがえのない家が火事で焼けていたような心境だ。

彼女は表情を変えず、まっすぐにセバスチャンの目を見つめていた。

「もうとっくに実証済みよ」きっぱりと言う。「わたしには女としての価値はないの」彼女は立ちあがり、セバスチャンに背を向けてドアを開けた。

すでに外は暗くなっていた。

「待ってくれ」セバスチャンはあとを追い、彼女に腕を伸ばしかけたところで、それが事態を悪くするだけだと気づいた。「聞いてくれ、ヴァイオレット。きみの夫はろくでもない男だった」

彼女は立ち止まったが、振り返ろうとはしなかった。

「本当だよ。彼がきみに何をしていたかは知らない。だが、ぼくはずっときみを見ていたんだ。きみが最初の論文――ぼくがきみの代わりに提出したキンギョソウの論文を書いていた頃、ぼくはきみが一年ももたないんじゃないかと気が気ではなかった」

ヴァイオレットが顎をあげた。「なんの話をしているのかわからないわ」

「ばかなことを言うなよ。あの年、きみは何週間もベッドで寝たきりだった。殴られたのか？　あざを隠していたんじゃないのか？　無価値な女だ、役立たずだと罵られていたんじゃないのか？」

彼女は深く息を吸ってから答えた。「夫の話はしたくないわ」

「体の具合がよくなってベッドから出られるようになっても、きみはぼくと庭の散歩に出るのがやっとだった。そのときだって数メートルおきに立ち止まって、休まなくてはいけなかったじゃないか。なんであれ、ぼくはきみが早くよくなるように願っていた。しかしそれから二カ月後、きみはまた具合が悪くなって、ぼくと会うこともできなくなった。あのとき、ぼくはきみが死んでしまうのではないかと心配したんだぞ、ヴァイオレット」

彼女は首を横に振った。「あなたの勘違いだったわね。わたしはまだ生きているもの」

「そうだ、きみはここにいる。最初の論文を書きあげてから半年後、きみの夫は酔って階段から落ちて亡くなった。するとそれまではずっと体調不良に苦しんでいたきみの体も突然よくなった。けがも急病も、いきなりなくなったんだ。だから、きみがぼくに向かって夫の言葉を繰り返す必要はないんだよ、ヴァイオレット。真実はぼくにだって想像できる」

「あなたにはわからないわ」彼女は苦しげに言った。「わからないのよ、セバスチャン」

「きみの夫がきみに何を言ったにせよ、何をしたにせよ、彼は間違っていた。間違っていたんだよ」

ヴァイオレットはセバスチャンを見た。「あなたは自分に嘘をついているわ。すべてをわたしの夫のせいにして、あの人がわたしから人としてのあたたかさを奪ったのだと空想している。それは違うわ。逆なのよ。わたしにあたたかさが欠けているからこそ、夫はわたしを無価値だと責めたの。わがままだとも言われたけれど、それも間違いだとは思えない。だって、あの人が死んだとき、わたしは悲しみを感じることすらできなかったんですもの」

「ヴァイオレット」セバスチャンは言った。「きみは翼の折れたフクロウのひなの世話を三カ月も続けた。ひなが自分の部屋の立派な家具をどれだけ傷つけようと無視して。それに、メイドが怯《おび》えてネズミをつかまえられなかったときは、代わりにつかまえてやった」

彼女の目がきらりと光る。「あれは好奇心よ」

「ぼくはきみが鳴き真似をして、ひなに話しかけていたのを知っている。罠にかかってけがをした猫のハーマンの話をしようか？」

その言葉を無視して、ヴァイオレットが言った。「夫はわたしを殴ったりしていないわ。一度もね。それにわたしを軽く見ていたのはあの人だけじゃない」彼女は息をついた。「わたしは父の幸運のお守りだったのよ。リリーが昔、みんなに言っていたわ。父が自殺したのは、わたしたち家族への愛情が強すぎたからだって。でも、わたしにはわかっていた。わたしの力が足りなかったせいで、父は死んだのだと」

セバスチャンは彼女を抱きしめたかった。きつく抱きしめて、すべての恐怖を追い払ってあげたい。これほど強くそう思ったことはなかった。だが、相手はヴァイオレットだ。彼女は抱かれることを望まないだろう。それに自分が感情的になっているのも、その感情が乱れているのも、認めようとはしないはずだ。ヴァイオレットは無表情に、澄んだ瞳で暗闇を見つめている。

「だから、わたしを放っておいてちょうだい」彼女が言った。「詮索するのもやめて。わたしを理解しようとする人は、いずれ本当のわたしにいやけが差してしまうのよ」

「ぼくは違う」

ヴァイオレットがセバスチャンを見た。「あなたはすべてを知らないから、そう言えるんだわ」

事態は悪くなる一方だ。セバスチャンがそばにいると、ヴァイオレットは妙なことを考えずにいられなかった。彼に触れ、キスをし、抱き合って、彼のぬくもりが発する心地よさで胸を満たす光景が頭に浮かんでしまう。そばにいなければいないで、セバスチャンの記憶が頭に浮かび、不意の邂逅《かいこう》を期待してしまうありさまだった。手袋をはめるときでも、自分の指と彼の指が絡み合う様子や、輝く笑顔――彼女だけに向けられた笑顔――を思い出さずにはいられなかった。彼に引き寄せられて――。

ヴァイオレットは頭を振り、欲望へと変わらないうちに想像を追い払った。けれど、欲望はいつでも心に忍び込んでくる。次に気づいたときには、彼女の呼吸を奪うセバスチャンの笑顔を想像していた。歓びに身を震わせるヴァイオレットを抱きしめながら、彼が顔に浮かべる笑みだ。

ふたたび頭を振り、一時的とはいえ幻想を追い払う。

〝そんな女性になることは許されないわ〟ヴァイオレットは自分に言い聞かせた。〝願望を持つのは危険なことよ〟

夜の遅い時間は最悪だ。夜ふけにランプをつけると、頭にセバスチャンの声がこだました。

〝ぼくは精神的な意味だけできみを愛しているわけじゃない。きみが欲しいんだ。もしきみが望むなら、ぼくはきみをベッドまで連れていくよ。今すぐにでも〟

夜中になると、自分が氷でできた人間だと思い込むのも難しかった。ヴァイオレットがみずからに許しているのは精神的な愛情までだ。でも夜中になると、触れられる感覚が、肌が重なり合う感触がよみがえってくる。体を重ねるぬくもりや、腰に触れる指の感触、そして強く抱きしめられるときの心境も。そうした記憶は単なる肉体的な感覚よりも、ずっとぜいたくなものだった。キスにおぼれ、男性とひとつになってすべてを忘れた記憶は、いまだに消えていない。つらい行為になってしまう前の、愛し合う行為のことは覚えていた。

そして、その後どうなったかも覚えている。冷たい無に落ちていく感覚や、世界からヴァイオレットを消そうと思っているかのような夫の動きも頭に焼きついていた。すべてを覚えている。そのうえで彼女は欲望を募らせ、同時に恐れていた。

だからヴァイオレットは、いつもしていることをした。息苦しい欲求がふくらんでできた心の穴を、ほかの何かで埋めようとしたのだ。彼女は――これからは新たな発見をしても世に出ることはないにもかかわらず――科学雑誌の記事を切り抜いて、ファッション誌のあいだに忍ばせた。ページをめくり、ドレスではなく科学の記事を読んでいく。記事は遺伝学から顕微鏡による研究成果を向上させるための多重露出撮影技術の実験まで、広い範囲に及んでいた。彼女はピンク色のスカートの挿し絵を見るふりをして、細胞のスケッチをじっと見つめた。

欲望が入り込む余地がなくなるまで、ヴァイオレットは記事を読みあさった。頭の中が純粋な思考と仕事だけになり、感情も感覚も欲望も消えてなくなっていく。結局、そうしたものは彼女に何ももたらさなかった。

けれども人間の思考は狡猾《こうかつ》だ。それにヴァイオレットが科学に携わって学んだのは、あらゆる生物は大小にかかわらず繁殖への欲求を抱えているということだった。その欲求はすべての細胞に潜んでいて、欲望というものがどれだけ有害かを彼女が知っていたとしても、消し去れるものではない。せいぜい心の隅に押しとどめておけるだけだ。

日によっては、うまく押しとどめておけない夜もある。

その夜も、そうした一夜だった、ヴァイオレットは仰向けになった背中にベッドを感じ、夫がのしかかってきてひとつになり、頭をさげてキスを求めてくる感触を思い起こした。

最初の数年間、夫は甘い言葉をささやいてきたが、のちには沈黙がベッドを支配するようになった。

そして最後が近づいた頃には……。

〝おまえごときがなんの役に立つ？〟そうささやきながら、夫は彼女に欲望をぶつけてきた。

〝自分勝手な売女《ばいた》め〟

体を動かすたび、夫はそうした言葉を浴びせつづけた。そして何カ月かおきに、ヴァイオレットは夫の言葉が正しいことを証明して冬の氷のように冷たい存在になり、それから蒸気のように無の存在になっていった。

わがままで役立たずの売女。

〝何人くらいになったらじゅうぶんになるのかしら？〟

〝あとひとりだよ〟

でも、ヴァイオレットは誰の〝あとひとり〟にもなれない。彼女は頭のどうかした鍛冶屋が作った知恵の輪だ。かかわる者すべてをまどわせ、そして怒らせる。

暗闇の中、彼女は息を吐き出した。リリー。明日はリリーを訪ねよう。姉はヴァイオレットを必要としているはずだった。

そしてヴァイオレットに必要なのは、必要とされることだ。今この瞬間、彼女は何よりもそれを必要としていた。

12

高くのぼった太陽の下、セバスチャンのロンドンからの旅は順調に進んでいた。彼はヴァイオレットの告白を心の奥にしまい込み、心地よい太陽と嵐を予感させる湿った空気で完全に覆い隠した。

兄と最後に会ってから一週間が経過している。そのあとでセバスチャンは貿易協会の指導部の人間とも初めて会い、これ以上はないというほどのよい反応を引き出していた。

しかし、ベネディクトは……。

セバスチャンは使用人に案内されて兄の家の中を歩き、書斎へと通された。そしてひとことも話さず、持ってきた紙を兄に差し出した。

時計の針が音を立てて時間を刻んでいたが、セバスチャンはあえて数えなかった。ベネディクトが読んでいる内容を理解するまでにどのくらいの時間がかかるのかなど、どうでもいいことだ。

兄は紙を机に置いてしわを伸ばし、頭を振った。ひどく緩慢な動きだ。ベネディクトは眉をひそめ、改めて内容に目を通した。

唇をゆがめ、指で机をとんとんと叩く。そうすれば書いてある文字が変わると信じているかのように、紙をにらみつけている。文章を三回読み終えて目の動きが止まったあとも、顔をあげずに紙を見つめていた。

セバスチャンは息もできなかった。心の一部では、自分がまだ、兄がとっくに会得したことを自慢げに披露する小さな弟のままでいるような気もしていた。〝見てくれ〟そう口に出して言いたかった。〝ぼくのしたことを見てくれ〟

だが、これはそんなに小さな話ではない。

〝ぼくが何者かを見てくれ〟

もう何年も、セバスチャンは兄が自分を何者でもないと言うのを許してきた。セバスチャンが作り出したのは冗談と、彼自身の言葉が生んだ人々の怒りだけだと言われても、そのまま受け止めてきたのだった。

でも、ベネディクトは間違っている。

兄が目を閉じて、紙を脇に押しやった。

「セバスチャン」悲しげなため息をつき、ベネディクトは頭を振った。「今度はいったいどうやった？」

「ぼくはまた自分を恥じないといけないのか？」セバスチャンは驚きを隠さずに答えた。「ロンドンの貿易協会を訪ねて、指導部と話をしたんだよ。彼らはぼくのやり方に興味を持った。貿易に数学を応用する手法には、もっと興味を持ったみたいだね」

ベネディクトが顔をしかめる。「それはこれを見ればわかる。だが……」

相変わらず時計の針が時を刻んでいる。心なしか、先ほどよりも速くなったような気がした。

「無理に反論する必要はないんだ」セバスチャンは言った。「ただ〝よくやった。会議に出席するのを楽しみにしている〟と言ってくれればいい」

「出席？」兄が鼻筋にしわを寄せた。「おまえはわたしが出席すると思っているのか？ 貿易協会は権威のある組織だぞ。その組織の指導者たちを、お得意の数式遊びであざむくつもりなのか？」

「ベネディクト、それは……」

〝ひどい〟と言ってもよかった。けれどもその程度の言葉では、セバスチャンが感じている痛みと深い苦悩は言い表せない。彼は兄弟のあいだにできた溝を埋めたかった。埋めるのは可能だと信じていたのだ。

「あんまりだよ」兄から目をそらして言う。「どうやらぼくには兄さんを納得させることはできないみたいだね。兄さんは前からそうはっきり言っていたが、ぼくは少なくとも機会をもらえると思っていた」

「機会だと？ なんの機会だ？」

セバスチャンは顎をあげた。「ぼくが兄さんと同格だと証明する機会だよ。ぼくがどれだけ道を間違えても、兄さんと共通の話題を持てると証明する機会だ」

ベネディクトが歯を食いしばった。「いいや、おまえはそれ以上を求めている。おまえのやり方はわかっているし、おまえがわたしに認めてもらいたがっているのも知っているよ。おまえはほかの人々の裏をかくのに躍起になっていて、わたしが思いどおりにならないからいらだっているんだ。おまえは花火みたいに派手だが、中身がない。この紙に書いてあることを見ろ。こんなにばかげた話があるか？　〝記念すべき二〇〇回目の集会において、世紀の思想家による、貿易の未来に関する講演を行います〟このあとに続くのがおまえの名前だ」声をあげて笑う。「これが冗談でないならなんなんだ？　教えてくれ、セバスチャン」

胃がずっしりと重くなった。「〝世紀の思想家〟はたしかに言いすぎだ」セバスチャンは厳しい口調で答えた。「でも兄さんの所属している協会の中でもっとも聡明な人たちが、ぼくの言うことに耳を傾ける価値があると考えているのなら、そこには何がしかの可能性があるんじゃないのか？」

ベネディクトが立ちあがった。「おまえは忘れているよ。わたしはおまえを理解しているんだ。ほかの人々はおまえと一緒に育ったわけではないからな。今になっておまえと初めて会う人間は、まぶしい光にやられてしまい、目を輝かせて帰っていく。だが、わたしはずっとおまえを見てきたんだ。わたしに隠し事はできないぞ。おまえの冗談と耳ざわりのいい言葉、それにまぶしい笑顔の裏側には何もない。おまえは空っぽな人間なんだ」

兄の言葉で、セバスチャンは胴を切り裂かれた気がした。

「世間の人々は、おまえを飾り立てる賞賛を送るかもしれない。しかし、誰かがおまえの正体をおまえ自身に指摘してやらなくてはならないんだ。それがわたしだよ」ベネディクトは紙をセバスチャンに突き返した。「この件に関するわたしの意見が知りたいか？　わたしには協会がひどい過ちを犯したとしか思えない。恐ろしい、致命的な過ちを。そしておまえがいつもの混乱をもたらしたあと、わたしがその後始末をしなくてはならないんだ」

セバスチャンは言葉を失った。懸命に言葉を探してみたものの、すべてがこぼれ落ちてしまい、結局は何も見つからなかった。

「今度わたしに誇ってほしいと思ったら、わたしの愛する協会の名を汚す行為はよせ」

兄はまるで親切な忠告をするような態度を取っている。セバスチャンの両手から血の気が引いていった。

ベネディクトが歩きだした。「もっと中身のあることをしろ。そうすれば評価してやる。だが……」

ずっと前からセバスチャンにはわかっていた。ただ認めようとしなかっただけだ。兄は暗い表情をして、腕を組んで立っている。完璧なベネディクトは、今まで過ちを犯したことはない。兄の行動基準はあまりにも高く、セバスチャンは決して満たすことができないのだ。

完璧なベネディクトは嘘つきだ。

「わかったよ」自分でも意識しないうちに口にしていた。「ぼくたちのあいだに距離があるのは、ぼくのせいだと思っていた。でも、ぼくだけのせいじゃなかったんだ。何をしても兄さんはぼくを認めようとしない。兄さんがハリーを祖母のところにやろうとしているのは、ぼくがあの子を育てるのにじゅうぶんなほど何かを成し遂げていないというのが理由だろう？　だったら、祖母は仕事でいくら稼いだんだ？」

ベネディクトが顔をしかめる。「それは問題じゃない」

「問題じゃない？　兄さんは子どもに紳士的な行いを示したいんだろう？　それなら祖母は、あのいまいましい協会で講演をしたことはあるのか？」

「言いすぎだぞ、セバスチャン。口を慎め」

「兄さんこそ、さっきから言いたい放題じゃないか！」セバスチャンは兄をにらみつけた。「祖母は貿易協会の会員なのか？　何歳で入会した？　論文を出版したことはあるのか？」一歩踏み出して続ける。「問題は、ぼくが何をするかじゃない。ぼくが何をしないかでもない。今までもずっと兄さんが問題だったんだ。ぼくは知性も能力もある一人前の男だ。そのぼくに何も見いだせなかったのは兄さんの責任だよ。もう兄さんに尊敬してもらおうと努力する必要はない。どうせ何をしても兄さんには理解できないんだから」

ベネディクトは顔を紅潮させてあとずさりした。「なんてひどいことを言うんだ」

「ひどい？　ああ、ひどいとも。兄さんこそ想像してみたらいい」セバスチャンは言った。「認めてもらいたい相手に、どうしようもない人間だと決めつけられたときの心境をね。それが何十年も続くんだ。ぼくはずっと兄さんから道楽者と呼ばれてきた。役立たずで、愚かで、世間になんの貢献もしていない放蕩者と呼ばれてきたんだ。でも、いいかい？　ぼくだって誇りにしている点はたくさんある。考えてみてくれないか、ベネディクト。ぼくの長所をひとつでもいいからあげてみてくれ」

兄の顎がこわばり、鼻の穴が広がっている。彼はセバスチャンから顔をそむけた。

「おまえは人好きのする人間だ。それは認める。だが、それはおまえの堕落の原因でもあったんだ。おまえはみなに好かれる。そのおかげで、あらゆることはおまえにとって簡単になってしまった。友人や女性にしてもそうだ」兄は頭を振った。「金も地位も、人生さえも、おまえにとってはゲームなんだ。おまえ以外の人間はみな、ちっぽけな足跡を残そうと必死に努力して苦しみもがいている。それをおまえは指一本動かすことなく、いとも簡単にいいところを持っていってしまう。人好きのするおかげでな」

最悪だ。ベネディクトは侮辱をつけ加えないと褒め言葉のひとつも言えないらしい。

「人から好意を持たれるのは、ぼくにはどうしようもないよ」セバスチャンは腕を組んだ。

「それにぼくだって、望むものすべてを与えられているわけじゃない」

「ひとつでもあげてみろ、セバスチャン。おまえが望んで手にできなかったものがあるのか？」

セバスチャンは兄から目をそらした。「兄さんに認めてもらえなかった」

「なるほど、それはいい。三〇年以上もお気楽に生きてきて、冗談と笑顔で手に入れられないものがあるということをようやく学んだわけか」

「それは違う」セバスチャンは両手をテーブルについた。「子どもの頃から、ぼくの願いは兄さんに認められたいということだけだったんだ。兄さんに誇りに思ってもらいたいとだけ考えていた。ぼくの目を見て〝よくやった、セバスチャン。おまえならできると思っていたよ〟と言ってほしかったんだ。でもぼくが何をしようと、兄さんにはじゅうぶんではなかった。何度努力して挑戦しても、何を成し遂げても、何を見せても、兄さんの答えはいつも一緒だ。ぼくのしたことは無価値だと切り捨てられるばかりだった」彼は身を乗り出した。「こんなばかな話はないじゃないか、ベネディクト」

兄が顔をあげた。「同情を誘おうとするな。もし価値のあることをしていたのなら――」

「なぜぼくがハリーを引き取りたいと思ったかわかるかい?」セバスチャンはさえぎった。「たしかにぼくはあの子を愛している。ハリーはすばらしい子だし、引き取るのはこのうえない名誉だ。でも、それだけじゃない。兄さんがぼくにしたのと同じことをハリーにしているからだ。あの子が何をしても、兄さんにはじゅうぶんじゃない。話をしてもお説教ばかりだ。〝ごっこ遊びはやめろ〟〝本物の仕事をするにはまだ幼すぎる〟〝もうそんな遊びをする年じゃない〟この調子だ。ハリーは間違ったことしかしていないような扱いじゃないか。正しいことをしていると言ってやりたいから、ぼくはあの子を引き取りたいんだ。ぼくがそれを言ってやれるただひとりの人間だからこそ、ぼくはあの子が欲しいんだよ。ぼくみたいな育ち方だけはしてほしくない」

ベネディクトの目が暗くなった。「おまえはわたしの親としての能力に疑問符をつけるのか?」

「そうとも」セバスチャンは答えた。「そのとおりだよ。兄さんはぼくで手ひどい失敗をした。そしてハリーでも同じ過ちを犯そうとしている。ぼくは兄さんがあの子にそんなことをするのを許しておくつもりはない」

ため息をつき、ベネディクトが額を撫でた、「わたしがおまえに厳しすぎたと思っているのか？」一歩進み出て言う。「おまえは自分が全力を尽くしたから、たとえそれがどれだけくだらない愚かな努力であっても、わたしはそれを褒めたたえるべきだったというのか？それも、おまえが傷つくからという理由で？」兄の顔は真っ赤になっていた。「おまえだって、わたしの尊敬を勝ち取ることはできたはずだ。別にこちらも出し惜しみしていたわけじゃない。ただ、おまえが自力で勝ち取る必要があっただけだ」

「それならひとつでいいからあげてくれ！」セバスチャンは声を荒らげた。「ひとつでいい。ひとつでいいから言ってみてくれよ。ぼくは何をしたら〝セバスチャン、おまえは尊敬に値する男だ〟と言ってもらえたんだ？」

「怠けるのをやめて――そして――」

「ぼくは怠けていない！」セバスチャンは反論した。「ぼくを見てくれ。本当の意味で、ぼくという人間を見てくれないか、ベネディクト。ぼく自身とぼくのしてきたことを見てくれ。ぼくが今、兄さんに示しているものは、偶然の産物なんかじゃない。ぼくのしてきたことは、ぼく自身を表しているんだ。兄さんの目に映るぼくがろくでなしなのは、ぼくのせいだけじゃない」

「おまえがどんな人間かはわかっている！」ベネディクトが言い返した。「おまえのしていることはぺてんだらけだ」

セバスチャンの全身に寒けが走った。「違う」

兄の非難を完全に否定するわけにもいかず、抗議は小声にしかならなかった。

「おまえは人をぺてんにかけている」ベネディクトが言う。「一人前を演じているだけだ。おまえはみなをあざむき――」途中で言葉を切ってぜいぜいと息を切らし、真っ赤な顔で続く言葉をのみ込んだ。

その瞬間、セバスチャンは兄の言葉が正しいことに気づいた。たしかに彼はみなをぺてんに――それもひどいぺてんに――かけている。真相を知らないまでも、ベネディクトの言葉は正しかった。セバスチャンは兄を失うのを恐れていたが、現に今こうして兄を追いつめているのは彼自身だ。

兄の心臓が悪いことを知りつつ怒らせた。もっといい方法があったはずなのに……模索することを忘れてしまっていた。やはり腹を立てるのは嫌いだ。大事なことをすべて忘れてしまうから。

セバスチャンはただの道化でもなければ、人を笑わせるだけの人間でもない。兄が考えている以上の人間だ。しかし、ベネディクトは正しかった。心の奥底では、セバスチャン自身も人を笑顔にする以上の存在にはなりたがっていなかったのだ。それを忘れるたび、彼の愛する人々が代償を支払うことになるのだった。

たしかにセバスチャンはいろいろなことを成し遂げてきた。だが、重要な発見をしたいと願い、三年間もひたすら花の交配を繰り返してきたが、謎が深まるばかりだった。

ベネディクトが苦しげに顔をゆがめ、胴のあたりをまさぐった。

真剣になるとこうなる。もっと別のやり方があったはずだ。

セバスチャンは前に進み出て穏やかに言った。「よそう。もうおしまいにしよう。ぼくが悪かったよ」腕を伸ばし、兄の肩に手を置く。「怒らないでくれ。兄さんを怒らせたくないんだ」

こぶしを握ったベネディクトが応えた。「困った心臓だ。弟を……」痛みをこらえるように言葉を絞り出す。「弟を怒鳴りつけることもできないのなら、生きている意味もない」

セバスチャンはかぶりを振った。「いいから――まずは座ろう。座ってくれ。ぼくは医者を呼んでくる」

「大丈夫だ」ベネディクトが小声で言う。つらそうに腰をおろし、痛みを受け流そうとしているかのように、脚の上でこぶしを強く握っていた。「なんでもない。ちょっとした消化不良だ」彼は深く息をついた。「じきにおさまる……だが……」両目が閉じる。

「いいんだ」セバスチャンは言った。「今話すのは、賢明な考えとは言えないよ」

その言葉の真意を自分ではよくわかっていた。

いつ話したところで結局は同じであり、ふたりのあいだの溝は決して埋まらない。ベネディクトがセバスチャンを尊敬する日は永遠にやってこないのだ。

それはもう問題ではない。セバスチャンは自分自身を尊敬していたし、今後について兄の許可を求める必要もなかった。たとえ兄の評価が低かろうと、気にする必要もない。ベネディクトが笑顔で生活していけたなら、それがセバスチャンにとって納得できる成功だった。たとえその結果としてベネディクトに感謝されなくても……少なくとも、彼の顔に笑みをもたらすことはできる。

「セバスチャンおじさん」彼が階段をおりていくと、小さな声が聞こえてきた。「お父さんはどうしたの?」

見ると、ハリーが階段の下にある椅子に座っていた。大人用の椅子なので、両足は床に届かずにぶらぶらしている。彼は腕を組み、辛抱強く返事を待っていた。セバスチャンがハリーの年齢の頃には考えられなかった忍耐力だ。甥の濃い茶色の髪はくしゃくしゃで、表情には子どもらしい不安が浮かんでいた。

「どうしてお父さんと怒鳴り合っていたの?」ハリーが怯えた表情で尋ねる。

「意見が違ってしまったからだよ」セバスチャンは答えた。「大人にはたまにあるんだ。意見が合わなくなってしまう」

椅子からおりたハリーは木彫りの馬を握ったままゆっくりと階段をのぼり、途中でセバスチャンと向き合った。セバスチャンのほうが上の段に立っているので、ハリーがいっそう小さく見える。頭の位置がセバスチャンの膝よりも少し上にあるくらいだ。

「おじさんはこのまま出ていって、もう戻ってこないの?」ハリーがきいた。

「まさか」

少し間を置いて、ふたたびハリーが尋ねる。「お父さんは死んでしまうの?」

「なぜ……」セバスチャンは唇を湿らせた。「なぜそんな質問を?」

「お医者さまがよく来るから。去年、お母さんが死んだときもそうだった」

「お母さんが死んだときもそうだった」

父親の病状をハリーに知らせるのはセバスチャンの役目ではない。かといって嘘をつくこともできなかった。「お父さんにききなさい」

ハリーが顔をゆがめる。「じゃあ、やっぱりそうなんだ」

セバスチャンは階段に腰をおろし、甥と目の高さを合わせた。「どうにかなるさ。きっとうまくいく」大きく息をついて続ける。「この数週間、ぼくは兄さんを怒らせてしまっていたんだ。それが体にさわったらしい」彼は天井を見あげて考えた。兄の件をどうしたらいいか、何が正しいのかもわからない。たしかなのは、怒鳴り合っても何も変わらないということだけだ。「もうしないよ」ハリーに約束した。「だから兄さんも元気になる。泣くな」

「泣いてないよ」ハリーが言う。

たしかに甥は泣いていなかった。肩を震わせてはいるが、涙を流すのはこらえている。

「ぼくは泣いてない」ハリーは繰り返した。「お父さんが大人は泣いたりしないって言ってたんだ。だからぼくは泣かないよ」

〝そんなことを言わなくていい〟セバスチャンはそう告げたかった。〝悲しいときは泣いてもいいんだ〟と。

しかし、ベネディクトはセバスチャンが子どもの教育に口を出すのを好まない。そして結局のところ、ハリーはベネディクトの子どもなのだ。セバスチャンがどう考えたところで、兄の決断に従わざるをえない。

「そうか」セバスチャンは腕をハリーの肩にまわした。「偉いな、よく我慢した。ぼくも泣いてないぞ」

「ヴァイオレット」リリーが妹の手を取って言った。「わたしが会いたがっているって、どうしてわかったの?」

ふたりはリリーの書斎にいた。彼女は子どもたちに一時間静かにしているよう命じて、ドアの鍵をかけた。つまり、これから一五分は静かに話ができるということだ。リリーは机のうしろに座り、懇願のまなざしを妹に向けていた。

ヴァイオレットはわかっていたわけではない。必要とされていることを実感するため、彼女のほうがリリーを必要としていたのだ。ヴァイオレットとしては、トイレへの突撃を繰り返させていたらブリキの兵隊の尊厳が保てないと、フレデリックに厳しく説教するのが目的でもかまわなかった。ましてリリーが相手なら、本当の目的に取り組める。

ヴァイオレットは両手を重ね合わせた。

「助けてちょうだい」リリーが言った。「こんなことに耐えられる母親なんていないわ」

「どうしたの?」姉の子どもたちの誰かが重い病気にでもかかったのなら、とうにヴァイオレットにも知らせが来ているはずだった。

「これを見て。アマンダの持ち物から出てきたのよ」リリーが震える手で鍵束から一本の鍵を選び出し、それで机の引き出しを開けた。

ヴァイオレットの心にいやな予感がこみあげた。

「これよ」姉が一冊の本を取り出す。「これなの」彼女の声は震えていた。

必死の思いで、ヴァイオレットは顔に出そうになる感情を押しとどめた。「『高慢と偏見』ね」穏やかな声で言う。「初版本だわ。今では稀覯本《きこうぼん》としての価値も高くなっているらしいわよ。結婚相手の候補からもらったのかしら？ お姉さまの言うとおりね。男性からこんなものをもらってはいけないわ。どれだけ思慮深い贈り物であっても。返したほうがいいと思うわ」

嘘ではなく、真実でもなかった。虚偽にあたることはひとことも言っていない。

「開いてみて」リリーが目をそらした。「いいから……開いてちょうだい」

何が現れるかを承知で、ヴァイオレットは本を開いた。出てくるのは『高慢と偏見』の最初のページではない。

エミリー・デイヴィスの『女子高等教育論』だ。

顔をあげたヴァイオレットは姉の目を見た。「エミリー・デイヴィス」心臓が胸の中で暴れまわっているのを忘れるほどに静かな声で言う。「こんな名前の小説家は知らないわ」これも本当だ。ヴァイオレットが知っているエミリー・デイヴィスは著述家ではあるが、小説家ではない。「ふしだらな小説でも書いているのかしら？」

「小説家じゃないわ」リリーが唾を飛ばして言った。「彼女は、その……まっとうでない女性たちの中のひとりなのよ。女性の権利を主張しているの」

「まあ、なんてこと」

「あなたはそう言ってくれると思っていたわ。わたしの娘がこっそり隠れて、こんなとんでもない本を読んでいたなんて！　誰にもらったのかは言わないの。誰があの子に道を踏み外させようとしているのか、見当もつかないわ。こんな愚にもつかない考えにうつつを抜かしているだけではなく、わたしに隠し事をするなんて」

「隠し事？」ヴァイオレットは言った。「実際に嘘をついたわけではないんでしょう？」

「わたしに本心を隠しておくなんて――」リリーは憤懣やるかたないといった表情だった。

「嘘をつくのと同じくらい悪いわ」

ヴァイオレットは唇を湿らせた。「あの子はお姉さまを愛しているわ。根っからの善人でもある。お姉さまがこうした議論をしたがらないと思っただけじゃないかしら？」

「そう考えるのは当然よ。わたしはそんな議論、ごめんだわ。誰がそんな議論をしたがるの？　いい家の人間であるほどありえないわ。高等教育なんて、まともな結婚ができなかった不幸な女性には必要かもしれないけれど、アマンダはそうじゃない」

ヴァイオレットは何も言わなかった。

「あなたとわたしは――」リリーが言った。「わかっているわ。女性は弱いからって、劣っているわけではないのよ。わたしたちは男性より力は弱いし、賢くもないかもしれないけれど、わたしたちなりの目的を持っている。アマンダがその目的を忘れてしまったら――」

「目的」ヴァイオレットは悲しげに言い、しばらく間を置いてから続けた。「その目的というのはなんなの？」

リリーがヴァイオレットを見た。まるで、たった今ヴァイオレットには子どもも夫もいないことを思い出したという顔だ。面と向かって目的もなく生きていると言ってしまったあとで、目を見て話せるかどうかを考えているようにも見える。

「だからわたしはあなたを愛しているのよ」リリーが気まずそうに言った。「環境が違っていても、あなたはわたしを理解してくれるもの。わたしが何を考えているか、わかってくれるわ。わたしがあなたをわかっているようにね」

ヴァイオレットはうなずくこともできず、凍りついたように座っていた。姉に愛してもらうため、いつも本心を隠さなければならなかった。その自覚はある。行動や考えだけでなく、すべてを偽らなくてはならなかったのだ。

ヴァイオレットはリリーが――穏やかでやさしく明るいリリーが――嘘をついているなどと考えたこともなかった。むしろ彼女は姉に嘘をついてほしいと思っていた。愛しているふりでもしてくれるほうが、なんの感情も示されないよりはずっといい。

「わたしの娘にこんな恐ろしいものを渡した相手を突き止めたら――」リリーが言った。「その相手を追いつめてやるわ。卑怯《ひきょう》で嘘つきで、わがままで狡猾な臆病者を」

ヴァイオレットは姉に嘘をついていた。セバスチャンにも嘘をついている。大切な人々全員に嘘をついているのだ。

この話し合いをどう終わらせたのか、どうリリーと別れたのか、ヴァイオレットは覚えていなかった。帰り道では頭がくらくらしてくる中、雨が馬車の屋根を打つ音が聞こえていた。家に到着して傘の出迎えを受け、あたたかい家の中へといざなわれたものの、そこも彼女の居場所ではなかった。

部屋から部屋へとさまよい歩き、詮索好きな目から逃れるためのファッション誌――中には科学雑誌の切り抜きがはさんである――や、平凡な女性らしく見せるための編み物に視線を向けていった。

ヴァイオレットが編み物を始めたのは、父親に花壇への立ち入りを禁じられたからだ。編み物さえも嘘だった。動揺を隠して、穏やかな趣味に没頭しているふうを装うための小道具にすぎない。

彼女の人生はすべて嘘。ただし、正当な理由があってのことだったのだ――真実はあまりにも醜い。

あまりにも醜くて、とても直視できないのだ。

ヴァイオレットは簡素なドレスに着替えて温室へと向かった。雨は激しくなっていたけれど、傘は持っていかなかった。冷たい大粒の雨が、まるで罰のように体を打つ。

仕事さえも嘘だった。ヴァイオレットの仕事は彼女のものではなく、そう見なしている者も誰ひとりとしていない。発表者がいなくなった今、仕事をすること自体が無意味になってしまった。そしてこの数週間、彼女は自分自身にも嘘をついている。

ヴァイオレットはうつむいた。

水をやれば発芽する種と違って、わたしは濡れたところで繁殖できるようにはならない。子どもがいない理由こそ、あらゆる嘘の中でもっとも大きな嘘だ。

彼女は解けない知恵の輪だ。知り合った直後は欠点もわかりにくい。そして最終的には、気にかける人をみんな遠くに追いやってしまう。真実に到達するのが、人によって遅いか早いかの違いしかない。

何もない空っぽな人間、それがヴァイオレットだった。自分を好きになってくれる人たちに与えられるものも何もない。これまでに得てきたものも、何ひとつとしてなかった。今までの努力も、なんの意味もなかったのだ。

とどのつまり、彼女は自己中心的で、無意味で、嘘つきの臆病者にすぎなかった。

両手で耳を覆ってみたが、どうしてもささやきを追い払うことはできなかった。それもそのはずだ。頭に響いていたのはただの声ではなく、ヴァイオレット自身の記憶だったのだから。そして彼女の記憶はとてもつらい、恐ろしいものだった。

どうやっても追い払えないし、間違っていたと証明もできない。だったら、正しかったと示すべきときが来たのかもしれない。心の奥で、ヴァイオレットは知っていた。もし誰かが真実を知ったら……。

セバスチャンでさえ、ヴァイオレットを好きになることなど無理だと気づくだろう。彼女は遠ざけてきた感情や痛み、失った希望や感じまいと決めてきたすべてのものと向き合った。そしてヴァイオレットは望んでいた。痛いほどに強く抱かれることを。誰かに、きみは間違っている、きみだって大事な存在だと言ってもらうことを。嘘をやめることを。

外で雷鳴がとどろく中、ヴァイオレットが空の鉢をいくつか地面に叩き落とすと、鉢はばらばらに砕けて彼女の肌を傷つけた。雨がいっそう激しさを増し、裏庭の壁もはっきりとは見えなかった。こんな雨では、セバスチャンが庭にいるかどうかも疑わしい。

〝臆病者の大嘘つき〟

もうこれ以上は待てなかった。たかが雨ごときに、真実を話してすべてを失うのを邪魔されたくはない。

13

雨が本格的になってきたとき、セバスチャンは自分の温室で感情の整理をしていた。雨はいきなり激しさを増し、滝のように降りはじめた。三メートルほど離れた低木がかすみ、世界が灰色に変わっていく。空気も冷たくなって、温室のガラス板が曇ってきた。

扉が開いたとき、セバスチャンは入口近くに置いたはずの傘を探しているところだった。使用人の誰かが傘を持ってやってきたかと思って振り向いたが、そこにいたのはヴァイオレットだった。

最初に目に入ったのは、彼女の服に透けた肌だった。ヴァイオレットは温室での作業時に着る、グレーの簡素なドレスを着ている。ドレスと呼ぶのは大げさかもしれない。今は雨に濡れた布でしかなく、彼女にぴったりと張りついて体の線を浮かびあがらせていた。彼女にしても、こんな姿は見られたくないかもしれない。

ヴァイオレットは濡れた髪をかきあげ、うしろ手に扉をぴしゃりと閉めた。風で温室の骨組みが揺れ、がたがたと音を立てる。彼女の顔から感情は読み取れない。悲しんでいるのかもしれないし、けんか腰なのかもしれなかった。鼻の頭から水をしたたらせ、体の脇でこぶしを握っている。

「ヴァイオレット」セバスチャンは尋ねた。「何かあったのか？」

彼女が顎をあげた。握ったこぶしにいっそう力をこめ、セバスチャンに近づいてくる。まるで彼が敵であるかのように。ヴァイオレットは彼より一五センチほど背が低い。それでも彼女の目の勇敢な輝きに、セバスチャンは逃げ出したい気分になった。

ヴァイオレットが彼のすぐそばで足を止めた。「ヴァイオレット」セバスチャンはささやいた。

「わたしは真実をあなたに隠していたわ」体の脇でこぶしを握ったり開いたりしながら、彼女は冷たい口調で言った。「あなたは、わたしがあなたに対して肉体的な欲望を持っていないと思っているのよね」挑むような鋭い視線で彼をにらむ。

どう考えたらいいのか、セバスチャンはまったくわからなかった。体は火がついたように熱くほてり、呼吸すら忘れて、頭が考えをまとめるのを待っていた。

「わたしがあなたを欲していないと思っているんでしょう？」ヴァイオレットは顔から雨水を払い落とした。「あなたは間違っているわ。あなたのことを考えるのをやめられないの。もし、あなたの体を……」ごくりと唾をのみ込む。「抱きしめたら、触れたら、どんな感じがするんだろうって」彼女はしばらく間を置いて続けた。「自分の間違いに気がついた？
わたしはあなたが欲しいのよ」

〝よし〟彼の心の一部が快哉《かいさい》を叫んだ。〝やった、やった、やった〟

だが、すべてがひどく間違っていた——セバスチャンから身を守る必要があると思っているかのように体の脇で握られたこぶしも、瞳に宿る輝きも、何かが違う。彼のはらわたを抜くためのナイフのように投げつけられた、欲望という言葉の言い方も間違っている気がした。

「わからないな」セバスチャンはあとずさりした。「何かがおかしい」

ヴァイオレットの目がきらりと輝いた。

「黙って」そう言うと、ヴァイオレットは彼女が何をしているかセバスチャンが気づく前に近づいてきた。言葉はひとこともない。一分ほど激しい怒りの表情を浮かべて彼の前に立ち、それから肩をつかんで唇にキスをした。

何度も彼女とのキスを想像してきたセバスチャンはそれを受け入れた。ヴァイオレットの唇は冷たくて手は震えていたが、これは雨のせいであって、彼女をあたためてやればおさまるはずだった。何が変わったのかききたくない。キスの理由はどうでもいい。自分はヴァイオレットを何年も愛しつづけ、その彼女がここにいる。引き寄せて唇を重ねても、ヴァイオレットはたじろがなかった。彼女のキスは熱狂的ではあるけれど、やさしさはない。互いにあたため合うよりも先に、彼女の舌がセバスチャンの舌をまさぐった。セバスチャンがヴァイオレットの体を抱いているあいだ、彼女の手が彼の体を撫でつづけ——やがて上着の折り返しを滑っていき、ズボンのボタンをなぞった。

なんてことだ。ヴァイオレットが彼のズボンを脱がせている。

「我慢しないで、セバスチャン」彼女が言った。「我慢しないでちょうだい。今、あなたが欲しいの」

セバスチャンの体が目覚めるには、なんの助けも必要なかった。ヴァイオレットを抱く日を夢見てきて、今、彼女が腕の中にいる。濡れたドレスが彼女の体に——長いあいだ切望してきたしなやかな体に——張りついていた。彼女の指がズボンをはだけるあいだに、男性の象徴はすっかり高ぶっていた。

「あなたが欲しいの」ヴァイオレットが言う。「とても欲しいのよ」

うんざりするほど長いあいだ、セバスチャンはそこに彼女の手が置かれるのを待ち望んできたのだ。ヴァイオレットの手が荒々しく下着をおろし、硬くなったものをなぞる。彼女の指は冷たかった。だが、セバスチャンの体はふたりをあたためて余りあるほどほてっている。そして彼女の手が震えているとしたら、それは寒さではなく大胆な情熱のせいだった。

今のところヴァイオレットに質問する気はない。うれしい驚きに自分の体が反応しているうちは質問は不要だ。けれども、頭に次々と浮かぶいまいましい疑問は消える気配がなかった。

セバスチャンは彼女から距離を取った。「ヴァイオレット、何をしているんだ?」

彼女が見あげる。「どうしてやめるの? あなたは……」間が空いた。「あなたは言ったじゃない……」ヴァイオレットはごくりと唾をのみ込み、さらに長く間を置いてから続けた。

「精神的に惹かれているだけじゃないって」

なんてことだ。彼女は二度も間を置いた。言葉を探していたわけではない。正気を失っているのかもしれない。

「何を待っているの？」ヴァイオレットがきいた。自暴自棄になっているかのようだ。「あなたは放蕩者で、わたしのことが欲しいんでしょう？　あなたがそう言ったのよ」

「まず」思考を整理しようとしながら言う。「ぼくは避妊にも気を遣う放蕩者なんだが、温室に避妊具など置いていない。それから——」

「避妊具なんていらないわ」ヴァイオレットが言った。

「ぼくにはいるんだ。いいかい、ただ妊娠を避けるためだけに必要なわけじゃない。それから、きみが不妊かどうかは定かじゃない。夫の責任かもしれないしね」

彼女は自分の体に腕をまわした。

「そして、ぼくはきみを愛していると言ったんだ。それがどうして、ぼくが欲望をきみにぶつけたがっているということになるんだ？　そもそも、きみは——」

「わたしは？」ヴァイオレットがセバスチャンをにらみつけた。

「きみは今にも泣きだしそうだ」

「そんなことないわ」彼女は肩を震わせてそっぽを向いた。「泣きだしたりしないわよ。わたしは泣かないの」

いまいましいことに、ヴァイオレットは正しかった。セバスチャンも彼女が泣いたところは見たことがない。父親の葬儀でもそうだったし、結婚生活の終盤の日々でもそうだった。

顔色は最悪で生気もなく、何が起きているのかはひとことも話さなかったが、彼女は泣いてはいなかった。セバスチャンはズボンを引きあげてボタンをかけた。

「ヴァイオレット、いったい何があったんだ？」

彼女はその場に膝をつき、両手で顔を覆った。泣いているわけではない、ただ震えているだけだ。

ふたりの周囲で雷鳴がとどろいた。その音でヴァイオレットの声が聞こえない。ガラスの窓を打つ雨の音も声をかき消していた。セバスチャンにわかるのは、彼女が自分の肩の震えに動揺していることだけだった。彼はヴァイオレットの隣に座り、震える肩に腕をまわした。まともなときであれば、ヴァイオレットは彼に体を抱かせたりしない。セバスチャンは両腕をまわして引き寄せ、彼女の冷えた体をあたためようとした。

「大丈夫だ」ヴァイオレットに語りかける。「すべてうまくいく」

ヴァイオレットが彼の肩に口を当ててあえいだ。

「すまない。ぼくがどうにかするよ。どんな手を使っても、うまくいかせてみせる」

彼女が顔をあげてセバスチャンを見た。その目は暗く、瞳をのぞき込んでも、底をうかがい知ることはできなかった。「わたしは不妊じゃない」彼女がつぶやく。

嵐の中、あまりにも小さなその声をセバスチャンが理解するまでにしばらく時間がかかった。言葉を理解できても、その意味がよくわからなかった。

「わたしが不妊かどうかわからないと言ったでしょう？　わたしは自分が不妊じゃないのを

知っているの。前に妊娠したことがあるのよ。たぶん結婚の初夜だったと思う。お医者さまから告げられたとき、わたしは幸せのあまり舞いあがったわ」

セバスチャンは目を見開いた。「知らなかったよ」

「わかったばかりで、まだ誰にも知らせたくなかったの」ヴァイオレットは鼻を鳴らした。「七週目が過ぎたところで流産したわ」

何を言えばいいのかわからず、セバスチャンは彼女を抱く腕に力をこめた。

「ヴァイオレット、残念だよ、本当に残念だ」

「その直後に二度目の妊娠をしたわ。わたしは心の準備ができていなかったけれど、お医者さまが若い女性の流産は珍しくないと言ったの。それに夫には、馬から落ちたらまたすぐに乗るのがいちばんだと言われた。だから、わたしはそうしたわ。妊娠するのは簡単だったのよ、セバスチャン。リリーは夫が自分に向かってくしゃみをするだけで妊娠すると言っていたけれど、わたしも同じよ。身ごもるのは簡単だった」ヴァイオレットの指が彼の腕に食い込んだ。「わたしの場合は妊娠した状態が続かなかったのよ。八週間とか一〇週間がやっとだった。何年も何年も、その状態が続いたの」

「何年も?」力なく言う。

「馬に乗りつづけたのよ。一九回、何度も何度も……」彼女は大きく息を吸い込んだ。

ひどい。聞くだけで心が痛む話だ。ヴァイオレットが経験してきたことを思うと、セバスチャンは心を引き裂かれそうになった。彼女が短気なのは承知していたし、理由があるのだろうとは思っていた。だが、これではあまりにもひどすぎる。

「そのあとお医者さまに、もう子作りはやめるべきだと言われたわ。わたしの体への負担が大きいから」ヴァイオレットは唾をのみ込んだ。「夫があきらめなかったら、わたしの命が危険だと言われたの。でも、夫はあきらめようとしなかった。跡取りが欲しかったのよ」声が震えはじめた。「わたしはいやだと言ったわ。わかるでしょう？　いやだと言ったら、初めは夫も無理強いしなかった。でも、わたしの拒絶は長続きしなかったのよ。夫はわたしのところへ来て口論するようになったわ。甘いことを言ったり、理屈で説明したりした。そのうち夫は、わたしを自分のことしか考えないわがままな女だと言うようになったのよ。伯爵家の跡取りの問題はわたし個人のことよりも重大だと言われたわ。一度拒絶すればすむなら、わたしも断れた。けれど夫は繰り返しわたしに迫って、一度いいと言わせれば、わたしの体を好きにできた。一度いいと言わせれば、それでわたしに自分が無価値だと思わせることができたのよ――わたしの人生も体も、子どもが産めなければなんの価値もないと思わせることがね。それ以外の何かを望むわたしはわがままな売女だとなじられたわ」

セバスチャンは気分が悪くなった。「彼は間違っている」怒りがこみあげたものの、死者に腹を立てても仕方ないし、怒りがこの会話に入り込む余地はない。彼はさらにきつくヴァイオレットを抱きしめた。「彼は間違っている」

「わたしもそう思おうとしたわ。でも、夫が亡くなったとき……ひどい事故で亡くなったとき、何人もの人が慰めの言葉をかけてくれたけれど、わたしはちっとも悲しみを感じられなかった。むしろ喜んでいたのよ」彼女はあえぐように言った。「夫が死んで喜ぶなんて、やっぱりわがままだわ。夫は間違っていなかった。わたしの人生は夫にとって、なんの意味もなかった。だけど、彼の人生もわたしにとってなんの意味もなかったのよ」

「しいっ」セバスチャンはささやいた。

「わたしがあなたにしてきたことを見て。夫に何度もいやだと言ったときと同じように、あなたにもそう言わなくてはならなくなるなんて、怖くて考えられなかった。だからわたしはあなたに嘘をついて、あなたを傷つけたの。結婚生活が壊れたのはわたしのせいなのよ、セバスチャン。わたしたちふたりの関係も壊してしまうかもしれない。そんなの耐えられないわ」ヴァイオレットは彼にすがりついた。「少なくとも、嘘をついていれば友人ではいられた。わたしは臆病者なのよ。あなたを欲しがっていないふりをした、嘘つきの臆病者なの」

彼女の呼吸が落ち着きを取り戻しはじめた。

「だから、きみはぼくのところに来たんだね」セバスチャンはやさしく言った。

ヴァイオレットがたじろぐ。「ときおり、あなたが欲しいという思いが強すぎて、叫びだしたくなるときがあるわ。でも、わたしは……欲望を抑え込むの」声が徐々に小さくなっていき、彼女は黙り込んだ。

無理もない。ヴァイオレットの告白のあとでは、彼女が本心を隠す理由を疑う余地はなかった。

「わたしはわたし以外の何者にもなれない」ヴァイオレットがつぶやくように言う。「わたしは冷たくて尖った知恵の輪よ。もしあなたを受け入れたら、ふたりしてずたずたになってしまうわ」

彼女は自分を投げ出すためにここへ来た。避妊具などいらないと言ったうえで、セバスチャンが彼女を自分のものとし、夫と同じように扱うと信じ込んでいる。

なぜ彼がそうすると考えてしまうのだろう？

ヴァイオレットが彼の目を見ずに言った。「あなたに謝らないといけないわ、セバスチャン」

夫は彼女を役立たずと呼んだ。どうなるかを承知で彼女の尊厳を踏みにじり、ベッドに引き入れようとした。セバスチャンはヴァイオレットの結婚生活の最後の数年間を知っている。ほぼ半分は病気で動くのもままならなかったにもかかわらず、生きて何かをしようという決意は強く、キンギョソウに関する論文の出版に情熱を傾けていた。

ヴァイオレットは、自分の人生は終わると覚悟していたのだ。

「わたしはずいぶんあなたにひどいことをしてきたけれど」彼女が言った。「これが最悪だと思うわ。わたしは自分を消してしまいたくてここへ来たの。自分が恥ずかしかった。本心をあなたに伝えれば、あなたがわたしを消すのを手伝ってくれると思ったのよ」

ヴァイオレットが徐々に消えてしまうところを想像し、セバスチャンはゆっくりと頭を彼女に近づけた。「違う、きみが考えていたのはそんなことじゃない」

彼女が怒った声音で言った。「違わないわ」

「違うさ」唇をヴァイオレットの耳に近づける。「きみが来たのは、ぼくがほかの誰よりもきみについて知っているからだ。きみが大切だと、誰かに言ってほしかったからでもある」

彼女の呼吸が止まった。

「きみが世間から隠れていたにもかかわらず、ぼくはいつだってきみのそばにいたからだ」

ヴァイオレットが深いため息をついた。セバスチャンが彼女を引き寄せ、濡れた体を抱いて肩をさすると、彼女は顔を上に向けた。

キスをしてもよかった。長いあいだ夢にまで見たキスだ。セバスチャンの体はまだ欲望にたぎっていて、全身がヴァイオレットを求めていた。これは彼女が飛び込んできたときのような怒りの抱擁とは違う、本物のキスになる。やさしい思いやりと愛情にあふれた、呼吸のように自然なキス。

ただ、ヴァイオレットが泣きだしそうになっている今、キスをするのは正しくない気がした。

キスの代わりに、セバスチャンは首巻き《クラヴァット》をはずして彼女の顔の雨水を拭いた。

「いとしいヴァイオレット」彼は言った。「賢いヴァイオレット、美しいヴァイオレット」

彼女がため息をつき、セバスチャンに寄りかかる。

「きみはぼくのところに来てくれた。ぼくがきみを傷つけないと知っていたからだ」

ヴァイオレットが見開いた目で彼を見あげた。彼女のこぶしからは力が抜け、呼吸も落ち着きを取り戻している。

「ほらね？」セバスチャンは微笑んだ。「ぼくはきみを傷つけたりしない」

セバスチャンが欲しいと告白した翌朝にベッドでひとり目覚めるのは、いろいろな筋書きを想定していたヴァイオレットにとって考えもしない結果だった。

彼女は上体を起こした。自由奔放に夜を過ごしたかのように、こめかみのあたりがずきずきと痛む。

だが実際にはセバスチャンに抱かれて彼のささやきに耳を傾けていた。悲しみと混乱にひたりながらも、四五分ものあいだ、笑いが止まらなくなるまで彼の冗談を聞いていたのだった。そして雨が小降りになったところで、彼は傘を出してヴァイオレットに渡し、家まで送り届けた。

ひとりの目覚め。

当惑の目覚めだ。

ヴァイオレットはセバスチャンのズボンに手をかけ、きわめてわかりやすい言葉で彼の愛撫を空想するときがあると伝えた。それなのに、おやすみのキスすらないなんて。

不可解としか言いようがない。

ゆうべの嵐が嘘みたいな、奇妙なまでに普通の朝だ。混乱した不快な感情の記憶も、そのほかの封印した記憶と一緒に脳の隅っこにある物置にでも押し込めておけそうな気がする。

いつものように着替えをすませて、ヴァイオレットはいつもと同じトーストとニシンの朝食をとった。

温室の様子も変化はなく、窓がわずかに曇っていて、割れた鉢のかけらが散らばっているのを除けば、ゆうべの出来事の痕跡はなかった。窓の曇りは数分で消え、鉢のかけらのほうは、それより少しあとに片づけが終わった。

日課がいつもどおりに進んでいくのもなんだか滑稽な気がしたが、邪魔をする者もいないので、ゆうべ水につけておいた種を植えはじめた。体になじんだ作業は快適で、冷たい土の感触も両手に心地いい。つけておいた種は水を吸ってふくらんでいる。ヴァイオレットは種を手でつまみあげ、ひとつずつ小さな鉢に入れていった。

自分がどのくらい作業に集中していたのかはわからない。だが、種は半分ほど植え終わったようだった。そのとき唐突に、ヴァイオレットは自分が少なくとも五分ばかり振り返っていなかったことに気づいた。振り返らなければ、ひとつずつ鉢を手にできるはずがない。手に持つ鉢をのぞき込み、自分で土に開けた小さな穴を見ながらゆっくりと意識を取り戻して、彼女は顔をあげた。

セバスチャンが隣に立ち、ヴァイオレットに向かって小さな鉢を差し出していた。鉢にはすでに土が入れられている。

混乱――複雑に絡み合った感情――がまたたくまに戻ってきて、彼女の中で渦巻いた。

「セバスチャン」間の抜けた声で言う。「いつからいたの？」

「一五分前からだ」

ヴァイオレットは表情を作って言った。「わたし、挨拶をしたかしら?」

セバスチャンが首を横に振る。「ぼくに気づかなかったのはこれが最初じゃないし、もちろん最後でもないよ」

その声音にはあたたかいものが感じられ、彼女を現実の世界に引き戻した。セバスチャンがすぐ近くに立っている。体温が感じられそうなほどの距離だ。彼がもうひとつ鉢を差し出し、ヴァイオレットはそれを受け取った。

ひとたびセバスチャンの存在を認識すると、ヴァイオレットは彼が気になって仕方なくなった。指が彼のてのひらをなぞり、熱と熱が触れ合う。

ふたりのあいだにはなんの変化もない。いくらかの情報が交わされただけだ。今ではセバスチャンも、ヴァイオレットが彼を欲しているのを知っている。この情報も種みたいに埋めてしまえればいいのに、と彼女は願わずにいられなかった。根の部分だけ育てばいいのだ。太陽から隠れ、葉もつけないくらいがちょうどいい。葉などつけたら、心まで広がってしまう。

落ち着かない気分で、彼女はセバスチャンを見あげた。

彼はヴァイオレットが見かけほど無関心ではないのを察している。彼にキスすることを想像しているのも知っている。今この瞬間も彼女がキスのことを考えているのも、おそらくわかっているのだろう。

セバスチャンの瞳には、これまでにない輝きが宿っていた。あたたかく、少し困惑しているような輝きが。その瞳を見ているうちに、ヴァイオレットはいつしか両手の指をしっかりと組み合わせていた。彼に背を向けて逃げ出したい衝動に駆られる。セバスチャンの視線が、彼女の目から口へと移っていった。

彼は知っている。ヴァイオレットが何を考えているのか、お見通しなのだ。胃のあたりがしきりにざわめき、彼女は無意識に舌で唇を湿らせた。

セバスチャンの両手は自由だ。彼に引き寄せられ、そして……。

放蕩者のやり方はよくわからない。でも、ひとつだけわかっているのは、彼がキスをしようとしていることだけだ。それにどう反応していいか、ヴァイオレットにはさっぱりわからなかった。

ところがセバスチャンはキスをしなかった。彼女に背を向け、別の鉢を取りあげた。

何も気づかなかった頃に戻りたい。セバスチャンがすぐ近くに立っていても、気づかないほうがいい。彼に背を向けるたび、期待でうなじの毛が逆立つ。鉢を受け取るたびに、彼の肌に触れた指がぞくぞくする。

セバスチャンはキスをしてくるに違いない。

彼女は猫に飛びかかられるのを待つネズミの心境だった。

でも、この猫は飛びかかってこない。鉢を渡すだけだ。ヴァイオレットが種を植えているあいだ、セバスチャンがオレンジ材の棒を取りに行った。彼女のためにラベルをつけ――やり方は完全に把握している――すべての鉢が正しく記録されているのを確認した。

ヴァイオレットにとって、セバスチャンは彼女がすべきこと――割れた鉢の掃除や詳細な記録、整理整頓、その他のあらゆること――をやってくれる、二本の腕のような存在だ。ただひとつを除く、すべてをこなしてくれる。そのひとつとは、もちろんキスだ。

最後の種を植え終わっても、結局セバスチャンはキスをしなかった。土のついた小鉢は使用人のひとりが洗うことになっているが、そのために小鉢を重ねてまとめ、作業場に戻すあいだもキスはなかった。

ヴァイオレットが手を洗うときも、洗ったあともキスはなく、彼は言葉少なにタオルを渡しただけだった。

ときおりセバスチャンと目が合っていなかったら、ヴァイオレットはゆうべのこと――彼のもとを訪れてすべてを告白したこと――が現実ではなくまぼろしだったと思っていたかもしれない。目が合ったときの彼の瞳といったら……。

セバスチャンの瞳に映る感情は見たくなかった。彼の考えていることなど知りたくもない。むろん、帰りにさよならのキスくらいはあるはずだ。彼は時機をうかがい、ヴァイオレットを落ち着かせて――時間の経過とともに彼女が落ち着きを失っているという現実は気にもせず――キスなどないと思わせようとしているのだろう。

最後の作業を終えたときも、彼はヴァイオレットを抱き寄せたりはしなかった。さっさと温室の出入口に向かい、作業着を脱いで、上着と帽子を身につける。彼女が唖然《あぜん》として見つめる中、セバスチャンは向きを変えて出ていった。

結局、彼はキスをしなかった。

混乱とみじめさ、そして痛みを噛みしめながら、ヴァイオレットは彼のうしろ姿を見送った。

ありえない。キスもしないで帰ってしまうなんて。

彼女は顎をあげ、セバスチャンのあとを追いはじめた。壁の隙間に入っていったとき、彼はちょうど門をくぐったところだった。せまい道とまとわりつくスカートに悪態をつきながら、彼を追っていく。裾のレースに雑草や小枝が引っかかり、ヴァイオレットは自分が小さな町並みを踏みつぶしていく怪獣になった気がした。

低木の裏から外に出たとき、セバスチャンは家までの道を半分ほど進んでいた。

「セバスチャン!」

彼が振り向いて、ヴァイオレットのほうを見た。ゆっくりと彼女に向かって歩いてくる。

「どうしたんだ?」

言えることは無数にあった。

〝手伝ってくれてありがとう〟

〝ゆうべはごめんなさい〟

けれども口から出たのは、「あなたはいったい何をしているの?」という言葉だった。

セバスチャンは困惑の表情で目をしばたたき、腕を組んだ。「怒っているのかい?」

彼は完璧だ。もしかすると、すべてはまぼろしだったのかもしれない——今日の視線も含めて。セバスチャンのような男性が、ヴァイオレットにキスをしたがるなどと思うほうが愚かなのだろうか？　彼が〝きみを愛している〟と言ったのを真に受けるほうが、どうかしているのかも。

やはり彼がヴァイオレットを愛しているはずがない。あるいは、もう愛していないということだろうか？

きっとそうに違いない。セバスチャンにとって彼女はパズル程度の存在であり、解いてしまった今、もう関心をなくしてしまったのかもしれない。

この結論に胸を撫でおろすべきなのだ。正直なところ、ヴァイオレットには彼に関心を持たれても耐えられる自信がなかった。それなら、どうしてこちらから彼を揺さぶる必要があるだろう？

「なぜキスをしなかったの？」彼女はきいた。

セバスチャンが目をこすった。「まいったな」口を手で覆って答える。「きみのほうから、したいと言われなかったからだよ」

たしかに言わなかった。ほとんど恐怖を感じるほど、ヴァイオレットはキスを熱望していたが、口には出さなかった。彼女が言葉にしなかった望みをかなえなかったという理由で、拒絶されたと感じるなんてばかげている。

「単純な話なのよ」彼女はよどみなく説明しようとした。「あなたは放蕩者だわ。わたしがあなたに関心がないと思ったから、わたしを誘惑しないと言ったわよね。わたしは関心ならあると言った。それも大いに」顎をあげて続ける。「それならどうしてキスをしないの?」

「ぼくに飛びかかってほしいのか?」セバスチャンが淡々と尋ねた。

そういう言い方をされると、ばかみたいに聞こえる。もちろんセバスチャンがそんなことをしたいはずもなかった。あるいは彼も、いくらかの愛情をヴァイオレットに対して持っているのかもしれない。だが、彼女のことなどすぐに飽きてしまうだろう。あくまでも……ヴァイオレットは頭を振った。

男性の中の情熱を呼び起こしてしまうことだけは、なんとしても避けたい。情熱は性的な関係につながるし、性的な関係は流産につながる。彼女にとっては命の危険とかかわってくる。それに彼女が情熱をかきたてるような女性でないのは、世間の誰もが認めるところだ。でも、その世間の意見にセバスチャンまで賛成すると思うと、不快な気分になるのはなぜだろう?

「きみが言ったことを覚えているかい?」セバスチャンがきいた。「夫と体を重ねたとき、彼はきみを無価値な人間として扱った。それに、彼はきみの体に危険が及ぶかもしれないのを承知で子どもを作ろうとした。そうだね?」

ヴァイオレットは彼の目を見られなかった。「だからといって、わたしの体がそういうことについて、まったく沈黙しているというわけでもないわ」

セバスチャンが歩み寄ってきて、彼女の前に立った。「ヴァイオレット」彼がささやく。「きみはぼくにとってなんの意味もない人間だとぼくが言ったら、きみはどう思う?」

彼女はセバスチャンを見あげた。両目がじんとして、呼吸が苦しくなった。

「わたしは……たぶん……」なんとか言葉を絞り出す。「あなたが望んでいないんだと思うわ……わたしとの……」

「ぼくがキスを望んでいないと？」セバスチャンが眉をあげた。「ヴァイオレット、きみはそんなこともわからないほど愚かではないはずだ」

彼女は息をのんだ。

「ぼくはきみに自分には価値がないと思ってほしくない。いちばん大事なのがぼくの欲望だなんて、考えてほしくないんだ」彼はゆっくりと手を出し、ヴァイオレットの頬にそっと触れた。「ぼくがきみに愛していると告げたとき、どういう意味で言ったと思ったんだい？」

答えられなかった。喉がきつく締めつけられる。それに、この真実を自分が受け入れられるか、ヴァイオレットにはわからなかった。あまりにも長いあいだ目をそむけてきたので、今さら信じられそうにない。

セバスチャンがやさしく言う。「きみが大切だという意味だよ」

ヴァイオレットは両腕で自分の体を抱いた。セバスチャンには欲望のままに求めてほしい。自分が彼にわれを忘れさせることができると信じたい。でも、もし実際にセバスチャンが欲望のままに求めてきたら、ヴァイオレットはそんな彼を憎むだろう。

「わたしは公平な人間ではないの」喉を詰まらせて言った。「不可能なことや矛盾したことを求めてしまうのよ。決して妥協できず、尖ったガラスの破片みたいにみんなを傷つけてしまうの。あなたに勝ち目はないわ」

セバスチャンは反論せず、親指でやさしくヴァイオレットの顎を撫でた。魅惑的な愛撫に彼女は目を閉じた。彼の抱擁に身をまかせたいという切望がこみあげてくる。

「わたしにもひとつだけわかっているわ」彼女は言った。「ひとつだけたしかなのは」セバスチャンを見あげる。「あなたはわたしにとって大切な人だということよ」

彼は目を閉じて大きく息をついた。

「あなたはわたしに腹を立てるべきなのよ。わたしは……我慢ならない女なの。まるで手に負えない性格だと思うわ」

それを聞いたセバスチャンが微笑んだ。「違うよ。きみは頑固なだけさ。でもね、ヴァイオレット、手に負えない問題に対処できる人間がいるとすれば、それはきみだけだ。ぼくはきみを信じるよ」

なんて愚かな人。ふたりに未来があると本気で思っているのだろうか？ ヴァイオレットの喉が締めつけられた。セバスチャンはばかだ。彼に向かって逃げてと叫びたい。逃げて身を守ったほうがいいに決まっている。ほかの女性――心がずたずたに引き裂かれる恋愛を経験していない女性――と恋に落ちるべきなのだ。ヴァイオレットは心からそう思ったが、それでも彼に去ってほしくはなかった。

「だめよ」彼女は言った。「わたしは自分をまったく信じていないもの」

セバスチャンはひるむ様子もない。「わかっているよ。だからぼくがふたり分、信じるんだ」

言葉を返せなかった。代わりに手を出すと、彼がその手をしっかりと握った。手をつないだまま、ふたりで立ちあがる。困惑まじりの興奮でヴァイオレットの胸が高鳴った。

セバスチャンがつないだ手に力をこめる。

「まさかこういう展開になるとは、まるで予想していなかったよ」彼は言った。「ようやくこの件について話をしたとき、ぼくは思ったんだ……」

「どう思ったの？」

「正直な話？」セバスチャンがかすかに微笑んだ。「何年か前、ぼくも自分の科学研究を始めた。それが終わったら、すべてを解明して詳細な論文にまとめたら、きみに見てもらうつもりだった。どういうわけか、その成果を見せれば、ぼくの気持ちがきみに伝わると思っていたんだ」

ヴァイオレットは問いかけるように見あげた。「どんな種類の科学研究なら、女性に気持ちを伝えられるのかしら？」さすがに愛という言葉は恥ずかしくて使えなかった。

「いくつかの花を交配させるだけだよ」彼が手をひらひらさせて言う。「まだどこにも行き着いていないんだ。むしろ……恥をかく可能性が高いかな。うまくすればいつか解明できる。でも、直接思いを伝えることができた……そのほうがふたりともにとってよかったんだ」

相変わらずセバスチャンの手を握ったまま、彼女は静かに言った。「たぶんね。でも、その調査には興味があるわ」

「科学の話がしたいのかい？」彼が笑う。「やめてくれよ、ヴァイオレット。科学データで気を引くような野暮は真似はしない」

「まだわたしのことがよくわかっていないのね。わたしは科学データの専門家なのよ」彼女は大きく息を吸い込んだ。それにセバスチャンの言いたいことが科学データで伝わるなら、そちらのほうがずっと話は簡単だ。彼女としても、解決すべき科学の問題として取り組める。

「きみの仕事とは違うよ――たいしたことはないんだ、でも……」セバスチャンはかぶりを振った。驚いたことに、不安そうに見える。これまでふたりでしてきた仕事や交わしてきた会話を考えれば、彼の態度はあまりにも不可解だった。

「いいじゃない、セバスチャン」ヴァイオレットは言った。「小規模な研究会で中間報告をしてみれば？　きっとみんな喜ぶわ。あなたがもうわたしの影武者を演じないのはわかっているけれど、これはあなたの研究なんですもの」

セバスチャンは返事をしなかった。

「最後にケンブリッジに行ってから一週間になるわ」彼女は続けた。「庭師が植物の世話をしてくれているけれど、交配は自分でしなくてはならないのよ。よかったら手伝ってもらえるかしら？」

ヴァイオレットはなんとかしてケンブリッジでセバスチャンに調査を進めてほしかった。科学の問題について考えるほうが、心の問題について考えるよりもずっといい。

「わかったよ」セバスチャンが言った。「でも……ヴァイオレット、警告はしたから、あとで文句を言わないでくれよ」

ヴァイオレットは彼を見あげた。「とても明確に答えが出るのね？」もちろん彼の気持ちについてだ。

セバスチャンが頭を振る。「どうかな」彼は悲しげに微笑んだ。「ただ、ぼくの見解にはっきりと反対できるのは、おそらくきみだけだよ」

14

「いったい何が起ころうとしているのか、あなたは知っている？」

ヴァイオレットは正面に向けられた椅子に座ったまま、少しだけ友人のほうに体を寄せた。ジェーン・マーシャルの服装は、彼女にしては控えめだった。ダークブルーのドレスには、大げさすぎないフリルがひとつついているだけだ。二列前には、ジェーンの義妹のフレデリカ・マーシャルが座っていた。ミス・マーシャル――家族からはフリーと呼ばれている――はケンブリッジ大学で行われる本物の講演が見てみたいと言い張って、ついてきたのだった。本物とは言えないけれど、とヴァイオレットは思ったが、若い彼女は興味津々で室内を見まわし、壁の木製の羽目板からずらりと並べられたくたびれた椅子まで、どうということもない細かいところにも感心しているようだ。

「オリヴァーが言っていたわ」ジェーンがささやいた。「セバスチャンはこの講演のこととなると、かなり奇妙な態度だったって。緊張して、こそこそしていたらしいの。あなたは彼とは昔からのお友だちだから、あなたのほうが知っていると思ったけれど……」彼女は手袋をはめた手を広げた。手袋は豪華なもので、やわらかな革の上にガラス製のビーズがクジャクの羽の形に縫いつけられている。

「彼はほとんど何も教えてくれなかったわ」ヴァイオレットは言った。「まだ終わっていない研究の、単なる中間報告なのよ」

ジェーンが意味ありげな顔で周囲を見た。「単なる中間報告?」おかしそうに言う。「そんなものを聞きに来る客が一〇人もいるっていうの?」

ここには、その一〇倍の聴衆が集まっていた。

「まあね」ヴァイオレットは言った。「そこがまさにセバスチャンらしいところよ」

三列うしろには、前回の彼の講演を邪魔した迷惑な男女が座っていた。ヴァイオレットは鼻の頭にしわを寄せ、せめてあのふたりがセバスチャンに近寄らずにいてくれることを願った。

「それで、彼はあなたに何も言わなかったの?」ジェーンは眉をひそめた。「変ね。彼は三日前にオリヴァーのところに来て、講演を聞きに来てくれと頼んだのよ。さも重要な講演みたいだったわ。少しばかり宣伝もされていたし、オリヴァーは内容を尋ねたのだけれど、科学的価値はほとんどない研究の発表なんですって。わたしたちの誰も意味が理解できないような」

「だったら」ヴァイオレットはもっともらしい口調で言った。「彼がわたしに講演の内容を話すと思う?」

「たしかにそうね」ジェーンは一瞬の間を置いた。「そのとおりだわ。それでも、彼が何か驚くようなことを用意しているんじゃないかと思わずにはいられないの」

ヴァイオレットも同じことを思っていた。セバスチャンが神経質になって、彼女にも言わなかった内容とはなんだろう？　何年も隠してきた秘密の研究でもあったのだろうか？　そんなはずはない。ありえない。

三列うしろで、あの甲高い声をした女性が言った。「これはきっと恐ろしいことになるわ」彼女は予言した。「そうでしょ、ウィリアム？」

あんな人に今日一日の気分を決めさせてたまるものですか。ヴァイオレットはまっすぐ前を見た。幸い、相手の男性の返答は声が低すぎて聞き取れなかった。

「わたしがそんなことに耐えられると思う？」女性が言う。「わたしたち、このすべてにけりをつけなければならないわ」

ヴァイオレットは鼻を鳴らし、ジェーンに向き直った。だが、話を続ける暇はなかった。部屋の側面の扉が開き、オリヴァーとロバートが出てくると、オリヴァーはジェーンの右、ロバートはヴァイオレットの左に座った。

「何かわかった？」ジェーンがささやくのが聞こえた。

「何も。あんな感じの彼は見たことがないというだけだ」オリヴァーがささやき返す。

また扉が開き、場内は静まった。セバスチャンと白髪の男性が歩み出た。セバスチャンは緊張しているようには見えない。もっとも、彼が人前で緊張を見せたことなど一度もないのだ。まるで聴衆の全員が親友だとでもいうように微笑んで、完璧にくつろいだ様子だった。

「ようこそ、みなさん」セバスチャンと一緒に出てきた年配の男性が言った。「毎週恒例の、われわれのささやかな植物学の研究会にようこそ」

いつもはもっと人気のない、この講座に来たことのある聴衆の中の九人がくすくすと笑った。

「今日は光栄にもミスター・セバスチャン・マルヒュアにお越しいただき、最新の研究の中間報告をしていただきます。みなさんはわたしの話など聞きたくないでしょうから、さっそくミスター・マルヒュアにご登場いただきましょう」

控えめな拍手が起こり、セバスチャンが前に進み出た。

彼は講演の最中にヴァイオレットのほうを見ることはなかった。話の途中で彼女を見たら大笑いしてしまうかもしれないのが怖い、と言ったことがある。けれども今回は違っていた。いつもなら、彼女はセバスチャンが発するすべての言葉を知っていた。今回初めて、ヴァイオレットは彼が何を言うつもりなのかまるでわからなかった。セバスチャンは目をあげ、部屋を見渡した。彼の視線がヴァイオレットの目をとらえる。

彼女は息が止まった。なんてこと。みんなの前で、こんなふうにわたしを見るなんて。

「今回の主題は」セバスチャンは言った。「ぼくがもっとも心を傾け、愛してきたものです。その秘密を自分が明かすことになるかもしれないという望みを抱いて、何年も研究してきました」彼は目をそらさなかった。ヴァイオレットの握りしめたてのひらが冷たくなってきた。

「ぼくはすべてを理解したかった」セバスチャンが続ける。「しかし理解不能なことはあるものです。少なくともぼくには理解できないことが。ということで、今回の講演では失敗についても触れることになります」彼はようやくヴァイオレットから視線をそらした。「思いあがりについても話さなければなりません。ひとりの人間が、自分には荷が重いとわかっている役目を引き受けられるなどと、なぜ思えたのかという話です」

効果を狙って、セバスチャンは間を置いた。それからまたヴァイオレットに視線を戻す。彼女の目の奥を見つめているかのようだった。

「これは」彼が静かに言った。「ヴァイオレットについての話です」

彼女の脳が凍りついた。まっすぐ座っていられそうにない。頭がぐるぐるまわっている。セバスチャンは……わたしの名前をみなの前で言った。彼は話すつもりなのだ。みなに知られてしまう——。

ああ、神さま、母に殺される。リリーは二度と口を利いてくれないだろう。誰もが知ってしまう。大惨事だ。こんな……。

しかし聴衆の誰も、彼女のほうを見てはいなかった。

「ヴィオラ属」セバスチャンが言う。

ヴァイオレットは両手を開いてスカートを撫でつけた。聞き間違いというやつだ。彼はわたしについての話をすると言ったのではなかった。ヴァイオレット——スミレの話だ。

彼女は大きく息を吸って気持ちを落ち着かせた。

セバスチャンは部屋の正面にもたせかけてあるイーゼルのほうを向き、それを覆っている布をさっと取った。

「ここにあるのは典型的な標本です」布をたたみながら言う。「イングランドじゅうの庭に色を添える花。これが」彼はイーゼル上の一枚目の絵を示した。「ヴィオラ・トリコロール・ヴィオラセア、どこの庭にもあるスミレです。この大きな三色の花びらと、水かき状の葉の形で知られています」

安堵のあまり、ヴァイオレットはほとんど何も考えられなかった。あんなふうに脅かすなんて！　みなの前でばらされるのではないかと思ったら、単に花の話をしていただけだなんて。

「多くの人は」セバスチャンが言った。「ヴァイオレットはありふれた花だと思っています。それは間違いです。この花のことをよく研究したこともない連中が広めた過ちです。実際には、ヴァイオレットはもっとも驚くべき花のひとつと言っていいでしょう。森の中でも、低木の茂みにも、荒れた高地でも、手入れの行き届いた庭でも見つけることができます。色はヴィオラ・トリコロール・ルティアの派手な金色から、ヴィオラ・アルペストリスのまばゆい白まで、さまざまです。ヴィオラ属のいくつかの種は、人間のこぶしほどの大きさがある花を咲かせます。かと思えば、小さくて見つけられないような花もある」

セバスチャンが微笑み、ヴァイオレットは自分もつい微笑み返していることに気づいた。

「ヴィオラ属はあまりにもありふれていると思われています」彼は続けた。「研究する価値もない、と。みなさんも、ヴァイオレットがひとかたまりで咲いていても特に気にとめず、もっと派手な花が見たいのに、と思うでしょう。ですが、ヴァイオレットは比類のないものなのです」

そのときヴァイオレットは理解した。彼は花の話をしているのではない。部屋じゅうの全員が花の話だと思っていても、セバスチャンがしているのは彼女の話だ。

彼はヴィオラ・トリコロールのさまざまな変種で試みてきた交配について述べはじめた。だが、ヴァイオレットはセバスチャンの言葉遣いを無視できなかった。彼はいつも表現へのこだわりを持っている。無味乾燥な文章にならぬよう、より生き生きとした会話調を心がけているのだ。けれどもこの講演では、彼の言葉は会話というより愛撫のようにヴァイオレットには思えた。

ヴィオラ・トリコロール・アルバについて話すときには、セバスチャンはそれを〝美しいヴァイオレット〟と呼んだ。ヴィオラ・アルペストリスは〝元気なヴァイオレット〟で、ヴィオラ・オドラータは〝甘美なヴァイオレット〟だった。彼は何度も繰り返し、彼女への思いをこの場にいる全員に向かって告げていた。

ヴァイオレットはセバスチャンの感情について考えることを避けてきた。彼は愛を告白してから数週間のうちに、その気持ちをもっと安全な感情へと変化させている。彼女はそれが愛だと考えようとはしなかった。愛であるはずがない。彼女のことを知って、愛する人などいない。

しかし、セバスチャンは研究内容を詳しく語りはじめていた。ヴィオラ属のあらゆる面を誠実に記録することに費やされた、何年もの研究の成果を。人々の前に立ってスミレについて話すためだけに行った研究だ。かわいいヴァイオレット。元気いっぱいのヴァイオレット。賢いヴァイオレット。

わたしはなんてばかだったのだろう？　セバスチャンは言っていた。これは彼の気持ちを明らかにすることになる、と。講演ではない。これは、これは……。それがなんなのか、彼女にはわからなかった。もっとも近い言葉として思い浮かんだのは〝誘惑〟だった。

さまざまな賞賛の言葉が抱擁のようにヴァイオレットを包んだ。でも、その抱擁を受け入れるわけにはいかない。椅子の上に背筋を伸ばして座り、身じろぎするのも怖かった。自分に注意を引きつけてしまうのが怖い。呼吸が荒くなれば、セバスチャンのイーゼルの上に寝かされた自分を聴衆に見られている気がして恐ろしかった。彼女の秘密はすっかり暴かれてしまう。

けれども、秘密を知る者は誰もいない。人々にとって、彼女は存在していないも同然だ。ヴァイオレットを知っている人がいるとしても、彼女はカンベリー伯爵未亡人として知られているのだ。

ジェーンがヴァイオレットの片手を握った。「息をして」彼女はささやいた。「呼吸をしなきゃだめよ、ヴァイオレット」

あるいは……もしかしたら、彼女の存在に気づく人もいるのかもしれない。

セバスチャンは話を続けていた。彼が試みてきた交配の話だ。アルペストリスとトリコロール・ヴィオラセアの交配は見事に成功したが、アルペストリスとカルカラータはまったく交配しない。実験を重ねたことを彼は発表していった。失敗した交配、成長がほとんど見られなかった交配、花のつぼみが開くことなく発育を止めてしまった交配。

講演の最後に、セバスチャンは実験を試みた交配の一覧表を見せた。クモの巣のように一面に線が張りめぐらされた図になっている。

「そこにはきっと特徴的な原則があるのです」彼は言った。「なぜ交配が可能な種と不可能な種があるのかということを説明できる原則が。それがどのような原則なのかはわかりません。たったひとつの小さな事実、見逃していたパズルのピースがひとつ見つかれば、すべての説明がつくだろうという気はしているのですが」

わたしにはなんの解決策もないわ、とヴァイオレットは考えた。ただナイフで切りつけるだけ。

「ですが、そのときが来るまでは」セバスチャンが言った。「観察を続けるつもりです。ほかの何かで成功するより、ヴァイオレットで失敗するほうがましだと思えるからです」

喝采がわき、聴衆との質疑応答も明るい雰囲気で終わった。なんてこと。セバスチャンはわたしに何を求めているの？　ヴァイオレットはどうすればいいのかわからなかった。彼をどんな目で見ればいいの？

三列うしろの席で、甲高い声の女性が腕組みをした。「異論をはさむ余地がなかったわ」彼女は不満げだった。「挑発的なところが何もなかった」

その言葉がすべてを表していた。なんの講演を聞かされたのか、まるで理解していない人も聴衆の中にはいただろう。

講演を終えてからというもの、セバスチャンはヴァイオレットと話す機会がなかった。彼らは友人たちと二台の馬車に分かれてケンブリッジの彼の家に戻り、軽い食事をとったあと、みんなで談笑した。

セバスチャンは奇妙なほどに疲れきっていたが、それでも明るくふるまっていた。彼の期待どおりにロバートとミニー、ジェーンとオリヴァー、それにフリーが中心となって会話を進め、ヴァイオレットに考える時間を与えてくれている。彼女にはよく考えて、セバスチャンが言ったことすべてを理解してほしかった。

ありがたいことに、ジェーンがヴァイオレットを笑わせてくれていた。笑っていられるなら、彼女はセバスチャンに腹を立てていないのかもしれない。

「あなたのドレス、いったいどうしたの？」ヴァイオレットが尋ねている。「それって、おしゃれというか、なんというか」

ジェーンが顔をしかめてみせた。「偶然よ。恐ろしい偶然。わたし、こんなお上品なものを着るつもりじゃなかったの。クローゼットの中に何カ月も前から居座っていたわ。そうしたら、オリヴァーがこの催しのことを教えてくれたの」彼女は肩をすくめた。「一度ぐらい、注目を集めないというのもいいかもしれないと思ってしまったのよ」

ジェーンが身にまとうのは、いつも明るい色だった。オレンジやピンク、グリーンなど、イングランド人の家の居間よりはケンブリッジ植物園のジャングル風温室のほうがお似合いの鮮やかな色だ。彼女はほかの女性たちがブラウンのシルクをまとうのと同じくらい自然に、そういった色を着こなした。どんなに注目されても重荷に感じないのがジェーンだ。

「次は挽回《ばんかい》してみせるわ」彼女は言った。「とびきり独創的な趣向を凝らしてね。息をのむくらいすごいものにするわよ。ああ、わたし、趣味の悪さが安定期に入ってしまったみたい。もっと高みを目指さないと。何かアイデアはない？」

ジェーンが尋ねると、ミニーは考え込んでいる顔で遠くを見た。オリヴァーは頭をかいている。

「布じゃないものは考えてみた？」ヴァイオレットが提案した。「木とか、金属はどう？」

「羽根とか」オリヴァーがつけ足した。「正直なところ、ぼくは羽根に目がないんだ」

ジェーンが微笑んだ。

「土っていうのは？」そう言ったのは、オリヴァーの妹のフリーだ。「でも、重いでしょうね。それにぼろぼろ崩れてしまうわ」

ジェーンは鼻を鳴らした。「想像できる？　土のドレスを着て舞踏場に入っていくのよ。誰にも触れないようにしないと。かすっただけで、スカートがばらばらに崩れていくんだわ」

「舞踏場の床に跡を残しながらね」ロバートが続けた。「パンくずみたいにぽろぽろ落として。きみを見つけたいと思えば、その跡を追っていけばいい」

「みんなが追いかけるだろうな」セバスチャンがそのあとを引き取った。「みんなにぶつかってスカートがすっかり崩れ落ちて、きみは隠れているだろうから」

全員が黙って想像をめぐらし、にやにやした。ヴァイオレットも笑っている。ありがたい、ぼくは今でも彼女を笑顔にできる……。

「それで思い出したわ」ミニーが言った。「このあいだ『ラ・モード・イリュストレ』に載っていたドレスを見て、あなたのことが思い浮かんだのよ。それは――ああ、いやだ、思い出せないわ。あなたにそれを教えてあげようと思っていたのに」

ヴァイオレットは眉をひそめた。「それ、ハーフ・ケープのドレスじゃない？　わたしも同じことを考えたのよ――あのハーフ・ケープが二重になっているところがとてもよくて。あの雑誌には、それが三つもついているイラストもあったわ。多ければ多いほどいいってこともあるわよね？　たとえば、そうね、一八個のハーフ・ケープがついているとか」

「それなら普通のケープが九個ついているのと同じよ」ジェーンは面白がって言った。「そんなものを着てまっすぐ立っていられるとは思えないわ」

「あれはハーフ・ケープじゃなかったわ」ミニーが言った。「あれは……もう、いやだ！　どうして思い出せないの？　昔はあらゆることを覚えていたのに。子どもができると、もうだめね」哀れっぽい顔でかぶりを振る。

「わたし、その雑誌を持っているわ」ヴァイオレットが言った。立ちあがってベルを鳴らす。

従僕が来ると、彼女は耳打ちした。数分後、彼女のもとにいつも持ち歩いている大きなバッグが届いた。会話はそのあいだも続いていて、ジェーンがパンでできたドレスはどうかと提案すると、すぐに菓子パンという対案が出てきた。全員が真剣に考えるということをずっと前に放棄したのを、セバスチャンはほぼ確信していた。

セバスチャンは椅子の背にもたれて話半分に聞きながら、ヴァイオレットがバッグの中をかきまわすのを見ていた。明らかに、ほかの全員は彼女のことなど見ていないが、そんなどうでもいい行為さえも、セバスチャンは見ていると微笑まずにはいられなかった。

「わたしはバタークリームがいい」そう言ったのはロバートだった。

「きみに投票権はないよ」オリヴァーが言い返す。「きみにぼくの妻のドレスを食べさせてやるものか。そんなのは不適切だ」

ヴァイオレットはバッグの中身を全部出しはじめた。毛糸。編み針。また毛糸。編みかけのスカーフ。

誰もヴァイオレットのほうを見ていない――セバスチャン以外は誰も。彼女の勝ち誇ったような笑顔も、ファッション誌を仰々しく取り出す様子も、見ていたのは彼だけだ。

その仰々しさが仇《あだ》となった。誇らしげにそれを高く掲げたとたん、ページのあいだから紙がばらばらと床の上にこぼれた。

たちまち、ヴァイオレットの顔が蒼白になった。

セバスチャンのいる場所からは文字は読めなかったが、その体裁は認識できた。二段組みの本文、堅苦しい感じの見出し、スケッチ。そのスケッチは遠くからでも単細胞組織だと見分けがついた。

学術論文だ。ヴァイオレットは学術論文をファッション誌にはさんで保存していた。それが床にぶちまけられたのだ。誰かに見られたら、彼女の秘密がばれてしまう。

セバスチャンは笑いだしたくなったが、そんなことをすれば彼女に注意が集まる。よくも悪くも、これはふたりの秘密なのだ。ヴァイオレットが論文を一枚、自分のスカートの下に蹴り入れた。「ジェーン」セバスチャンは前かがみになり、熱心な口調で言った。そうすればみなの視線は彼に集まる。「ひとつ理解できないことがある。どういうわけで偶然にも地味なドレスを注文したんだい？」

これはうまくいった。誰もがセバスチャンに注意を向けている。

「あら」ジェーンが眉をひそめた。「こういうことよ。わたしはすてきなドレスを二枚おそろいで持っているの。すばらしい色に染められているのよ。わたしのお気に入りはマゼンタ。鮮やかなピンクね。実際に目にしないと信じられないくらい派手な色よ」

彼女の横で、オリヴァーがうっすらと微笑んだ。

セバスチャンは視界の隅で、ヴァイオレットが身をかがめて注意深く論文を拾い集めるのを見た。しわになっているページもある。彼女は顔をしかめたが、その場にいる者は誰も見ていなかった。

「その染料というのが」ジェーンが続けた。「アニリンからできているもので、新発明なの。

別のアニリン染料でグリーンに染めたドレスもとても気に入っていたのだけど、嵐の日にめちゃくちゃになってしまったのよ」

「それについてはぼくが証言しよう」オリヴァーが片方の頬をゆがめて笑った。「それにまつわる、とても楽しい思い出がある」

ヴァイオレットは一枚、また一枚と拾いあげ、とうとうすべてを集めた。あとはそれをバッグにしまうだけだ。セバスチャンはため息をついた。彼女は姿勢を正し、バッグの口を開けた。

「そしてわたしは思ったの」ジェーンが言った。「わたしのクローゼットの中を改革しないといけないって。マゼンタは初めて見たときは衝撃を受けるけれど、五回か六回それを着て人前に立てば、みんなの目が慣れてしまうのよ」

ヴァイオレットの動きが止まった。部屋の真ん中で、彼女は手にした論文を見おろしていた。眉をひそめる。そして……ああ、なんてことだ。おののくセバスチャンをよそに、彼女は論文を読みはじめた。

セバスチャンはヴァイオレットを強く揺さぶってやりたかった。腕をつかみ、自分がどこで何をしようとしているのか思い出せ、と言いたい。今はだめだ、ヴァイオレット。今ここで、よけいなことで気を散らすな。だが、あえて彼女に注目を集めるようなことはできない。

セバスチャンは一二歳の頃、ルーカス・ジムソンと賭けをしたことがある。自分の飼っている猟犬がこのあたりで一番足が速いと言い張って、競争することにしたのだ。棒を一本投げ、先にそれを持って帰ってきた犬の勝ち。

棒は弧を描いて飛んでいき、数を数える声が響いた。一、二の三でセバスチャンは犬を放した。彼の犬はたちまち突進し、隣人の犬もかなわない猛烈な勢いで棒を追いかけた。賞品まであとほんの一メートルというところで、セバスチャンの犬は足を止め、振り返って――リスを追いはじめた。

あのときと同じだ。ヴァイオレットは犬ではないけれど。面白がると同時にいらだっているあの感覚が、セバスチャンを満たした。それは別の競争だ、ヴァイオレット。きみは間違った競争に勝とうとしている。

「それで、その染料をたくさん注文したの」ジェーンが話していた。「すごく期待していたわ。でも、見て。これにはがっかり。これではただの青よ。まったく、いまいましいアニリン・ブルー」

そのときだった。ミニーが目をあげ、部屋の真ん中に立って手元を見つめているヴァイオレットを見た。

「雑誌はあった？」ミニーがきいた。

ヴァイオレットは答えない。

「ヴァイオレット？」

もうだめだ。みんなに見られてしまう。ふたりのごまかしが見破られる。今この瞬間にも、誰かが尋ねたら――。

「ヴァイオレット、何を読んでいるの？」

そう、そんなふうに尋ねられたら。

セバスチャンは立ちあがった。「おや、それはぼくの論文じゃないか」ほがらかに言う。「テーブルの上に置き忘れてきたんだな。さあ、ヴァイオレット、それを渡してくれ」

彼はヴァイオレットのほうに進んだ。彼女は反応しない。

「論文を渡すんだ、ヴァイオレット」意味ありげな目配せすらできなかった。誰に見とがめられるかわからないからだ。だが、彼女は身じろぎもしなかった。

「ヴァイオレット」少しだけ声を大きくした。「それをよこしてくれ。きみはみんなのもとに戻るといい」

彼女は動いていないわけではなかった。実際、動いている。かすかに揺れていた。まるで彼女にだけ感じられる風に吹かれているかのように。目は紙面に釘づけで、顔じゅうが輝いている。

そのとき、セバスチャンはまさに今こそ危機的状況にあると気づいた。ヴァイオレットは気を散らされているだけではない。彼女だけがわかる何かを見つけて、森の中まで追いかけていこうとしているのだ。

「ヴァイオレット」彼は自分には見えないその何かを覆うように片手を伸ばし、彼女の視界をさえぎって声を落とした。「やめるんだ。こんなことをしてはいけない。今はだめだ。ここじゃない」

一瞬、ヴァイオレットにも彼の声が聞こえたはずだ。彼女は目をしばたたき、セバスチャンを見あげた。それから首を横に振った。「いいえ、あなたは間違っていたわ、セバスチャン。完全に間違っていた」

「ぼくは――」

ヴァイオレットが目をあげた。明るくきらきらと輝いている。「やっぱりあのキンギョソウよ」彼女は言った。意味がわからない。「あなたのスミレ。交配しないヴァイオレット。当然よ、全部の種がそうはならない。どんなに似ているように見えても。でも、ひとつ考えがあるの」

「なんの話をしているんだ？」

「わたしには考えがあるの」彼女は繰り返した。それからさっと向きを変える。「ジェーン、あなたのアニリン・ブルーを全部譲って」

「なんですって？」ジェーンが言った。

けれどもセバスチャンには、ヴァイオレットがほとんど聞いていないのがわかっていた。考えとやらを夢中で追いかけ、頭の中のどこかに行ってしまっている。

「それと」ヴァイオレットは続けた。「顕微鏡が必要だわ。今すぐ顕微鏡が必要よ」

これはだめだ。彼女を止めないと、すべてを暴露してしまうだろう。すでに手遅れかもしれないが。それでも彼女の声にはどこか興奮した様子があり、セバスチャンは背筋にぞくぞくと電気が走るような震えを感じた。

「今すぐ?」

「今すぐ」彼女がうなずく。「それと、あなたのヴィオラ属が全部必要よ」

「ヴィオラ属?　なぜそんなものが必要なんだ?」

ヴァイオレットは握りしめた紙を振った。「それはすべてここに書いてあるわ。どうして交配できない種があるのか、交配できても残念な結果しか残せない種があるのか、わたし、わかったような気がするの」

誰もが彼女を見つめていた。もう隠し通すのは無理だろう。あとはこの余波をどう処理するか、決意を固めるしかない。

「もう待っていられない」ヴァイオレットは論文の紙をセバスチャンに突き出した。「それとボリンガルが必要だわ」

セバスチャンは視線を落とした。彼女が握っていた紙には題名が記されていた——『単細胞組織内の細胞分裂の研究』サイモン・T・ボリンガル著。

「教授は町にはいない」セバスチャンは言った。「今日のぼくの講演にも来ていなかった。彼はお詫《わ》びの手紙をくれたんだ。それで——」

「サイモンじゃないわ」ヴァイオレットは言った。「わからないの?　わたしたちは気づいていなかった。わたしたちに必要なボリンガルはアリスのほうよ」

15

「レディ・カンベリー」ミセス・アリス・ボリンガルはヴァイオレットを薄暗い居間に案内すると、テーブルの横の椅子を勧めた。「ご連絡をいただいて光栄ですわ。正直なところ、あなたにおいでいただけるなんて予想もしていませんでした」

ふたりとも座ると、ミセス・ボリンガルは時計に目をやった。その前を磁器の魚が泳いでいて、時間はほとんど見えない。この部屋の中はほかにも陶器の小さな魚や金属製の大きな魚、大理石彫刻の川から飛び出すマスなどでいっぱいで、住人の誰かはよほど魚が好きなようだ。

たいていの上流階級の家庭では夕食の時間で、ローストチキンの匂いが漂い、皿が置かれる音が聞こえたが、ヴァイオレットは夕食のことなど考えられなかった。上流階級らしい挨拶も何ひとつ思いつかない。頭がいっぱいで、礼儀正しい会話をする余裕などなかった。

「わたしでお役に立てることがありますかしら？」ミセス・ボリンガルが尋ねた。

アリス・ボリンガルは通りで出会っても特に人目を引かないような女性だった。平凡で、ずんぐりして、愛想のいい顔。髪は頭の上でシニョンにまとめられていた。どこからどう見ても普通だ。

だが、彼女はヴァイオレットをだましていたのだ。

「突然ごめんなさいね」ヴァイオレットは言った。「社交界の用事で来たわけではないの」

相手の女性は笑顔で応じた。「そうでしょうね、こんな時間ですから。何か不都合なことでも？」彼女は愛想のいい笑みを浮かべた。口の端にしわが寄る。

「ききたいことがあるの」ヴァイオレットは言った。「どうしてもぶしつけになってしまうけれど、仕方がないわ。あなたは写真家ね。そうでしょう？」

ミセス・ボリンガルの笑顔が引きつった。「そんなどうでもいいことを、よく覚えていらっしゃるのね。ずいぶん昔のことなのに。何か写真を撮らなければならないものがおありなのかしら？」

「ええ」ヴァイオレットは言った。「そうなの」

「あなたのために撮影するなら光栄ですわ。あなたがモデルになってくださるなんて。もしかしたら、明日とか？」

「わたしを撮ってほしいわけではないの。明日でもないわ」

ミセス・ボリンガルはますます困惑した表情になった。「誰かほかの人を？」

「人じゃないわ。ものよ」

「風景とか」ミセス・ボリンガルはゆっくり言った。「建築物？　ドレス？」

ヴァイオレットはいずれの言葉にも首を横に振った。

ミセス・ボリンガルは落ち着かない様子で微笑んだ。「それなら、なんですの？」

それを言えば、お互いの秘密が明るみに出てしまう。ヴァイオレットはあまりにも長いあいだ秘密を守って生きてきた。セバスチャン以外の誰も、彼女のことを本当には知らなかった。誰も。彼女の母親が真実を見抜くまでは。

「あなたに聞いてほしい話があるの」ヴァイオレットは言った。「きっとあなたにはなじみのある話だと思うわ」

ミセス・ボリンガルがこくんとうなずく。

「何年も前」ヴァイオレットは話しはじめた。「顕微鏡で微生物をのぞいた人たちは、細胞の核は空洞だと信じた。彼らには何も見えなかったからよ。それが多くの議論の題材になった。核にはいったい何があるのか？　そこは細胞のための倉庫で、目に見えない液体が入っているのか？　それが何か知られざる目的に使われているのか？」

アリス・ボリンガルは唇を湿らせた。

「もう何年も、誰もがそう信じてきたわ。細胞核の中に何かあるようには見えないのだから、そこには何もないのだと」

「魅惑的なお話ね」ミセス・ボリンガルはゆっくりと椅子にもたれた。

「でも、その常識は変わった」ヴァイオレットは言った。「数年前、誰かが染めることを思いついた――その頃までに普通に手に入った染料とは違うもので染めることを。そう、それで細胞核の中に何かがあることがわかった。アニリン・ブルーで細胞に色をつけるということを科学者たちが始めてやっと、核の中の構造が目に見えるようになった。それまでは何も見えなかったけれど、今では色合いの違いで見分けがつく」

「たしかに」ミセス・ボリンガルの呼吸が浅くなっている。「わたしの夫は……ええ、それが彼のやっている研究です。あなたのおっしゃるとおり。わたしにはなじみのある話ですわ」

「ひと月前」ヴァイオレットは続けた。「あなたのご主人はセバスチャン・マルヒュアにこう言った。妻が夫の研究に関与することは珍しいことでもなんでもない、と。彼の言葉の裏の意味に、どうしてわたしはそのときすぐに気づかなかったのかしら。きっと自分のことで頭がいっぱいだったのね。わたしには、ほかに悩みがあったから」肩をすくめる。「彼が暗示していたことは、今日になるまでわたしの頭には思い浮かびもしなかった」

ミセス・ボリンガルの顔がこわばった。「夫がそんなことを言うはずがありません。そんな……」

分別のないことを、と言いたかったのだろうとヴァイオレットは思った。

「今日の午後遅く、わたしは友人がドレスを染めるのにアニリン・ブルーを使ったと話すのを聞いたの。そしてあなたの論文を見た」

「わたしの論文ではありませんわ。わたしの論文だなんて、そんなばかなことをおっしゃらないで」

これまでの人生で、ヴァイオレットはずっと目に見えない存在だった。今、まるで自分自身をアニリン・ブルーで染めて、秘密の核をさらけ出そうとしているかのようだ。彼女が恐慌状態に陥らずにすんだのは、もはや自分ひとりではないと知っているからだった。

「あなたの論文よ」ヴァイオレットは繰り返した。「あれはたしかにあなたの論文だわ。少なくとも一部はそうでしょう？　細胞分裂についての論文よ。最新の写真技術を使えば、その細部の作りまで見えるようになる。あなたがその写真を撮ったんだわ。わたしの言葉どおりであってほしい。だって、わたしはあなたに細胞分裂の写真を撮ってもらう必要があるんですもの」

ミセス・ボリンガルの顔が凍りついた。両手がテーブルの上に置かれる。「ああ」呼吸は異様な速さになっていた。「ああ」彼女は繰り返した。「そんなはずがありません。違う、違うわ」

「違わないわ」ヴァイオレットは言った。「あなたがあの写真を撮ったのよ」

ミセス・ボリンガルがあえいだ。顔は蒼白だ。「わたし、なんて言ったらいいのか……」

ヴァイオレットは身を乗り出して、彼女の両手を自分の手で包み込んだ。「お願いよ。今言ったことが正しければ、わたしがずっと探してきたものを、わたしたちは一緒に見ることになるわ。わたしの仮説を試す手伝いをあなたにしてもらいたいの」

ミセス・ボリンガルが目を閉じて大きく息を吸う。それから深呼吸をもう一度。目を開けると、彼女はヴァイオレットを見つめた。「あなたが？」小声で尋ねる。「あなたが探してきたもの？」

ヴァイオレットを見ている人がいる。彼女の秘密がほかの人に知られてしまう。ヴァイオレットは目の前の女性が、自分と同じように動揺しているのがわかった。恐怖が体の中を駆けめぐる。

〝誰にも言ってはだめ。あなたがどういう人間かわかったら、相手はきっとあなたを嫌いになるわ〟

恐怖を感じている場合ではない。あとで考えればいい。でも、今は……。

「ミセス・ボリンガル」ヴァイオレットは言った。「あなたのご主人はなぜセバスチャン・マルヒュアに、女性が研究をする場合もあると話したんだと思う？」

相手の女性はじっとヴァイオレットを見つめた。それから立ちあがった。「わたしのことはアリスと呼んでください。上着を取ってきます」

「いったい何事だ？」オリヴァーがセバスチャンに尋ねた。

夜の九時になろうとしていた。この三時間でセバスチャンの食堂は完全に様変わりした。友人たちと静かで幸せな夕べを過ごすという彼の計画は、すっかり崩れていた。

セバスチャンは片手を腰に当てた。「それはおのずから判明すると考えたいね」

オリヴァーはなんとも言えない顔であたりを見まわした。執事の食器室から持ち出された銀器はテーブルの片側に山積みにされ、食器室は空っぽにされて暗室に変えられていた。重たい顕微鏡がテーブルの上に鎮座している。椅子の上にはさまざまなスミレの鉢植えが置かれ、家じゅうに酢酸とクロロホルムの匂いが充満していた。

「いいや」オリヴァーがゆっくりと言う。「見まわしてみても、おのずと説明がつくというものではないぞ」

セバスチャンは言葉を選んだ。「染色質のことなんだ。わかるだろう、一〇〇年前まではー」

「科学のことなんか知りたくない」オリヴァーはぐったりしたように言った。「聞かされたってわかりっこないよ」

「そうか、だったら」セバスチャンは言った。「それ以外のことはおのずと説明がつく。そうじゃないか?」

オリヴァーはセバスチャンを見て、それから目をそらした。ヴァイオレットとミセス・ボリンガルは執事の食器室に閉じこもり、写真のネガを現像している。染色されてラベルが貼られたサンプルのガラスプレートが顕微鏡の横に積まれていた。

「セバスチャン」オリヴァーが静かに言った。「数カ月前に一緒に過ごしたとき、きみは言ったよな。きみがやってはいないことがあって、これまでは誰もそれに気づかなかったと」

セバスチャンはうなずいた。

「それがどういう意味なのか考えようとして、ぼくは間違った方向に進んでいた。きみは食べていなかったのか、眠っていなかったのか、女性をベッドに連れ込むということをしなくなったのか、とね」

セバスチャンは何も言わなかった。

「科学だ」オリヴァーは言った。「きみは科学をやっていなかったんだ」

もう何年も前から、セバスチャンはこの瞬間を想像してきた――誰かが真実を発見する瞬間を。ときには自分から友人たちに打ち明けることを想像した。また別のときには、死の床で、混乱している家族に向かって秘密を言い残す自分を想像した。みなはすぐに、彼が正気を失ったと思うだろう。

「正解だ」セバスチャンは言った。「もっとも、そんな単純な話ではないが」

「おいおい、セバスチャン」オリヴァーが頭を振る。「ぼくたちはきみの親友だぞ。どうして黙っていたんだ？」

「ヴァイオレットがきみたちに知らせたがらなかったからだ」

オリヴァーは考え込むように食器室のドアを見やった。部屋を見渡し、いちばん近くに置かれていたヴィオラ・オドラータの鉢を持ちあげる。そして鉢の向きを変え、紫色の花弁を観察した。

「ヴァイオレットか」ゆっくりと言う。「それがぼくたちを遠ざけておくにはじゅうぶんな理由だったというんだな？」

「一部はきみに話したよ」セバスチャンは微笑んだ。「きみの結婚式の前の晩、ぼくはきみに言った」

オリヴァーが首を横に振った。「きみが言ったのは……」言葉を切って目を閉じる。「ヴァイオレットをずっと愛していた、ときみは言った。なんてことだ、セバスチャン。本気なのか？」

「彼女を見てくれ」セバスチャンは言った。「いつか、本当の彼女を見てほしい」

オリヴァーは一本の指でスミレの花をなぞり、かぶりを振った。

「ぼくを見てくれ」セバスチャンは続けた。「ぼくはスミレの交配に何年も費やした。ところが彼女はぼくがやってきたことをひと目見て、それを読んだばかりの論文と結びつけたんだ。そして……」両手を広げる。「ぼくがやっても失敗にしかならなかったものを、彼女は取りあげた。そして何をやったか見てみろよ」

オリヴァーがため息をつく。「すべてがわかってみると……心配だよ、セバスチャン。きみはとても……いや、きみだけでなく彼女も、ひどく厄介なことになりかねない」

セバスチャンは微笑んだ。「考えてもみろ、彼女は自分が何者かを隠さなければならなかったというのに、あれだけのことを成し遂げたんだぞ。異論があれば、ぼくたちはいくらでも議論に応じる。だが結局のところ、ヴァイオレットは昔と何も変わらないヴァイオレットなんだ」

「セバスチャン！」食器室から声がした。「あなたの助けが必要なの」

「それで、きみは何者なんだ？」オリヴァーが尋ねた。

セバスチャンは従兄弟の腕をつかみ、ぎゅっと握った。「彼女が必要とする者さ」

16

ヴァイオレットはひと房の髪を耳のうしろにかけて写真を見つめていた。どんどん失いそうになる平常心を保つのは簡単ではなかった。一方で不安は増すばかりだ。それでもなんとか落ち着きを保った。

「これにもっといい名前をつけないと」彼女はあくびを嚙み殺した。「個体染色性物質は言いにくいし、染色質《クロマチン》は可算名詞じゃない。まったく、誰よ、クロマチンなんて名前をつけたのは」

ヴァイオレットの隣でアリスが崩れるようにして椅子に座り、こめかみを指で押した。「もやっとしたやつ」彼女の声は疲れていても幸せそうだった。「わたしはもう何カ月も、それを〝もやっとしたやつ〟と呼んでいたわ。科学的な学名にならないのはわかっているけれど。サイモンが戻ったら、きいてみないと」彼女はあくびをした。「ギリシア語で〝もやっとしたやつ〟はなんて言うのかしら？」

「アメーバだと思うわ」ヴァイオレットは言った。さほど面白くはないかもしれないが、へとへとに疲れているふたりは笑いだした。

「クロモサムはどう?」テーブルの向こうから声がした。

「クロモサム」アリスが繰り返し、また笑いはじめた。「おかしいわ」

「クロモサム」ヴァイオレットは歌うように言った。そこにアリスが加わった。「クロモサム、クロモサム、クロモサム、クロモサム!」

「わたしはギリシア語を習っているの。クロモサムというのは、色に染まった体という意味よ」

ヴァイオレットは眉をひそめて考え込んだ。あの落ち着かない感覚が戻ってきた。今度はどんなに追い払おうとしても消えない。

ゆっくりと、見つめていた写真から目をあげる。

朝だ。いつのまに? 眠ったという記憶はなかった。ぼんやりしたフィルムのネガとガラスのスライド以外は何も思い出せない。指先は深い青に染まっている。早朝の太陽光が銀器の山に反射していた。

そのすぐ向こうに、熱心な目をしてこちらを見つめているジェーンの義妹、ミス・マーシャルが座っていた。さっきの発言は彼女のものだったのだ。

一瞬、ヴァイオレットは混乱した。ああ、なんてこと。いったい何をしてしまったの?

「何をしているんだい、ヴァイオレット?」彼女の背後から声がした。さっと振り向くと、ロバートとオリヴァーがドアのところに立っていた。ロバートの髪は湿っている。彼は湯気の立つカップを持っていた。それを見て、彼女の胃がごろごろと鳴った。

「まあ」アリスがもつれるように立ちあがる。「なんてこと。時間を見て。わたしは徹夜するには年を取りすぎたわ。こんなことをしたのは二二歳のとき以来よ」

「ヴァイオレット？」ロバートがさらに問いかけた。

ヴァイオレットは目をしばたたいた。ここは図々しく押し通す以外にない。

「知らなかったの？」明るく言った。「生物学における最大の未解決問題のひとつは、どうやって特徴が親から子へと受け継がれるのかということよ。数々の理論が打ち出されてきたわ」

ロバートが無表情のまま頭を振る。

「今、アリスとセバスチャンとわたしには、わたしたち独自の理論があるの」ヴァイオレットは眉をひそめた。「じゃなくて――ボリンガル教授とセバスチャンには、ね。何を言っているのかしら、わたしったら。とにかく、特徴は親から子へ、これのおかげで受け継がれるとわたしたちは信じているのよ」テーブルの上の写真をとんとんと指で叩く。「クロモサム。わたしたちはこういった細胞の核の中に観察される〝もやっとしたやつ〟の数と、セバスチャンが試みたスミレの交配の図式を互いに関連づけて――」

「わかった、それについての説明はもうじゅうぶんだ」ロバートはコーヒーをひと口すすった。「わたしを悩ませる疑問はまだある。たとえばこんな疑問だ。きみはなぜ、今、こんなことをしている？」

「もっと前にはできなかったの」ヴァイオレットは眉をひそめた。「昨夜まで、この考えは浮かばなかったわ。ジェーンがアニリン・ブルーについて話しはじめて、わたしがアリスの細胞分裂の写真を見つめるまでは。そして、そのとき——」

「違う」オリヴァーはヴァイオレットのほうに歩いてくると隣に座った。「ヴァイオレット、ロバートがきいたのはそんなことじゃない。ぼくたちはただ、知りたいんだよ」彼はごくりと唾をのみ込んだ。「なぜ言わなかった？　きみこそが世界最先端の科学者のひとりだと」

ヴァイオレットの世界が止まった。考えたくなかったことが、意識の中に舞い戻ってきた。何年も注意して必死に隠してきたのに、一度の自分本位な興奮で秘密を放り出してしまったのだ。この場にいる全員が、もう今は知っているに違いない。

「わたし……」彼女は唇を湿らせた。「それは……」

もし真実がばれたのなら、儀礼を重んじる社交界に二度と受け入れられることはないだろう。リリーは妹を完全に切り捨てるに違いない。母は……どうするか、ヴァイオレットには想像もできなかった。

それでも彼女は恐れていなかった。もしかしたら疲れすぎているのかもしれない。興奮しすぎているのかも。本当は震えていてしかるべきだ。どんな恐ろしいことが襲ってくるか考えたら、自分は口をつぐんで頭を垂れているしかないと思い知らされ、怯えるのが当然だろう。

けれども今日は……。

ジェーンが夫のうしろから部屋に入ってきていた。彼女もヴァイオレットをまじまじと見つめている。全員の目がヴァイオレットに注がれていた。

なのに、どうしてわたしは恐れていないの？

「なんてこと」ヴァイオレットの耳に、自分が誇り高く尊大な調子で言っているのが聞こえた。「あなたたちの中に、そんなことを知りたがる人がいるとでもいうの？」

答えを待ってはいられなかった。友人たちがあとずさりして去っていくのを見たくはない。彼らはもう真実を知ってしまったのだ。ヴァイオレットは目に見える存在になった。鮮やかな色の中から引っぱり出された。隠れていたかったのに。

ヴァイオレットは立ちあがった。「よければ失礼させてもらうわ。わたしは――」

神さま、これから何をすればいいの？

「眠らないと」ヴァイオレットは言った。「着替えもしないといけないし」そして隠れなければ。彼女はアリスの肩に触れた。「あなたも休んで。またわたしから連絡するわ」

〝鼻をつんと高くあげて。誰のことも見ないで。こちらが気にしているということを、相手に見せてはいけません〟

それが母親のルールだった。こんな状況で適用されても母は喜ばないだろうけれど、ヴァイオレットはそのルールを知っていることに感謝した。人に罵られるときにどういう態度を取るべきか、どうすれば何も気にしていないふりができるか、教えてくれたのは母だ。その方法は頭にすぐ思い浮かんだ。傲慢に顎をあげ、彼女はオリヴァーとロバートの横をさっと通り過ぎた。

けれどもそのとき、ジェーンが一歩前に出た。「わたしたちは知りたいのよ。なぜなら、あなたのことを愛しているから」

「ヴァイオレット」彼女はやさしく言った。「わたしたちは知りたいのよ。なぜなら、あなたのことを愛しているから」

理解できない混乱の中、ヴァイオレットはまばたきもせずに友人を見つめた。ジェーンの言葉は意味が通らない。彼女はわたしが今さらけ出した真実を理解していないの？　わたしが何をしてきたかを？　わたしが何者かを？

ジェーンが思いやりのこもった手でヴァイオレットの腕をつかんだ。ヴァイオレットにはその思いやりも理解できなかった。何もかも理解できない。頭の中が空っぽになったようだ。うつろで、壊れそうだった。

「行かなきゃ」ヴァイオレットは向きを変えて逃げ出した。

「追うな」セバスチャンがそう言うのが聞こえた。「行かせてやってくれ。彼女には自分の気持ちを整理する時間が必要だ」

彼は間違っている。ヴァイオレットは自分の気持ちなど、とっくにわかっていた。空っぽだ。完全に何もない。

ヴァイオレットはセバスチャンの書斎に逃げ込み、自分が空っぽなのを感じた。まともな感情がすっかり抜け落ちている。

なじみの場所にいるのはいい気分だった――ここで、セバスチャンの机で、ふたりは一緒にいくつもの論文を調べたのだ。時計の音に心が安らいだ。針がカチカチと時を刻む音を聞いていると、鼓動が落ち着いた。本はセバスチャンの匂いがした。

ヴァイオレットはいつもの椅子に座り、机に両肘をついた。

ああ、なんてことをしてしまったのだろう。ふたりなら秘密を守れる。アリスが加わったとしても、隠しておくことはできただろう。彼女とその夫も、明らかに秘密を抱えているのだから。そして彼らには、この茶番劇に加わる動機があった。

けれども頭の中であの考えがふくらんだとたん、ヴァイオレットは何も考えずに突進してしまった。オリヴァー、ロバート、ジェーン、ミニー、そしてフリー——よりによってミス・マーシャルという見知らぬ他人も同然の人まで——があの場にそろっていたという事実もおかまいなしに。いったい何を考えていたの？

「考えてなんかいなかった」声に出して自分を非難する。「それが問題だったのよ」

だがその言葉を口にするやいなや、それは嘘だとわかった。

ヴァイオレットは考えていた。ほんの一秒、論文の中のスケッチに目が行って、ある考えがひらめいたとき、彼女はたしかに考えた。

〝こんなことをしてはだめ。待つべきよ〟

待ちたくなかった。自分勝手なことに、彼女は自分の未来、評判、家族のことをすべて放り投げた。それぐらいすばらしい考えだと思ったからだ。すぐに追いかけないと消えてしまうのが怖かったから。

それに比べれば今の状態など、さほど怖くない。ヴァイオレットは両腕で自分の体を抱きしめた。どうしたらこんな混乱を巻き起こせたの？　一瞬の自分本位な思い。ほんの一瞬の。そしてわたしの愛する人たちみんなが、その代償を払うことになる。

自分本位。わたしはそういう人間なのだ。

セバスチャンの書斎に逃げ込んだのは、ひとりきりになりたかったからだ。そこであれこれ考えをめぐらせていれば、いつしか眠れるかもしれない。疲れているのはわかっていた。信じられないくらい体はくたくただった。部屋は壁紙がブルーとシルバーで、小さな書き物机が一方の壁につけて置かれ、本棚がずらりと並んでいた。机の横に立てかけられた姿見に本の背表紙が映っている。

ヴァイオレットは立ちあがり、鏡に向き直った。暗く厳しい目が見返してくる。見るべきものはさほどなかった。容姿を整えるべく必死にがんばれば、美人と言えなくもないかもしれない。でも、たとえば徹夜で顕微鏡をのぞいていたりすると、彼女はどうしようもなく地味だった。

目の下にはくまがある。肌はてかてかだ。髪はくしゃくしゃで、肩のまわりにヘビの巣でもできたかというありさまだった。これでいくつかこぶでも足せば、まるで火あぶりの刑に処せられる魔女みたい。

かわいくもないくせに自分本位。自分のやったことに誇りを感じるほど、わがままな女。

鏡に映る自分を見つめて、ヴァイオレットは首をかしげた。

うまくいかない。いつもなら、わがままな自分を罵ると、捨て去りたいものであふれているような気持ちになるのに。

今日はうまくいかなかった。疲れすぎているのかもしれない。

「わがままなヴァイオレット」声に出して言う。けれど、いつもなら感じる恥ずかしさがわいてこない。その言葉は間違いだという思いばかりがふくらんでいく。わがまま？違う。ヴァイオレットは空っぽではなかった。心の中にその言葉の居場所はない。今日、彼女の脳裏には別の言葉が繰り返し響いていた。これまではずっと小さな音で鳴っていたので、あの瞬間まで自分には聞こえていなかった言葉。

〝賢いヴァイオレット。元気いっぱいのヴァイオレット。甘美なヴァイオレット〟それらの言葉をささやかれた思い出で頭がいっぱいで、わがままなどという言葉が入る余地はなかった。

自分がさっきやったことは、わがままだったのだろうか？　そもそも、わがままというのは本当はどういう意味？

ヴァイオレットは鏡を見つめた。夫とベッドに入ることを拒んだ彼女を、夫はわがままだと言った。彼はどういう意味で言ったのだろう？

〝おまえの人生よりも、わたしが後継者を作ることのほうが重要なんだ〟

ヴァイオレットがセバスチャンとかかわりを持つと、リリーは妹のことをわがままだと言った。リリーはどういう意味で言ったのだろう？

〝あなたの幸せより、わたしが舞踏会に出られることのほうが大事よ〟

ヴァイオレットが自分のことをわがままと言ったとき、彼女が意味したのはまさにそういうことだった――自分が望んだものを得られる価値もない、ということだ。幸せも、世間に認められることも、もしかしたら人生さえも、彼女には値しない。

ヴァイオレットは指で鏡に触れた。

「そもそも愛されるはずもない」声に出して言う。それがいつも自分に言い聞かせてきたことだった。そもそも愛されるはずもない人間は、何にも値しない。あまりに強くそう信じてきたので、セバスチャンに愛していると言われても理解できなかった。ジェーンも〝あなたのことを愛しているから〟と言った。そんなわけがない。理解できない。ヴァイオレットの本当の姿を知って、人が彼女を愛するなどということはありえない。

鏡の向こうから見つめてくる人物は、何年もずっと見てきた女性とはかすかに違うように見えた。目の力の強さを覆い隠すほどの美しさはない。それに、彼女が何者であるかをごまかす化粧も施されていない。

〝わがまま〟あまりにも長く隠れていたせいで、ヴァイオレットは自分自身をちゃんと見ることさえしてこなかったのだ。

わたしは愛されるはずもない人間なんかじゃない。わがままなんかじゃない。自分が何かを望んでいると認めること、自分にそれを手にする価値があると認めることが、わがままなの？　周囲の人たちに対する恐怖からではなく、自分の欲望に忠実に決断を下すことを考えるのがわがままだというの？

そんなふうに考えるのは鼻持ちならない。

〝賢いヴァイオレット。かわいいヴァイオレット〟

そうよ、鼻持ちならないわ、自分が価値のある人間だと思うなんて。

ノックの音がした。ヴァイオレットが振り向こうとしたときにはすでにドアが開き、セバスチャンが中に入ってきていた。彼はヴァイオレットを見た。紅潮した顔、もつれた髪を。面白がっているかのように、彼の唇がゆがんだ。

でも、セバスチャンはからかったりはしなかった。その代わりに言った。「ヴァイオレット、今回の内容ならボリンガルがやってくれるかもしれない。だが、彼の研究は基本的に顕微鏡をのぞいてやることだ」ごくりと唾をのみ込む。「きみが研究を続けるためには、誰かほかの人間が必要になるだろう。ぼくはもうリストを作りはじめていたんだ」

彼女はさっと頭をめぐらせた。「リスト？」

「ああ。きみには共同で研究ができる人間が必要だ。きみの研究をちゃんと理解して、世間に発表するという立派な仕事をまかせられる人間、きみに敬意を払ってくれる人間が」

「リストはもう必要ないわ」気づいたときには、そう口にしていた。「わたしはその人を見つけたから」

セバスチャンが首をかしげる。「ボリンガルにまかせるつもりなのか？」

胸が高鳴っていた。ドク、ドク、ドク、ドク。鼓動が速くて、自分の言葉が聞こえないほどだ。「いいえ」

ヴァイオレットは自分がとんでもない姿だとわかっていた。それでもセバスチャンの目はまるで美女を見つめるかのように、彼女にまっすぐ向けられている。

セバスチャンはハンサムでお金持ちで魅力的だ。彼が自分を愛しているというのがヴァイオレットには信じられなかった。彼は愛してなどいないと、なんとか自分を納得させようとした。あれは聞き間違い。彼が感じているのはただの友情。彼は愛だと言い張るけれど、そんなことはありえない。ところがヴァイオレットがそう信じようとするたびに、セバスチャンは彼女の理論をぶち壊すようなことをやってのけるのだ。

彼はヴァイオレットをベッドに連れ込もうとしなかった。彼女を傷つけなかった。キスさえもしなかった。そうすることが彼女を傷つけると思ったから。あのスミレに関する研究発表についても、ヴァイオレットは納得できる説明を考えようとしたが、結局あれは彼女への誘惑だとしか思えなかった。

そうじゃない。あれはラブレターだったのだ。今この瞬間、ヴァイオレットはようやく理解した。自分に愛される価値があると認めるまで、セバスチャンが彼女を愛していると信じることもできなかった。

今、ヴァイオレットは理解した。自分が光り輝いているように思えた。見た目がどうだろうと、髪がどんなにもつれていようとかまわない。

「この人よ」喉にこみあげるものを感じながら言った。「この人なら完璧だわ。この人はわたしの考えを全部わかっている。わたしの発見をみんなが理解できるようなやり方で説明できる」指をくいっと曲げてセバスチャンを呼んだ。「あなたに紹介するわ」

彼が警戒するようにヴァイオレットを見た。けれども一歩、また一歩と近づいてくる。セバスチャンも彼女と同じく、ほとんど眠っていない。それでも彼の髪のさりげない乱れ方は完璧に見えた。無精ひげがならず者のように見せているのも、彼にはぴったりだ。どんな秘術を使ったのか、セバスチャンはやはりいい匂いがした。ムスクの香りが際立ち、ヴァイオレットは目を閉じて大きく息を吸い込みたい気分になった。セバスチャンが彼女の横に立つ。

「ヴァイオレット」彼は静かに言った。「きみが何を言うつもりかはわかっている。きみはぼくにそれをさせたいんだろう。だが……」そこで唾をのみ込んだ。「それでは変わらなかった。何も変わっていないんだ。ぼくはこの発見がいかに重要なものかわかっている。でも、これはぼくたちふたりのあいだにあるものを壊してしまうだろう。ぼくたちが積み重ねてきた、あの嘘を」

ヴァイオレットはセバスチャンの手を引いて、鏡のほうを向かせた。「この発見で誰が功績を認められるべきか、わたしにはわかっているわ」彼女はささやいた。それから空いているほうの手をあげて、自分の姿を指す。恐ろしいほど乱れているが、それでもこれでいいのだと思える姿を。「この人よ」

セバスチャンが息を吐いた。沈黙の中で、鏡越しにふたりの目が合う。ヴァイオレットは自分がまだ彼の手を握っていたことに気づいた。彼に触れている。彼の指はあたたかい。互いの体があまりにも近くにある。それは奇妙なほど親密な瞬間だった。

「ヴァイオレット」セバスチャンがささやいた。

頭がどうかなりそうだ。心を鬼にして、ばかなことをしようとしているという非難の声に耳を傾けようとした。

〝発表の場にきみが登場させてもらえるわけがない〟

〝きみの言葉なんて誰も聞きやしないよ〟

〝家族にどんな影響を及ぼすか、よく考えるんだ〟

それらはすべて同じことを言っていた。〝わがまま、自分本位。おまえは世間に認められるような人間じゃない。なんの価値もない〟

でも、ここにいるのはセバスチャンだ。彼はそんなことはいっさい言わなかった。セバスチャンがヴァイオレットに向き直る。彼女はその目をのぞき込みたくなかった。鏡越しに視線を交わすくらいならいい。けれど、彼はヴァイオレットの手を握っている。あまりにも近くに立っている。ヴァイオレットは視線をそらそうとしたが、セバスチャンが片手を彼女の肩に置き、自分のほうを向かせた。

ゆっくりと、とてもゆっくりと、ヴァイオレットは目をあげた。

全身が燃えるようだった。セバスチャンの目を見つめたのは失敗だった。彼に手を握られているときにそんなことをしてはいけない。これほど近くにいて、まるでお互いがひとつになっているかのように息がまじり合っているときには。

常に微笑んでいるのがセバスチャンのトレードマークだった。今、彼は微笑んでいない。ヴァイオレットを観察している。彼女を見つめている。彼女に見とれている。そしてヴァイオレットは、身をすくめて彼から逃げようとはしなかった。ああ、大失敗だ。こんなことをしていてはいけない。

セバスチャンが片手をあげ、てのひらで彼女の頬を包んだ。ヴァイオレットはあとずさりしなかった。むしろ彼のほうにもたれかかっていたかもしれない。

これは難しいことになってきた。いや、ありえない。ここからどこへ進めばいいのか、さっぱりわからない。姉はヴァイオレットを憎むだろう。母は……母がよく言っていた言葉はなんだった？　〝愛想が尽きた〟だ。世界じゅうがヴァイオレットに愛想を尽かし、彼女を嫌悪するに違いない。

けれどもセバスチャンは違った。彼は額をヴァイオレットの額につけた。「すばらしいよ、ヴァイオレット」彼がささやく。「今度はぼくがみんなをきみに注目させてみせる。信じてくれ、きっとそうしてみせるから」

みんなのことなど、彼女はどうでもよかった。

セバスチャンがもう一方の手をあげ、親指で彼女の顎をなぞる。ヴァイオレットは全身が燃えているように感じた。彼はわたしを求めている。そして、そう、わたしは彼を求めている。

たまらなく彼が欲しい。

セバスチャンが身をかがめた。息がヴァイオレットの顔にかかり、唇が唇のすぐそばまで来ている。彼はキスをしようとしている。わたしに。

恐慌の波がヴァイオレットの全身を駆け抜けた。

彼はわたしにキスしようとしている。

ヴァイオレットは体を引いた。「ごめんなさい」それ以外の言葉を思いつかない。「ごめんなさい。行かないと――わたし、行かないと――」彼女はドアのほうを指した。「ごめんなさい」ドアのほうへあとずさりする。「わたし、もう行って、考えないと」

そう言うと、ヴァイオレットはその場を逃げ出した。

17

ヴァイオレットは考えた。

彼女が使えるように用意されていた二階の部屋へと駆けあがりながら、セバスチャンとキスをすることについて考えた。メイドを呼びながら、彼とのキスについて考えた。ルイーザにボタンをはずしてもらうあいだ、肩に置かれた彼の手のぬくもりのことしか考えられなかった。自分を守るために築いた壁は、もはや崩れかけている。もうそこは安全ではない。

ヴァイオレットは風呂を所望した。湯が運ばれてくると、メイドを追い出した。

唇にセバスチャンの唇が重ねられることを考えた。湯が張られた大きな銅製の浴槽に足を踏み入れながら、彼の手のことを考えた。甲にうっすらと黒い毛の生えたその手が、自分の腿を撫でることを考えた。

そして微笑んでいないときのセバスチャンがどんなふうに見えるかを考えた。暗い目でじっと、まるでヴァイオレットが大事な存在であるかのように見つめるセバスチャン。彼女はごくりと唾をのみ込み、そわそわと体を動かした。両手で石けんを泡立てて脚を洗ったが、自分の肌に触れているとは思えなかった。想像の中で、彼女はセバスチャンの肌を感じていた。

湯の熱さがヴァイオレットを包んでいた――耐えられないほど熱い風呂が彼女は好きだった。石けんをよく泡立て、それから熱い湯の表面に鼻だけ出して沈み込む。そうしたのは失敗だった。全身が抱擁されているようで、自分の肌を、そしてセバスチャンを意識せずにいられない。

セバスチャンはヴァイオレットに出ていかれたときのままではいないだろう。着替えに行ったはずだ。彼も風呂に入っているかもしれない。

服を着ていない彼のことを考えるのはよくない。非常によくない。

考えてもろくなことがない、とヴァイオレットは気づいた。考えるという行為は危険だ。思考はセバスチャンの部屋へ、彼が入っている浴槽へとさまよっていく。自分がタオル一枚を巻きつけただけの姿で彼の部屋のドアを開け、爪先立ちでそっと中に入っていくのを思い描いて……。

考えても答えは出ない。考えても役に立たない。

考えない。それがいちばんだ。「ばかね」ヴァイオレットは自分の体を叱りつけた。「あなたはこんなことを求めていない。こんなことをしたら死んでしまうかもしれないわよ」

彼女は髪を洗い、冷静に、理性的に考えられるようになるまで自分を落ち着かせようとした。これまでに飼った猫を全部思い出し、そのうち足の指が四本だったのが何匹いたかを考えた。自分の足の指のあいだを洗いながら、石けんを作る過程について考えた。それでもどうにもならないとわかると、浴槽から出てひんやりする空気の中に立ち尽くし、かつて読んだ記事に載っていた検死の木版画を思い描いた。人間の心臓は胸が悪くなるような臓器だった。心室と心房から成る、大きくて醜い筋肉の塊。

体の中でもっとも醜悪な肉片が心臓だ。腸のほうが見た目はまだましだった。彼女は心臓のような醜いものに決断をゆだねたくなどなかった。

ようやく自分自身を制御できるようになったと感じ、ヴァイオレットはうなずいた。ルイーザを呼び、またドレス――深紫色のハイネックの長袖と、それに合う手袋――を着せてもらうと、頭にはもう誤った考えは浮かばなかった。もう大丈夫。セバスチャンと話をしよう。彼に謝ろう。結局のところ、彼の手を取ったり、目を見つめたりしなければよかったのだ。彼にキスしそうになったのが間違いだった。そんな考えを持つべきではなかった。ヴァイオレットが謝れば、ふたりはまた友人同士に戻れるだろう。どんなに気をつけていても、心臓の愚かな弁は相変わらずばたばた動きつづけるのだから、放っておけばいい。心臓なんて、体のほかのあらゆる部分と同じ筋肉にすぎない。

彼女はマニキュアを塗り、髪を結った。ルイーザは最後にもう一度ドレスにブラシをかけ、鏡を持ってきた。もう地味ではない。ヴァイオレットはほとんど美人と言ってもいい状態になっていた。じっと自分の姿を見つめる。鏡の中の目が彼女をにらみ返した。

〝抱きしめられたいと思うことは、わがままではないわ〟

「静かになさい」自分に向かって言った。

「えっ？　奥さま、わたしは何も申しておりません」

ヴァイオレットは詫びのしるしに片手を振った。「彼女に話していたのよ」鏡を指差す。

「ああ、さようですか」ルイーザはひょいとお辞儀をした。「ほかに何かご用は？」

ヴァイオレットは首を横に振り、親友を探しに出かけた。

セバスチャンと話をしなければ。問題は、彼がヴァイオレットを知りすぎていることだ。どんな嘘も彼には通じない。

〝間違った印象を与えたかもしれないけれど、わたし、あなたにキスしたいなんて思っていないのよ。不幸にも筋肉が突然けいれんを起こしただけ。心臓の不随意な筋肉が引きつっただけのことなの〟

〝ええ、だって、わたしたちは親友でしょう？　親友がいるというのがどんなにすてきなことか考えてみて。キスしたいなんて思っていない親友が！〟

だめだ。セバスチャンはこちらが嘘をついていると見抜くだろう。

〝わたしはあなたにキスしたい。でも、それはいけないことに思えるの〟

〝わたしはとてもあなたにキスしたい。でも、怖いの〟

真実を伝えたら、セバスチャンはきっと分別のあることを言うだろう。たとえば〝単なるキスなのだから、また流産するような危険はないよ〟とか。たしかにそうだ。けれどもヴァイオレットはキスが怖かった。キスは終わりではなく始まりだ。キスをするというのは、陽光に照らされた大地に向かって扉を開きながら、こう言うようなものだ。〝心配しないで。

外に出る必要はないわ〟

ヴァイオレットは自分のこともよくわかっていた。もし扉を開けたら、彼女は外に出ていきたくなるだろう。

セバスチャンの部屋の前に立っても、ヴァイオレットは何を言うかまだ決めていなかった。ドアの取っ手は精巧な金属細工で、花びらが広がる様子を描いている。それを何時間でも見ていられそうだった。とりわけ、引き延ばす理由があるときには。

「愚かな心臓」そうつぶやいて、花びらの縁を指でなぞる。「どうしてじっとしていてくれなかったの？」生気のない、冷たいものならよかったのに。自分を傷つけたりしないものであってくれたら。ヴァイオレットはノックしようと片手をあげた。

「愚かな心臓」もう一度つぶやいた。「誰もわたしの筋肉を制御できない。わたし以外は誰も。わたしはノックする。そうよ。でも、それは——」

ドアが開いた。セバスチャンが向こう側に立っていた。ヴァイオレットを見て目を丸くしたが、何も言わない。そして、ああ、なんと彼女はまたしても間違っていた。心臓はただの筋肉ではない。全身に血を送り込む筋肉だ。心房と心室がリズミカルに動いているだけと考えようとしたが、セバスチャンが目の前にいると、それだけでないのは明らかだった。かすかに熱を帯びた閃光《せんこう》が全身を駆け抜け、体の組織が必要としている以上に血液が酸素を全身に運び、彼女は軽くめまいを覚えた。全身の機能はセバスチャンの微笑みによって支配され、彼がその笑みを向けてきたとたん、欲望を消し去ろうとするヴァイオレットの努力は無に帰した。

　彼女は一歩前に出た。セバスチャンはさがらなかった。それは避けられないことのように思えた。もはや自分の筋肉は勝手に動いていると言えたらどんなにいいか。だが、動かしているのはヴァイオレットだった。彼女が手をあげて、セバスチャンの髪に触れたのだ。髪はまだかすかに湿っていた。彼も風呂に入ったのだろう。

　セバスチャンは頭を傾け、彼女の指が髪をすくのを受け入れた。ヴァイオレットに引き寄せられるまま、顔を近づけてくる。

「セバスチャン」彼女はささやいた。

「なんなりと、きみの好きなように」

　ヴァイオレットはキスをした。これまでに一度だけ、怒りと苦悶《くもん》からセバスチャンにキスをしたことがある。だが、今のは違っていた。心臓のすべての部屋から、すべての弁から彼への気持ちが送り込まれてのキスだ。四つの部屋すべてが彼に向かって脈動している。ヴァイオレットが考えていることをセバスチャンが知らなくてよかった。知れば、彼女が正気を失ったと思うだろう。

　そうではない。彼はヴァイオレットのことを知りすぎている。おそらく彼女と一緒になって、声をあげて笑うだろう。それも悪くない。もっともヴァイオレットが望んでいるのは、彼にお返しのキスをしてもらうことなのだけれど。

　セバスチャンはそうした。唇でヴァイオレットの唇に軽く触れた。そしてもう一度、今度はもっとやさしく。それから腕を彼女の体にまわし、部屋の中へと引き入れた。ドアを閉める音はほとんど聞こえなかったが、気づけばヴァイオレットは背中に木の板を感じていた。そしてセバスチャンの脚が脚に押しつけられ、顔は彼の両手に包まれた。セバスチャンの口が開いた。

彼の舌が入ってくるとヴァイオレットは予想した。けれどもそうはならず、セバスチャンは肺からの空気を彼女のものと交換するのを楽しんでいるようだった。

「ヴァイオレット」彼が言った。「ぼくのすばらしいヴァイオレット」彼の唇が彼女の唇をかすめる。「ヴァイオレット。かわいいヴァイオレット。賢いヴァイオレット」

セバスチャンのキスに彼女は征服された。情熱が高まる中、すべての思考が停止するだろうとヴァイオレットはいつも想像していた。でも、そうではなかった。彼女は考えていた。考えることをやめられなかった――セバスチャンの指がどんなふうに神経の先端を撫でるか、彼がどうやって顕微鏡で調べるかのように正確に敏感な場所を見つけられるのか、考えずにはいられない。自分をここまで運んできた筋肉の動きを意識せずにはいられなかった。心房がどくんどくんと血液を送り出し、続いて心室が動く。血管を血が流れるのがわかる、と人が言うのを聞いたことはあったけれど、ヴァイオレットは動脈の中を血が流れていくのがわかった。飢えた組織へ酸素を送り込む、すべての毛細血管の中を流れる血を意識した。

ヴァイオレットはあらゆることを意識していた。セバスチャンが姿勢を正し、彼女をじっと見つめた。片手はまだ彼女の肩に置かれ、鎖骨を撫でている。

「あれはなんだったんだ？」彼が尋ねた。

「あれはキスよ」ヴァイオレットはつんと顎をあげた。「もしわからなかったのなら——」

「違う。ぼくがきいたのは、あそこで起こったのはなんだったのかということだ。ぼくはさっき、きみがもっと欲しがっていると思った。でも、きみは逃げ去った。それでぼくは自分が判断を間違えたのだと思った」

どう言えばいいの？　脳が心臓と闘って心臓が勝った、とでも？

「ばかなことを言わないで」ヴァイオレットは言った。「わたし、くさかったんだもの。お風呂に入りたかったの。それだけよ」

全部お見通しだと言いたげに、セバスチャンが微笑む。「ヴァイオレット」彼はかがみ込んだ。「今後の参考までに言っておくが、ぼくはきみがどんなにくさくても気にしないよ」

「あら、わたしは気にするわ」腕を組み、部屋の奥の壁を見つめる。「そして今後の参考までに言っておくけれど、わたしの心臓はロバ並みなの」

セバスチャンは彼女を見つめた。「なるほど。重い荷物も運べるというわけか」彼はまたヴァイオレットにキスをした。

「そういうことを言いたかったんじゃないわ」彼女は抗議した。今はキスをしていないので、セバスチャンとキスすべきでない理由を思い出せた。だが、もう遅い。キスは彼のものになってしまった。「これは絶対にうまくいかないわ。考えてもみて、セバスチャン。わたしは性交ができない。でも、あなたはそれが大好きなのよね」

彼はしばらく何も言わなかった。ただヴァイオレットの手を取り、親指をさすった。そのやさしい仕草で、彼女の恐怖をすべて洗い流せるとでもいうように。もしかしたら、セバスチャンにはそれができるのかもしれない。彼に触れられていると、恐怖が消えていくのを感じる。

「反論したいことはある」彼がようやく口を開いた。「だが、やめておこう。ただ見ていればいい、ヴァイオレット。ぼくたちに何ができるか、きみにはきっとわかる。それは想像しているより、もっと簡単なはずだよ」

結局のところ、セバスチャンは正しい。

ヴァイオレットにとって、友人たちのいる部屋に戻り、自分が何をやってきたか、何を望んでいるかを彼らに話すのは簡単だった。戦闘計画を引き継いだ将軍のような雰囲気でミニーが指揮をとる中、次に起こすべき行動を考えるのは容易なことだった。

リストを作るのも簡単だった。講演の手配をする。母に話す。それはまるで購入すべき品物のリストを作るようなものだった。自分自身でいるのは簡単だ。笑いたいときに笑い、もう嘘をつく必要もない。

あまりにも簡単で、そのことがヴァイオレットの神経をいらだたせていた。

ずっと簡単なままであるはずがないと知っているから。

18

「まあ、ありがたいこと」リリーはヴァイオレットが座っている部屋へ勢いよく入ってきて言った。「あなたって、どうしてそうなのかしら。わたしがあなたに来てほしいと思っているときは、いつだってわかるのね」

ヴァイオレットは座ったまま目をぱちくりさせるしかなかった。リリーがソファの隣に腰を落ち着ける。ふたりのスカートが触れ合うくらいに距離が近い。彼女は手を伸ばして妹の手を取った。

「ヴァイオレット」リリーが言った。「今、大変なのよ。アマンダがわたしの言うことを聞かないのは知っているでしょう？　最後はもうお互いに叫び合っていたわ――本当に叫んだのよ！　去年まではとてもいい子だったのに。どうしてこんなことになったのか、わたしにはわからない。あなたからあの子に話をすると言ってちょうだい」

リリーはまっすぐな目をして、あまりにもかわいらしく見えた。ヴァイオレットは危うく同意するところだった。自分がここに来た理由を無視できるなら、それもいいかもしれない。でも……そういうわけにもいかない。

「あの恐ろしい本のせいよ」リリーが打ち明けるように言った。「もっと早くアマンダから取りあげるべきだったわ。あの子、結婚を申し込もうとしている伯爵のことをいやだと言っているだけじゃないの。結婚そのものを望んでいないのよ」

ヴァイオレットは黙って聞いていてもよかったが、リリーが妹を愛しているのか、あるいは単に利用しているのかはさておき、彼女は姉のことを愛していた。その姉に直接伝えもせずに、人前で衝撃的な発表をして驚かせるわけにはいかない。

「今日はアマンダの話をしに来たんじゃないの」ヴァイオレットは言った。

リリーが目をしばたたいた。「あら」唇が引き結ばれる。「そうなの。でも、どんな理由で来たにせよ、それはちょっと置いておいてもいいんじゃない？　まずはわたしの――」

「それは無理よ」ヴァイオレットはさえぎった。「わたし、お姉さまが想像しうるかぎり、もっとも強烈な醜聞に家族を巻き込んでしまいそうなの」

リリーが青ざめて身を引いた。「マルヒュアね」ため息をついて妹の手を放す。「なんてこと、こうなるとわかっていたのよ。わたしがもっとはっきり言うべきだったわ」彼女は両手をもみしぼった。「彼があなたを誘惑したんでしょう。あなたは甘美な罠にはまってしまったのね」

「そんなありがちなことじゃないわ。もっと悪いことよ」ヴァイオレットの心臓は早鐘を打ちはじめた。

リリーが目を丸くする。「これ以上に悪いことなんてあるの？」

ヴァイオレットは覚悟を決めた。「遺伝について彼がやってきた研究のことは知っているでしょう?」

姉の唇がゆがんだ。「そのことは知らずにいようと努力しているわ。それがどう関係しているの?」

「その研究は彼のものではないの」

リリーが眉をひそめ、椅子の中で身じろぎをする。

「それは彼の研究ではないのよ」もう一度言った。「ほとんどはわたしがやった研究よ。そして、わたしはそれを公にすることにしたの」

ひょっとしたら、ヴァイオレットはリリーの目がやさしくなることを期待したのかもしれない。姉が喜びの声をあげ、彼女を抱きしめて〝ああ、ヴァイオレット、あなたは昔から賢かったものね〟と言ってくれるのを夢見ていたのかもしれない。

内心、姉が抱き寄せてくれることを期待していたのだ。無意識のうちに。だから失望に心臓をわしづかみにされた瞬間、自分でもその期待の大きさに驚いたほどだった。

なぜなら、リリーはどの行動も起こさなかったからだ。代わりにヴァイオレットを見つめるばかりだった。まるで彼女が赤ん坊の料理法の本を出すとでも宣言したかのように。

「まあ」姉はとうとう冷ややかに言った。「なんてすてきな冗談なの、ヴァイオレット。危うく信じるところだったわよ」

ヴァイオレットは隣のソファに座っている女性がとても遠くに離れてしまった感じがした。

これは自分に起こったことではない。心臓が万力で締めあげられているように感じているのは自分ではない。誰か別の人だ。

「わたしは冗談なんて言ってないわ」

それに対する反応は沈黙だった。リリーはさっと立ちあがり、窓辺へ歩いていった。

「あなたは冗談を言ったのよ」きっぱりと言う。「あなたが何を考えているかなんて、どうでもいい。あなたは冗談を言った。そうに違いないわ。そんなことをして、わたしが、そしてわたしの子どもたちがどうなると思うの？　誰からも相手にされなくなるわ。アマンダにはすでに〝男たらし〟なんていう恐ろしい評判が立っているのよ。うちの家族は完全に笑いものになるわ。わたしはあなたをよくわかってる。ヴァイオレット、あなたはそんなわがままなことをする人じゃないはずよ」

「わがまま？」ヴァイオレットは尋ねた。「わがままですって？」

「ええ、わがままよ。自分以外の誰のことも考えていない――何をしたら自分が楽しいか、どうしたら一瞬の快楽を得られるかということだけ。あなたのやることがわたしにどういう影響を及ぼすか、まったく考えていない」

ヴァイオレットは奇妙な感情を覚えた――世界から大事なものがどんどんはぎ取られていくような。このソファに座っているのは誰か別の人などではない。これはどこかの奇妙な女性に起こったことではない。自分に起こったことなのだ。

「お姉さまはいつも」ヴァイオレットは言った。「わたしが自分のために何かを望む価値もない人間みたいに、わたしのことをわがままだと言うのね。でも、わたしはただ自分のためにやるんじゃないわ。夫の陰に姿を隠すしかなかったすべての妻たちのために、そうするつもりなの。結婚したいと思えない、そして結婚以外に何をすればいいのか教えられてこなかったアマンダのために、それをやるつもりなのよ」

リリーが目を見開き、一歩踏み出した。「あの子にあの本を与えたのはあなたね」

「彼女に話をしてくれと言ったでしょう」ぴしゃりと言い返す。「だからそうしたのよ」

「あなたがあの子の頭の中に、あんな考えを植えつけたんだわ——完璧な結婚に背を向けて歩み去ってもかまわないなんていう考えを。あなたのせいよ」

「彼女は自分でその考えにたどり着いたんだと思うわ、残念ながら」ヴァイオレットは肩をすくめた。「自分にとって完璧な結婚なら、彼女は背を向けて去りたいなんて思わなかったでしょうに」

「まあ、いいわ。アマンダには選択肢なんてないんだから!」リリーは歯をむき出してうなった。「教育を受けたいと言ったのよ、あの子。あらゆることを学びたいって。そんなことはさせないわ。この家に住んでいるかぎりは。わたしのお金でそんなことをさせるものですか。さあ、それで——どんな気分なの、ヴァイオレット?　アマンダにいちばんいいことをしてあげたと今でも思うの?」

「お姉さまが許さないなら、彼女はわたしの家に来ればいいわ」ヴァイオレットは言い返した。「わたしが彼女に教育を受けさせる。お姉さまは自分の娘がもっと大きくなれるという可能性を信じられないんでしょうけれど、縮こまって取るに足りない存在でいればいいなんて、わたしは彼女に教えたりしない。お姉さまを喜ばせるために、自分を小さな箱の中に押し込めるつもりはないわ」

「わたしのことを考えたくないなら、わたしの子どもたちのことを考えてちょうだい」リリーが言った。「誰にも相手にされず、社交界から締め出され、あざ笑われるのよ！　あの子たちをそんな目に遭わせるほど、あなただって無情ではないはずでしょう」

わがままだと言いたいのだ、またしても。

「片足を切り落とさないと社交界に受け入れてもらえないのなら」ヴァイオレットは言った。「さっさと切り落とすといいわ。そんな野蛮な世界からわたしがアマンダを守っても、お姉さまはわたしがわがままだと言うの？」

リリーは眉をひそめた。「それとこれとは話が別よ」

「そうよ、まったく別の話。わたしが言うべきことに永遠に残るような価値がないのなら、一年もすればみんな忘れるわ。そうならなければ――そうね、お姉さまの子どもたちは有名人のおばを持つことになる。お姉さまはわたしを切り捨て、社交界の慈悲を受けられるようにがんばってちょうだい。子どもたちはどの道を行くか、自分で決められるでしょう」

ひょっとしたら、ヴァイオレットはまだ期待していたのかもしれない。姉が抗議の声をあげ、あなたを愛している、あなたとの絆を切ることなどできないと言ってくれるのではないかと。

けれどもリリーは頭を振った。「そうするしかないのなら、仕方ないわね」

妹を励ます言葉はいっさいなかった。愛情あふれる言葉も、後悔をにじませる言葉も。ヴァイオレットがリリーにとって大事な存在だということを示す言葉は、まったく出てこなかった。

「お姉さま」最後にもう一度だけ試みた。「これがわたしにとってどんなに意味のあることか考えてみて。この一〇年、わたしは真実を口にしないよう自分を殺してきたの。自分に何ができるか、自分が何を考えてきたか、自分が何者であるかを隠してきた。わたしは遺伝科学の最先端を研究している専門家なのよ。感じないの？　少しぐらい……」言葉が途切れる。

誇らしいと？

「腹立たしいって？」代わりにリリーがそう言って、頭をさっとあげた。「あなたが何をしたか、あなたの頭をどんな考えがよぎったか、わたしは考えないようにするわ。あなたがずっとわたしに隠し事をしていたことも考えないようにする。でも、そうよ、ヴァイオレット。わたし、あなたに腹を立てているわ」


やるべき仕事のリストは少しずつ減っていた。だが、ヴァイオレットはもう簡単だとは思えなくなっていた。

「想像もできないわ」その晩、ヴァイオレットは言った。「母に話したら、いったいどんなことになるか」

ふたりはロンドンにいた。セバスチャンが事務室として使っている、庭師用の小さな小屋だ。彼は抱擁とキスでヴァイオレットを迎えた。だがふたりきりになっても、それ以上は彼女を誘惑しようとしなかった。

セバスチャンがまるで何もなかったかのようにふるまっていることに、ヴァイオレットは困惑した。まるでただの友人同士であるかのようだ。

キスをした友人。

「わたしにはいつだってリリーがいたわ」ヴァイオレットは言った。「みじめに感じたとき、姉のところに行けば、何かやるべきことを与えてもらえた。姉のいない世界を想像するのは難しいわ」

「もしかしたら彼女は戻ってくるかもしれないよ」セバスチャンが言う。

ヴァイオレットは首を横に振った。たとえ戻っても、もう同じではない。リリーが妹のことを都合のいい存在という以上に気にかけてくれているのかどうか、ヴァイオレットはいつも疑問に思っていたが、そうではなかったと今ではわかってしまったのだ。

ヴァイオレットはソファに座っていた。クッションがあまりにも心地よくて、体にぴったり合うことを意識せずにいられなかった。これではベッドと変わらない。セバスチャンがやってきて隣に座った。ヴァイオレットが慎重にもたれかかると、彼は彼女を抱き寄せた。セバスチャンの腕のぬくもりの中で、ふたりの体はぴったりとくっついた。彼に抱かれるのは奇妙な感じがする。昨日ケンブリッジでキスをして以来、ふたりきりになったのはこれが初めてだ。

そして今……。

ある予感にヴァイオレットの肌は粟立《あわだ》った。胃がよじれる。セバスチャンの慰めを求めながらも、これからどうなるのかと考えると恐ろしかった。

「本当にお母さんのほうが大変なことになると思うかい？」彼が尋ねる。

ヴァイオレットは身震いした。「リリーはわめいて文句を言うわ。でも、言葉で言ってくれる。母は、そうね、うなずいて微笑むでしょう。そして、あらゆることを妨害する手段を探す。母がわたしのことをどう思っているかは、もうわかっているの。母は言葉ではなくて行動に出る人なのよ」

セバスチャンが身をかがめ、彼女は首筋にかかる彼の息を感じた。「たしかにそうだな。それにしてもリリーの反応は……まさにリリーだ」

ヴァイオレットは彼のほうに振り向こうとした。

「それ以上は言わないでおくよ。彼女はきみのお姉さんだし、ぼくだってばかじゃない。でも……」セバスチャンは言葉を切った。「いや、それも言わずにおこう。ぼくはやっぱりばかじゃないからね」

ヴァイオレットは思わず微笑んだ。「姉も大変よ。大勢の子どもがいるんだから。子どもたちのことを、まず考えなくてはいけないんだもの」

「まあね」

「姉は暗い秘密というものにうまく対処できない人なの」彼女は言った。「父が亡くなったとき、状況は実際に目に映るものとはかなり違うということで、姉はなんとか自分を納得させていたわ」

「ふうん」

「リリーには、かなりの迷惑がかかることになる」ヴァイオレットは続けた。「父のことで苦労したあげくに、こんなことを受け入れてくれと言われても――」

セバスチャンが彼女を自分のほうに向かせて、鼻と鼻がくっつくほど顔を近づけた。

「ヴァイオレット」静かに言う。「ひとりの男が自殺するのと、ひとりの女が生物学的に生命体の秘密を発見することのあいだにはとてつもない違いがある。どちらも激変を引き起こすが、前者は嘆きの原因となる。後者はお祝いをするべき理由になるんだよ」

「でも――わたしはやっぱり侵してはいけない社会のルールを破ろうとしているんだわ」

「どんなルールだい？」彼は興味津々という顔できいた。

「女はものを考えるべきではない、考えたことを人前で発表するべきではない、というルールよ」

「ああ、女は知的であることが許されない、というルールか」セバスチャンは彼女の額にそっと口づけた。「そんなものは燃やして地面に叩きつけてやれよ、ヴァイオレット。その灰の上で踊ってやるんだ。そんなことをするのはわがままだなんてきみに言うやつは、呪われるがいい」

彼女は思わずセバスチャンに微笑みかけた。彼の両手がヴァイオレットの肩へと滑り落ちていき、そのあとに鳥肌が立った。

「全部燃やしてしまうんだ、スウィートハート」

自分は誘惑されつつある――いや、もうすっかり誘惑されている。セバスチャンの指がヴァイオレットの肋骨《ろっこつ》のまわりを滑り、彼のほうへと引き寄せた。彼女は心臓がはずむのを感じた。両手がちくちくと痛む。

「あなたはどう思うの？」彼女はささやいた。

「ぼくはパラフィン油をみんなにぶっかけてやる」セバスチャンのあたたかな息が唇に吹きかけられた。熱い両手がヴァイオレットの腰に当てられている。「そしてきみにマッチを一本取ってくれと言う。だが、きみはすでに自分で閃光を放っている」

彼女の全身が輝き、セバスチャンのほうへと傾いた。彼に触れたい。両手を黒髪に這わせたい。ヴァイオレットの体はセバスチャンの体を、彼を求めていた。彼に脇を撫でられるにつれて、体の奥に熱い液体が集まってくる。

だが、ヴァイオレットはこの段階をよく知っていた。甘い言葉に釣られるとどういうことになるか、よくわかっていた。恐怖が全身を駆けめぐるのを抑えきれない。情熱のあとにやってくるものの記憶が、体の奥に刻まれているから。

震える息を吐いて彼の手をつかんだ。「セバスチャン、わたしには無理よ」

彼が凍りついた。「何が？」

「誘惑されること」ヴァイオレットはあえいだ。「特にあなたみたいな放蕩者に」

「放蕩者か」セバスチャンはのけぞり、片手で髪をかきあげた。「放蕩者という種が存在するみたいな言い方だな」

「放蕩者にキスをされれば、そうとわかるの」重々しく言う。

セバスチャンはヴァイオレットの手を放し、その手をわざと彼女のヒップに置いた。ドレスの下の肌に、彼の指のあたたかさが伝わってくる。「そんな簡単なものじゃない」親指が小さく円を描いて愛撫を始めた。「きみには放蕩者の系統学を考えてもらわないといけないな」

「放蕩者の系統学？」目を細めて彼をにらんだ。「どういうつもりかわかっているわ。科学でわたしの気をそらそうというのね」

「そのとおり」セバスチャンがウインクした。「そして、その効果はてきめんだ」

「歪曲《わいきょく》された科学でわたしの気を散らすなんて」ヴァイオレットは非難した。「放蕩者は習熟した行動による特徴よ。種の名称じゃないわ」

「いいから聞いてくれ。重要なのは、きみがぼくを〝無関心な放蕩者《レイクス・インディファレントゥス》〟と混同しているということだ。これは、できるだけ多くの女性を略奪することを目的にして、自分の目指す穴がきつくて濡れているかどうかにしか関心がない放蕩者だ。危険は気にしない。妊娠など取るに足りないことだと思っている。女性の感情も評判も――そう、女性の満足もどうでもいい。女性の脚のあいだに入れさえすれば、それでいい」

「あなたの種の分類について間違っているところを、全部リストにしたいわ」

セバスチャンは無邪気さを装って目を丸くした。「すばらしい。ぜひともそうしてくれ。ぼくはきみに間違っていることを話しつづけるとしよう」

ヴァイオレットはもじもじと体を動かした。セバスチャンは微笑み、片手で彼女を抱き寄せて、背中を指でなぞった。

「レイクス・インディファレントゥス、汝《なんじ》は哀れなり。愉快なことに、こいつの寿命は短い。餌食にした女性に殺されるか、その女性を愛する男に殺されるか、そうでなくても淋病《りんびょう》にかかる。この種はこの病気への耐性が弱いんだ」

ヴァイオレットは思わず微笑んでいる自分に気づいた。

「続いて〝用心深い放蕩者《レイクス・プレコーティカス》〟の登場だ」

ヴァイオレットは疑わしげに言った。「有効な学名とは思えないわ」

「口をはさまないでくれ。きみには最後に質問の機会を与えよう。で、こいつはやり方を熟知している放蕩者だ。相手にするのは、みずから望んで寄ってくる女性だけ。避妊具を使ったり、妻にする可能性のある女性を診察するために医者を雇ったりする。自分の美点を保存するために」セバスチャンは肩をすくめた。「概して、こういう人々は行為に夢中になるあまり、レイクス・インディファレントゥスに変身するか――」

「それなら、それはちゃんとした種として認められないわ」

セバスチャンは異議を無視した。「あるいは用心することにうんざりしてしまい、相手の女性を生涯でひとり、あるいはせいぜい数人に限定する」

ヴァイオレットは鼻にしわを寄せた。「それで、あなたは変身しかけているレイクス・プレコーティカスというわけ？」

セバスチャンは腕の長さの分だけ遠くに彼女を離した。「マイ・レディ」威厳をこめて言ったが、口調とは裏腹に目はいたずらっぽく輝いている。「ぼくは違う。こんな哀れなふたつの種と一緒にしないでくれ」

「あら」首をかしげて彼を見た。「じゃあ、あなたはどういう種なの？　〝巨大な放蕩者《レイクス・ジャイガンティカス》〟とか？」

彼は気取った笑みを浮かべた。「違う。だが、それはいい名だ。亜種として記憶しておこう」

「じゃあ、〝不適切な放蕩者《レイクス・インプロペラス》〟？」

「傷つくな」傷ついているどころか、セバスチャンは楽しそうに見えた。「きみも聞いたことがあるだろう。慎《つつ》ましく、聡明で、もっとも人気のある〝完璧な放蕩者《レイクス・パーフェクトゥス》〟のことを」

ヴァイオレットは体を折って大笑いした。

「いやいや、お辞儀などしなくていい」セバスチャンは言った。「片膝を折って軽く会釈してくれる程度でかまわないよ」

彼女は姿勢を正し、片手を心臓のあたりに当てた。

「嘘でしょう？　わたし、本当にレイクス・パーフェクトゥスの前にいるの？　メスをちょうだい。今ここで解剖させて」

「そんな必要はない――研究はもう完成している」セバスチャンは上着で爪を磨いた。「レイクス・パーフェクトゥスが誕生するのは――そう、もとは平凡な男なんだ。とはいえ」にやりとする。「いくらぼくでも、平凡さなどという資質まで引き受けるのは無理がある。ある並はずれた男が、とでも言っておこうか。その男が、決して恋してはいけない女性に恋してしまったとき、レイクス・パーフェクトゥスが誕生するんだ」

ヴァイオレットは自分の顔から笑みが消えるのを感じた。

セバスチャンが肩をすくめる。「その女性は別の男と結婚しているのかもしれないし、彼のことを愛してくれないのかもしれない。彼は生涯の恋人を亡くした男やもめなのかもしれない」

「悲しい話になってきたわね」彼女は言った。

「レイクス・パーフェクトゥスは、自分がほかの誰とも恋に落ちることがないのを知っている――彼女が心の中にいるかぎりは。だが、ほかの女性を傷つけたくもない」セバスチャンの声が低くなった。「彼女が心の中にいるかぎり、ほかの女性との逢い引きの回数は少なくなるかもしれない。だがそれは、自分の都合だけを気にしているからではなく、その相手のためを思ってのことだ。というのも」彼は目をそらした。「もしかしたら、いつか自分の愛する女性が別の男と恋仲になるかもしれない。そのとき、自分が相手の女性を扱ってきたように、その男には彼女を大切に扱ってほしいと思うから……」

「セバスチャン」ヴァイオレットは言った。「あなたは大人になってからずっと、放蕩者として生きてきたわ」

彼は大きく息を吸った。「きみの結婚式の前夜を覚えているかい？　きみは神経質になっていた。ぼくが冗談めかして、きみは夫を捨ててぼくと駆け落ちするべきだと、どれだけ言ったか覚えているかい？」

「わたしは一八歳だった」セバスチャンをちらりと見た。「あなたは一六歳。まだ学生だったわ」

「ああ、そうだな」彼は唾をのみ込んだ。「そしてあれは冗談じゃなかった」

ヴァイオレットは何を言えばいいのかわからなかった。「セバスチャン、そんなはずないわ。あれは一六年も前のこと。あなたはまだ少年だったのよ」

「ぼくが何を言いたいかと言うと」セバスチャンが静かに言った。「ぼくは少年だった。そしてあの頃――少年から大人になるんだと自分でもわかっていた。実際にそうなった。しばらくのあいだはね。だがもっと大人になると、ぼくは少年に戻っていったんだ」彼は肩をすくめた。

ヴァイオレットは頭を振った。

「何年ものあいだにいろいろな変化があった。一六年間、ぼくはきみと性的な関係を持たなかった」セバスチャンは彼女の手をつかみ、人差し指で軽く手首を押した。「そのことを考えるだけで、きみが恐慌状態に陥るのはわかっている」

ヴァイオレットはゆっくりと息を吐いた。自分の脈動がハンマーのように彼の指を打っているのが感じられる。

「わたしはあなたのことをよく知っているわ、セバスチャン」彼女は言った。「あなたは性行為が好き。わたしにとっては、それは恐ろしいことなの」

彼が片方の眉をあげた。「レイクス・パーフェクトゥスについてもっと詳しく説明しよう。放蕩者にとって重要なのは、みんなが満足していて無事だと思えることだ。ある晩、ホテルのぼくの部屋まで来た女性が、そこで気が変わったということがあった。ぼくたちは小銭を賭けて、トランプの二一をやって朝まで過ごしたよ」

「彼女に腹を立てなかったの？」

「そうすべきだったと思うかい？」セバスチャンが肩をすくめた。「ぼくは三シリング勝った」ヴァイオレットの髪をもてあそび、指にくるくると巻きつける。「その女性とは今でも友だちなんだ」

「真面目に言っているとは思えないわ」

「ぼくはたいていの場合、真面目じゃない」彼は言った。「だが、これに関しては――レイクス・パーフェクトゥスはとんでもなく時間をかけて、病気や妊娠の危険なしに満足を得る方法を学ぶ。そのほうが幸せな人生が送れるからだ」

「でも、本当にトランプをして過ごしたの？」

「相手には、ぼくを好きになってもらいたいんだ」また肩をすくめる。「女性がこのまま突き進むのが怖くなって寝室で泣きだしたとき、トランプをひと箱持っていれば、彼女を幸せにできるんだよ」

彼が実際にそうしているのを、ヴァイオレットは想像できた。

「そうなると、彼女は自分の友人たちに並はずれて思いやりのある恋人の話をするだろう。友人たちが、そのまた友人たちに話すとすると……」セバスチャンが彼女に笑みを向ける。

「純粋に自分本位な観点から、ぼくは相手が笑顔で帰っていくようにしたほうがいいということを発見したんだ」

「でも……」

「そうなれば、ぼくも心から性行為を楽しめる」

体がかっと熱くなるのを感じて、ヴァイオレットはため息をついた。

「だが、キスも好きだ」セバスチャンがそう言ってかがみ込み、唇を彼女の鎖骨につけた。

「それに愛撫も。トランプでブラックジャックをやるのと、子どもを授かるように必死でがんばるという究極の二択のあいだには、数えきれないほどの可能性があるんだよ。そしてぼくはとても、とても、とても……」言葉を切って唇を彼女に押し当てる。「とても」さらに繰り返した。「とても興味がある。きみが好むのは、どの可能性なのかを発見することに」

ヴァイオレットは考えられなかった。セバスチャンの息が胸をくすぐり、彼の両手に抱き寄せられているあいだは、考えることなどできるわけがない。

「待って」彼女は言った。「あなたのいわゆる分類について、わたしの感想をまだ言っていなかったわ」

「そうだったかな？」彼がまたキスをする。

「どれもお話にならない」

「そうかもしれない」セバスチャンはウインクした。「でも、きみは今、微笑んでいる。すべてはぼくのよこしまな企みどおりだ」

「あなたはよこしまなことを企んでいるの？」

「もちろんさ。今夜のうちに、ぼくはきみとブラックジャックで対決するつもりだ」

ヴァイオレットは真面目な顔をしようとしたが、どうにも笑みが隠せなかった。

「それに向けて、お互いにがんばらないと」セバスチャンがふざけた調子で言う。「上等な放蕩者は、最初の容認のしるしを受けてすぐにトランプを出したりしない。今からぼくがきみの背中をマッサージしてやろう」

ヴァイオレットは体を離して彼を見た。「それは何かの遠まわしな言い方？」

セバスチャンが眉をひそめて上を向く。「ああ。そのとおり。ぼくが背中と言う場合、そこには肩と首も含まれる」

彼女はごくりと唾をのみ込み、それがどういう意味なのかを考えた。セバスチャンの両手が自分を撫で、筋肉をこねくりまわす。彼女をくつろがせるために。

「それが終わったらどうなるの？」

彼が身をかがめてきた。「終われば、ぼくはきみに触れるのをやめる。放蕩者の名誉にかけて誓うよ」

ヴァイオレットは震える息を吐いた。セバスチャンは信頼できる人だ。彼がやめると言うのなら、きっとそのとおりにするだろう。

彼は立ちあがり、ヴァイオレットにうつぶせで横たわるように命じた。彼女は深呼吸をして寝そべった。

セバスチャンの手を感じて、彼女の体はこわばった。てのひらが背中の下のほうへ滑ると、緊張のあまり飛びあがりそうになった。けれども、彼はそれより下には手を動かさなかった。ヴァイオレットが恐れていたように、脚を広げさせることもない。鼓動が次第に遅くなり、呼吸も落ち着いてきた。頭の中では警報が鳴り響いていたが、体からは力が抜けていく。

彼は片手をヴァイオレットの背骨に沿って滑らせ、肩をつかんだ。

「ここだ。筋肉がひどくこわばっている。まさにここだよ」

「ごめんなさい」

「謝ることじゃない。もう少し力を抜けば、もっといい気持ちになれるよ。こんなふうに」

なだめるような、やさしいマッサージだった。セバスチャンの指はごく軽く筋肉を押した。夫が妻にするような、怒りまじりの期待がこもったマッサージではなかった。〝おまえのために何をしてやったかわかっているだろうな、おまえがいい気持ちになったんだから、おれを脚のあいだに入らせろ、さもないと次はないぞ〟そう声高に叫んでいるようなものとは、まるで違っていた。

「きみはずっと温室の花壇にかがみ込んでいるから」セバスチャンが言う。「ここがすっかり凝っている」彼は背中の凝りを押した。ヴァイオレットの口から、ひゅっと音を立てて息がもれる。「そしてここも」また痛い部分が押された。「ぼくの言っていることはわかるね？きみの体にはその日の労働が刻まれている。ほんの少しだけでも、その重い荷物をおろせるかどうか見てみよう」

もうヴァイオレットへの興味を失ったからマッサージに集中しているのだと思えるくらい、彼は熱心に凝りをほぐしていった。官能を呼び覚まそうとすればできたかもしれない。彼女の上にかがみ込むときに体をかすめさせたり、親指で凝りをほぐすついでに、うなじに口づけたりすることもできたはずだ。しかしセバスチャンがどんなにそっと触れても、彼の体があまりにも近いことを意識して、ヴァイオレットは身震いしていただろう。セバスチャンができるだけヴァイオレットに触れないようにしていることに、彼女はちゃんと気づいていた。同時に、自分がいかに無力かということも意識していた。ヴァイオレットがどんなに抗議したところで、セバスチャンは難なく彼女を組み敷くことができるはずだ。

いざというときに抗議できるかどうかも、彼女はわからなかった。

でも、セバスチャンはしつこく迫ったりしないと約束した。彼の手はヴァイオレットをあたためては離れていく。彼女は次第に心地よく波間を漂っているように感じはじめた。

しばらくしてセバスチャンが身を離した。「ほら、思ったとおりだ。きみは微笑んでいる」

ヴァイオレットは横向きに転がり、彼がその隣に腰かけた。

「でも、あなたはもっと欲しいはずよ」セバスチャンの下腹部がこわばっているのが、ゆったりしたズボンの上からでも見て取れる。「それに……」そこまで認めるのは怖かったが、彼に隠し事はしたくない。「あなたのせいで、わたしももっと欲しい気分になっているわ。それはつまり……」

「それはなんであれ、ぼくたちが意味があると思うことを意味しているわけだ」セバスチャンは肩をすくめた。「欲しいという気持ちは運命じゃない。ぼくたちは大人だ。欲しいと思うことが楽しくなければいけない」

「でも、そのゴールは何？　わたしたちはどこに向かっているの？」

「きみの完全降伏」彼が歌うように言う。

ヴァイオレットは息をのんだ。

「ぼくは本当の意味で生きているとは言えない」セバスチャンはいたずらっぽい目つきで続けた。「きみの操を味わって、骨の髄までしゃぶるまでは」

彼女はセバスチャンの脇腹をつついた。「笑えるわ」

「ほら、きみはぼくが本気で欲しがるものがあるとは信じていない」

とはいえ、ヴァイオレットから得られる楽しみがこれで終わりだと知ったら、彼は満足しないだろう。ひと晩に何度か触れて終わりだとしたら。欲しいと思うことが楽しいとセバスチャンは言うけれど、それだけで二週間も過ごせば、あたたかで上質なユーモアは失われるに違いない。そうなると言葉も変わってくる。ヴァイオレットが冷淡で、親切を仇で返すわがままな女だという非難がぶつけられるようになる。彼は最後に自分を解放してからずいぶん経っていると言っていた。男性は禁欲するために作られた生き物ではない。そしてセバスチャンは、男性の中でもいちばん禁欲には向かない人だ。

ヴァイオレットは言い返そうと口を開いたが、そのまま閉じた。欲しいと思うことが楽しくなければいけないとセバスチャンは言ったけれど、彼女が恐怖を感じることなく何かを欲しいと思えたのは遠い昔の話だ。欲しいという気持ちは、ヴァイオレットに対して突きつけられるものだった。そのたびに、彼女自身は欲しいとは思えなくなっていった。

「セバスチャン」彼女は言った。「わたしたち、こんなことを続けるわけにはいかないわ」

ヴァイオレットは考えて――セバスチャンの手が自分の脚のあいだを滑り、欲望のつぼみを見つけることを想像して――燃えるような息を吐いた。けれども、彼はただ身をかがめて、彼女にキスをしただけだった。

19

翌朝、ポケットの中には出頭命令が入っていたにもかかわらず――そのぶっきらぼうな呼び出し通知は出頭命令としか言いようがない――セバスチャンは奇妙なくらい上機嫌だった。彼は兄の書斎に入っていくときも微笑んでいた。目をあげることさえしないベネディクトの冷たい無関心ぶりにさえ、セバスチャンの機嫌は損なわれなかった。

前回兄に会ったとき、心に決めたのだ。ベネディクトに反論するのはやめようと。そんなことをしても無駄だし、怒らせても意味がない。

それからさらに五分間、ベネディクトは弟に目もくれなかった。とうとうセバスチャンは机の向かい側に腰かけ、口笛を吹きはじめた。

子どもじみた手口だが、効果はあった。《女王陛下万歳》を吹いていて三度目に音をはずしたとき、ベネディクトのいらだちが弟を無視しようという気持ちをうわまわった。

「それをやめられないのか?」兄はついに顔をあげて詰問した。

「それって?」無邪気に尋ねる。「ぼくが何か?」

「そのひどいさえずりだ」

「おっと、失敬」セバスチャンはわざとらしく申し訳なさそうな声を出した。「兄さんがヴィクトリア女王をお嫌いだとは知らなかったよ。違う曲にすればよかったかな」

「女王は好きだ――」ベネディクトは言葉を切り、思わず唇を笑みの形にゆがめた。「やめろ、セバスチャン。そんなふうにわたしをいらだたせるつもりはないはずだ」

うわべの無邪気さを捨てて、セバスチャンは身を乗り出した。「念のために言っておくが」彼は言った。「危急の用事だと呼びつけておいて、現れたぼくを無視したのは兄さんだぞ。ぼくに兄をいらだたせる弟の役をやらせたくないのなら、尊大な兄を演じるのはやめてくれ」

弟と目を合わせ、ベネディクトはため息をついた。「たまにだが」つぶやくように言う。「おまえは要点を突いてくる。前回言われたことを考えてみたんだ。わたしはもしかしたら、おまえを厳しく評価しすぎたのかもしれない。おまえの言うことにも一理あるんじゃないかと思ってね」

セバスチャンは息を詰めた。「おやおや。だとしたら、口笛を吹いたことについては本当にすまなかった」

ベネディクトはまばたきもしなかった。「何週間もそのことを考えていたところで、新聞の記事を見た。ほんの小さな記事だったが、おまえがケンブリッジで講演をしたという話だ。科学の講演を」

セバスチャンは唾をのみ込んだ。「ああ」

「科学の研究はもうおしまいにしたと言っていたじゃないか」

「たしかに。ある意味ではね。あれは……最後の締めくくりというか、最終結果を発表するようなものだよ」

「わたしも自分にそう言い聞かせた」ベネディクトは言った。「だが、そんな言い訳はもう通らない。これはいったいなんなんだ？」

彼は新聞を掲げ、とある告知を指した。

〝二日後にマルヒュアによる遺伝研究についての重要な講演あり〟

小見出しにはこう書かれていた。〝劇的な物議を醸すこと必至〟

「ああ」セバスチャンは言った。「そのとおり。なるほど、それを見たのか」

「そのとおり？」ベネディクトが信じられないという様子で繰り返す。

「ええと……」セバスチャンは身を乗り出した。「秘密は守れるかい？」期待をこめて尋ねる。

「劇的な物議を醸すこと必至の秘密を？」ベネディクトが皮肉っぽく言った。「守れるかもしれない。話によりけりだ。どんな秘密なんだ？」

ヴァイオレットは彼女の姉に話した。二日後になれば、誰もが知ることになる。それに兄にはセバスチャンから直接言うべきだろう。彼は息を吐いた。

「遺伝に関するぼくの研究だが」唾をのみ込んだ。「兄さんの言ったことは正しかった。ぼくはぺてん師だよ」

ベネディクトが眉をひそめる。「なんだって？　いったいなんの話だ？」

「ヴァイオレット・ロザラムを覚えているかい？　今はヴァイオレット・ウォーターフィールドだ。カンベリー伯爵未亡人だよ」

「彼女のことは忘れるほうが難しい」ベネディクトが言った。「昔、われわれの家から一キロも離れていないところに彼女は住んでいたんだからな。だが、彼女がどう関係しているというんだ？」

「研究はぼくのものじゃない」セバスチャンは言った。「ヴァイオレットの研究なんだ。数日後にぼくたちはそれを公表する。つまり、講演を行うのは彼女だ」

ベネディクトが椅子にもたれて息を吐いた。「まさか。そんなばかな」

「ぼくが発表してきたことはすべて、ヴァイオレットが考えたことなんだよ」セバスチャンは言った。「ぼくは少し手伝っただけだ。一緒に作業をした実験もいくらかあったけどね。だが、聡明な科学者は彼女だ。ぼくではなく」

兄は額をこすり、口をゆがめた。「責任者はおまえだろう」

「いいや、違う。ヴァイオレットに追いつくには大変な苦労をしたよ」セバスチャンは言った。「彼女のやり方を、すべて覚えなくてはいけなかったからね。そして……」

「つまり責任者はおまえだ」ベネディクトが繰り返す。「まったく。努力をするということさえしないのか、おまえは。天使が舞いおりて科学的知識を授けてくれた、というのと同じようなものだろう。ただしそれは天使ではなく、ヴァイオレットだったというだけで」

「ああ、彼女は本当に頭がいいんだ、兄さんも知っているだろうが」

「いいや、知らなかった。おまえ以外は誰も知らないよ」ベネディクトは立ちあがった。「それで、どうするつもりだ？　おまえがぺてん師だということぐらい知っていたさ。だが、これはわたしの理解を超えている。世界全体がおまえの悪巧みに乗って、おまえのいかさまを見過ごしていたという感じだ」

「違う」セバスチャンは言った。「ぼくはただ、昔からヴァイオレットが好きだったんだ。ほかの誰も気づかなくても、ぼくは彼女が優秀であることを知っていた」

その言葉をベネディクトは無視した。「まるで神ご自身がとっておきの切り札を出したようなものだ。そんなことがただ空から落ちてきたみたいに自分の身に降りかかるなんて、どうしたらそういうことになるんだ？」

「知るもんか！」セバスチャンは言った。「もしかしたら、みんながぼくを好きだからというだけのことなのかもしれない」

兄は胸の前で腕を組んで、セバスチャンをにらみつけた。「ほう、おまえがそんなことを言うようになるとはな。教えておいてやろう。みんなはわたしのことも好きなんだ。わたしには友人がいる——大勢の友人が」

「そうだろうとも」セバスチャンは困惑していた。

「ああ。わたしには友人が大勢いる。それなのにどういうわけか、この時代の最高の科学の進歩に関して、わたしの功績が称《たた》えられたことは一度もない」

セバスチャンは兄を見つめた。言い返すまいと心に決めていたが、これはあまりにも度を越している。「ぼくの研究だと思っていたときには話す価値もないものだったのに、ぼくがやった研究ではないとわかると、それはこの時代の最高の科学的進歩ということになるのか？」

ベネディクトがセバスチャンを見つめた——あまりに冷徹な目で黙って見ているので、彼は視線をそらしたくなった。それから兄はこぶしを机に叩きつけた。「くそったれ」ふたたび椅子に座ったその顔には苦痛が満ちていた。「まったく、くそったれ」

「そして今や冒瀆の言葉を吐くに値するというわけだ」セバスチャンは言った。「これまでぼくが何を言おうと、どんなに挑発しようと、兄さんはそういう汚い言葉は使わなかった。でも、自分の矛盾を突かれると兄さんはわれを失うということだね」

「違う」ベネディクトは歯をきしらせた。「よく聞くんだ、セバスチャン。おまえに頼みがある」兄の呼吸は耳ざわりな音を立てはじめていた。

「なんだ？」ぴしゃりと言った。

「弟を怒鳴りつけることもできないのなら生きている意味もない、と以前わたしが言ったのは覚えているだろう？」ベネディクトの顔には玉の汗が浮かんでいた。肌はてかてかと光り、青ざめている。呼吸は短く、浅くなっていた。

セバスチャンはぞっとするような寒けに襲われた。

「だが」兄が重々しく言う。「あれは間違いだ。わたしは生きていたい」彼はセバスチャンに目をやった。「医者を呼んでくれ。頼む」

セバスチャンは何時間も廊下で待った。歩きまわるうちに、どの床板がきいきい鳴るかを覚えてしまうほどだった。両手が冷たくなり、心臓が重く感じられる。ようやく医師が部屋から出てくると、セバスチャンは駆け寄った。

「兄の様子は?」

医師はセバスチャンをちらりと見た。「生きているよ。意識はある」

「よかった」安堵のため息を吐く。

「息子さんに会いたがっている」

「もちろんです」セバスチャンはうなずいた。「すぐにハリーを呼びにやります」

医師がセバスチャンのほうを向いた。「きみは弟さんか? セバスチャン・マルヒュアだな?」

「それが何か?」

「悪く思わないでほしいんだが」医師は言った。「彼に、しばらく休養が必要だと忠告したんだ。彼を怒らせるようなことは避けるようにと」

「なるほど」セバスチャンは言った。「兄はとうとうあなたの忠告を受け入れる気になったんですか?」

「そうだ」医師が口をつぐんだ。まるで不愉快な知らせを告げなければならないというように。「きみに伝えるように頼まれたよ。きみにはしばらくこの家に近寄らないでほしいと。きみが悩みの種にならないと彼が確信できるようになるまで、きみには来てほしくないそうだ」

20

「要するに」セバスチャンが言った。「今日、ぼくたちはもっとも近しい家族や友人をぶっ殺してきたわけだな」

彼は事務室の奥の壁際に立っていた。ヴァイオレットは微笑んだ。セバスチャンが彼女の笑顔を見たがっているとわかっていたからだ。彼があたりを見まわす目つきで、そう察した。セバスチャンは兄のことが心配でならないのだろう。どんなにひどい冗談でも、明るくしていれば落ち込んだ気分が少しはましになる。

「あなたの従兄弟たちは、まだ友人でいてくれているじゃない」ヴァイオレットは言った。

「わたしは母には話していないから、明日また新たな惨劇が起こるわよ」

「たしかにロバートとオリヴァーがいたな。きみのお母さんには、あのふたりから話してもらうのがいいんじゃないか？　さすがの彼らも、きみのお母さんが相手となると腰が引けるかもしれないが。やれやれ、ぼくたちにいくらかでも友人が残ってくれているのはありがたいな」

「こんなときには、冗談で気を紛らすしかないわね」彼女は言った。

「あと二日で世界が真実を発見するというときに？」セバスチャンがにやりとする。まるでヴァイオレットさえいれば、あとはどうでもいいというように。彼女のことだけを心配していて、自分の心配など存在もしていないというように。

「わたしはあなたのお兄さんのことを言ったのよ」

彼はタンブラーにブランデーを注ぎ、それをヴァイオレットに渡した。「食べて、飲んで、陽気にしているしかないさ。何しろ明日が来れば——正確には明後日だが、時が来ればぼくたちは世界から抹殺されるんだから」

彼女は横目でセバスチャンをにらんだが、深くは追及しないことにした。彼が茶化していたいのなら、好きにすればいい。「わたしを道連れにしないで」そう言ったヴァイオレットの口調も明るかった。「明日、母に話すわ。それが何より怖い。それさえすめば、あとは楽勝よ」

「なおさら酒を飲む理由ができたわけだ」セバスチャンがタンブラーを掲げ、彼女も今度は乾杯に応じた。酒は琥珀《こはく》色をしていた。少しはねたしずくがグラスに跡を残している。頭をくらくらさせる強い香りが空気に溶けていき、それを吸い込むだけで酔ってしまいそうだった。

「あなた、わたしを酔わせようとしているのね」ヴァイオレットは言った。

「そうすれば、きみといけないことをして楽しめるからね」

冗談だと思いつつも、彼女の心臓はどきりと音を立ててはずんだ。これがいかにもセバスチャンらしいところだ。なんでも冗談にしてしまう。とりわけ、本当は心から相手を気遣っているという瞬間に。ヴァイオレットはグラス越しに彼をじっと見つめた。

恐怖は薄らぎつつあった。この数日はセバスチャンが支えてくれている。見返りを要求することもなく、求められているという事実にヴァイオレットを慣れさせ、また欲求を抱いてもいいのだとわからせようとしてくれていた。欲しいという気持ちにとまどわなくなれば、動揺は静まるものだと彼にはわかっているようだ。

「アザミのスピリッツなら一度、ボトル半分ぐらい飲んだことがあるわ」ヴァイオレットは告げた。「ブランデーをちょっと飲ませればわたしがべろべろに酔っ払うと思っているのなら、残念ながらそれは間違いよ」

彼女はグラスを傾けた。酒が舌を焦がすようだ――燃えるような感じが心地いい。

セバスチャンのほうは全然飲んでいなかった。

彼がどういう人間かは、少しの手がかりさえあればすぐにわかる。男性がクラヴァットをつけるように、彼は微笑みと冗談を常に身にまとっている人だ。かなり親しい関係になっても、よほど勧められなければはずさないクラヴァットのように。

兄との話し合いのことを、セバスチャンは詳しく語ろうとしなかった。何を言われたかについては、〝兄は腹を立てたし、そうするだけの権利が彼にはある〟とだけ述べた。それからセバスチャンが医者を呼ぶはめになり、話し合いは終わったという。彼自身の感情については何も言わなかった。不安をヴァイオレットに打ち明けたくないようだ。

「あなたはグラスを持ってもいないじゃない」彼女は言った。

「ああ。ぼくはいけないことを企んでいるのでね」

「そうなの？」セバスチャンを見た。微笑んでいる。世界に心配事などない、何も不都合なことなどないという顔だ。そうやって微笑んでいれば、ヴァイオレットの重荷も、彼自身の重荷も消えていくというように。彼女は指をくいっと曲げてセバスチャンを呼んだ。

「こっちに来てちょうだい」

彼が横に座った。

ヴァイオレットはまた酒を飲んだ——今度はさっきより長く——そしてグラスを置いた。感覚を失ってしまう前に、セバスチャンにキスをする。唇が重なった。開いた彼の口に、ヴァイオレットはブランデーを送り込んだ。ふたりの舌が絡まり、あたたかさと酒のくらくらする味がまじり合う。セバスチャンの両手が彼女を抱き寄せた。ウエストのまわりに彼のぬくもりが伝わり、ヴァイオレットはこのままわれを忘れてしまいたいと思ったが、今はそのときではない。

今はセバスチャンにわれを忘れてほしかった。まずは彼をなだめるような甘いキスからだ。それを深めていって、ヴァイオレットの両手が彼の胸の上を滑ると、その愛撫はふたりの口に含まれたブランデー以上に強い酔いをもたらした。

ブランデーを飲み込んで、彼女は体を離した。

「言っただろう、いけないことを企んでいるって」セバスチャンは荒い息をしていた。「きみがぼくみたいな放蕩者にキスをすると、こうなるのさ。ぼくはほとんど何もしなくていい。きみは自分で自分を誘惑するんだ」

「あら、わたしならそうは言わないわ」ヴァイオレットは前かがみになった。「わたしはもう誘惑されていたんだもの」

セバスチャンが目を見開き、ひゅっと音を立てて息を吸い込む様子を彼女は間近で見ていた。その無意識の反応は、すぐに笑顔で隠された。「ブランデーふた口でじゅうぶんだったというのかい？　だったら、ぼくはもっと昔にその手を試すべきだったな」

昔なら、ヴァイオレットは自分がこれからしようとしていることを考えただけで恐慌をきたしていただろう。けれど、今はみずからそうしようとしているという事実——彼に要求されたわけでもなく——こそが重要だった。両手をセバスチャンの肩に置き、そこから下へと滑らせていく。彼がまた大きく息を吐いた。

「でも、わたしは今、ここにいる」ヴァイオレットは言った。「あなたに抱きしめられても逃げ出さない。あなたにキスをされたら、わたしは震えるわ。だけど、わたしが母に話をするのが怖くて震えているとき、あなたはわたしを笑わせてくれる」セバスチャンの膝の上に座って頭をさげ、鼻を彼の鼻にすりつける。「わたしが微笑むとき、最初に見るのはあなたよ。だって、あなたならわたしの冗談をわかってくれると思うから。だから、そうよ、セバスチャン、わたしはもうとっくに誘惑されていたわ」

彼がまた深く息を吸い込んだ。

「もう何年もずっと」ヴァイオレットは言った。「わたしには理解できていなかった。あなたがわたしを微笑ませてくれるとき、それがどれほど自分にとって大切なことかを。でも、今度はわたしの番よ」言葉が熱を帯びる。「あなたは誘惑するだけの価値があるわ」

「ぼくを誘惑するのなんて簡単だ。それは保証する」セバスチャンはあえいだ。「だが、ヴァイオレット、本当に……」

「本当にいいのよ」彼女は膝から滑りおり、セバスチャンの前の床に両膝をついた。

両手でズボンの前のボタンを探る。それをはずしながら、彼ほど慣れていないのは認めざるをえないと思った。でもセバスチャンが鋭く息を吸い込んだのを見ると、そんなことはどうでもいいようだ。彼女がどんなに不器用で、ズボンの脱がせ方がどんなにぎこちなかろうと、正しい体勢を見つけるのにどんなに時間がかかろうと、そんなことはどうでもいい。

大事なのはこういうことだ——長いあいだずっと、セバスチャンが彼女に与えてくれていたということ。彼女を支え、愛してくれていたこと——そして、もしヴァイオレットがそんなにも深い思いを受け取るに値する人間だとしたら、間違いなくセバスチャンもそうだ。

ようやくズボンを足元に落とし、ヴァイオレットは目の前のものに集中できるようになった。そそり立つ放蕩者《レイクス・エレクトウス》。彼女が両手をその表面に走らせると、最初の感触は意外なほどやわらかかった。もう少し強く握ると、硬いのがわかる。

「ヴァイオレット」セバスチャンが絞り出すような声で言う。「こんなことをする必要はないんだぞ」

「もちろん必要ではないわ」そっけなく応えた。「わたしがしたいからしているのよ」

彼が荒い息を吐いた。それから――勇気を失う前に――ヴァイオレットはこわばりを口に含んだ。

ああ、なんてこと。彼女はそれまで、これがどういうことなのか理解していなかった。既婚のレディたちの秘密のおしゃべりで最初に聞いたときには、性交のばかげた模倣にしか思えなかった。でもこれはある意味、性交よりも親密だと言える。表面に浮かぶ血管を舌で探検することもできるし、先端のやわらかさを味わうこともできるのだ。唇で締めつけて、彼の荒い息遣いに耳を傾けることもできる。

セバスチャンが彼女の頭に手をやり、髪をくしゃくしゃにした。

「きみだ」セバスチャンの声はしわがれていた。「いつだってきみのことを考えていた。長い年月のあいだに、ぼくが何度きみのことを考えたか、きみを求めたか、きみにはわかるまい」言葉が途切れる。「ああ、それだ――まさにそこを、そうしてくれ」

ヴァイオレットは先端を吸った。セバスチャンの全身がこわばり、両手が彼女の肩を強くつかむ。

「ときおり、ぼくは温室のテーブルの上にある鉢をなぎ払って、きみをテーブルの端に座らせるところを想像した。スカートをまくりあげて、きみを奪うんだ」

彼女は頭をもたげた。「ちょっと待って。わたしの鉢にそんな乱暴なことをしようと考えていたの？」

「あくまで幻想だよ！」セバスチャンは抗議した。「本当にそうしようとしても、厚板と木《こ》挽《び》き台でできたあのテーブルにそんな角度で力を加えたら、ねじはその力に耐えられないと思う」

ヴァイオレットは鼻を鳴らした。「そうかもね。とにかく別の幻想にして。細かいことが気になって集中できないわ」

彼が小さく笑う。「ロバートの結婚式のために、列車でニューシャリングまで行ったのを覚えているかい？」

彼女はうなずいた。

「きみはぼくを無視していた。ひたすらミニーと話していたね。彼女と話していないのはほんの一〇分ぐらいで、そのとき、きみは立ちあがって通路に出ていった。脚を伸ばしたいとか言っていたんじゃないかな。あの通路をきみが歩きまわるあいだ、ぼくはずっときみを見ていられた。ぼくも立ちあがってきみのもとに行こうかと思ったくらいさ」

セバスチャンの言葉には危険な匂いがした。

「ぼくは片手できみの口を覆ってやろうかと考えた。ぼくが何を求めているか、きみならわかるだろうと思ったんだ」

その光景を想像すると、ヴァイオレットは体の奥から蜜があふれてくるのを感じた。ふたたび身をかがめて、彼を口に含む。そこは先ほどよりもさらに硬く、大きくなっていた。

「きみを壁に押しつけてやろうかと思った。ちょうど、ほかの乗客の誰からも死角になっている場所があったんでね」セバスチャンの両手が彼女の肩をさする。「ぼくはそこできみを奪いたかった」彼はささやいた。「その場でだ、ヴァイオレット。体にまわした片手で胸のふくらみを包み、もう一方の手はもっと下におろしていく」

呼吸がさらに荒くなり、セバスチャンは彼女の口の奥を突きはじめた。

「そして、ああ、ぼくを包むきみはなんて気持ちがいいんだ」その声は、ヴァイオレットが聞いたことがないほど低くなっていた。「きみに包まれていると最高に気持ちがいい。ああ、すごいよ」

彼女の口の中で、セバスチャンは鋼鉄と化していた。燃えるように熱い鋼鉄。さらに硬くなり、執拗《しつよう》に突いてくる。今この瞬間ほど、ヴァイオレットは自分の力を感じたことはなかった。セバスチャンは震えている。激しく。それでも彼女を求めつづけていた。

「ぼくはきみを三度、絶頂へと導く」彼が言った。「終わる頃には、きみは叫び声がもれないようにぼくの手を噛んでいる」そう言うと、セバスチャンは彼女から体を引いた。自分のこわばりを手で包み、何度かその手を上下させてから、ハンカチを取り出して先端に巻きつける。次の瞬間、彼はうめき声をあげ、顔をゆがめて果てた。

「ああ、ヴァイオレット」セバスチャンは大きく息をついた。「すごいよ、ヴァイオレット」また息をつく。彼はヴァイオレットを引っぱりあげて自分の横に座らせ、腕を体に巻きつけた。セバスチャンのキスは強烈だった。彼女は全身で受け止めた。

その瞬間、ヴァイオレットは彼がどれだけ自分を抑え、どれだけ生々しい感情をこらえていたかに気がついた。セバスチャンがみずからを解き放ったあとでさえ、彼女はそれを感じることができた。胴着《ボディス》を這いおりて胸のふくらみを包んだ手の中に、それが感じられる。親指がゆっくりと先端のつぼみのまわりに円を描くと、ヴァイオレットの欲望が今にも燃えあがりそうなくらいめらめらと噴き出した。

「ぼくを信じてくれ」セバスチャンが耳元でささやく。「きみを傷つけたりはしない」

うなずくのは簡単だ。彼女が純粋な欲求だけを感じているときには。

セバスチャンがするりと床におりて、ヴァイオレットの前に両膝をついた。片手を腹部に押し当てる。ふいに彼女は自分に確信が持てなくなり、鼓動が激しくなった。それでも欲望は消え失せてはいなかった。ヴァイオレットはただ彼を見た。言葉は出てこない。恐怖と欲望のあいだのぎりぎりのところに踏みとどまり、バランスを取ることしかできなかった。

だが、セバスチャンはヴァイオレットを抱きしめようとはしなかった。ゆっくりとスカートを持ちあげ、脚をひんやりした空気に触れさせる。彼女は震えていた。早く触れてほしい。でも、触れられるのが怖い。

ゆっくりと、とてもゆっくりと、セバスチャンは彼女の両脚を開いていった。自分がさらけ出されていくのを感じる。夫の声が頭の中にこだました。

〝わがままな女だ〟

わがままじゃない。わたしにはこうされる価値がある。

「賢いヴァイオレット」セバスチャンがささやいた。「かわいいヴァイオレット。甘美なヴアイオレット。世界最高のヴァイオレット」両手を滑らせて腿の上までさする。「愛すべきヴァイオレット」彼はやさしく言った。「きみは何を考えている?」

「あなたのこと」彼女は答えた。「そして自分のこと」

「今、打ち明けたいと思う特別な幻想はあるかい?」

何年もそういうものは持たないようにしてきた。幻想が浮かんだ瞬間、それに屈するのがいやで無慈悲に叩きつぶしてきたのだ。ヴァイオレットは息をついた。

セバスチャンが彼女の脚のあいだにひざまずいた。「それとも、今ここで忘れられなくなるような幻想を見せてあげようか?」

「ひとつでいいの」彼女はささやいた。「決して消えないようなものを」

彼がさらに脚を広げ、前かがみになる。腿に熱い息を感じ、ヴァイオレットは思わず両手を握りしめた。

「話を続けて」セバスチャンが言った。「もっと話してくれ」

「でも、あなた……あなたは……」

「いいから。話を続けるんだ」

「わたしの幻想なんて、あなたのと比べるとあまりにばかげていて幼稚に思えるわ」

秘めやかな部分にキスをされて、彼女は身をこわばらせた。「セバスチャン。ああ、どうしよう。わたし、自信がないわ……」

「やめてほしければ、そう言ってくれ。だが心配はいらない。どんな幻想でも、幼稚なんてことはないんだから。いいから話してくれないか」セバスチャンの舌が何かをした。彼女にはよくわからない――すてきなことを。敏感な場所から外へと、波のように何かが広がっていく。

ヴァイオレットはあえいだ。「セバスチャン」

「話を続けて」彼が言った。「そうすればぼくも続ける」

「それは……性行為についての幻想ではないの。性交のことを考えはじめるとすぐに、わたしは自分を止めたわ」セバスチャンは続けている。何をしているのか、どんなふうにしているのかは、まるでわからないけれど。親指が押し当てられた。唇がその部分を押し広げ、舌が――ああ、まるでそこらじゅうに彼の舌があるみたい。彼女をなだめ、欲望を導き出す舌。

「キスのことでもない」ヴァイオレットは告白を続けた。「触れられることでもない」

セバスチャンは両手で秘所を押し広げ、むさぼるように口で愛撫している。

「それはたまたま起こった出来事なの。だから思い出ね、幻想というよりは」

彼はヴァイオレットを弱くてつまらない人間だと思うだろう。でも、ああ、神さま。セバスチャンが指を一本、体の奥に差し入れた。自分が凍りついているのを感じる。あらゆる恐怖、あらゆる不安が、どっと戻ってきた。

セバスチャンがささやく。「やめるな。話してくれ」

「夫が亡くなって数年後のことよ。その前は……わたしは欲望を奮い起こすこともできなかったと思う。世界中の放蕩者が誘惑する気満々で、束になって襲いかかってきても無理だったでしょうね。かつて、あなたとわたしが話していたときのこと……何を話していたのかは忘れてしまったけれど」

彼は容赦しなかった。舌で快楽のつぼみを探した。なめられるたびにヴァイオレットは震え、感覚は外へ、外へと広がりながら、あの一点に集中していた。

「自分は異常だと、わたしは言ったわ。するとあなたは――」

「〝違うよ、ヴァイオレット〟」セバスチャンが代わりに続けた。「〝きみはすばらしい。みんながそれをわかってくれればいいのに〟」

そして彼は、なんだかもっとすごいことをした――口がヴァイオレットにしっかりと吸いついたのだ。快楽にさらわれ、彼女はどうにも抵抗できなかった。

「そう」ヴァイオレットは言った。「それだけよ。欲望でわたしを震えさせるのはそれだけ。絶対に捨てられない思い出なの。わたしがこれを話せる相手は、たったひとりしかいないと思うわ」

セバスチャンは動きをゆるめなかった。

「それが真実だと気づくには何年もかかった」彼女はあえいでいた。快感のうめき声の合間に言葉を押し出す感じだった。「その何年ものあいだずっと、そのたったひとりの人はわたしに何度も何度も繰り返し言ってくれた」

体じゅうの細胞が爆発したように思える。強烈な波がヴァイオレットをさらった。けれどもセバスチャンは容赦しなかった。中に差し入れた指を広げ、その瞬間を引き延ばした。彼女は目をぎゅっとつぶり、興奮の渦が全身を襲うのを感じた。すべてが洗い流されるようだ。その波が過ぎ去ると、ヴァイオレットは震えながら上半身を倒した。セバスチャンがその瞬間を利用するのを待った。上に覆いかぶさり、彼女がもうろうとしている隙に奪って果てるのを。

しかし、セバスチャンはそうしなかった。もちろん、彼はそんなことはしない。

それがセバスチャンだ。彼は決してヴァイオレットを傷つけない。それはずっと前から知っている。けれども今、これまで以上にはっきりとそれを理解した。

「ありがとう」セバスチャンがざらついた声で言い、片手を彼女のほうに伸ばした。ヴァイオレットがその手を取ると、彼は体を引きあげて彼女の横に丸まった。セバスチャンの腕が愛情をこめて彼女に巻きついてくる。彼がヴァイオレットのうなじに鼻をすりつけた。

「ぼくはそれを必要としていたんだ」吐息まじりに言う。

セバスチャンは兄のことを何も言わなかった。彼女も母のことを何も言わなかった。

「大事なのはそれだ」彼が言った。「明日——ぼくたちはいつだって、明日をよりよいものにできる。何が起ころうと、よりよい明日にできる。誰が何を思うか、誰が何を言うかは、ぼくにはわからない。でも、ぼくときみが一緒にいるかぎり、それはそんなに恐ろしいことにはならない」セバスチャンは両手をヴァイオレットの両手と組み合わせた。「きみを愛しているよ」

〝きみを愛しているよ〟それを受け入れるのは間違っているように思えた。彼に自分を愛させておくのは間違っている。あらゆることが、こんなにも間違ったことになりかねないときなのに。

ヴァイオレットは身震いした。しかし、セバスチャンは彼女をいっそう強く抱き寄せた。

21

前夜のその思い出さえも、翌朝のヴァイオレットをあたためることはできなかった。母の家はいつも暗く見える。今日はいつにも増して陰気に見えた。半分ほど引かれたカーテンが夏の太陽を締め出している。残された光があるとしても、暗い色の家具に吸収されていた。家全体がじめじめして、雲に覆われた森のようだった。

自分がどんな嵐を巻き起こそうとしているのか、ヴァイオレットはよくわかっていた。彼女の母親が決して許さないであろうたぐいのことだ。

母親はとてつもなく実際的な女性で、父親に追い払われたヴァイオレットをかくまい、彼女に編み物を教えてくれた人だった。これからヴァイオレットが言うことを、母は絶対に気に入らないだろう。

不安を押し隠し、ヴァイオレットは肩を怒らせて母の部屋の入口に立った。何も問題ないというように従僕にうなずきかけると、さっと部屋に入っていった。

「お母さま」敬意をこめて呼びかける。

母はテーブルの前に座って新聞を読んでいた。眼鏡を――分厚い眼鏡を――かけているのに、新聞を顔からわずか三〇センチほどのところに掲げ、最大の注意を払って紙面に集中している。これが何を意味するのか、ヴァイオレットの脳の一部は認識していた。母の視力はこれほどまでに弱っているのだ。でも、そんなことにとらわれている場合ではない。自分はここへ、あるメッセージを伝えに来たのだから。

呼ばれるのを待たずに、ヴァイオレットは椅子に腰をおろした。

母は新聞で顔を隠すようにして座っている。まるで、ヴァイオレットが言おうとしていることはもうわかっているというふうに。数分が経ち、母がゆっくりと新聞をテーブルに置いた。

「ヴァイオレット」不快な味のするものを食べたとでもいうように娘の名前を口にする。「ここで何をしているの？　なぜわたしをそんなふうに見ているの？」

今さら嘘をついても仕方がない。言葉を濁しても無意味だ。「なぜなら、これからお母さまを今までいちばん怒らせることになるからよ」

白い眉がつりあがった。「わたしを？」大仰な仕草で新聞をたたむ。「そう。だったら、ばかみたいに座っていないで、わたしをそんなに怒らせることになる話をしたらどう？」

「それは……」ヴァイオレットは大きく息を吸った。「わたしたちが前にも話したことよ。あの古い醜聞について」

「あんなささいなこと？」母はぞんざいに言ったが、手がぴくりと引きつって新聞が細かく震えた。「まあ、ヴァイオレット、あんなどうでもいいことについて、何も話す必要はないわ。わたしたちはその点で同意したとばかり思っていたけれど」

「あいにくだけど、お母さま……」言葉が途切れる。母の目を見ることはできなかった。無理だ。「あいにくだけど、お母さま、必要はあるの。あの醜聞が公になろうとしているのよ」

「それはないわ」母の声には奇妙なほど抑揚がなかった。「そんなことにはなりません。いいからおっしゃい、誰がこの話を蒸し返そうとしているのかを。わたしがその人を黙らせるわ」母の両手が震えた。「考えられるかぎりの力を使って」

ヴァイオレットの喉がからからに乾いた。唇をなめたが、舌にもまったく水分がない。自分はいつだって母親を失望させる娘だった。リリーには子どもたちがいる。彼女はすてきな結婚をした。彼女はかわいらしくて、あたたかくて、開放的だ。リリーなら、何かのふりをする必要などない。

そして、ヴァイオレットはますます嫌われることになる。

「それはわたしよ」とうとうしわがれ声で言った。

母の目が丸くなった。口が開いて震える息を吐き、大きく見開かれた目がうつろになる。「あなたが?」突然、母は年相応に老いた声になった。「あなたがみんなに話すというの？でも、ヴァイオレット……どうして？」

「嘘の人生を生きることに疲れたから」

「それは理由にならないわ」母はぴしゃりと言った。「生きることにも疲れたの？　リリーは理解しなくても、あなたなら理解してくれるだろうと思っていたのに」

「生きることに疲れた？」ヴァイオレットは頭を振った。「この件に関して脅迫があったことは知っているけれど、そんなに深刻なものだとは思わないわ。わたしは自分の人生を修正しなければならなくなるの。リリーがわたしを許してくれるときが来るかどうかはわからないけれど――」

「人生を修正しなければならなくなる、ですって？」母は腹を立てていた。「そして誰よりもリリーのことを心配するというの？　わたしはあなたの人生の修正を思って涙を流すわ。あなたの姉のためにだって、泣いて悲しみましょう。でも、あなたたちふたりは殺人の罪で吊されることはないわ」

ヴァイオレットは凍りついた。目が見開かれ、頭がくらくらして、両手をテーブルについた。「お母さま、やめて」なんとか言葉を口にする。「わたしを殺すと脅しているの？　こんなときに誇張するのが効果的だと思って、そう言ったの？　それとも礼儀作法なんてどうでもいいと思って、そんな恐ろしいことを言うの？」

母はヴァイオレットが予想していたように怒りを爆発させたりはしなかった。その代わり、考え込むように眉をひそめた。今初めて娘の存在に気づいたと言わんばかりに、ヴァイオレットを凝視する。猫が場の雰囲気を読もうとするみたいにくんくんと空気をかぎ、首をかしげた。長い間を置いたあと、母は身を乗り出した。「ヴァイオレット」小さな声だ。「あなたが今、何について話しているかというと……あれでしょう？　前にもわたしたちが話したあのことよ。一八六二年に起こった、あなたにも関係している、あの事件」

ヴァイオレットはうなずいた。「もちろんよ。あれを事件とは言いたくないけれど……お母さまが最初から目撃してはいなかったのなら、混乱するかもしれないわね。あれは一八六二年に始まった。でも、それからずっと続いていたの」

「まあ」母が椅子に背を預けた。何より安堵したように見える。「それなら……気にしないで。さっき言ったことは忘れてちょうだい。わたしは何も言わなかった。もしかしたら別の角度から話してくれたほうがいいんじゃないかしら、その、わたしが最初から目撃してはいなかった、そのことについて。そうしたら、わたしの気も変わるかもしれないわ」

ヴァイオレットは厳しい目つきで母親をじっと見た。「お母さま」

「なあに？」

「わたしがなんの話をしているか、全然わかってないのね？　わたしたちが話してきたのは別の醜聞についてだったと言うつもり？」

「もちろんわかっているわ」母はなじるように言った。「わたしはあなたの母親なのよ。それに一度すべてを詳しく話してくれれば、よくわかるはず」目をあげてヴァイオレットの顔を見る。「それは……ほら、その話よ」

なんてこと。母は何もかも知っているわけではなかったのだ。ヴァイオレットは笑うべきか泣くべきかわからなかった。この際、ここで知らせるべきことだけを告げて立ち去れば、母がどんなに憤慨してまくし立てようが、聞かずにいられるだろう。

もう母の尊厳を守る必要などない。

「もしかしたら」母が考え込むように言う。「わたしたちふたりとも確実に同意できるように、いくつかの点をあげてくれるといいかもしれないわ」

ヴァイオレットは鼻を鳴らした。「そう。知っている話になったと思ったら、わたしを止めてちょうだい」

母が哀れっぽく微笑んだ。どういうわけか、それで少し許せる気がした。母はわかっているふりをして、ヴァイオレットは母にはわかっているというふりをするこのゲームが、ふたりのあいだの関係を正してくれるように思えた。

昔のあの希望がわきあがった。母はわたしを憎んではいないのかもしれない。

その希望をヴァイオレットは叩きつぶした。ふたたび希望を奪い取られたら、今度は耐えられないだろう。

彼女は大きく息を吸い込んだ。「セバスチャン・マルヒュアのことよ」

「本当に彼とおつき合いしているの？」母が言った。「というのも、それはそんなに悪くないと思うからよ。実際、彼はかなりいい仕事をしているようだわ」

ヴァイオレットは顔が熱くなるのを感じた。

「もっとも、それが一八六二年から続いてきたのだとすると……」母は間を置いた。「あなたの夫が、その、亡くなる前からなの、ヴァイオレット？　本当に？　それはあなたらしくないわ」

「レディは性生活について嘘をつくものよ」すらすらと言いながら、頬を赤らめてしまっては信憑性《しんぴょう》がないとわかっていた。「それが悪いものなら、人に言えば醜聞にさらされることになる。それがよいものなら、噂が嫉妬を呼ぶだけだわ」

母が控えめに鼻を鳴らした。

「いずれにしても、わたしの性生活は話の要点ではないの。セバスチャンが発表してきた研究のことは知っている？」

「よくは知らないわ。でも少し耳にしたかぎりでは、ちゃんとした研究のようね」母は肩をすくめた。「多くの人を怒らせているけれど、本当に正しいことというのは、往々にしてそういうものよ」

「あのね」ヴァイオレットは大きく息を吸った。「それは彼の研究ではないの。わたしの研究なのよ」

沈黙が広がった。完全なる沈黙。

「わたしがキンギョソウについて最初の論文を書いたのが一八六二年」ヴァイオレットは言った。「なぜピンクのキンギョソウが存在しないのかについての研究だった。わたしはそれを自分の名前で発表しようとしたの。でも、そうしたら読んでさえもらえない。それでセバスチャンに代わりに提出してもらったのよ。そして次に気がつくと……」その先を暗示するように片手を振る。「……わたしたちの秘密の協力関係は、もう引き返せないところまで来ていた。わたしが研究して、彼が発表する」

母は無表情のままヴァイオレットを見つめていた。「彼の研究にもっと注意を払うべきだったわ」ゆっくりと言う。「わたしは気づいていなかった。彼が——あなたが、よりによってピンクのキンギョソウについて書いていたなんて」母はごくりと唾をのみ込み、髪に手をやった。「それを知っていたなら、もっと早くから気づいたでしょうに」

「でも、彼はその状態にすっかりくたびれてしまったの。彼は嘘を生きるのが好きではないのよ、本当に。わたしもそう。しばらく考えたわ、もうあきらめてもいいって。だけど、そんなときに発見してしまったの。新しいことを。みんなに言いたくてたまらない、とても重要なことを。わたしはそれを発表したいの」両手が震えていた。「それが世に出たら——これを全部やってきたのはわたしだったと世間に知られたら、わたしの評判はこっぱみじんよ。それはわかっている。わたしが書いてきたのは、植物と動物の性交と性的器官についての論文ですもの。恐ろしい騒ぎを引き起こすでしょう。自分がひどくわがままなことをやろうとしていることはわかっているの。家名を汚そうとしているのはわかってる。わかっているのよ……」そこで言葉を切り、ヴァイオレットは息をついた。「お母さまが二度と口を利いてくれないかもしれないこともわかっているわ。けれどもこれはわたしの研究で、わたしはみんなに聞いてもらいたいの。お母さまが何を言おうと、どう脅そうとかまわない。わたしは自分の仕事を取り戻したいのよ」

口にしてみて、それをどれほど望んでいるか、それがどれほど自分にとって大事なことか、ヴァイオレットは改めて思い知った。

「自分の名前でそれを発表したい」彼女は言った。「それはわたしだと人に知ってもらいたいの。わたしはずっと存在を消していた。何年ものあいだ、わたしには声がなかった。それを取り戻したいのよ」

母は目を丸くして口に手を当てた。母が言葉も出ない状態になっているのを見るのは初めてだ。すべてを理解するにはしばらくかかるだろう。でも、いったんわかってくれたら……。いや、期待しても無駄だ。母の小言はもう長いあいだ聞いてきた。何を言われるかはわかっている。お互いに気が合わないのだ。

「ヴァイオレット」母が口を開いた。「ヴァイオレット、わたしは全然知らなかったわ」

母の目を見ていられなくなり、彼女はうつむいた。「ごめんなさい。もっと早く言うべきだったわ」

「本当よ。すぐに言うべきだった」母が指でテーブルをとんとん叩く。「すぐに言ってくれたら、最初の論文のときにどうにかできたでしょうに」

ヴァイオレットは顔をあげた。「だから言わなかったのよ。邪魔をされたくなかった。研究を発表したかったの。だから、わたしを黙らせようとしたって――」

「まあ、ヴァイオレット」母は面白がっているような口調で目を丸くした。「どうしてわたしがそんなことをすると思うの？」

「それは……」彼女は言葉を切った。突然、世界が不たしかなものになったように思えた。「わからないけれど……」

「ええ、全然わかっていないわね。わたしは今、娘がわが国で最先端を行く遺伝学の専門家だと聞かされたのよ。それを黙らせておこうとすると思うの？」

ああ、神さま。なんてこと。期待してはいけないと思っていたことが、全部かなってしまった。いや、それ以上だ。ヴァイオレットは目がひりひりと痛むのを感じた。

「わたしもみんなに知ってほしい。しつこくなじってやりたいわ——わたしに息子がいないからといって、成功をおさめるような子どもがいなくて気の毒ね、と哀れんできたすべての女性を。その全員に知ってほしい。わたしの娘のほうが、彼女たちの息子を全員合わせたよりもずっと賢いということをね」

ヴァイオレットは涙がこぼれそうだった。それでも、気づくと声をあげて笑いだしていた。純粋な安堵から出た笑いだ。

「わたしたちのものはわたしたちで守る」母が激しい口調で言った。「そしてこれは——これはあなたのものよ。それを取り戻しなさい」

「ええ、お母さま」ヴァイオレットは言った。

「どう進めたらいいか、最良の方法を見つけないとね。いろいろ考えはあるわ」母は眉をひそめた。「たしかにあなたの社会的な評判には傷がつくでしょう。でも、そんなものを誰が気にするというの？　まあ、リリーは気にするかしらね」

「お姉さまにはお姉さまなりの理由があるもの。わかるでしょう？」

母は手を振って、その意見を退けた。「あの子には優先順位がわかっていないのよ。完璧な評判を得たとしても、そのせいであなたがこうして何かを主張することができないのなら、なんの意味があるというの？　これは大騒ぎになるわ。発表するにあたっては、ほかの人たちも巻き込まないと。可能なかぎり最高の人たちをそろえるのよ。クレアモント公爵夫人とは親しかったわよね？　彼女はいい人そうだわ。味方になってくれるかしら？」

「ええ」ヴァイオレットはすばやく考えをめぐらせながら答えた。「彼女はすでにかかわっているの。実は、わたしたちには計画があるのよ」

「いつ発表するつもりなの？」

「明日の夜」

母は目を丸くしたが、非難はしなかった。

「ということは、明日みんなでケンブリッジに向かうのね？」

声を出せるかどうか心もとなくて、ヴァイオレットはただうなずいた。

「だったら、くだらない会話で時間を無駄にしていられないわ。ついていらっしゃい」母が立ちあがる。

ヴァイオレットは世界がひっくり返ったように感じていた――空っぽだと思って戸棚を開けたら、大好物でいっぱいになっていたみたいに。

でも、ひとつだけ確認しておかなければならないことがある。頭の片隅でずっとうずいている、小さなことだ。彼女は手を伸ばして母親の袖をつかんだ。「ちょっと待って」

「無駄にする時間はないのよ。わたしたちはどうしても――」

ぐいと袖を引くと、母は口を閉じた。

「待って、お願い」ヴァイオレットは言った。「醜聞がもうひとつあるわ」

「いいえ、ありません」母が言い返す。「なんの話か、わたしにはさっぱりよ」

「醜聞はもうひとつあるはずよ。わたしに関係していること。一八六二年に起こったこと」

ふいに母が無表情になった。「何を言っているのか、本当にわからないわ」

けれども突然、ヴァイオレットにはわかった。〝あなたたちふたりは殺人の罪で吊されることはないわ〟先ほど、母はそう言った。ならば、誰が吊されるというのか？〝今でも悪夢を見る〟〝まったく、気分が悪くなる話だわ〟母は以前、そう言ったのだ。

わかった以上、その真実を放っておくことはできない。「お母さま」ヴァイオレットは静かに言った。「お母さま、わたしの夫が死んだとき……」

「あれは事故だったのよ」母がぴしゃりと言う。「わたしたちはもう行かなくては」

「ええ、もちろんよ」ヴァイオレットは神経を落ち着かせようとした。「でも……わたし、あのとき誰にも言わなかったことがあるの。わたしは流産していたのよ。何度も流産したの」

母が口をゆがめた。「まるでわたしが知らなかったみたいに言うのね、ヴァイオレット。娘が妊娠したらどうなるかぐらい、わたしにはわかるのよ。そしていつまで経っても赤ん坊が生まれてこなければ、娘がもう子どもを産めないのだという結論を導くことだってできるわ」

「そう」ヴァイオレットは唾をのみ込んだ。ここから話をどう進めたらいいのかわからない。

「お母さまは知っていたのね。ある時点で、お医者さまから夫に子作りはやめるよう言われたことを。でないと、わたしの命にかかわるからと」

「知っていた？」母は立腹していた。「ちゃんと話しなさいと彼に言ったのは、このわたしよ。あのばかな男は何も言おうとしなかった。すべてをあなたまかせにして。あなたの命が危険にさらされると、わたしがあの男に言ったの。誰にだってわかったわ。あなたはどんどん弱っていたのだから」

「ああ」ヴァイオレットは言った。「そして気づいていたのね、夫がやめようとしなかったことも」

母の目がぎらりと光る。

「そう警告されてからも、わたしは二度も流産した。彼が死ななければ、もっと続いていたでしょう」

「ええ」母は静かに言った。「知っていたわ。最後の流産のあと、三週間もふせっていたわね。あなたを失うことになると思ったわ、ヴァイオレット」

ヴァイオレットはただうなずいた。

母が目をそらす。「母親でいるというのは大変よ。世界でいちばん愛している子どもたちを救いたいのに、自分が何もできずにいるのは最悪だわ。自分のものを守ろうとしているレディがいる、でも、どうしたらそれができるの？」

ヴァイオレットは必死に声を出した。「夫が死んだとき、それは予期せぬ贈り物みたいに思えたわ。自分がそんなふうに感じたのが恐ろしかった。これは自分のわがままだと思った。わたしには自分の人生を取り戻す価値などないんだと。わたしは知らなかった……」

このとき、ふいに思い当たった。殺人の罪で吊されるという母の言葉は、誇張した言い方だとばかり思っていたけれど……。

「いらっしゃい、ヴァイオレット」母が彼女の片手を叩いた。「あなたの夫が階段から落ちたのは恐ろしい悲劇だったわ。わたしたちがあの事件を神の摂理と言ってしまうのは無作法なんじゃないかしら。レディは真実を避けるものよ。それが無作法なことになるときにはね」

「お母さま」ヴァイオレットはごくりと唾をのみ込んだ。「わたし……わたし……なんと言っていいのかわからないわ」

母はただ肩をすくめた。「それが第一のルールなの。わたしは自分のものは自分で守るわ」ヴァイオレットの肩に片手をやさしく置いてささやく。「そして、あなたはわたしのものよ」

22

〝ユーストン通りの〈キャスティン書店〉で待つ。きみのしもべ、セバスチャンより〟

そのメモがヴァイオレットの手に届いたのは翌朝七時のことだった。夜にはいよいよ講演がある。彼女は朝のうちに話す内容をおさらいして、正午に母や友人たちとケンブリッジに向かうつもりだった。けれどもそのメモを見たとたん、冷たい恐怖に心臓をつかまれた思いがした。彼女は上着と馬車を用意させると、すぐに家を出発した。

もしかしたら嘘の伝言ではないか、とふと思ったのは馬車が走りだしてからのことだった。ヴァイオレットに講演をさせないために、リリーが愚かな策略をめぐらしたという可能性もあるのでは？

いや、それはないだろう。メモはセバスチャンの自筆で、乱暴なサインもあった。それに〝きみのしもべ〟というのはふたりの暗号の一部だ。つまり、ただちに来てくれと彼が呼んでいることになる。リリーがその暗号まで知っているはずがない。

果たして、書店の前で待っていたのはセバスチャンだった。

「よかった」彼は言った。「一刻を争う事態なんだ。馬車はもう必要ない」

ヴァイオレットは馬車を帰した。セバスチャンが彼女の手を自分の腕にかけさせ、通りを歩きはじめた。

「書店に行くのではないの？」

「ああ。あれは目くらましだ」

心臓が早鐘を打った。「誰の目をくらまそうというの？」

その声は聞こえなかったらしい。セバスチャンはそのまま歩きつづけ、前方にある列車の駅から通りに向かってきた男たちの一団をすばやくかわした。理髪店を過ぎ、両替商を過ぎて、新聞を売るスタンドを過ぎる。キングズ・クロス駅はすぐ目の前で、駅の前はごった返していた。御者たちが馬の向きを変えさせようとして怒鳴り合っている。

銀行や会計事務所で働く男たちが山高帽をかぶり、職場に向かってせかせかと歩いていく。セバスチャンはヴァイオレットを守りながら、そのあいだを抜けていった。

「セバスチャン」もう一度きいた。「誰の目をくらまそうとしているの？」

「時間がない」彼が耳元でささやいた。「あとで説明する」駅の中に入ると煙草の煙や列車の油の匂いが襲ってきたが、セバスチャンは足を止めなかった。新聞や朝食のパイを売る少年たちの横を通り過ぎ、ちょうど列車がゆっくりと入ってきたプラットホームに向かう。

彼はようやくヴァイオレットの手を放すと、懐中時計を取り出して時間を見た。それから駅舎の中の大きな時計を目を細めて見て、時刻を確かめる。

「セバスチャン、わたしたちは誰かを待っているの？」

「そうだ」

「誰を？」彼に一歩近づく。「どういうこと？　心配しなきゃいけないようなことなの？」

「いいや」セバスチャンは心ここにあらずという様子だ。「今はまだ」

〝今はまだ〟というのは安心できる言葉ではない。

「わたしを誰かに紹介するつもりなの？　ボリンガル教授とか？　それとも――」はっと思いついて、彼女はあえいだ。「まあ、まさか。セバスチャン、もしわたしをチャールズ・ダーウィンに会わせるために駅に連れてきたのだとしたら、それは……そんな……」

「そんなことはしないさ」彼はヴァイオレットに微笑みかけた。「きみをミスター・ダーウィンに紹介するのは今夜までおあずけだ」

それを聞いて安心、というわけにはいかない。けれども彼女が今夜のことを考えて動揺する間もなく、車掌が笛を吹いて「乗車願います！」と声をあげた。エンジン音がいっそう大きく響きはじめる。

そして――何が起きたかわからないうちに、ヴァイオレットはセバスチャンにウエストをつかまれ、ひょいと列車に乗せられていた。

「ちょっと！　どういうこと、セバスチャン？」

彼も乗り込むと、うしろ手に列車の扉をばたんと閉めた。

「何をするつもり？」彼女はセバスチャンの胸を押したが、唯一の出口は彼にふさがれていた。

「すまない、ヴァイオレット」彼がにっこりして言う。「きみの目をくらまそうとしていたんだ」

「なんですって？」

「サプライズさ！」セバスチャンは顔を輝かせた。「きみを海辺に連れていってあげよう」

「海になんて行きたくないわ！　今夜、講演があるのよ。練習しなくちゃ！」

汽笛が鳴った。列車はがくんと動いて走りはじめた。

「いいや」彼が言った。「練習なんてしなくていい。きみが講演内容を完璧に話すのを、ぼくはもう四回聞いた。五回、六回――あと何回やっても同じことだ。きみはもう、ただやる気を出せばいいんだよ」

ふたたび汽笛が聞こえた。列車は速度を増していく。

ヴァイオレットは腕組みをした。「簡単に言うけれど、それはあなたが一〇〇回も講演をしてきたからよ。わたしは一度もやったことがないんだから」

「いいや、そうじゃない。ぼくの講演をきみは全部見ていた。その内容を、ぼくが口にする前から一言一句違わず、きみは知っていたはずだ」

彼女はむっとした。「それとこれとは違うわ。人前に立っていたわけじゃないもの」

セバスチャンが唇を嚙んで目をそらす。「まあ、それならそれでいいとしよう。ぼくの動機は完全に身勝手なものだ。この瞬間まで、きみにどんな能力があるのか知っているのはぼくだけだった。ところが今夜には誰もが知ることになる。この最後の数時間、きみを独占したいと思うぼくは、そんなに間違っているのかな？」

「それは……」ヴァイオレットは口ごもった。

セバスチャンは期待に満ちた目で彼女を見つめている——純粋であると同時に切望のこもった目。ヴァイオレットがどんなに無慈悲な人間でも、この目を拒絶することなどできるはずもない。

「わたし、思うんだけど……」しぶしぶ言いはじめたとたん、彼の目の奥に勝利の輝きがきらめくのが見えた。

「ちょっと！　ひどいじゃない！」彼女はセバスチャンを小突いたが、微笑まずにはいられなかった。「危うくあなたを信じるところだったわ」親指と人差し指を掲げてみせる。「あとこれぐらいで丸め込まれていたかも。かわいそうなセバスチャンっていう、いつものやり方でね。考えてみれば、あなたがそんなに感傷的になるはずがないのに」

「たしかに」彼は認めた。「ぼくはとにかく、きみを微笑ませたかったんだ。きみはどんどん自分で自分を追い込んでいたから」

「あなたって、とんでもない人ね」

「そのとおりさ。まあ、講演に必要なものは、ぼくたちがこうしているあいだにきみのお母さんがまとめてくれているから心配ない。きみは立派にやれるよ」

ヴァイオレットは鋭い目で彼をにらみつけようとした。「あなたはわたしを連れて失踪したのよ。わたしたちは列車に乗って——ところで行き先はどこなの？」

「キングズ・リンだ。午後一番の列車でケンブリッジに向かえば、講演まで何時間も余裕がある」

「ノートを持ってきていないわ」弱々しく言った。「目を通しておこうと思ったのに」

「キングズ・リンに行くには、どのみちケンブリッジで列車を乗り換えるんだ。本当にそうしたいのなら、きみはそこでおりてお母さんが来るのを待てばいい。じっと座り込んで、ふくれあがる一方の不安に押しつぶされていればいいさ。あるいは……」セバスチャンは間を置いて、彼女にウインクした。「あるいは、きみはぼくのせいで選択肢がなくなったというふりもできる。波止場を一緒に歩き、潮風を吸い込んで楽しむんだ。ぼくのせいだ、とぶつぶつこぼしながら」

ヴァイオレットはじっと彼を見つめた。「全部あなたのせいよ」厳しい口調で言う。「わたしが一度でも笑顔になったら、その責任はあなたにあるわ」

セバスチャンはにっこりして、それから――突然――笑みを引っ込めた。上着のポケットを一度、二度叩き、ベストのポケットを、続いてズボンのポケットを探る。彼の顔から徐々に表情が消えた。

「何か問題でも？」ヴァイオレットは尋ねた。

「ゲームをしよう」セバスチャンは言った。その声はちょっと不安になるくらい落ち着いていた。「推理ゲームだ――果たしてセバスチャンは忘れずに帰りの切符を持ってきたでしょうか？」

一瞬、ヴァイオレットは彼の罠にはまりかけた――切符代がいくらかかるかをすばやく計算し、自分の持っている小銭ではとても足りないと途方に暮れた。

それからセバスチャンをにらんだ。「面白いったらないわ」

「なんだ、つまらないな」彼が眉をひそめてヴァイオレットを見る。「どうしてわかった?」

彼女は肩をすくめた。「ぼんやりして忘れたみたいなふりをしても、あなたがこれを念入りに計画したのは明らかよ。そんなばかげたミスをするはずがないでしょう」

セバスチャンはヴァイオレットを四回も大声で笑わせた。彼女はずっと微笑んでいた――塔にのぼって海を見渡すあいだも、そこからおりて海上にはためく船の帆を見ながら波止場を散歩するあいだも。彼女の幸せそうな顔を見るたびに、セバスチャンは勝利を勝ち取った気分になった。

しかも、科学の話は禁止というルール――科学についてしゃべったほうがふたり分のアイスクリームを買う――を考えたのはヴァイオレットのほうで、どうやら彼女も楽しんでいるらしかった。

科学禁止のルールは二度破られた。そのどちらもわざと狙ったもので、最初はカモメが物乞いのような行為をするのは先天的なものか、後天的に学習したのかという議論になったときだった。海辺を歩いているうちに議論はばかばかしい方向へ発展し、何も知らない鳥たちを相手に実験してみようという話にまでなった。カモメたちには幸運なことに、ふたりとも本当に実験したいとは思っていなかったので、代わりにアイスクリームを買うことで決着したのだった。

二度目は駅への帰り道にアイスクリームを売る店をふたたび通ったときだった。ヴァイオレットはアイスクリームのフレーバーが書かれたボードを見ながら店の前を歩いていて、わざとセバスチャンに、アイスクリームは凍る前は合成物なのか、それとも乳濁液なのかと尋ねた。

そのアイスクリームも食べ終えて帰路につくと、ヴァイオレットの顔から笑みが消えた。眉をひそめて集中している。セバスチャンは彼女の邪魔をしないようにした。邪魔などできるはずもない。ケンブリッジに着いてヴァイオレットを自宅に送り届けると、彼も自分の家に向かった。

セバスチャンは厳粛な気分になっていた。今夜、何が起こるかは考えたくない。けれども真実が暴露されたら人々がどう反応するか、彼にはわからなかった。最善の結果になるよう祈るのみだ。最悪の事態になることをセバスチャンは恐れた。群衆が真実を知って怒りだしたらヴァイオレットはどうなる？　その怒りから彼女を守ることは自分にはできないだろう。海辺に連れていくぐらいでは、その傷は癒やせない。

憂鬱な気分のまま、セバスチャンは講演会場に向かった。夏の日は長く、午後八時になろうとしているのに外はまだ明るい。会場には彼ひとりで着き、ヴァイオレットは一緒ではなかった。

すでに大勢の人が詰めかけている。何年も前にセバスチャンが講演を始めた頃にはあちこち空席があったが、今夜は盛んに宣伝されていたこともあり、いつものように満員となっていた。外にはプラカードを掲げた人々が一〇〇人以上も来ている。

〝マルヒュアをやっつけろ〟

〝進化論を信じるな〟

かと思えば、彼の支持者もいた。〝マルヒュアに賛成！〟と書かれた大きな旗を掲げているのは、ケンブリッジ大学の学生たちの一団だ。

セバスチャンが馬車をおりると、怒号と歓声で迎えられた。

「ありがとう、ありがとう！」お辞儀をして、仰々しく帽子を傾けてみせる。

「この異端者！」ひとりの女性が叫び、セバスチャン目がけてカブを投げた。カブは六メートルほどの弧を描き、彼の目の前の舗道に落ちて足元へと転がってきた。

セバスチャンは馬車のほうに合図をした。こうなることは覚悟して来たのだ。従僕がやってきて、樽《たる》をひとつ地面に置いた。

「多くのみなさんが野菜で武装して来られたようだ」セバスチャンは大声で怒鳴った。「ぼくの講演の第一声をお聞きになったことはあるでしょう――あなたの魂を救え、貧しき者を救え」

それを聞いた人々は、ぽかんとして彼を見つめた。

「みなさんが食べ物をこの樽に入れてくださったら」セバスチャンは群衆に告げた。「これはこの教区の貧しい人々に寄付しましょう」

ジャガイモがひとつ、群衆のほうから彼の頭上目がけて飛んできた。セバスチャンは腕を伸ばし、自分にぶつかる前にそれをつかんだ。

「まさにそんな感じでお願いしますよ！」ジャガイモを樽に入れる。「寛大なご寄進に感謝します」

「なんですって？　彼はなんて言ってるの？」ひとりの女性が叫んだ。

「ですが、みなさんにはぼくからの感謝など不要でしょう」セバスチャンは言った。「みなさんはただ、よきクリスチャンがすることをしてくだされぱいいのです——貧しき者、飢えた者にお恵みを」

ふたたびお辞儀をすると、彼は群衆が反応するよりも早く大股で講演会場に向かった。

ヴァイオレットはその数分後に到着した。彼のほうを見ることはせず、母親と腕を組んで歩いている。それでもセバスチャンは彼女に向かってウインクし、会場の入口へずんずん歩いていった。

「ジェームソン」正面にいた白髪の植物学者に声をかける。「あなたが今日の司会をしてくださるんですよね？」

「ええ、そうです。いつものとおりでよろしいですか？」

「実は、今日は紹介も自分でやろうと思っていまして」セバスチャンは意識して魅力的な微笑みを浮かべた。

ジェームソンが眉をひそめる。「紹介もご自分で？　それは……いけません。それはいけませんよ」

「それなら仕方ない」セバスチャンはため息をついた。

視界の隅に、ロバートが会場に入ってくるのが見えた。彼はひとりだった。ミニーは人込みを好まないし、セバスチャンの記憶がたしかなら、彼の講演を聞きに来て、一度ひどい経験をしたことがあるのだ。オリヴァーとジェーンがあとから入ってきた。フリーも連れている。彼らはヴァイオレットとその母親のほうに歩み寄り、一緒に座って互いに笑みを交わした。

「どうでしょう、今日はごく手短な紹介にとどめていただくというのは」セバスチャンは言った。「ここにおいでのみなさんは、すでにぼくのことをご存じです。紹介はほんのひとことかふたことにしていただけるとありがたい」

「承知しました」

そのあとは待つよりほかにすることもなかった。座席が埋まるのを待つ。時計の針が刻々と八時に近づいていくのを待った。それからさらにしばらく待ち、ドアが閉じられて全員が席に着いたのを見届けた案内係が、ジェームソンにうなずいた。

ジェームソンは足を引きずりながら、聴衆の前に出ていった。

「今夜はミスター・セバスチャン・マルヒュアに講演をしていただきます。もはや紹介はいらないでしょう。遺伝科学の分野における彼の発見は誰もが知るところです。それではご紹介いたしましょう、ミスター・マルヒュアです」

セバスチャンは立ちあがり、顔の海を見渡した。なじみの顔もあれば、初めて見る顔もある。彼は講演をいつも内輪の冗談のように感じていた。セバスチャンとヴァイオレットだけに通じる秘密の冗談だ。しかし、今夜は重力を感じている。まるで自分の人生全体がごく小さなひとつの点に向かって引っぱられ、収縮していくかのようだ。セバスチャンが繰り広げてきたすべての冗談は、彼をついにここまで運んできた。全世界が待ち構えている舞台へと。彼はそこで真実を告げなければならない。

大きく息を吸った。簡単な任務だ。ただヴァイオレットを指差すだけでいい。あとは彼女が光り輝くのを見守るだけだ。

今までの自分の人生は、この瞬間のためにあったのだと思える。この口から出るひとことで、すべてが変わるのだ。セバスチャンは深呼吸をして口を開いた。

「これはミスター・ジェームソンの落ち度ではありません」堂々とした口調で言った。「ですが、今の紹介の言葉はすべて間違いです。今夜、講演をするのはぼくではありません」

驚きのざわめきが、さざなみのように場内に広がる。

「実のところ、ぼくは特質の遺伝についての発見を何ひとつしていません。少し前に発表した、ヴィオラ属に関するたったひとつの小さな発見を除いては。今日、ぼくがここにいる理由はただひとつです。もっと早くみなさんに知っていただくべきだった、ある人物を紹介するためです」

セバスチャンはヴァイオレットのほうを見ることができなかった。こんなことを言いながらでは、とても見られない。だが、彼女が最前列にいるのは察していた。彼女の不安と期待を、まるで自分のもののように感じていた。聴衆はただ呆然《ぼうぜん》として、静まり返っている。

「これまでぼくが発表してきた研究は、ぼくの功績とされてきました」セバスチャンは言った。「ですが実際には、ぼくの役割は言ってみれば助手のようなものでした。それでは今夜の講演を担当する人物をご紹介させてください。この人物こそ、ぼくが発表してきたすべての研究を行い、ぼくがこれまで語ってきたすべての言葉の根拠となるすばらしい洞察をしてきた人物なのです。もちろん、不適切な言葉はぼくが勝手に語ったことですが」彼はにやりとした。

そしてセバスチャンはヴァイオレットを見た。彼女は目を見開き、口を開いている。セバスチャンは彼女に微笑みかけ――そうせずにはいられなかった――それから聴衆に視線を戻した。

「ご紹介します、ヴァイオレット・ウォーターフィールド、カンベリー伯爵夫人です」

どよめきが広がった。あちこちでいっせいに驚愕のつぶやきがもれる。

「これは何かの冗談か？」脇のほうから誰かの声がした。

冗談などではないことを、彼らはすぐに知るだろう。ヴァイオレットが話しはじめたとたん、聴衆は彼女の専門家としての知識を思い知るに違いない。

「伯爵夫人は」セバスチャンは大声で言った。「最新の発見について語ってくださいます。

これが彼女の発見の中でも、もっとも刺激に満ちたものであることは、みなさんも聞けばすぐにおわかりになるでしょう」

一瞬、彼はヴァイオレットが倒れるのではないかと思った。彼女は席に座ったまま荒い息をつき、うつむいている。けれどもそのとき、横に座っていたジェーンがヴァイオレットの手を握った。母親が娘の膝をぽんぽんと叩く。ヴァイオレットは大きく息を吸い込んだ。青ざめていた顔に色が戻り、彼女は立ちあがった。

滑るように前に出て振り返り、そして……。

にっこりと微笑んだ。これまでセバスチャンにしか見せたことのない笑みが満場に広がり、隅々にまでその威力を行き渡らせた。

これは冗談ではありません、とその笑みは語っていた。ここからはわたしの思いどおりにやらせていただきますから、みなさん、どうぞ覚悟して。

セバスチャンはこれほど誇らしく思えたことはなかった。ジェーンとヴァイオレットの母親のあいだに割り込み、先ほどまでヴァイオレットが座っていた席に陣取る。

「紳士淑女のみなさん」ヴァイオレットが言った。「今日、わたしはクロモサムについてお話しいたします」

この瞬間まで、彼女のこんな面はセバスチャンしか見たことがなかった。その輝きはまぶしいほどだ。彼女が美人ではないなどと言うやつがいたら許さない。今、彼女は本当に美しい。

「クロモサムとはなんなのか、みなさんは知りません——今のところは」ヴァイオレットは笑顔で聴衆を見渡した。「でも、すぐにわかります。まずはわたしの同僚の研究からお話しいたしましょう。ミスター・マルヒュアがその人です。彼は自分の貢献をずいぶんと低く評価されていますが、彼の長きにわたる包括的なヴィオラ属の研究がなければ、わたしはこの研究をやり遂げることができなかったでしょう。このケンブリッジにおられるボリンガルによる功績にも触れておきたいと思います。その研究も非常に重要なものでした」

ヴァイオレットが敬称をつけなかったのはわざとだろう、とセバスチャンは思った。この問題について彼女が何時間も話し合っていた相手はボリンガル教授ではなく、ミセス・ボリンガルのほうだから。

そして、そこからヴァイオレットにスイッチが入ったようだった。彼女はためらわなかった。ひるまなかった。セバスチャンはうしろのふたり連れがささやき合っている——正確には、ヴァイオレットの話しぶりが見事なので当てがはずれてぶつくさ言っている——ことに気づいていたが、ただ彼女だけを見つめていた。ヴァイオレットはまばゆいほどに光り輝いていた。

うしろの紳士は二〇分ほど過ぎたところで立ちあがって出ていった。無作法きわまりない態度だ。

その無礼な仕打ちにもヴァイオレットはくじけなかった。いや、気づいてさえいなかっただろう。

アリス・ボリンガルの写真をもとに製作した拡大図を示して説明する頃になると、ざわめきはヴァイオレットの性別に対するものではなく、彼女の研究に関してのものばかりになっていった。彼女が見事な結論を導き出して話を締めくくると、立ちあがって足を踏み鳴らし、喝采を送ったのはセバスチャンだけではなかった。

先ほど席を立った紳士がいつのまにか戻って近くに立っていることに、セバスチャンは気づいた。

ジェームソンがとうとう手を振って聴衆を黙らせた。みな、しぶしぶ椅子に座った——ただひとり、立ったままの紳士を除いて。セバスチャンはちらりと彼を見た。その紳士は片手に一枚の紙を握りしめ、滑稽な形に口ひげを生やしていた。

「こんなに啓発される講演は、いまだかつてなかったでしょう」ジェームソンが言った。「みなさんには数えきれないほどの質問がおありでしょうが、スケジュールの関係で残り時間は二〇分しかありません。というわけで、紳士のみなさん……」

ジェームソンは眉をひそめてヴァイオレットを見ると、混乱もあらわに頭を振った。

「……そして、淑女のみなさん、よろしければ……」

口ひげの紳士が前に進み出た。「質問は受けつけない」うなるように言う。

ジェームソンが眉間にしわを寄せた。「あなたは?」

「わたしはジョン・ウィリアム、ケンブリッジ署の巡査だ」彼は仰々しく紙を掲げた。「今夜目撃された行動にもとづき、ここに判事から令状をもらってきてある」

「令状ですって？」ジェームソンが前に出る。ヴァイオレットはうしろにさがった。

「令状だ」紳士は言った。「ヴァイオレット・ウォーターフィールド、暴動の誘発を計画し、公共の場でみだらな言葉を発して治安を乱した罪で逮捕する」

23

群衆がヴァイオレットと巡査をのみ込むさまは、まるでアメーバが偽足を伸ばして餌を取り込んでいるかのようだった。

そう、アメーバだ。ヴァイオレットは興奮さめやらぬ頭で考えた。〝もやっとしたやつ〟それのおかげで彼女は演壇に立ち、今はまた、それによって運び出されようとしている。自分が正気とは言えない状態であることを、彼女は自覚していた。

彼らは一団となって動き、通りを何本か越えた先の下級裁判所へと向かった。

大勢に囲まれたヴァイオレットには、大切な人たちの顔が見えなかった。セバスチャンも、母も、友人の誰も見当たらない。いったいどうなってしまうのか、いまだによくわからなかった。

巡査の顔には見覚えがある。ウィリアム――あの甲高い声の女性と一緒にいた男だ。彼がずっと前からこの機会をうかがっていたのは間違いない。

「わたしは伯爵夫人よ」判事席の前へと連れていかれるあいだに、ヴァイオレットは巡査にささやいた。「わたしにこんなことをするなんて、あなたは首になるわ」

巡査はじろじろとヴァイオレットを見た。「この令状を取るにはけっこう苦労したんですよ」彼は口を開いた。「最初はマルヒュアを連行するつもりだったんですがね。こんな騒ぎはもうたくさんだ。神をも恐れぬこんな研究をやっていたのがあなただというなら、犯罪者の烙印《らくいん》を押されることをせいぜい楽しんでください」

彼は三人の判事を呼び出していた。黒いローブと白いかつらをつけて厳粛な顔つきをした判事たちが、ヴァイオレットに対峙した。

訴訟手続きが始まる前に判事席へと進み出たのは、ヴァイオレットの母親だった。

「判事閣下」母は言った。「あなた方には、わたしの娘を拘束する権利はありません。この令状に書かれている名前はヴァイオレット・ウォーターフィールドですが、巡査は彼女がカンベリー伯爵夫人であることをあなた方にお伝えしなかったのです。貴族なのですから、彼女を裁けるのは貴族院だけです」

急に雲行きが変わって判事たちは落ち着きを失い、互いに目を見交わした。

「まったく」ひとりがつぶやいたのがヴァイオレットにも聞こえた。「とんだ騒ぎだ」

「彼女のご主人はここにいるのですか?」別の判事が尋ねた。

「彼は亡くなりました」

「つまり、彼女は未亡人として爵位を継承したのですか?」判事が眉をひそめる。

「いいえ」ヴァイオレットの母親が言った。「一一歳の新しいカンベリー伯爵がいます」

判事がまた眉をひそめた。もうひとりの判事が額をこすって言う。「夫に先立たれた貴族の夫人には貴族の特権が生じるのか？」

「知るものか」別の判事が答えた。「われわれは貴族を裁いたことなどないんだ」

白いかつらをつけた頭が集まって、ひそひそと相談を始めた。

その頭が離れると、中央にいる判事が木槌《きづち》を振りおろした。「当法廷は明朝まで延期とする。この件がどこで裁かれるべきか、そこで決定するものとする」彼はヴァイオレットのほうを見た。「マイ・レディ、明朝ここにおいで願えるでしょうな？」

「もちろんです」ヴァイオレットは頭をあげた。「堂々とまいりますわ」

「では、そういうことで。当法廷は明朝九時まで延期とする」

「こんなことがあっていいわけがない」セバスチャンは両手をポケットに突っ込み、握りしめた丸いガラス玉の重みに心が安らぐのを感じた。ヴァイオレットの講演が大騒ぎのうちに終了してから、まだ何時間も経っていない。あれからずっと、彼の頭の中には同じ言葉が繰り返し響いていた。「きみをこんな目に遭わせていいわけがない」

ヴァイオレットは温室の中に立っていた。月が植物を照らし、彼女の顔に青白く輝く光を注いでいる。

「ほかに選択肢はないんじゃないかしら」彼女は腕を組んで目をそらした。「ロバートとオリヴァーが弁護してくれるし、母は弁護士を手配してくれたわ。明日どうなるかは、わたしたちにはわからない。わからないものを防ぎようがないでしょう？」

ヴァイオレットは落ち着いていた。静けさの中にそびえ立つカシの木のごとく、泰然自若としている。木の葉一枚揺れる様子もない。これほどの混乱の中心にいて、なぜ彼女がここまで穏やかでいられるのか、セバスチャンにはわからなかった。何を言えば彼女を慰めてあげられるのか、まったくわからない。わかっているのは、なんとかして事態を収拾しなければならないということだけだ。

ヴァイオレットがするりと腕をほどいた。

なんてことだ。自分が彼女を安全に守ってあげなければいけなかったのに。セバスチャンに代わって演壇に立つことが何を意味するか、彼女に言って聞かせなければならなかったのに。もし彼がこれまでの講演でもっと慎重にふるまって反感を買わないようにしておけば、あんな連中が来ることもなかっただろう。もし自分があのまま講演をやっていれば……。多くの〝もし〟が渦巻いて、ひとつの答えを指していた。これはセバスチャンの責任だ。このまま黙って見過ごすわけにはいかない。

ヴァイオレットが彼のほうに振り向いた。けれども非難するどころか、彼女の顔は明るく輝いていた。「心配するべきだとわかってはいるんだけど」ヴァイオレットは言った。「ねえ、セバスチャン、わたしを見た？　わたしを見てくれた？」うれしそうに笑う。

彼も微笑まずにはいられなかった。「ああ」両手をヴァイオレットの肩にまわして引き寄せる。「もちろんだ。きみはすばらしかった」

頭を寄せ合い、彼女の唇のやわらかさを感じたかったが、今のセバスチャンはご褒美のキスをもらえる立場にはない。

「でも、ぼくたちは明日のことを考えないと」彼は言った。

「そうね」ヴァイオレットが肩をすくめる。「本当のところ、明日が来るということも信じられないわ。今夜のことすべてが、まるで誰か別の人が見ている奇妙な夢みたいで」

「それは妙だな」セバスチャンは身をかがめ、彼女の額に軽く口づけた。「ぼくは奇妙な夢を見ているような気がするんだ。自分の身に起こるはずのことが、誰か別の人に起こっているという奇妙な夢を」

「そちらのほうが、むしろばかげているわね」

「いいや」大きく息を吸い込む。「ヴァイオレット、よく聞いてくれ。こんなことになったのはぼくのせいだ。ぼくの言葉が反感を買って敵を作ってしまった。連中がとうとう行動を起こしても不思議はないよ。彼らはきみを傷つけたかったんじゃない。標的はぼくだ」

ヴァイオレットは眉をひそめ、顔をそむけた。「だとしても、それは彼らがわたしのことをあなただと思っていたからよ。堂々めぐりだわ、セバスチャン」

「もしきみがずっと講演をしていたら、もう少し慎重な言いまわしをしただろう」

「そうかもね」ヴァイオレットが肩をすくめる。「でも、そうじゃないかもしれない。あなたはいつだって笑いで批判をかわすのが上手だったわ。今日あなたがあの樽でやったことも見ていたけれど、すばらしかった。よきクリスチャンとして貧しき者を救え、というあなたの言葉にこめられた皮肉を理解した人は、ひとりもいなかったんじゃないかしら」彼女はくすくす笑った。

「ヴァイオレット」セバスチャンは彼女の両手を自分の手で包んだ。「真面目に考えてくれ。きみは監獄に送られてしまう。きみを黙らせることが、ぼくを黙らせることが連中の狙いなんだよ。こんなことを許してはおけない」

沈黙が満ちた。暗がりの中、ヴァイオレットはふたたびすっくとそびえ立つカシの木のように揺るぎない存在となった。

「きみに詳しく話していないことがある」セバスチャンは言った。「ぼくの姉のキャサリンが亡くなったときのことを覚えているかい?」

「馬から落ちたのよね」

「そうだ」彼は大きく息を吸った。「姉を最後に見たのがぼくだった。厩舎の二階で生まれたばかりの子猫たちの様子を見ていたとき、姉が入ってきたんだ。彼女は泣いていた。その理由はわからない。ぼくは姉が泣いているのを見ながら、この子猫たちを見せてあげたら元気になって笑ってくれるかもしれないと思った」

「セバスチャン、その頃のあなたはまだせいぜい五歳でしょう?」

彼は肩をすくめた。「ぼくはもっとも愚かしい理由で、何も言わないでいることにした。わざわざはしごをおりていくのが面倒だったんだ。大声で姉に呼びかけたら、母猫を驚かせてしまう。それに涙なんて、どうってことない。それでぼくは黙ったまま、姉が出ていくのを見守った」

「あなたが自分を責めることはないわ」

責める？　そんな単純なことではない。セバスチャンは首を横に振った。

「いや、そういうことじゃないんだ。だが姉はひどく動揺していて、自分の手元もよく見ていなかった。ちゃんと注意を払っていなかった。彼女がもっと注意していたら……」

「あれは悲しい事故だったのよ」ヴァイオレットが言った。「そのあとにどうなるかなんて、あなたには知りようもなかった。たとえ声をかけていたって、同じ結果になっていたかもしれないわ」

「そうかもしれない」セバスチャンは顔をそむけた。「だが、そうはならなかったかもしれないんだ。知らせを聞いてぼくに考えられたのは、今度は姉に子猫を見せてあげようということだけだった」深呼吸をする。「だからそれ以来、ぼくがやってきたのはそういうことなんだと思う。人々を笑わせることができるなら、ぼくはそうする。誰かが不幸なまま、ぼくのもとから去っていくのを見たくないんだよ。そんなことがあれば、すべてが間違っているという気分になってしまう。でも誰かを笑顔にできるのなら、ぼくはきっとそうする」

ヴァイオレットが抗議の声をあげようとしたが、彼はその唇に指を押し当てた。

「不機嫌な顔をしている人を見るのがいやなんだ。ぼくにそれが変えられるのなら、なんだってする。ヴァイオレット、明日きみが告訴されたら、ぼくはどんな気分になると思う？　きみが監獄行きを宣告されたら？」

「そんなことにはならないと思うわ。弁護士の話によると、夫の死後に再婚せずにいるかぎり、貴族の未亡人は貴族院以外で重罪に問われることはないんですって」

「弁護士は」ぶっきらぼうに言った。「軽罪なら、連中はきみを告訴できるとも言っていたぞ」

彼女はしばし黙り込んだ。「まあ、訴えられたとしても、わたしは訴訟に応じるよりほかにどうしようもないわ。そうでしょう?」

セバスチャンは息を吐き出した。「できることはあるはずだ。オリヴァーとロバートとミニーが法的にあれこれ手を尽くしてもきみが訴訟をまぬがれないのなら、連中に全部冗談だったと言ってやればいい。ぼくにはめられたのだと。愚かにもぼくの言うことを信じてしまったけれど、本当に責められるべきはセバスチャンだと」

ヴァイオレットは何も言わずに彼から体を離し、顔を自宅のほうに向けた。ひとつの窓だけに明かりがついている。彼女の顎がぴくりと動いた。

「それで」ようやく言葉を発したヴァイオレットの声には嘲笑の響きがあった。「わたしの代わりにあなたを監獄に送れというの? わたしがそんな意気地なしだと?」

彼女はそんなことはしない。それはわかっている。予想していたとおりだ。

「それに」ヴァイオレットが続けた。「そんなことをしても、ふたりとも同罪だと思われるだけだわ」

「連中はこの機会に飛びつくはずだ」セバスチャンは言った。「ぼくは有罪を認める——いっさい異議申し立てをしない。きみが自由の身でいられるかぎりは」

「それはわたしが自分かわいさに嘘をつくというのが前提よね」ヴァイオレットが彼の手の中から自分の手を引き抜いた。「わたしがそんな人間じゃないって、あなたは知っているはずよ」

「まず第一に」セバスチャンは言った。「それは嘘じゃない――真実だ。ほんの少し、ねじ曲げられているが」

「キャラメルみたいに引き伸ばされてね」彼女が鼻で笑う。

「第二に」彼はポケットに手を入れて、持ってきていたものを引っぱり出した。「第二に、ヴァイオレット、その価値があるもののためなら――いや、違う。ぼくはきみがぼくの計画に従ってくれるとは思っていなかった。だから……」オリヴァーの結婚式のときからずっと持っていたガラス玉を差し出す。

彼女はてのひらの上で月光に輝く玉を見た。「ガラス玉にも限界はあるわ」ため息まじりに言う。

「友情の限界か」理解してほしいと願いながらヴァイオレットを見つめる。「ヴァイオレット、ぼくたちの友情はどれぐらい深いと思う？」

彼女は顔をそむけ、悩ましげに額を片手で押さえた。

「ぼくたちが知り合って何年になる？　これまでの人生ずっとだよ。ぼくは何年きみを愛してきた？　数えられないくらい長くだ。きみが……」ごくりと唾をのみ込む。「きみがぼくの気持ちに応えてくれるようになったのは、ごく最近だ。それはわかっている。でも――」

「あなたが想像しているよりはずっと長いわ」ヴァイオレットの声はかすれていた。

「もしきみがぼくのことを少しでも思ってくれるなら、ぼくに大きな仕事をさせてくれ。自分なら事態を変えられるというのに、きみが引っぱっていかれるのを黙って見ていたくないんだ。きみのために、ぼくにこれをやらせてほしい」

彼女は目を見開いてセバスチャンを見あげた。「そしてあなたが連行されていくのを、わたしは見ていなければならないの？」

「そんなふうに考えないでくれ。きみが無事だとわかっていれば、ぼくは連中に何をされても気にしない」彼は言った。「きみはぼくのすべてだ、ヴァイオレット。人生でもっとも大切な人なんだよ。連中がぼくを監獄に入れたいのなら、ぼくは笑顔で、皮肉のひとつも言って入ってみせる。きみがつらい目に遭うのをただ見ているなんて、ぼくには耐えられないんだ」

「でも――」

セバスチャンはガラス玉をつまみ、彼女の手に押しつけた。「きみが自分であのルールを作ったんだぞ、ヴァイオレット。ガラス玉を持っていれば、ぼくは友情の範囲内で何を頼んでもいい。これにそむくことは、ぼくたちのあいだにあるあらゆるものの名を汚すことになる。ガラス玉を受け取ってくれ、ヴァイオレット。そしてきみのために、ぼくにこれをやらせてくれ」

一瞬、彼女はまるでヘビの目をのぞき込むようにガラス玉を見つめた。それからぎゅっと目を閉じ、顔をゆがめてガラス玉を握りしめた。

「よかった」セバスチャンは言った。「きみが同意してくれなかったらぼくがどんな手に出ていたか、きみは知りたくないと思うよ」

ヴァイオレットは何も言わず、ガラス玉をスカートのポケットに滑り込ませた。

「さてと」彼は唾をのみ込んだ。「ぼくたちはちょっと眠っておくべきじゃないかな」

彼女が片手をセバスチャンの胸に当てる。「あんな話をされたあとで、わたしが黙ってあなたを行かせると本気で思っているの？」

彼は息をのんだ。喉がからからに乾いている。「ぼくは無理強いしたくはない」

「無理強い？」彼女の唇がゆがんだ。「あのガラス玉は無理強いよ。でも、あなたはわたしを愛していると言ったわ。わたしを守るためならなんでもすると。そのくせ、わたしがさっさとひとりでベッドに入るのを期待しているの？　あなたはどういう放蕩者なのよ？」

「きみを愛している放蕩者だ」

ヴァイオレットはポケットから出したてのひらの上でガラス玉を転がした。言葉はなかった――彼の宣言に対する返事もない。ただガラス玉を見つめている。これをどうすればいいのか考えているかのように。

「セバスチャン」ようやく口を開いた。相変わらず彼のほうを見ようとはしない。「もしあなたがわたしと性交渉を持つことになったとして、絶対に子どもを作りたくないと思ったら、あなたはどうする？」

彼は熱が全身を駆け抜けるのを感じた。ヴァイオレットをつかんで抱き寄せたかった。だが、彼女は相変わらずこちらを見ていない。

「避妊具を使うだろうな」喉に引っかかって声が割れた。「だが効果は完璧とは言えないから、まさにそのときが来たら直前に外に出すだろう。それでも危険はあるが……」セバスチャンは必死に正気を保とうとした。「ヴァイオレット、ぼくは別に求めてなど……」いや、求めている。激しく彼女を求めている。「きみが望まないのなら――」

ヴァイオレットはセバスチャンを見あげていた。その目の奥に何を見たのか、彼にはよくわからなかった。悲しみ。渇望。彼女が微笑んだ。ゆっくりと震えるように浮かんだ笑みが、彼という存在の核の部分を包んだみたいに思えた。

「わたし、ずっと怖かったの」彼女が低い声で言った。「とても怖かった。その行為は夫に顔を平手打ちされるということだったから。あなたから愛される行為なんて、考えてはいけないものだと思っていたわ。わたしなんかの手の届かないものだと」

「ヴァイオレット」全身が燃えるようだった。彼女を抱き寄せてキスしたい。けれども一度そうしてしまえば、自分を止められるかどうかわからない。

「あなたのベッドに連れていって」ヴァイオレットがささやいた。「そして、わたしの恐怖がすべて間違っていると証明して」

24

「ぼくはきみに感謝されたくて責任を肩代わりすると言ったわけじゃないんだよ」ふたりでセバスチャンの家に向かう途中、彼は言った。

夜の闇の中、イバラがスカートに引っかかり、ヴァイオレットはうしろに引っぱられた。まるで生け垣さえも、考え直せと警告しているかのように。

「わたしがそれで感謝していると思ったの？」

ヴァイオレットはセバスチャンに向き直った。ふたりの私有地を分けている林の端まで来たところだった。草の生えた広い丘の上にセバスチャンの家が見える。ヴァイオレットは片手をあげて彼の唇に押し当てた。

「セバスチャン」彼女は言った。

彼が足を止めた。「ヴァイオレット、ぼくはきみを傷つけるようなことはしたくないんだ。どんな意味においても」

「危険のない人生なんてありえないわ」ヴァイオレットは言った。「わたしは試しにやってみたの。危険のない人生とは、わたしは機会に賭ける価値もない人間だと自分に言い聞かせて生きるということよ。未来に対する希望のない人生のこと」

明日、セバスチャンは彼女のこの言葉を思い出すことになるだろう。けれども今夜は……。

「もし物事が計画どおりに進めば」それが誰の立てた計画か、ヴァイオレットはわざと言わなかった。「わたしはあなたにしばらく会えないわ」

「それは大げさだよ。無罪申し立てをするように言われるだろうから、裁判自体はもう少しあとにならないと始まらない。それまでのあいだは……」

「わたしたちが一緒に過ごせる夜が一日だろうと三日だろうと、たいした違いはないわ。どちらにしても、わたしにはじゅうぶんではないもの」彼女は大きく息を吸い込んだ。講演会場でこれから世界をひっくり返そうとしているときでさえ、こんなに自分が頼りなく感じたことはなかった。「セバスチャン、あなたがいなかったら、わたしはどうしていいかわからない」

彼は友情の名のもとに、自分に責任を肩代わりさせてくれと言った。ふたりのあいだに横たわるあらゆるもののために。ヴァイオレットはセバスチャンに向かって手を伸ばし、両手を肩に置いた。長身の体のぬくもりが、てのひらから伝わってくる。彼が身をかがめた。

セバスチャンがヴァイオレットにキスをねだったことは一度もなかった。彼女をベッドに連れていきたいと言ったことも一度もない。彼がたったひとつ懇願したのは、ヴァイオレットを守らせてほしいということだけだ。彼女はセバスチャンに、愛していると言うつもりはなかった——彼が懇願してきた唯一のことを拒否しようというときに、そんなことはとても言えない。

「明日――」言いかけたセバスチャンの唇を、彼女は指で押さえた。

「明日の話はなしよ。わたしが欲しいのは今夜なの」

彼が熱い吐息をもらし、ヴァイオレットを自分のほうへと引き寄せた。「ヴァイオレット、ぼくはノーと言わなきゃならない。ぼくが言うべきなのは――」

「あなたはわたしをベッドに連れていくべきよ」

だが、セバスチャンはそうしなかった。ヴァイオレットの肘をつかんでさらに引き寄せる。唇が重ねられ、ふたりは暗闇の中でキスをした。彼女は飢えていた。どうにも満足できなかった。彼はなぜかコーヒーとクリームの味がした。豊かで、苦くて、砂糖で甘くしたコーヒーだ。けれどもコーヒーは感覚を麻痺《まひ》させてはくれない。セバスチャンのキスが感覚を覚醒させ、ふたりの足元の小枝が立てる小さな音も、うなじをくすぐる夜風も、彼女には痛いほど感じられた。

彼の両手がゆっくりと背筋をおりていくのも感じる。その手がヒップを包み、ヴァイオレットを自分の体へと押しつけた。ドレスを通して――ありがたいことに普段着に着替えていたので硬い布地ではなかった――腰と腰が密着した。

セバスチャンの下腹部はこわばっている。それが彼女を奪うのだと考えた瞬間……。

ほんのわずかに残っていた恐怖が消え失せた。彼は決して奪う人ではない――ただひたすら与えて、与えて、与える人だ。もっともひとつだけ、ヴァイオレットが彼に与えてもらうつもりのないものがあるけれど。

彼女はセバスチャンの甘くやさしいキスを受け止めた。彼の唇が何度もヴァイオレットの唇と合わさる。彼女は愛撫を受け入れた。彼の両手が布地を通して、体の芯まであたためてくれる。でも、ヴァイオレットは彼に安全を与えてもらうつもりはなかった。自分の心を犠牲にしてまで、セバスチャンに守ってもらおうとは思わない。

「ヴァイオレット」彼がささやいた。「ぼくのいちばんすてきなヴァイオレット」

「セバスチャン」

そうよ、わたしを守ってくれる人は彼以外にもいる。ヴァイオレットは体を引いた――だが、それは彼の手を取って家のほうへと促すためだった。ふたりは罪人のようにこっそりセバスチャンの家に入っていくと書斎を抜け、裏手にある使用人用の階段をあがった。図書室には明かりがついていて、友人たちがまだ議論を闘わせているようだった。彼らの目に触れないように、ふたりは手に手を取ってセバスチャンの寝室に滑り込んだ。ぱたんとドアを閉めると、彼はふたたびヴァイオレットにキスをした。

「やめてほしくなったら」彼が言う。「いつでもぼくを止めてくれ」

「いいえ、やめてほしくなんかないわ」

セバスチャンがボタンをはずし、ドレスを肩から脱がせて床に落とした。それからもう一度キスをする。けれども今度はただ口を重ねるだけでなく、彼女の体の脇を滑りおりた両手が胸元へとあがって、全身に電気を走らせた。コルセットは前でひもを締める形になっている。彼の手が器用にひもをほどき、やがてコルセットも床に落ちた。

彼の手と胸のあいだに残るのは薄い下着のみになった。指があがっていってふくらみを包み込み、巧みに動いてヴァイオレットの欲望をあおる。彼が頭をさげ、布地越しに胸の頂を口に含んだ。

膝から力が抜けそうになった。「セバスチャン」小声でささやき、彼をつかむ。「ああ、セバスチャン。あなたはまだ服を着たままだわ」

「それはきみの仕事だ、そうだろう？」彼がささやき返した。

ヴァイオレットはズボンを脱がせようとしたが、暗がりの中では思うように手が動かなかった。指がボタンをつかむより早く、セバスチャンは彼女のペチコートを脱がせていた。脚に一瞬の冷気を感じる――そして最初のボタンをはずすこともできないうちに、彼が体を離した。

「なんだかだまされている気がするわ」

セバスチャンが両手で彼女の足首をつかんで見あげた。にやりとしたその顔は気取っていて、奔放な魅力にあふれている。「さもありなん」そう言うと、彼は両手をさっとあげた。下着の薄いドレスの下で、手が下ばきに当たってさらに上へ、膝から腿へとのぼっていく。そしてとうとう下ばきのウエスト部分にたどり着いた。

彼は片手でひもをほどいた。暗がりの中で。下着の下で。

「もっとだましてもいいかい？」セバスチャンが尋ねる。

彼は答えを待たなかった。前かがみになると、下着越しにへその上にキスをした。それから——ウエストまでまくりあげていた薄いドレスと徐々におろされていく下ばきのあいだの素肌に口づけして、その口を下へとさげていく。

「ああ、お願い」ヴァイオレットはあえいだ。「もっとだまして」

セバスチャンの舌が腿のあいだを滑り、今度こそ本当に彼女の膝から力が抜けた。彼はやさしくヴァイオレットを抱き止めてベッドに横たわらせ、その上にかがみ込んだ。ああ、気持ちがいい——彼の魔法のような手に身をゆだね、世界が消えていくのを見ているのはなんて気持ちがいいのだろう。

恐れることは何もない。心配事はセバスチャンがなぎ払ってくれた。ただ甘美な快楽に身をまかせるだけ。彼の口が快感を呼び覚まし、指が体じゅうを撫でまわす。ヴァイオレットは少しずつ、あの瞬間に近づきつつあった。

彼が頭を起こした。

「ああ、そんな、セバスチャン。やめないで」

「でも、勝ったのはぼくだ」彼は宣言した。

「あなたが……勝った？」全身が欲望でうずいている。絶頂を目の前にして、体が震えるほどの切迫感を覚えていた。

「そのとおり」セバスチャンが彼女の腕から脱がせた下着のドレスを掲げた。「ぼくのほうが先にきみを脱がせた」

彼と過ごす夜がもうひと晩あるのなら、ヴァイオレットは負けじと言い返していたかもしれない。でも、彼女には今夜しかないのだ。

片肘をついて体を起こす。「賞品はなんなの？　何かいけないもの？」

「すばらしいものだ」セバスチャンが厳粛な顔をして言った。

いいわ。それならあげてもいい。何か完璧なもの。今夜だけの何か特別なもの。ヴァイオレットを覚えておいてもらうための。彼が上着を脱ぎ、続いてベストも脱いだ。ベルトをはずしながら、彼女にウインクする。ズボンと下着を床に落とすと、くしゃくしゃになったシャツの裾と黒い毛の生えた力強い腿、たくましい筋肉のついたふくらはぎが現れた。ヴァイオレットの口はからからに乾いた。

セバスチャンは頭からシャツを脱ぎ、平らな胸をあらわにした。同時に、硬くなった欲望の証が彼女に向かって突き出される。

彼が部屋の向こうへ行き、すぐに戻ってきた。

「ほら」ヴァイオレットの手の中に、何かをさっと滑り込ませる。「避妊具だ」

それはよく伸びる薄い素材でできていた。彼女が予想していたような、動物の腸から作られたものではなかった。

「硬化ゴムだよ」ヴァイオレットの思考を読んだようにセバスチャンが言う。「今ここでその作り方をきいてきたりしたら、きみにはアイスクリームをふたつおごってもらうぞ」

彼女は暗闇の中で思わず微笑んだ。

「これがぼくが勝った賞品だ。きみにはこれをつけるのを手伝ってほしい」

ヴァイオレットは彼のものに片手を走らせた。つるつるしていて、彼女の手が触れたせいでいっそう硬くなっている。

「これは回転する」セバスチャンの手が彼女の手に重なり、こわばりの先端にゴムをかぶせた。彼女はおずおずとそこに触れ、彼が鋭く息を吸い込むと、さらに力をこめて撫でた。

「ああ、ヴァイオレット」

この立派なものを覆ってしまうのは残念な気もしたが、ともかく彼女はゴムを滑らせていった。根元にまでかぶせると、ほかにすべきことがないと気がついた。

このあとすべきことといえば……。

セバスチャンが頭をさげて彼女にキスをした。今まさに性交に及ぼうとしているとは思えないほど、のんびりとしたキスだった。ふたりには永遠という時間があると錯覚しそうなキス。

嘘だ。ふたりには今夜しかない。

しかし、ヴァイオレットは甘い嘘を吹き込む彼のキスを受け入れた。その嘘を信じることを自分に許しさえした——セバスチャンのやさしい愛撫に身をゆだね、彼の裸の胸が自分の胸の頂をかすめるのを感じた。たびたび見る夢の中でしか経験できない感覚を全身で受け止めた。

毎日こんな夢を見ているわけではない。それは危険すぎる。けれども三日月がのぼるたびに、数週間に一度はこんな夢を見た。記憶のもっとも暗い奥底を光で照らし、恐怖を振り払えるくらいの頻度で。

セバスチャンが彼女の中に入ってきて、抑制した突きを繰り返す頃には、それはもう避けられないことに思えた。彼に満たしてもらうこと、快感を絶頂まで高めてもらうことはもう避けられない。お互いの手を絡ませながら、体が求め合ってしっかりとつながるのは避けられないことだった。

「きみを愛している」セバスチャンがささやいた。

愛しているわ。ヴァイオレットは愛撫でそう告げた。あなたを愛している。手と手が、体と体が絡み合う。どれほど深く愛しているか、セバスチャンには聞こえたかしら? これから幾晩も続く寂しい夜に、彼は思い出してくれる?

セバスチャンは決して激しく突きあげたりしなかった。彼女を揺すり、押し、じらした。彼が動くたびにヴァイオレットはあえぎをもらし、純然たる快感が空中に火花を散らすように思えた。

彼の下で、ヴァイオレットは快楽の炎に包まれた。そうなってもなお、セバスチャンは動きを速めようとしない。彼女がすすり泣き、ぐったりして、完全に満たされたとわかると、ようやく彼は猛々《たけだけ》しくなった。ヴァイオレットのヒップを両手でつかみ、どんどん速く、激しく突いて、呼吸も荒くなり――。

セバスチャンが彼女から身を引いてうめいた。

ヴァイオレットがかろうじて考えられたのは、彼は約束を守ったということだった――避妊具をつけていても、最後の瞬間の直前に抜くという約束を。不必要な危険はいっさい排除する。彼ならそうするだろうとわかっていた。セバスチャンは絶対にこういうことで、ヴァイオレットに嘘はつかない。

彼女には、そのお返しはできないけれど。

代わりにヴァイオレットは手を伸ばして彼の髪に指を絡め、唇と唇が触れるくらい近くまで近づけた。

ひとつだけ。真実をひとつだけ、セバスチャンにあげることならできる。これを本気で言っていたのだということを、明日になったら彼は信じないかもしれないが。

「あなたを愛しているわ」ヴァイオレットは言った。

セバスチャンがキスを返した。「知っているよ」

何も不自然なことではない。セバスチャンはそう自分に言い聞かせた。今朝のヴァイオレットが少し神経を尖らせているのは当然のことだ。

ケンブリッジの下級裁判所で扱われるのはせいぜい安酒を飲んで酔っ払った学生たちの悪ふざけか、そういう酔っ払いが引き起こした窃盗事件ぐらいのものだった。

ここの判事たちが貴族を相手にしたことがないのは明らかで、今回の事件――伯爵未亡人に対する告訴――は珍しいこときわまりなかった。そして珍しさは人を呼ぶ。木製のベンチにぎゅうぎゅう詰めで座った人々はおしゃべりに花を咲かせている。部屋の温度は恐ろしく上昇し、夏だからという理由では納得できないほど不快な暑さになっていた。

ヴァイオレットはセバスチャンのほうを見なかった――ちらりと視線を投げるとか、安心させるように目配せをするとか、そんなこともいっさいしない。彼女が座っているのはほんの三メートル先だったが、どうしようもなく離れているように思えた。

最初の展開はセバスチャンが予想したとおりだった。判事が入廷する。群衆が起立。裁判が開始され、三人の中で最年長の判事が立ちあがった。

「貴族の爵位を有するカンベリー伯爵夫人を重罪の容疑で訴追することは、われわれの管轄内で行うべきことではないが、軽罪に関しては貴族の特権は適用されない。従って、訴追者の同意のもと、軽罪についてのみ取りあげるよう起訴状は修正されている」

どよめきが起こった。一枚の紙が法廷弁護士に渡された。ヴァイオレットが弁護士の肩越しに書面に目をやる。セバスチャンは体をこわばらせた。これがまさしくいちばん心配していたことだった――連中はヴァイオレットをみすみす逃すよりは、より軽い罪に問うことを選んだのだ。

何かがおかしい。セバスチャンが気づいたのは、まさにそのときだった。不安を感じているときのヴァイオレットの様子なら、よく知っている。唇を嚙みしめ、不自然なほど背筋を伸ばして座るのだ。この状況下では、さらに不安を覚えていても不思議はない。ところが判事の言葉を聞きながら、ヴァイオレットは笑みを浮かべていた――固い決意に満ちた微笑みを。

状況を考えると、まったくもって不可解だった。考えうるかぎり最悪の結果が出たというのに、彼女はなぜ微笑んでいるのだ？

「被告人、何か弁明したいことは？」判事が尋ねた。

法廷弁護人が息を吐いた。その横でヴァイオレットが立ちあがる。

「修正された起訴状をたった今、読ませていただいたかぎり」彼女は言った。「起訴内容に間違いはありません」

これはふたりが前もって話していたこととは違っていた。ヴァイオレットはこんなことを言う予定ではなかったのだ。彼女はセバスチャンの責任を追及し、自分に対しては慈悲を乞うはずだった。それなのになぜ？

ヴァイオレットの言葉は明瞭で説得力があった。セバスチャンは前夜の講演での彼女の話しぶりを思い出した。自信に満ちた力強い口調。頭を高々とあげ、体の脇に垂らした手にはよけいな力が入っていない。

彼女は堂々としていた。しかし、セバスチャンはみぞおちに冷たいものがこみあげるのを感じていた。何かが間違っている。恐ろしいほど間違っている。

「質問があればどうぞ」判事が告げた。

「修正後の起訴状に書かれた起訴内容はふたつだけです」ヴァイオレットは言った。「第一に、昨夜、一般大衆を前にしてわたしが猥褻《わいせつ》で扇情的なことを語ったという罪」

「そのとおり」

「ということは、一八六二年一〇月にわたしがここで行った講演については、今後訴えられることはないと理解してよろしいですか？」

「はい」判事が声に敬意をにじませた。「それはありません」

「それは奇妙だわ」ヴァイオレットが挑戦的に顎をあげる。「あの件についても責任はわたしにありました」

セバスチャンは心臓を絞りあげられている気がした。違う。彼女はそんなことを言うはずではなかった。いったいどういうつもりなんだ？

「実のところ、一八六二年から一八六七年にかけて、マルヒュアが行った講演は九七回ありました。それらについてもわたしが訴追されることはない。そういう理解でよろしいですか？」

少々困惑した顔で、判事が椅子にもたれる。「そうなりますね。それらについてもあなたが訴追されることはありません」

「おかしな話だわ」彼女は言った。「だって、彼が発表したのはわたしの考えたことですもの」

「あなたは起訴内容を増やしたいのですか？」右側の判事が混乱した表情で尋ねる。

「わたしは起訴内容を理解しようとしているだけです。適切に異議申し立てができるように」ヴァイオレットは答えた。

セバスチャンはいやな予感がした——ひどくいやな予感が。何かとんでもないことが起ころうとしている。彼は両手を握りしめた。だが、ここで自分がどんなにきつく手をもみしぼったところで、なんの役にも立たない。

ヴァイオレットが目の前に置かれた紙をちらりと見た。「では、治安を乱した罪について。一八六四年にレスターで聴衆を前にわたしの研究を発表したことが、ヤギの群れを巻き込んで暴動に近い騒ぎを起こしたとわたしは理解しています。あの事件は今回の起訴状には含まれていないのですね？」

「そのとおり」判事が答えた。「あなたは起訴内容をちゃんと理解しておられるようだ。どちらの申し立てをされますか？」

彼女は挑発するように顎を突き出した。「あなたはこうお尋ねなのかしら？ わたしが昨日、どちらの有性生殖によるメカニズムが遺伝的特徴を受け継がせるかを発見したと発表したのか、と？ わたしが細胞核の内部の物質を示すために、数千倍に拡大された雄性配偶子のスケッチを聴衆に見せたかどうかをきいていらっしゃるの？」

「いいえ」判事はかすかにいらだちをにじませて答えた。「有罪か無罪か、どちらかの申し立てをしてくださいと言っているのです。黙秘すれば無罪の申し立てをしたと見なされます。ご自分で無罪あるいは有罪の申し立てをしてもかまいません。ですが、あなたがこれらの事項について詳述することは禁止されています。これ以上続けるなら、わたしはあなたを法廷侮辱罪で拘束しますよ」

「でも申し立てをするためには、軽減事由があるかどうかを考えなければなりません」ヴァイオレットが言った。「わたしが不当な威圧を受けていたのか、これらの事件を扇動したのがわたしなのか、それとも誰かに指示されてやったことなのか」

セバスチャンは息を詰めた。彼女はあれを言うはずだ。昨日、ひと晩じゅうふたりで計画したことを。ガラス玉にかけて、彼女はこの件にかかわらないと誓わせたはずだ。

「申し立てをするには、あなた自身が有罪か無罪かを言わなければなりませんよ」判事がぴしゃりと言う。

「その答えはノーです」ヴァイオレットは言った。

ああ、よかった。彼女は完全に正気を失ったわけではなかったのだ。

「ノー」彼女が続ける。「軽減事由はありません」

一瞬、セバスチャンだけでなく法廷全体が固まった。室内は静まり返り、彼の耳には裏切られた苦痛にうめきをあげる自分の呼吸音がうるさいほどに響いた。

「わたし以外に誰も、これらの研究を扇動した者はいません。協力してくれた人たちはいますし、時宜を得たら彼らの功績を明らかにしたいと思いますが、遺伝科学の研究はすべてわたしが行ったものです。わたしは自分の意志で昨晩の講演を行い、あの発表をしました。あれはわたしの言葉であり、わたしの研究です。ほかの誰かにその功績を譲るくらいなら、地獄に落ちたほうがましです」

セバスチャンは震える息を吐いた。

「法廷侮辱罪になりますぞ」判事がわめいた。「さあ、申し立てをするのですか？」

「おわかりになりませんか？」彼女はまっすぐな姿勢で立っていた。目は燃えるようだ。

「わたしは有罪です。どちらの起訴内容についても有罪です、判事閣下。誇りをもって申しあげますわ。わたしは有罪です」

セバスチャンはものを考える力も残っていなかった。何を言えばいいのかわからない。ヴァイオレットがこれだけのことを言いきってもなお、判事はためらっていた。

「本当にいいのですか？　みずから、自由意思で有罪の申し立てを？」判事が眉をひそめた。

「これらの罪で一定期間の禁固刑が科されることになるのはわかっていますか？」

「もちろん存じてますわ」ヴァイオレットが冷笑するように言う。「世間はわたしを止めたいんです。わたしを黙らせたいんだわ――わたしと、わたしの研究にかかわった人たちを。わたしが怖がっていると見れば、攻撃はいつまでも続くでしょう。わたしはいつだって、ばかばかしい非難から自分の身を守らなければならない」彼女は顎をあげた。「そんな攻撃になんの正義もないことを世間は知るべきです。わたしが恐れてなどいないことを。法律を振りかざしてかかってこようと、わたしは恐れません。ですから、判事閣下、改めて申しあげます。わたしが真実を発見しました。わたしがそれを世界に発表したのです」姿勢を正して判事たちをにらみつける。「わたしは有罪です」

判事たちが席を離れ、頭を寄せ合って小声で話し合いはじめた。セバスチャンは座ったまま凍りつき、今自分の耳で何を聞いたのか考えることもできなかった。彼女が……ヴァイオレットが今、言ったことは……。

判事たちが席に戻った。「奥方さま、ほかに何か弁護のために言っておきたいことはありますか？」

「時が経てばわたしが正しかったと証明されるでしょう、ということだけです」

「それでは、われわれはあなたに起訴内容に対して四週間、さらに法廷侮辱罪で二日間の禁固刑を言い渡します」木槌が振りおろされた。「これにて閉廷――」

そのあとの言葉は、いっせいに口を開いた群衆の怒号にかき消された。

セバスチャンは立ちあがった。「ヴァイオレット！」その声は騒音にのみ込まれた。彼女に向かって一歩踏み出したが、人の壁に阻まれるばかりで、なんとか近づいて彼女の手首をつかむのがやっとだった。

「ヴァイオレット」

彼女が振り返る。その顔は輝いていた。

「なんてことをしてくれたんだ」セバスチャンは力なく言った。

ヴァイオレットは片手を彼の手に重ね、手首をつかんでいる指をはずすと、てのひらを上に向けさせた。そして何か言ったが、セバスチャンには聞こえなかった。とそのとき、ヴァイオレットが皮肉な笑みを浮かべて彼の手に青いガラス玉をのせた。

〝ごめんなさい〟その言葉は聞こえなくとも、彼女の気持ちは正確に伝わってきた。感覚を失ったセバスチャンの指は握る力さえもなくしていた。ガラス玉が転がり、てのひらからこぼれ落ちる。

彼女はセバスチャンに微笑み——悲しげな微笑み——を投げかけると、向きを変えて、導かれるままに監獄へと歩きだした。

25

ヴァイオレットの読みは正しかった。彼女の場合、監獄に入るという体験は、ほかの多くの囚人に比べてはるかに快適なものとなった。ひとつには伯爵夫人という身分がものを言い、もうひとつ、有力者に大勢知り合いがいるという事実もあった。そしてもっとも重要なことに、ヴァイオレットの確信に満ちた態度によって、彼女には関心が集まっていた。有罪の申し立てをした時点で、ヴァイオレットはそれを見込んでいた。よい扱いを受けることが期待できたからこそ、軽蔑すべき脅しに屈することを断固拒否する気持ちになれたのだ。

彼女には清潔な独房が用意されていた。わらのベッドのマットレスは新品で、洗濯したてで穴ひとつ開いていないシーツが与えられた。今でもオリヴァーが話のねたにしているが、昔、彼が濡れ衣《ぎぬ》を着せられて投獄され、ノミやシラミに悩まされた頃とは時代が違う。とはいえ、ヴァイオレットは室内に充満するパラフィン油の匂いには閉口していた。たとえ害虫がいたとしても、この匂いで撲滅できただろう。

二日目を過ぎると、悪臭のせいで起こっていた頭痛もおさまってきた。朝には水が運ばれてきて顔を洗えたし、看守長の妻が本を何冊か貸してくれて、読後の感想を話し合うこともできた。彼女は明らかにヴァイオレットに畏敬の念を抱いているようだった。木曜日には面会も許された。相手は家族に限定されたが、それでもじゅうぶんだった。

監獄の庭を散歩する時間も毎日一時間与えられた。ただし、同時刻に外へ出ているほかの囚人と話をしないというのが条件だった。囚人の女性たちは看守に見とがめられないようにうつむいて、幽霊のように庭を歩きまわっていた。

ヴァイオレットは比較的古くなっていないパンが食べられたし、夕食には本物の肉も出た。監獄の予算について調べた数年前の新聞記事を思い返すと、その当時よりは食事に関して改善もなされているのだろうが、肉や野菜の予算まで増えたとは考えられず、彼女は看守長の食卓にのぼるべきものが自分にまわされているのだろうと思った。看守長は明らかに、ヴァイオレットが待遇に不満をもらして自分の立場が危うくなるのを恐れているのだ。

彼女は母との面会時間をなごやかに過ごした。セバスチャンからの伝言はなかった。騒動のその後の展開についても、母はこう述べただけだった。〝あなたはけっこうな騒ぎを巻き起こしたわよ〟

セバスチャンから何か言ってくるのを期待していたのかどうか、ヴァイオレットは自分でもよくわからなかったが、彼の話が出なかったのはありがたかった。セバスチャンのことは考えないようにしていた。別れ際の彼の顔に浮かんだ表情、血の気を失った顔色、あるいはガラス玉を握りしめることを拒んだ彼の指の動きを思い出したら、きっと平静ではいられなくなってしまう。

平静さを保つこと。それだけが、この独房で生きていくうえでの頼みの綱だった。それを失うわけにはいかない。

自分がセバスチャンを愛していることだけはよくわかっていた。自分のしたことに後悔もしていない。たとえ、それで彼が苦しむことになったとしても。

監獄での一二日目、看守長が彼女のもとへやってきた。

「奥方さま」彼は独房の鍵を開けながら言った。「どうかご同行願います」

庭で散歩中にほかの囚人たちが呼び出されるのを耳にしたかぎりでは、彼女たちは囚人番号でそっけなく呼ばれていた。敬称をつけられることなど、まずない。

ヴァイオレットは立ちあがり、ごわごわした囚人用スモックの生地を手で伸ばした。

「どこへ連れていこうとおっしゃるの？」

「あなたは釈放されるのです」看守長はそこで間を置き、体の重心を右足から左足へと移しながら、はげた頭をさすった。「これまで相当つらかったことでしょう。よく辛抱されました」

ヴァイオレットは彼を見て、遠目に見ていた囚人たちのことを思った。彼らに比べれば、自分がつらかったなどと言っては罰が当たる。むしろ楽だった。しかも刑期満了の前に出所できるのだ。監獄生活を生き延びたというだけで賞賛されては、なんだか居心地の悪い落ち着かなさを感じてしまう。

彼女はかぶりを振った。「時間が経ったおかげで、世間も静かになったんじゃないかしら」そう言って肩をすくめる。「少なくとも無事に家へ帰れるでしょう」

看守長が当惑した顔でヴァイオレットを見た。「それはあまり期待されませんように」ようやく口を開いた彼はそう言った。

監獄は六棟の建物から成っていた。油と煤《すす》で汚れたれんが造りの建物は一枚の壁にぐるりと囲まれ、さらにもう一重、もっと背の高い壁に囲まれている。ヴァイオレットはひとつの部屋に導かれ、そこで持ち物が返却された。それから最初にここへ来たときの服に着替えると、内側の壁の向こうへと連れていかれた。

そのとき、彼女の耳に聞こえてきた音があった。内側の壁の門をくぐったときには、それはざわざわとした騒音だった。低木の茂みにはさまれた小道を歩いて三〇メートルほど先の外側の壁にたどり着く頃には、怒号と言えるほどやかましい音になっていた。

「あの音は何かしら？」ヴァイオレットは尋ねた。

「あれは」看守長は苦々しげに言いながら、外へと続く扉の錠に鍵を差し入れてまわした。「あなたの取り巻きですよ」

「取り巻き？」眉をひそめる。「わたしにはそんなもの……」

木製の扉がぱっと開くと、そこから荒地を切り裂くように細い土の道が伸びていた。道は人でいっぱいだ。脇には荷馬車や四輪馬車がめちゃくちゃに並んでいる。監獄の前にはヴァイオレットが今まで見たことがないほど大勢の人が詰めかけていた。誰が誰やら、まったくわからなかった。

見慣れぬ顔の海にのみ込まれるようで、彼女は恐慌状態に陥った。けれどもそのとき、ヴァイオレットの目が母親の姿をとらえた。アマンダとしっかり手をつないでいる。それが何を意味するのかは想像もできなかった。その隣にはアリスとサイモンのボリンガル夫妻が並び、さらにフリーとオリヴァーとジェーンもいる。フリーは〝伯爵夫人を釈放せよ!〟と書かれた横断幕の一方の端を握っていた。

ヴァイオレットが一歩進み出ると、すさまじい歓声がわき起こった――憎しみや怒りの声ではない。歓喜の声だ。その声に肋骨が震えるのを感じたほどだった。彼女は足を止め、集まっている人々を見つめた。

自分の研究を嫌悪している人たちが押し寄せてくるだろうとヴァイオレットは予想していた。彼らがセバスチャンに詰め寄ったように。いずれはそんなことになるに違いない。しかしここに集まっているのは、彼女を応援しようという人ばかりだった。監獄の外に何キロも広がるこの平原には、看守たちが暮らす小屋のほかには何もない。

イングランド全土にいる何千万という国民の中で、かなりの割合の人がヴァイオレットの話を耳にしたのかもしれない。噂が広まるのは不思議なことではない。だが彼女のことを変人と思う人はいても、事態の推移を気にかけている人が何千人もいるなどと予想もしていなかった。ところがここには何千人もの人がいて、いっせいに声をあげているのだ。

「びっくりだわ」ヴァイオレットはため息をついた。「わたしに取り巻きがいたなんて」

ただひとり、姿が見えない人がいた。ヴァイオレットの母親が娘には休養が必要だからと言って、愛情をこめて彼女を見つめる群衆——いつのまに、このひとりひとりに愛情をこめて見つめられるようになっていたのだろう？——を押し戻しはじめると、彼の不在がますます気にかかるようになっていた。この場に来ているなら、セバスチャンはどんな手を使ってもヴァイオレットのそばまでたどり着いていたはずだ。

「ありがとう」彼女は混乱しながらも言った。「みなさん、ありがとう。これがわたしにってどれほど意味のあることか、みなさんにはきっとわからないでしょう」

その声は歓声にかき消されて誰にも聞こえなかった。これがどれほど意味のあることか、みなにわかるはずがない。自分自身もわかっていないのだから。ここにいる人たちはどういう形にせよ早期釈放に力を貸してくれたのだろう。それは理解していたが、それ以上のことは何もわからなかった。

「ありがとう」ヴァイオレットは言った。「永遠に感謝します」

母がヴァイオレットの肘をつかみ、やさしく——それでいて強引に——紋章付きの馬車へと導いた。

「ありがとう」押し込まれるようにして馬車に乗りながら言う。続いて母、アマンダ、オリヴァー、ジェーン、少し遅れてフリーが乗り込んだ。

フリーは扉を閉めると、笑顔を向けてきた。

「ヴァイオレット！」うれしそうに言う。「わたしたち、やったわね！」

「ええ」ヴァイオレットは言った。普段の自分はばかではないはずなのに、どうして脳が働かないのだろう？「やったわ」彼女は頭をかいた。「何をやったの？」

特に知りたいとは思わなかったが、フリーは喜んで話しはじめた。自分が留守にしているあいだに何があったのか、ヴァイオレットはそのすべてを理解することはできなかった。新聞に記事が書かれたこと。大衆が抗議の声をあげたこと。

「あなたを監獄に入れたことは」フリーは言った。「敵の作戦としては、もっとも愚かな手だった。クレアモント公爵夫人はそう言ったわ。本当はそう言って笑ったのよ。彼女はここに来られなくて残念だと言っていたわ。でも、ちょっと人が集まりすぎて騒ぎになるだろうとわかっていたものだから」

「もちろんよ」ヴァイオレットはぼんやりとそう言うしかなかった。

「あなたはすごいヒロインになったわ」フリーは言った。「新聞の見出しは壮観だったわよ。〝カンベリー伯爵夫人、見事な新発見を発表、一カ月の重労働を宣告される〟」

「重労働なんてしていないわ」ヴァイオレットは訂正した。「看守長はとても親切だったし。ただ、編み物は許してくれなかったけれど」肩をすくめる。「編み針は危険だと思われたんでしょうね」

フリーが目をしばたたく。「そうなの？」彼女は引きさがらなかった。「アリス・ボリンガルは『ロンドン・タイムズ』紙に記事を書いたのよ。そこで自分と夫の協力関係はどういうものか、どのように共同で仕事をしてきたかを明らかにしたの。あなたの発見に関して、誰が何をやったかも詳しく書いた――あなたが何をして、彼女が何をして、セバスチャンが何をしたかをね」

ヴァイオレットは唇を湿らせた。「それに対して――」

セバスチャンはなんと言ったのかと尋ねる前に、フリーが続けた。「あなたの風刺画が載ったわ。鎖につながれたあなたが〝われ発見せり《ユリイカ》！〟と叫んでいて、横にいる男たちはあなたに猿ぐつわを嚙ませろとわめいているの」

「鎖なんてなかったわ」ヴァイオレットは言った。「実際には、とても穏やかで心休まる時間だったのよ。休日みたいだった」悪臭が漂い、話しかける相手はなく、過ごし方を自分で選ぶことはできない休日だったけれど。

「ふうん」フリーが言う。「それは人前では言わないほうがいいんじゃないかしら。でも、まだあるのよ。三日前、ロバートはいろいろと策を講じて、女王陛下との謁見を勝ち取ったの。彼とセバスチャンが女王陛下に拝謁したわ。陛下は事情をすっかりお聞きになって、あなたを釈放するようお命じになったの」

「まあ」それだけ言うのがやっとだった。セバスチャンも動いてくれていたのだ。でも、彼はどう思っているのだろう？　あんなにひどく傷つけてしまったのに、また信頼してくれるだろうか？　次に会ったら、彼は何を言うだろう？　「話が出たから言うけれど――」

「そうよ、話が出たといえば！」フリーが言った。「女王陛下があなたに会いたがっておられるわ。陛下が恩赦を与えてくださったのよ。ただし法廷侮辱罪を除いては。それについては償うべきだとおっしゃったわ」

ヴァイオレットは座席に深く体を沈めた。フリーは自然の力だ。彼女を止めようとすることは、台風を吹き飛ばそうとするのと同じだ。

「そして、今やあなたは有名人よ」フリーが続ける。「みんながあなたに会いたがっているわ。ジェーンはあなたのロンドンの家に警備員を雇ったの。あなたが気にしないといいけれど。でも、これから数カ月は警備員がいたほうがいいわよ。ねえ、ヴァイオレット、幸せすぎて死にそうになっているんじゃない？」

「そうね」ヴァイオレットは答えた。それから――自分でも仰天したことに――泣きだした。泣くなんて、幼い頃以来だ。彼女は涙を流さなかった。人に涙を見せなかったのだ。そして今、なぜ泣いているのか自分でもわからない。悲しいわけでもないのに。

ジェーンが向かいの席から移ってきてヴァイオレットを抱きしめ、フリーは彼女の手を握った。

「なんでもないの」ヴァイオレットは弁解しようとした。「全然なんでもないのよ」

なんでもなくはなかった。失敗や失望に対してなら、不屈の心で立ち向かう方法を知っている。希望がゆっくりとつぶされていったときに微笑む方法も。

心のどこかで、もし真実が明るみに出たら自分は嫌われるだろうとヴァイオレットは思っていた。本当の自分は陰気で投げやりな人間なのに、友人たちは厚意から寛大に接してくれているだけだろうと。

でも、彼女は怪物じゃない。

勝利は甘美なものではなかった。打ちのめされるような、わけのわからないものだった。厳しい言葉をぶつけられたのなら耐えられただろうけれど、勝利を手にして、ヴァイオレットは粉々に打ち砕かれてしまった。

彼女は泣きつづけた。割れた瓶からインクがもれるように、涙があふれつづけた。

「ただちょっと——独房が何かの化学薬品で洗ってあったのよ」ヴァイオレットは説明した。「シラミを殺すために。それで急にその煙がなくなったから、涙が止まらないんだと思うの」

ジェーンがきれいな緑色のハンカチを渡してくれた。明らかにばかげた言い分だが、誰もヴァイオレットに反論はしなかった。どうにか泣きやむまで、全員が彼女を支えていた。

「アマンダ」ようやく話せるようになると、ヴァイオレットは言った。「あなたはどうやって……ここに来られたのは……」リリーが考え直してくれたのかとはきけずに口ごもった。

「おばあさまが連れてきてくれたの。お母さまは……」アマンダは声を詰まらせた。「お母さまは言ったわ、わたしがそうしたいのなら、おばさまにお願いを……」彼女も最後までは言えなかった。口をつぐんで目をそむける。

勝利というのはいつもこんなにほろ苦いものなのだろうか？　ヴァイオレットは勝った。でも、それと引き換えに愛する者を犠牲にした。リリー。セバスチャン……。胸が痛んだ。

「じゃあ、あなたはわたしのところで暮らすのね」ヴァイオレットは静かに言った。

「数年間はね」アマンダが視線をそらす。「わたしからおばさまにお願いするように、とお母さまは言ったわ。お母さまはほかの子どもたちのことを考えなければならないから、わたしを置いておくことはできない。でも、こうも言ったの。また一緒に暮らせるときが来たら、きっと……」

ヴァイオレットは喉の奥にこみあげた塊をのみ込んで言った。「ええ、そうね」そして、その話はそれ以上触れられることはなかった。

馬車が列車の駅に到着すると、そこにも群衆が待ち構えていた。三時間後に着いたロンドン駅では、その人数はさらにふくれあがっていた。先に電報で情報を伝えていた人がいたに違いない。

ヴァイオレットの母親が、その人波を縫うようにして彼女を引っぱっていった。

自宅に到着し、群がっている人たちの中を突っ切って玄関に入るとドアを閉め、部屋のカーテンを引いてからようやく、ヴァイオレットはずっと気になっていた問いを発した。

「お母さま」小さな声で言う。「セバスチャンはどこ？」

母はちらりと彼女を見た。「あなたが話をしてくれるかどうか、様子を見ながら待っているわ」

ヴァイオレットは思わず鼻筋にしわを寄せた。「わたしが話をしてくれるかどうか？　なぜ彼がそんなことを思うの？　彼って、ばかなの？」

「そうかもね」母が言う。「彼を呼びに行きましょうか？」

「ええ」一度はそう言ったものの、考え直した。「いいえ。先にお風呂に入らないと」母がじっと彼女を見た。「ヴァイオレット、どんなにくさくても、彼は気にしないと思うわよ」

ヴァイオレットは頭を傾けて匂いをかいだ。自分ではくさいのかどうかわからない。まずい兆候だ。清潔な香りがしていれば、そうと気づいただろう。「わたしが気にするわ」

というわけで、ヴァイオレットが階下の書斎に入っていったのは一時間近く経ってからのことだった。セバスチャンは部屋の奥のほうでうろうろと歩きまわっていた。ヴァイオレットの姿を見て、彼は凍りついた——片足をあげたところで動きを止め、体はなかば彼女のほうに向いて、目をきらめかせながら笑みを浮かべた。

そしてヴァイオレットは……。この数日はセバスチャンのことを考えることもできなかった。考えれば、会えない寂しさが募ってしまうからだ。歩きながら髪をかき乱していた彼は、疲れた顔に見えた。けれど、その顔にあの輝くような微笑みが、彼女がよく知るあの微笑みが現れたとたん、くたびれた感じが一気に吹き飛んだ。

「ヴァイオレット」彼が吐息まじりに言った。

「セバスチャン」本当は駆け寄りたかった。でも彼がどう感じているのか、まだ確信が持てない。セバスチャンをひどく傷つけてしまったのだ。懇願するような彼のまなざしに背を向けて去ったのだから。

どこから始めるべきか見きわめようとしているかのように、セバスチャンが彼女をじっと見つめた。「贈り物を持ってきたよ」ようやく彼が口を開いた。

「贈り物？」

「書類だけどね。ぼくはこの二週間近く、きみの社交事務担当秘書みたいなことをしていたんだ」

「まあ」ヴァイオレットはめまいを覚えた。「そんなにあちこちの舞踏会から招待されていたの？」

「いいや、奇妙なことに」セバスチャンは陽気に言った。「それはひとつもない。だが、ここロンドンにあるキングズ・カレッジは――いろいろ言ってきているんだが、まず第一に、博士号取得に必要な学内滞在は無用だそうだ。もっとも、きみは質疑応答に出席して博士論文の正しさを立証しなければならないけどね。古い論文の修正版でもいいらしい」

混乱して、ヴァイオレットは目を丸くした。想像していたいろいろなことの中でも、これは彼女の理解からもっとも遠く離れている。「どうして彼らがそんなことを？」

「きみに職を提供できるようにするためにさ」

「職ですって！　どこの愚か者がわたしに職を提供したがるっていうの？」

「世界的に名高い愚か者たちだよ」セバスチャンがウインクする。「ケンブリッジからも申し出があった。ただ、あそこは女性を迎える前に内部で片づけなければならないことがあるらしい。それには何年もかかるだろう。ほかにも選択肢はたくさんある。ベノワ教授――知ってのとおりパリ大学の人だが、彼はあのニュースが世間をにぎわすと、三日後には汽船に乗って駆けつけた。書類をどっさり携えてね。自由の国であるフランスでは、きみが天才であるがゆえに野蛮にも監獄に入れられたりするようなことは決して起こらない、と記されたフランス大使からの丁重な手紙も持っていたよ」

ヴァイオレットはどすんと座り込んだ。「そんなはずないわ」

セバスチャンがテーブルに歩み寄り、五枚ほどの紙をめくった。その一枚を彼女に差し出す。「見てごらん。〝野蛮にも〟〝天才〟そこはぼくが強調する必要はない。きみがフランスはいやだと言うのなら、ハーヴァード、これはアメリカの大学だが、そこからも電報が来ていて――」

「ハーヴァード大学がどこにあるかは知ってるわ」頭がくらくらした。「やめて。何ひとつ理解できない。わたしは今朝まで監獄にいたのよ」ヴァイオレットは天井を見あげた。「あそこはとても平和だったわ」

「戻りたいかい?」

「あそこは静かだった。誰もわたしに何も求めなかった。それが今は……」両手を広げた。「わたし、どうすればいいかわからないわ、セバスチャン」

彼は一瞬、押し黙った。「そうだな、きみが望むなら、ぼくの家の屋根裏部屋にかくまってもいい。朝にはこっそりオートミールの粥《かゆ》を差し入れて、きみが刑期を最後まで勤めあげているんだというふりをしてもいい」

ヴァイオレットは笑い声を押し殺した。

「そうだよ」セバスチャンが言う。「そのほうがいいんじゃないか?」

「いきなり成功しても、とまどってしまうものね」彼女は息をついた。「セバスチャン……。あなたのことだけど……」

彼が決まり悪そうに視線をそらす。ヴァイオレットは心が沈むのを感じた。これが答えだ。もちろんセバスチャンは今でも友人だし、いろいろな申し出を処理してくれていた。けれど、それ以上はもう……。自分が愛する女性の身代わりになると申し出て、その思いを目の前で突き返されたりしたら、それを許す男などいない。

ところが、セバスチャンはこう言った。「本当にすまない、今朝きみを迎えに行けなくて。なんとか行きたかったんだが――忙しくて――それにベネディクトが……」

もちろんだ。わたしがまかせっぱなしにしていた仕事だけでなく、彼は病気の兄を抱えているのだから。

「お兄さまは元気になられたの?」ヴァイオレットは慎重に尋ねた。

「まあね」セバスチャンは彼女の目を見なかった。「ぼくたちは話をしている。ぼくは兄を笑わせているよ。ハリーのことや、ほかのいろいろなことで兄をわずらわせても何もいいことはないから、ぼくは……」

ヴァイオレットは思わず立ちあがった。「この世界は」両手を宙に投げ出す。「完全に狂っているわ。ばかげてる。うしろ向きだし、めちゃくちゃにひっくり返っているわ」

セバスチャンは奇妙な表情を浮かべて彼女を見つめていた。「ヴァイオレット? どうかしたのかい？」

「ええ、あらゆることがどうかしてる。わたし、わけのわからないことを言っているかしら？　でも、わたしにはそうする権利があるわ」彼女はセバスチャンに指を突きつけた。「そこに座って。あなたにはそこに座る権利があるのよ」

彼はいっそう混乱した顔になった。

「きみは出ていくのか？」信じられないといった調子で尋ねる。

「ちょっとだけね」ヴァイオレットは言った。「いいから待っていて。ここで待っていてちょうだい」

26

ヴァイオレットの家のまわりには人垣ができていた。窓からちらりとのぞいただけで、群衆の中を抜けていくことはできないとわかった。

少なくとも、正面からこっそり出るのは不可能だ。

ヴァイオレットはバッグをつかむと、使用人用の階段をおりて庭へ出た。ツタの絡まる門は触れると開き、彼女は隙間にすっと体を入れた。進んでいくうちに群衆の怒号が小さくなり、セバスチャンの家まで来ると、くぐもったざわめきにしか聞こえなくなった。

このふたつの家がつながっていることは、人には知られていないということだ。すばらしい。こうなったら、思いきってやるしかない。

ヴァイオレットはセバスチャンの厩舎がある庭のほうへまわった。御者が扉の近くに立って、パイプをくゆらせながら従僕と話をしている。ヴァイオレットが近づいてくるのを見ると、従僕は細巻き煙草を取り落とした。

「奥方さま！」御者が姿勢を正し、パイプの中の灰を足元の砂利に叩き落とした。「あの……どういうご用で？」

彼らもヴァイオレットが投獄されたという恐ろしい話を耳にしているに違いない。自分たちの主人がその件に関与していたことも知っている。それでも教育が行き届いているらしく、ここで何をしているんですか、とか、脱獄してきたんですか、などと口走ったりはしなかった。

「ミスター・マルヒュアに、ここへ行くように言われたの」ヴァイオレットは嘘をついた。「わたし、出かける用事があるのだけれど、うちの前の通りがちょっと混んでいるものだから」

「ああ、そのようですね」

「彼が、あなたたちに頼むようにって。あなたたちがかまわなければの話だけれど」

「もちろんです、奥方さま」御者が眉をひそめた。「どちらへ?」

彼女はセバスチャンを書斎で待たせている。考え抜いた末の行動ではない。午後は終わりかけていて、目的地は一六キロも先だ。彼は長く待つことになるだろう。

でも、それはどうしようもない。

「ミスター・ベネディクト・マルヒュアのお宅よ」ヴァイオレットは言った。「もちろん」

御者と従僕は何も言わなかった。黙って馬をつなぎ、彼女の手を取って馬車に乗り込ませると出発した。

ヴァイオレットはバッグを持っていた。つまり編み物ができるということだ。彼女は毛糸の塊を引っぱり出し――これに触るのは何週間ぶりだろう――編み物を始めた。グリーンとグレーの縞模様の襟巻きだ。彼女はグリーンの目を数え、あと五段で色を替えることを確認すると、編み針を動かしはじめた。

「旦那さまはご訪問客をお断りしております」執事がヴァイオレットに言った。

彼女は正面玄関の幅の広い階段に立っていた。うしろにはセバスチャンの馬車がある。彼女は前にいる男に向かって目をしばたたいた。

今朝、ヴァイオレットは監獄にいた。そこから一六〇キロの距離を移動するあいだに、何千人もの人が自分の名前を叫ぶのを聞いた。太陽が落ちかけている今、振り返ってみても、そんな旅をしてきたという証拠は何もない。ただ頭の中にセバスチャンの問いが渦巻くだけだ。

礼儀作法に反していようと、彼女は執事に断られてすごすご帰るつもりはなかった。それでも執事に無礼な態度を取る理由はない。今のところは。

「でしょうね」ヴァイオレットは言った。「でも、わたしは訪問客ではないわ」

執事が目を細めて彼女を見る。

「わたしは隣で育ったようなものよ」ヴァイオレットはこの状況で可能なかぎり、甘ったるい声を出した。「わたしが五歳のとき、一キロ先に住んでいたジムソン一家のところでカエルが異常発生したときには、ベネディクト・マルヒュアがわたしを救ってくれた。その彼が病気になったと聞いたから飛んできたの。単なる訪問客というのとは違うわ」

執事が眉をひそめた。「ほら」彼女は名刺を差し出した。「これを渡して、彼に決めてもらって」

厚手の紙片を受け取ると、執事は表情を変えずにヴァイオレットの名前を見た。もしかしたら、彼女のことを知らないのかもしれない。そんなことがあるとは思えないけれど。むしろ彼はセバスチャンとのつながりでヴァイオレットの名前を知っていて、その関係も把握しているのではないだろうか。

いずれにせよカンベリー伯爵夫人を戸口で待たせておくわけにもいかず、執事はとりあえず彼女を中に入れた。

「応接間でお待ちいただきます」執事が言った。「旦那さまが起きていて話のできる元気があるかどうか、見てまいります」

つまりこれは〝あなたを追い払う前に尋ねるふりくらいはしてみます〟ということを丁寧に言っているのね、とヴァイオレットは理解した。

それでも笑顔でうなずいた。「ありがとう」座り心地のよい椅子に腰を落ち着け、バッグから編み物を取り出す。

編み物をしていれば、どんなに陰謀をめぐらしている人間も罪がなさそうに見える。母の言ったとおりだ。どういうわけか執事という人種は、編み物を始めた女性が手を止めて家の中をこそこそ歩きまわるとは考えない。そこが彼らの愚かしさと言えるだろう。編み針は手錠でもなんでもないのに。

ヴァイオレットは編み物に集中して、指のあいだを通る毛糸の流れしか意識していないようなふりをしながら、目の隅で執事が階段をあがっていくのを観察した。彼は角を曲がって視界から消えた。

編み針と毛糸をバッグにしまい、注意深くあとを追う。

家は静かだった。中にいる者すべてが主人の快復を黙って祈っているかのようだ。その静けさに比べ、ヴァイオレットの足音はやけに大きく響いた。階段に足をかけると木がきしむ音がした。けれど、もうあと戻りはできない。誰にも気づかれないことを願うのみだ。

階段の最上段に着いたとき、執事がひとつの部屋のドアを開けて中に入るのが見えた。ぐずぐずしていて見つかっては元も子もない。彼女は廊下を突き進み、ドアをぐいと引き開けた。

カーテンが引かれたベッドルームは薄暗かった。ベネディクト・マルヒュアはベッドに上半身を起こして座っていた――それがよい兆候であればいいのだが――執事は主人の前に立ち、ヴァイオレットの名刺を差し出そうとしているところだった。

ふたりがぱっと彼女のほうを見た。執事が顔をしかめる。ベネディクトは観念しているように見えた。

「ごめんなさい」ヴァイオレットはそう言ったものの、謝っているようには聞こえなかった。「名刺を渡したあとで、ここに来た目的を言うのをすっかり忘れていたことに気づいたの。お邪魔じゃないといいのだけれど」

執事が一歩、彼女に向かって足を踏み出した。

だが、ヴァイオレットはベネディクトを当てにしていた——いつも穏やかな物腰で落ち着いた気性の彼なら、正しく対処してくれるはずだと。「もちろん邪魔ではないよ」彼が言った。「病の床についている以上に退屈なことはないからね。ちょっとしたお相手がいるのはうれしいことだ」

執事はむっとしている。「旦那さまを興奮させないでいただきたい」

「ご心配なく」彼女は陽気に言った。

それを聞いてベネディクトの口の端があがった——セバスチャンの微笑みによく似た表情だ。今は彼のことを思い出させないでほしいのに。

「カンベリー伯爵夫人に椅子を」ベネディクトが微笑んで言った。「それからスミス、わたしがベルを鳴らして呼ぶまで、おまえはさがっていろ」

「かしこまりました」その命令には承服しかねるという空気が、かすかに漂っている。

執事は壁際にある椅子をひとつ選び——クッションがいちばん薄い椅子だとヴァイオレットは気づいた——それをベッドから一メートルも離れた不自然な角度に置いた。彼女が座り、ベネディクトがきっぱりうなずくと、執事は姿を消した。

「さて、奥方さま」ベネディクトが言った。「よく来てくれたね。もっと楽しい状況で会えたらよかったんだが。まったく、病気になる前に古い友人たちに会いに行っておけばよかったと、今さらながら痛感させられるよ」

最近の出来事については何も触れようとしない。

ヴァイオレットはベネディクトの笑顔も明るい態度も信用したことがなかった。じろりと彼を見る。「ミスター・マルヒュアとお呼びするべきかしら？」彼女は言った。「それは難しいわ、ベネディクト。儀礼的になんてなれない。だって……」あなたがベッドに座っているのがつらそうに見えるから。「あなたがどんなにクロッケーが下手だったか、思い出してしまうから」代わりにそう言った。「わたしがあなたに勝ったのは、わたしが七歳であなたが一四歳のときだった」

「そうだったかな」それは質問ではなく、その声にはどこか穏やかすぎて不穏な感じがあった。

目を細めて彼を見る。「そうよ！　わたし、あなたに勝ったでしょう？」

「ああ」明らかなためらいがあった。ベネディクトはあいまいに肩をすくめた。「もちろん、きみが勝った」

「あなたがわたしを勝たせてくれたのよね。ずっと思っていたのだけれど……」ヴァイオレットは首を横に振った。「いいえ、それを言ったら台なしだわ。それから、あなたには〝奥方さま〟なんて呼ばれたくない。ずっと昔には〝クロッケー・チャンピオン〟だなんて嘘ばかりの呼び方もしていたけれど、今はヴァイオレットと呼んでちょうだい」

ベネディクトがまた微笑みを向けてきた。「きみに会えてうれしいよ、ヴァイオレット。訪ねてきてくれてどんなにありがたく思っているか、言葉にできないほどだ」

彼女は鼻を鳴らした。「あなたはわたしの好みからすると、いつだってやさしすぎたわ」

「知っている」ベネディクトが言った。「それも、わたしがきみに勝とうという努力をしなかった理由のひとつだ」

ヴァイオレットの唇がゆがんだ。「ほかの理由のひとつは、わたしが社交界に出た頃にはすでにあなたは結婚していたからよ」

「そうだな。それに、弟がきみに恋していたからという理由もある」彼は微笑んだ。「セバスチャンが望み、手に入れることに失敗したのはきみだけだ。そのことでわたしがどんなにきみに感謝したか、きみにはわかるまい」

それはつまり……。

ヴァイオレットはごくりと唾をのみ込んだ。人をおだてたり、言いくるめたりして自分の考え方を受け入れさせるのは得意ではない。相手を威嚇して言うことを聞かせるのが彼女の得意技だ。けれど、ベネディクトは脅しが効くような人ではないし、いくら彼女でも心臓の悪い人間をどやしつけるのはためらいがある。

「もっと若かった頃」ヴァイオレットはゆっくりと話しはじめた。「わたしはずっと願っていたものよ。あなたが何か恐ろしい秘密を隠し持っていてくれたらいいのにって。あなたはあまりにもいい人すぎた」鼻を鳴らす。「あなたの恐ろしい秘密というのが、たとえば月光のせいで殺人を犯したことなんかじゃなくて、心臓の病気だったなんて、どんなにがっかりしたかしれないわ」

「ぞっとするな」ベネディクトが言った。「きみの願いをかなえてやれないとは寂しいかぎりだ」

「わかっているのよ、そんなのばかげた考えだって」ヴァイオレットは続けた。「あなたは猟場管理人の仕掛けた罠を見つけるたびに、わざわざその罠を壊しに行っていた。あなたはウサギが苦しむ姿を想像するのも耐えられなかった。だから今、わたしはあなたがやっていることが理解できないの」

彼が笑った。「ほとんど何もしていないよ。きみは気づいていないかもしれないが、わたしはベッドに縛りつけられているんだぞ。死ぬほど退屈だ」

「わたしが言っているのは」彼女は言った。「あなたがセバスチャンに対してやっていることよ」

ベネディクトが目を細める。なんのことかわからないふりをするでもなく、ため息をついて視線をそらした。「なるほど。あの弟なら、助けを呼ぶというのはじゅうぶんありうることだ。予想しておくべきだった」片手をヴァイオレットに向けてひらひらと振る。「ずるい手で勝とうとするな、と彼に伝えてくれ」

「わたしはセバスチャンに言われて来たわけじゃないわ。実際、なんの説明もなしに彼をひとり残して来たの。わたしはただ……」ごくりと唾をのみ込んだ。「あなたの弟のことで、あなたと話がしたかったのよ。あなたが彼をわかっているのかどうか、わたしには確信が持てないから」

部屋の外で階段がきしむ大きな音がした。

ベネディクトが鼻で笑う。「弟のことならわかっている」彼は言った。「かなりよくわかっているよ。あいつは人を意のままに操るのが上手だということも。口がうまくて、見た目がよくて、指を鳴らすだけで世界があいつの思いどおりになることも。セバスチャンはやけに人の目を引く男だ。彼からしてみれば、あらゆるものが簡単に手に入る。だからいつまでもふらふらしているんだ。人から人へ、ものからものへと蝶のように移ろっている」そう言いながらも、彼はヴァイオレットではなく自分自身を納得させようとしているかのように、顎をこわばらせていた。

「そんなことより、もっとよくわかっていることがあるはずよ」彼女は言った。「わたしは一度、今のあなたよりも重い病気でふせっていた時期があった。片手をあげることすらできなかったわ。夫は仕事で留守にしていて、わたしは友人たちや自分の家族から遠く離れた夫の家にひとりきり。近くに住んでいたのはセバスチャンだけだった」視線をそらす。「彼は毎日お見舞いに来てくれたわ。そして彼が何をしたか、あなたにはわかる？」

「弟が何をしたか？　いいや。だが、彼がなぜそうしたかなら正確にわかる」ベネディクトは鋭い声で言った。「それに——こんなことは言いたくないが、きみは結婚していた。弟が何を望んだかなど、わかりきっている」

「彼が望んだのは、わたしを笑わせることよ」ヴァイオレットはベネディクトをにらみつけた。「わたしが楽しみにできるのはそれぐらいしかなかった。コップを持ちあげる力さえなく、ただベッドに横たわっているしかなかったのよ。わたしは眠り、目覚め、時計を見て、彼はいつ来てくれるだろうかと考えることしかできなかった」

「ああ」ベネディクトはばつが悪そうに言った。「それはおそらく……」

「もし、動けないほど具合の悪いわたしを彼が誘惑しようとしたなんて考えているのなら、あなたってひどい人よ」

ベネディクトが目をそらした。「わたしはただ……」ため息をつく。「いや。わかっている」

「ロバートとオリヴァーが普段どんな感じか、あなたも目にする機会はあったでしょう」ヴァイオレットは言った。「でも、セバスチャンが一緒でないとどういう感じかは知っている？ふたりとも、ひどく真面目よ」顔をしかめる。「彼らにとっては、すべてが生きるか死ぬかの大問題になってしまう。そこにセバスチャンが現れたらどうなるか、見せてあげたいわ。わたしはあのふたりがある問題で三時間もけんかしているのを見ていたことがあるの。その部屋にセバスチャンが入ってきたとたん、彼はふたりを笑わせた。自分をねたにした冗談を言ってね。次の瞬間、すべてがすっきり解決していたわ」

「ああ」ベネディクトが繰り返す。今度は少し皮肉な口調になっていた。「弟が自分を道化役だと思っていることぐらい、わたしも気づいているさ」

「道化役？」彼女は言った。「いいえ。彼はすべてのまとめ役よ。セバスチャンが部屋に入っていけば、全員が彼を見る。彼のことが嫌いだと思う人もいれば、大好きになる人もいるでしょう。でも、彼を見てなんの関心も示さない人はいない。わたしが考えに行きづまったとき、問題にぶつかったとき、彼が現れると、どういうわけかあらゆる困難が消えてしまうの」

ベネディクトが長いため息をついた。「それは……」目を閉じて、ささやくような声で言う。「知っている」

「わたしだけじゃないわ」ヴァイオレットはなおも言った。「セバスチャンはみんなを笑顔にする。全員を。あなたは彼のことをやけに人の目を引く男だと言ったけれど、それが彼の才能ではないわ。そのせいで彼の名前がプラカードに書かれているわけじゃない。彼のやっているほかのことが、それだけの反応を巻き起こしているのよ。でも、彼がやるまた別のこと――みんなを笑顔にするということは、生きているってすばらしいと思わせてくれる。セバスチャンは決して闘いを引き起こしたりしない。彼のような人がいるおかげで、わたしたちは闘わなくてすむのよ。彼はまわりにいる人たち全員を、実際以上にすてきな人間だと思わせてくれるの」

ベネディクトがため息をついた。「なるほど」むっつりと言う。「弟はきみの心も手に入れたというわけだ」彼は頭を振った。「そうなるのはわかっていたが」

「教えて、ベネディクト」ヴァイオレットは言った。「数週間前、あなたはセバスチャンに、息子さんのことを彼にまかせるわけにはいかないと言ったわね」

ベネディクトは彼女と目を合わせなかった。

「あなたが病気で倒れてから」彼女は尋ねた。「セバスチャンに見舞いに来ることを許してから、彼はどれぐらいの頻度であなたのところへ来ているの？」

「毎日だ」ベネディクトが小さな声で答える。

「そのあいだに、彼は何度あなたと口論した？　あなたに何かを要求したことがあった？」

セバスチャンの兄は首を横に振った。

「でしょうね」ヴァイオレットは続けた。「彼は何回あなたを笑顔にした？」

彼は唇を噛み、指をいじって、それから頭を振った。「数えきれないほど」

「そのあいだもセバスチャンは忙しかったのよ――わたしのために女王陛下のもとへ嘆願に行ったり、ハーヴァード大学からの電報やパリからの手紙を仕分けしたり。それでもあなたといるときは、世界にあなた以外の人間がいないかのように思わせてくれたはずだわ」

「わたしは……その……」

「そんな彼を自分の息子をまかせるほど信頼できないというの？　あなたがそんな愚か者だなんて思わなかった」

ベネディクトは長い息を吐いた。「ヴァイオレット」ささやくように言う。「聞いてくれ。これには事情が……」だが、その先は言葉にならなかった。

「結局はこういうことになるのよ」彼女はささやき返した。「セバスチャンが能なしだなんて、わたしは絶対あなたに言ってほしくない。彼は……大切な人よ」

ベネディクトが顔を彼女に向けた。暗くて悲しげな目が、一瞬わずかに見開かれる。そのときヴァイオレットは、彼が自分を見ているのではないことに気づいた。彼はもっと遠くを見ている。

さっと振り向いた彼女の目に、ドアのところに立っているセバスチャンの姿が映った。彼は兄を見てはいなかった。ヴァイオレットを見ている――まるで彼女がまばゆい光を放つ世界の中心であるかのように見つめている。

「ヴァイオレット」セバスチャンの声はかすれていた。

「ごめんなさい」彼女は立ちあがった。「さっきあなたに会って、わたしはあなたになんてひどいことをしたんだろうという思いで頭がいっぱいになってしまったの。わたしの代わりに事態を収拾させてほしいと申し出てくれたのに、そのあなたに背を向けて去るなんて。わたしはただ――あなたのためによかれと思ってああしたのよ。どういうわけか――今はまともに頭が働かないのだけれど――」

「もう一度、言ってくれ」セバスチャンが一歩前に出た。「ついさっき、きみが言ったことを」

ヴァイオレットは唾をのみ込んだ。「あなたは……あなたは大切な人よ。わたしはあんなことをしてしまったけれど。あなたのために、自分がやるべきことがあると思ったの。あなたは懇願してくれたのに、わたしは……」

セバスチャンが両手を彼女の肩に置いて、自分のほうへ引き寄せた。「いいや、ダーリン。ぼくにはあんな懇願をする権利もなかったんだ。きみのいないあいだ、ぼくは法廷できみが言った言葉をずっと考えていた。あれは自分の研究だ、ときみは言った。それは誰にも譲れないと」彼はヴァイオレットを抱きしめた。「ぼくがやろうとしていたのはそれだ。きみの身代わりになって監獄に入ろうとしただけじゃない。ぼくはきみのやったことに与えられる栄誉を奪おうとした。きみは偉大だよ。ぼくは自分がきみにふさわしい存在ではないことに気づいた。きみがぼくを許すわけがないと」

「ばかなことを」ヴァイオレットは喉が締めつけられるのを感じていた。「まったくばかげているわ。あなたのことは昔から知っているというのに、たった一度あなたがわたしに苦しみを与えまいとしたからって、わたしが永遠にあなたに背を向けると思うの？　ばかなことを言わないで、セバスチャン。わたしはあなたを愛しているわ。ずっと前から愛してる。愛するという感情を自分に許すことができずにいたときでさえ、わたしはあなたを愛していたのよ」

セバスチャンがヴァイオレットにキスをした――そこで初めて、彼女は自分がそのキスをずっと待っていたことに気づいた。彼の唇がやさしくヴァイオレットの唇に重なった。

「ぼくはきみを崇拝している」彼がささやく。「きみを愛しているよ。ぼくは――」

ふたりのうしろから大きな咳払いが聞こえた。

セバスチャンがたちまち直立不動の姿勢になった。ヴァイオレットは目をしばたたき、ふいに思い出した。ベネディクトがまだ部屋にいるだけでなく、彼はベッドに寝たきりで、こっそり出ていくこともできないのだと。

「びっくりするほど感動的だ」ベネディクトが言った。「これは本気で言っているんだぞ。だがそこから先は、身動きの取れない観客のいないところでお願いしたいね」

彼女は顔を赤くした。

「ヴァイオレット」ベネディクトが言う。「クロッケー・チャンピオン——もし願いを聞いてもらえるのなら、わたしは弟と少し話がしたいんだが」

27

「いやはや」ドアが閉まるとベネディクトが言った。「ヴァイオレット。小さなヴァイオレット。五歳のおまえが、いつか彼女と結婚すると宣言したのを覚えているか？」

「それはちょっと早計だったよ」セバスチャンは言った。「兄さんの胸にとどめておいてくれ。ぼくはまだ彼女にそれを言っていない」

兄の顔に微笑みがよぎったが、すぐに消えた。「それはそうと、おまえと話したかったんだ。わたしは昨日、医者と話をした」

セバスチャンは居ずまいを正し、ベッドのかたわらにある椅子に腰をおろした。

「自分の心臓の音を聞かせてもらったよ」ベネディクトが言った。「いろいろあったわりにはちゃんと動いていた。もう少し強くなれば、また起きあがって動きまわれそうだ。じゅうぶん気をつけていればな」目を伏せる。「だが、まだかすかにひゅっという音が、不整脈がわたしの耳にも聞こえた」彼は指で小ささを示す仕草をした。「こんな小さな雑音だ。しかし、それがわたしの命取りになるだろう」

セバスチャンは驚きを顔に出すまいとしたが、見事に失敗した。兄の手を取り、強く握りしめる。「ある意味」なんとか口にできたのは、こんな言葉だった。「それは慰めになるよ」

兄が驚いたように見あげる。

「いつも言っていただろう、兄さんが死ぬとしたら原因はぼくだと」セバスチャンは言った。「兄さんも間違えることがあるんだと思うと、ほっとするよ。まあ、何にでも初めてのときはあるものだ」

かすかな笑みがベネディクトの唇に浮かんだ。「ひどい言い草だな」

「いや、本当だ」セバスチャンは言った。「ぼくにもまだ初体験を迎えていないことはたくさんある。兄さんがぼくより遅くても気にしないよ。ぼくは心を決めた。兄さんが何を言おうと耳を貸す気はないからね。兄さんの言うとおり、ぼくにはうまくやれることなんてたいしてない。でも、みんなを微笑ませることは得意なんだ」兄の手を握る手にいっそう力をこめた。「兄さんだって、どうせ死ななければならないのなら、顔に微笑みを浮かべて死ぬほうがいいだろう」

ベネディクトがふっと息を吐いた。「告白しなければならないことがある」

セバスチャンはうなずいた。「いい告白なら大歓迎だ。何かいけないことをしたという告白ならよしてくれ。とても信じられないから」

「どんどん言いにくくなるじゃないか」ベネディクトがごくりと唾をのみ込む。「もし——わたしがおまえにきつく当たっていたとしたら、それはおまえがなんでも簡単にできるように見えたからだ」

意味がわからない。セバスチャンは椅子の中で座り直し、兄を見つめた。「なんだって?」

「わたしは何をやるにしても、必死にがんばらなくてはいけなかった。友人を作るときも努力が必要で、何を言うか、いつそれを言うかをあらかじめ計画しておかなければならなかった。そしておまえが生まれた。おまえは努力する必要さえなかった。歩けるようになった最初の瞬間から、ほかの子どもたちはおまえのまわりに集まって、どうにかしておまえを喜ばせようとした。わたしは毎日何時間も勉強しても、なかなか優等になれなかった。おまえはそんな苦労をしなくても、わたしよりもずっといろんなことを理解していた。若かりし頃、わたしはいつか自分がすごいことをやってのけて、世界が自分の言葉に耳を傾ける日が来ると想像していた。いつの日か、わたしは重要人物になるのだと」ベネディクトは頭を振り、かすかに笑みを浮かべた。「ところが弟が現れたとたん、世界はぱっと彼に目を向けた。おまえは有名人だよ、セバスチャン。そして、それはヴァイオレットのことだけが理由ではない。おまえはおまえ自身の資格において、実にすばらしい人間だ」

セバスチャンはどんな表情も浮かべまいとした。「それは……その……」

「いいから黙っていろ。わたしが話しているんだ」ベネディクトは毛布を握りしめた。「わたしは自分のしたことを偉そうにおまえに講義した。するとおまえは何をした? たった五週間で、二万二〇〇〇ポンドのもうけを叩き出した」

セバスチャンは、そのもうけが今では二万七〇〇〇になっていることは言わずにおいた。

「わたしは貿易協会でまずまずの地位を築くのに一〇年かかった。ところが次の瞬間、おまえから渡された書類には、またしても奥の手でおまえがわたしをやっつけたと書いてある。まったく、おまえは幸運な人生を生きているよ、セバスチャン」

「もしかしたらそれは」セバスチャンは言った。「ぼくがとてつもなく魅力的だからかもしれない」

「そうだ」ベネディクトが言う。「そうなんだ。息子のハリーはおまえが部屋に入ってくると顔を輝かせる。父親のわたしが入ってきても、そうはならない。絶対に。おまえと並ぶと、わたしはただの退屈な、堅苦しくて年寄りくさいベネディクトなんだ」

セバスチャンは目をしばたたいた。「ばかな。そんなのはくだらない戯言《たわごと》だ。兄さんは完璧なベネディクトだよ。ベネディクトは間違ったことをしない。ベネディクトはどこに行っても受け入れてもらえる。ぼくは自分がベネディクトのようにふるまえたらいいのにと思っていた。兄さんはいつだって目指すべき存在だった」

「いいや、違う。わたしのことなど誰も好きになれない。弟たちの中でもいちばん魅力的で愛すべき弟さえもわたしには愛想を尽かすほど、わたしを好きになるのは不可能だ。真実を知りたいか、セバスチャン？　わたしは嫉妬しているんだ」ベネディクトの声が穏やかになった。「そう、おまえに嫉妬している。おまえに関するものすべてに嫉妬しているんだよ。何年もずっと思っていた。なぜおまえなんだ？　こんなすばらしい科学的洞察力を持っているのが、なぜおまえなんだ、と。弟はもう何もかも手に入れている。なぜわたしではないんだ？」彼は息を吐いた。「だが、おまえの論文のどれを読んでも、わたしにはさっぱり理解できなかった。ヴァイオレットがなぜわたしに思いを寄せてくれなかったのか、その答えはもうわかっている」また息をつく。「彼女がわたしを信頼していないからというだけじゃない。彼女が求めるやり方でわたしが助けになってやれないことを、そんな力がわたしにはないことを、彼女は知っていたんだろう」

「それは」セバスチャンは目をそらした。「ぼくにはわからない」

「わたしにはわかる」ベネディクトがセバスチャンの手を握った。「どうか言わせてくれ。すまなかった」手に力がこもる。「おまえを愛している。そして……」兄は息を吸い込んだ。「そしてわたしは自分の愚かな嫉妬のせいで、息子のためになることを台なしにすべきではなかった」

セバスチャンはほっと息を吐き、そこで初めて自分が息を詰めていたことに気づいた。

「では」ベネディクトが微笑む。「都合がつき次第、息子の後見についての詳細を取り決めようじゃないか。だが今は、階下《した》でおまえを待っている女性がいるからな」

彼女は玄関広間で待っていた。

廊下の角を曲がったセバスチャンの目に、ヴァイオレットの輝くような笑顔が飛び込んできた。

「いとしのレディ」彼は言った。「どこからの申し出を受けるか考えてみたかい？　ケンブリッジ？　ハーヴァード？　キングズ・カレッジ？」

「それはもっとよく考えないといけないわ。条件とか、全部ちゃんと見て考えないと」

セバスチャンはゆっくりと階段をおりて、愛する女性のもとに向かった。

「ぼく個人の意見を言わせてもらえば、パリに一票だな。ぼくは昔から教授の連れ合いになりたかったんだ。ぼくならうまくやれると思うよ」

「パリはすてきよ、でも……」ヴァイオレットが言葉を止めて彼を見あげた。「何になりたかったですって？」

「教授の連れ合い。ほかの教授連中の連れ合いを集めて、お茶会を催してもいいな」彼はにやりとした。「ぼくはいい仕事をするよ」

「セバスチャン」ヴァイオレットが言った。「あなた、わたしに結婚してくれと言っているの？」

「おや、違うよ」両腕を彼女にまわして抱き寄せる。「きみはぼくにそう言うべきだと、ほのめかしているだけさ」

ヴァイオレットは笑いだした。「あら、そう。それじゃあ」頭を彼の肩にもたせかける。

「今度の火曜日はどう？　そうすると噂話が延々と続くことになるわね」

セバスチャンは甘くて魅惑的な彼女の香りを吸い込んだ。思わず笑みがこぼれる。

「だったら今度の火曜日にしよう。それはそうと、きみはなんて賢いんだ、ここへ来るのにぼくの馬車を盗むなんて。ぼくたちふたりとも馬に乗って来ていたら、ぼくの目的には不都合なことになっていただろう。帰り道でぼくがきみと何をするつもりかわかるかい？」

ヴァイオレットが彼を見あげた。その目がきらりと輝く。「当てていいの？　それともあなたが選択肢をあげてくれるのかしら？」

セバスチャンは微笑んだ。「どちらでも。何しろずいぶんと……久しぶりだ」

「たしかにね」彼女も笑みを浮かべる。「いろんなことがありすぎて、わたし、もうくたくたよ」

彼は指でヴァイオレットの顎をあげてキスをした。「ふむ。だとすると……今夜はきみが確実にぐっすり眠れるようにしてあげないといけないな」

エピローグ

二年後

〝〈キャスティン書店〉で待つ。あなたのしもべ、ヴァイオレット・マルヒュアより〟

セバスチャンは微笑み、今しがた届けられたメモをたたむと胸のポケットに滑り込ませた。

「紳士諸君」彼は立ちあがった。

紳士クラブの薄暗い明かりの下、落ち着かない顔をした三人の男がセバスチャンを見あげる。彼はマホガニー材の机に広げられていた書類を集めはじめた。

「マルヒュア」ひとりが不平の声をあげた。「あと少しできみの言っていることが理解できそうなんだ。もう一度、頭から説明してくれ。きみの言った保険料率の二次修正を加えた状態で、初めから――」

「無駄だ」ベネディクトがそう言って椅子にもたれ、セバスチャンに笑みを向けた。「弟の目がああなったら、もう何を言っても無理だよ。それにたまたま知っているんだが、彼の奥方はこのところ留守にしていた。つまり、さっきのメモをよこしたのは誰なのか、見当がつくというものだ」

「そうだな」もうひとりの男がうなった。「妻というのはいいものだが、まったく……おっと……」そこで言葉を切り、セバスチャンをちらりと見あげる。彼の妻が誰なのかを急に思い出したようだった。

「彼女がウィーンから戻ってきたんだ」セバスチャンは言った。「向こうで研究発表があったのでね。彼女にもう六日も会っていない」

「でも……」

「〝でも〟はなしだ」セバスチャンは言った。「明日の朝一〇時にまた会おう」

この会合はベネディクトが招集したものだったこともあって、セバスチャンは快く送り出された。馬車よりも地下鉄のほうが早いだろう。セバスチャンは駅へとおりていった。けれども〈キャスティン書店〉に向かっているわけではない。その店は二カ月前に閉店していた。あの暗号の意味は、〝仕事なんてどうでもいいから、早くわたしを見つけに来て〟ということだ。

車内で見知らぬ男たちと肘がこすれ合う混雑に耐えて、セバスチャンは自宅を目指した。地下鉄は今日にかぎってやけに遅いように思える。気づくと何度も腕時計に目を走らせていた。

セバスチャンはわざわざ自宅の正面玄関を通りはしなかった。脇の門をくぐり、れんがの小道を小走りに駆けて茂みを通り過ぎ、ヴァイオレットの温室へと向かう。

〝早くあなたに会いたい〟彼女のメモはそう言っていた。彼も妻に一刻も早く会いたくてたまらなかった。

今では、ヴァイオレットの実験の大半はキングズ・カレッジにある彼女専用の巨大な温室で行われている。自宅の脇にあるこの温室は、彼女が余暇の楽しみとして育てている植物や、思い出に取ってある鉢が置いてあるだけだ。

ヴァイオレットはランの鉢の前に立ち、葉の大きさを測っているところだった。セバスチャンが入っていっても目をあげない。彼がすぐうしろに来ても、まばたきひとつしなかった。けれどもセバスチャンの両手がウエストにまわされると、ヴァイオレットはぎゅっと目をつぶって彼にもたれかかった。測量器具がテーブルの上に落ちる。

「会いたかったわ」彼女の手がセバスチャンの手に重ねられた。

「ぼくもだ」彼は耳にキスをした。「次はぼくも一緒に行くよ」

ヴァイオレットのうなじの肌はやわらかくて繊細だ。そこに歯を立てると、彼女はため息をついた。

「次はみんなもあなたに会いたいと言っていたわ。だって、あなたは……」

セバスチャンが鎖骨の端に舌を這わせると、彼女は小さくあえいだ。

「あなたは共著者で……」

両手がヴァイオレットの腹部を滑るようにあがっていく。

「ああ」彼女がささやいた。「セバスチャン」

「いとしいヴァイオレット」彼は言った。「今度きみとウィーンに行くときは、ぼくを共著者だなんて考えないことだ。ぼくは翌朝きみの声が嗄《か》れて話もできないようにしてしまう男だと思っておいてくれ」

「まあ」彼女が微笑んだ。「そんなことがありうるのか、試しておいたほうがいいわね。今から練習する？」頭を傾けてセバスチャンを見る。

「練習なんて言うと、今が不完全みたいに思えるな」彼は指先でヴァイオレットの顎をあげさせた。「改善する方法を見つけないといけないみたいじゃないか」彼女の唇はとてもやわらかい。キスを受けて、ヴァイオレットはかすれた息をもらした。「でも、きみは」セバスチャンはささやいた。「すでに完璧だよ」

著者あとがき

このシリーズについて、わたしが最初に知っていたこと——これをブラザー・シニスターシリーズと名づけるよりも先に、オリヴァーとロバートのことがまだ何ひとつわからないうちにわたしがまず知っていたことは、物静かな未亡人のヴァイオレット・ウォーターフィールドと、彼女の親友で社交的な放蕩者が科学に関するパートナーシップを結ぶということでした。すべての研究を行うのは彼女で、彼がその栄誉を代わりに受けるという関係です。シリーズが始まってからというもの、わたしは著者あとがきでセバスチャンの研究を否認する陳述書を書いてきたようなものです。〝セバスチャンの〟とは書かないように細心の注意を払いました。なぜなら、わたしはそれが〝ヴァイオレットの〟研究であることを知っていたのですから。

今ようやく、わたしはヴァイオレットの研究について堂々とお話しすることができます。

わたしたちの世界では、遺伝学の研究はグレゴール・メンデルが有名なエンドウマメの実験を行った一八六五年から始まっています。当然ながら、そういった実験はわたしの物語の世界でも行われたかもしれない、とわたしは想像しました。わたしはこのシリーズ以前の歴史を変えるつもりはありません。ただちょっと書き加えているだけです。しかしながら今回の場合は、それによってそのあとに起こる歴史も変わっていくでしょう。キンギョソウの不完全な優性遺伝をヴァイオレットが発見したのは一八六二年のことで、チャールズ・ダーウィンに非常に近い誰かによってそれらの発見が成されたどこかの世界と結びつけられ、科学の変化のペースは速められていくことになるのです。

わたしたちの世界では、メンデルの発見は数十年のあいだ忘れ去られ、すぐにダーウィンの研究と結びつけられることにはなりませんでした。それは一九世紀末になって再発見されたのです。メンデルの研究は根本原理となり、その科学的パズルのピースがひとつ見つかったことで、怒濤《どとう》のような発見へとつながっていきました。特性は遺伝することがわかると、わたしたちはそのメカニズムを知りたくなったのです。メンデルの研究を起点にさまざまな発見が成されるようになってまもなく、染色体の理論が初めて発表されました。

その発見がもっと早く起こっていたはずはない、とは言いきれません。一八六〇年代半ば、科学者たちは細胞核の中央にあるものを観察しはじめていました。その頃、アニリン・ブルー染料（今日使われているメチレン染料の前身）が生物学において初めて使われたのです。しかし、彼らは自分たちが何を見ているのかわかっていませんでした。細胞核についての最初の報告書は、完全なる歓喜と混乱に満ちていました。（わたしが読んだ報告書のひとつはあまりに支離滅裂に思えたので、それについては一八六四年の〝二重の虹〟として言及しています）彼らは自分たちが目にしているものをほとんどわかっていなかったので、一八六七年にもまだ細胞核の中心に観察される塊のことをクロマチン――〝色のついたもの〟という意味――と記述しています。クロモサム、染色体という言葉が登場するのは、それから何十年もあとのこと。ひとつの細胞が有する染色体の数が重要なのかもしれないと、人々が推測しはじめてからのことです。

本書の執筆中に、染色体理論の発見に至る別の道――ヴァイオレットの名前に直結するもの――を思いついたのは大変な幸運でした。もともと計画していたことではなかったのです。わたしがスミレの遺伝についての論文を読みはじめたのは、ただ単にセバスチャンに彼自身の研究として発表させるものを見つけたかったからでした。

二〇世紀の初めにはたくさんの研究が行われていました。染色体理論が発表された直後のことです。スミレの遺伝と染色体に関するほぼすべての論文は、J・クラウセンによって書かれていました。彼の研究法の記述は、ヴァイオレットが研究においてやらなければならないことを決めるうえで大変に役立ちました。（本書では書きませんでしたが、ヴァイオレットがやっていた主な作業のひとつは、自家受粉を避けるために花のおしべを除去することでした。そんな光景を目にしてもセバスチャンは男らしさを失うことはなかったでしょうが、その相似性を物語に取り入れるのはあまりに難しすぎて断念したのです）

しかし、J・クラウセンとその論文で詳述された研究は、わたしをまた別の発見へと導いてくれました。

一九世紀末から二〇世紀初めの科学における女性の貢献のすべてを追うのは、ほぼ不可能です。なぜなら、そういった貢献の多くが記録に残っていないからです。とはいえ、そうした記録を探そうとしなくても、わたしはそれを発見することになりました。クラウセンの黒色スミレの遺伝についての論文に、とても興味深い記述があるのです。クラウセンは次のような実にさりげない書き方で妻に感謝を捧げています。〝わが妻、フル・アンナ・クラウセンによる寛大にして非常に的確な助力がなければ、この研究をやり通すことは不可能だった。人工授粉、戻し交配、固定、袋がけや収穫といった作業のほとんどは彼女ひとりで行ったものである。彼女は分類された種類の一覧表作成においても手伝ってくれた〟何気なく書かれていますが、これは、この論文にかかわるほぼすべての作業ということになります。今日の世界では大学院生がやるような作業で、ここまでやれば少なくとも共著者として名前が記されて当然です。

その論文の著者は、クラウセンひとりの名義になっていました。

わたしは彼を批判するつもりはありません。しかし、誰でも見られるようなところに堂々と、そんなことが書かれているのです。妻がほとんどすべての作業を行い、自分はその栄誉を横取りした、と。そしてあの時代の人は誰も、それがおかしなことだとは思わなかったのです。

さて、ここで本書の冒頭の献辞に戻りましょう。

ロザリンド・フランクリンはすばらしいX線結晶学者です。彼女が撮影したDNAの写真がDNAの構造を発見するきっかけとなりました。それとともに遺伝子とは何か、それがどのように受け継がれるかの理解も深まったのです。しかし、彼女の研究がＤＮＡの二重らせん構造の発見にとって重要なものだったとしても、彼女の名前はあの構造を発表した有名な論文には出てきません。ワトソンが彼の発見について記した本『二重らせん』では、フランクリンはさまざまな呼び方をされていて、そのそっけない表現は男性について書いたのではないかと思わせるようなものでした。ワトソンはのちに、彼とクリックがフランクリンの許可なしに彼女のデータを使用したという事実を白状しています。

フランクリンはノーベル賞がワトソンとクリックに授けられる前に卵巣がんで亡くなっているので、彼女が生きていればその栄誉に浴することになっていたかどうかは、わたしたちには永遠にわかりません。（参考までに、リーゼ・マイトナーをインターネットで調べてみてください。彼女は核分裂の発見に大いに寄与しましたが、存命中にノーベル賞を受けることはありませんでした）

フランクリンは科学者になった最初の女性ではありません。自分の研究が男性に無断で利用された最初の女性でもありません。

しかし、彼女はもっとも頻繁に名前があがる女性のひとりと言えるでしょう。それは彼女が自分の研究を男性に無断で使われた最初の女性だったからではなく、その扱いが不当だと認識された最初の女性たちのひとりだったからです。

わたしは物語の最後で、ヴァイオレットの職場をキングズ・カレッジにしたいと思いました。そこが、ロザリンド・フランクリンが重要な研究を行っていた場所だからです。わたしはそこに意味があると思いたいのです——どこか別の世界で、別のロザリンド・フランクリンにとっては。

というわけで、冒頭の献辞を不思議に思われていたとしたら、これで意味がおわかりいただけたでしょうか。

ロザリンド・フランクリンに——わたしたちはあなたの名前を知っています。

アンナ・クラウセンに——わたしは本書の執筆中にあなたを発見しました。

その名前が知られることなく消えてしまった、すべての女性たちに——。

あなた方に本書を捧げます。

訳者あとがき

本書をお手に取っていただき、ありがとうございます。本作は米国の作家コートニー・ミランのブラザー・シニスターシリーズの第三作になります。ヒロインは貴族階級の未亡人、ヴァイオレット・ウォーターフィールド、ヒーローは裕福な家系の次男坊にして科学者のセバスチャン・マルヒュアです。ほんの少しだけ内容を説明させていただくと……。

物語は、新進気鋭の科学者セバスチャンが遺伝学にまつわる講演をしている場面から始まります。当時はイングランドの科学者チャールズ・ダーウィンが提唱する進化論が大きな議論を巻き起こしていた時代、ダーウィン支持者でもあるセバスチャンの学説も賛否両論を呼んでいます。しかし、説の賛否より何より、彼には大きな秘密があったのです。実は、セバスチャンの説は彼自身のものではなく、幼なじみで親友、しかも長年にわたって思いを寄せているヴァイオレットのものでした。彼は、優秀でありながら女性であるがために発表の場も得られなかったヴァイオレットのため、影武者の役割を果たしていたのです！　周囲をたばかる罪悪感と彼女への愛情のあいだで板ばさみになって苦しむセバスチャン。長年にわたる兄、ベネディクトとの不仲も重圧となって彼にのしかかります。

一方のヴァイオレットも育った家庭や母親の教育によって独立心の強い女性に成長していましたが、不幸な結婚生活のせいで、いっそう自分をひた隠しにして生きていました。しかし、セバスチャンとの長年の秘密の交流を続けるうちに少しずつ変わっていったのか、彼が影武者をやめると言いだすと、さまざまな心理的な転機が訪れるのでした。セバスチャンは影武者を無事にやめ、兄との関係を取り戻せるのか。ヴァイオレットは心の迷宮を脱して、新しい人生を手に入れられるのか。そしてふたりの恋の行方は……。


以上が本作の大まかな内容です。ヒロインとヒーローはシリーズの前作にも登場していますが、本作は独立した物語としてもお楽しみいただける内容になっていると思います。ヴァイオレットは今で言う理系女子ですが、時代が時代なために社会から受け入れられず、処世術としてみずからの能力、ひいては自分自身を隠して生きています。そんな彼女の心を、どこまでも明るく献身的なセバスチャンがいかにして解きほぐしていくのか。そのあたりが本作の最大の読みどころではないでしょうか。女性が思うように社会で活躍できなかったり、ダーウィン支持者が大きな反感を持たれていたりといった時代背景も興味深いです。また、シリーズの前二作でヒーローを務めたセバスチャンの従兄弟たち、オリヴァーとロバートの活躍もありますので、シリーズのファンの方々にもお楽しみいただけることでしょう。

作者のコートニー・ミランは『ニューヨーク・タイムズ』、『USAトゥデー』などのベストセラー・リストの常連にもなっている人気作家。シリーズ物も得意にしていて、これまでに本シリーズ七作をはじめ、ヒストリカルからコンテンポラリーまでおよそ二〇作の長編を発表しています。大学で理論物理学を修めたあと、犬の訓練士やプログラマーといったさまざまな職業を経験し、現在は作家業に専念しています。バラエティに富んだ経歴も、本作のヴァイオレットのような人物造形に大いに役立っているのかもしれません。また、米国でロマンス小説の賞としては最高峰ともされるＲＩＴＡ賞のファイナリストに選ばれた実績もあり、今後も活躍が期待される作家のひとりです。

本作をお手元に置いていただき、じっくりとお楽しみいただければ幸いです。さらに、本作が単独でもじゅうぶんお楽しみいただけるのは先述したとおりですが、やはりシリーズにはシリーズの醍醐味もあります。前二作の『気高き夢に抱《いだ》かれて』と『遥かなる夢をともに』もライムブックスより発売中となっておりますので、合わせてお楽しみいただければこれほどうれしいことはありません。

二〇一六年一〇月

ライムブックス

愛《あい》の秘密《ひみつ》はすみれ色《いろ》

著　者　コートニー・ミラン
訳　者　岩崎聖《いわさきひじり》

2016年11月20日　初版第一刷発行

発行人　成瀬雅人
発行所　株式会社原書房
〒160-0022東京都新宿区新宿1-25-13
電話・代表03-3354-0685　http://www.harashobo.co.jp
振替・00150-6-151594
カバーデザイン　松山はるみ
印刷所　図書印刷株式会社

落丁・乱丁本はお取替えいたします。

定価は、カバーに表示してあります。

©Hara Shobo Publishing Co.,Ltd. 2016 ISBN978-4-562-04490-0 Printed in Japan